BEST嚴選

奇幻基地出版

傳奇之人

The Man of Legends

肯尼斯・強森 著

彭臨桂 譯

Kenneth Johnson

BEST 嚴選

緣起

在繁花似錦的奇幻文學花園裡，你或許還在門外徘徊，不知該如何抉擇進入的途徑；也或許你已經置身其中，卻因種類繁多，或曾經讀過不合口味的作品，而卻步、遲疑。

BEST嚴選，正如其名，我們期許能透過奇幻基地對奇幻文學的瞭解，以及對讀者的理解，站在出版者與讀者的雙重角度，為您精選好作家與好作品。

他們是名家，您不可不讀：幻想文學裡的巨擘，領域裡的耀眼新星。

它們最暢銷，您怎可錯過：銷售量驚人的大作，排行榜上的常勝軍。

這些是經典，您務必一讀：百聞不如一見的作品，極具代表的佳作。

奇幻嚴選，嚴選奇幻。請相信我們的眼光，跟隨我們的腳步，文學的盛宴、幻想世界的冒險，就要展開。

excellent bestseller classic

獻給 Bill 和 Stella Pence，
我的明燈

本書的部分收入，
作者將捐助給無國界醫師（Médecins Sans Frontières）、國際特赦組織及
大衛・謝德里克野生動物信託基金會（The David Sheldrick Wildlife Trust）。

臺灣獨家作者序

（本文略涉及劇情，請斟酌閱讀。）

給我的臺灣朋友，以及可能會讀到《傳奇之人》這本特別的中文版小說之人……

很榮幸你們來探索這個故事，希望你會認為這本作品值得一讀、引人入勝，並且發人深省。

我試圖創造出一個超自然謎團，當中混合了史詩般的冒險、懸疑情節和一段動人的愛情故事，這些全都起源自一個未曾訴說的偉大傳奇，從來沒有人深入探究過——直到現在。

故事發生於紐約，時間是千禧年之際的二〇〇一年新年週末——不過也會跳回兩千年前的古老聖地——接著還會再倒轉回到時間之前的時間，描述《失樂園》的原始意象。

主角是位很有吸引力的凡人，名叫威爾。他是個典型帶有缺陷的英雄，犯了一項過錯——你我也都很可能會輕易犯下的錯——而這對他造成了嚴重的後果，改變他的人生。

他被迫長期遊走全世界，目標是找到彌補過錯的方式，並發現自己存在的真正理由。這個主題也將透過其他主要角色產生共鳴，而他們跟威爾的交集，也為自己帶來了驚人的全新啟示。

在威爾漫長的旅程中，他也遇到許多知名的歷史人物，並對他們產生深遠的影響。他以各種驚人的方式塑造了我們的世界，也經常改變歷史的走向。雖然他意圖良善、盡力而為，偶爾還是會無意造成負面的結果。

這本小說的體裁很特別：故事以第一人稱講述——不只是由威爾本人，還包括許多在二〇〇一年新年週末期間遇到他的紐約人。有位年輕記者最先發現了威爾的非凡與獨特，後來她變成這場戲劇性事件的關鍵人物，也是本故事不可或缺的講述者。

另一個見證者是位法國神父，是梵蒂岡所派出眾多專家之中最近期的一位，他不停地追逐威爾，原因是如果威爾的事蹟公諸於世，就可能為教會和宗教組織帶來很大的好處——或是極大的傷害。為了抓到威爾，神父利用許多人的幫助，包括大主教、極具勢力的紐約樞機主教，以及紐約市警察局。

另外一位關鍵見證者則是個八十五歲、精力充沛的北方人，來自新英格蘭，曾擔任過聯合國特使。她在六十年前曾是威爾的摯愛，迫不及待想在死前跟他重聚。

其他讓故事更加充實的各種角色，也包括一位混血少年街頭塗鴉客、一位牙買加街頭音樂家、一位出版社編輯、一位日本計程車司機、一位哈林區的大學生、一位鄉村音樂明星，以及一位由威爾拯救了性命的西班牙裔五歲孤女。他們每個人的生命都因遇上威爾而改變，他們各自獨特的個人視角相互交織，構成了這本小說的內容——再加上威爾驚人的事蹟，由他親自敘述那些自己曾經認識、並深刻影響的真實歷史人物。

雖然梵蒂岡神父和他強大的盟友們危害了威爾的生存，不過更大的威脅，是一位散發魅力的時髦年輕人，對方在威爾漫長的生命中一直緊跟著他，要提供威爾「協助」。威爾從一開始就知道這個男人是黑暗力量的使者，所以始終對他不屑一顧，可是直到新年週末那段重大的時期，威爾才明白男人的真實身分，而威爾和關心他的人則要面對可怕的超自然力量，陷入惡夢般的危險之中。

我希望你會覺得這是一個具有強烈人道主義的故事，讓內容吸引你、帶領你一直到最後——我相信那會是意想不到的結局，卻又完全合乎邏輯並令人滿意。

我想在小說中探討的其中一項主題，是人們每天做出的選擇，可能會有意料之外的「漣漪效應」——我們每個人日常生活的行為與決定，都可能對其他人有深刻影響——而且甚至能跨越好幾個世紀。

希望讀到這部作品的人會受到啟發，好好思考這件事。

在此獻上我最誠摯的祝福，並衷心感謝你的關注……

肯尼斯．強森

二〇二一年，於美國加州恩西諾

〔推薦序〕

溫暖而光明的新世紀——讀《傳奇之人》

（本文略涉及劇情，請斟酌閱讀。）

——馬立軒（【中華科幻學會】常務理事）

我對於「永生不死」故事的著迷，起於《超時空聖戰》（*Highlander: Endgame*，二〇〇〇年）這部電影。第一次在第四台觀看本片時，我就深深地受其吸引；故事的主角是兩名因故永生不死的男子康納．麥克勞（Connor MacLeod）與鄧肯．麥克勞（Duncan MacLeod），數百多年來經歷過各式各樣的愛恨情仇。電影巧妙地透過他們在不同時代的際遇，回應兩人在現代的遭遇——我對那種一個人可以在如此長壽的情況下，如何獲得更多知識，更加成長為「完人」的過程深深著迷。當然，這個電影系列從一九八六年的《時空英豪》（*Highlander*）開始，講述的最主要還是「男人與男人間的刀劍對決」，較少探究他們如何不被「正常人」發現，以及這樣子長生不老的人如何保持自己心智健全。

二〇〇六年，《歷史學家》（*The Historian*）在臺灣譯介出版，就如同它在海外造成的轟動一樣，這本深具奇幻色彩的小說，也在臺灣的讀者之間成為話題。故事以幾名主角透過各式各樣的史料追尋吸血鬼卓九勒（Dracula，或譯德古拉）為主軸；這說明了作品名稱的源由。然而，故事中的歷史學家，其實也指涉了卓九勒自己——作為一個不老不死的生命，即便是吸血鬼，也有自己的知識追求；如果真的能夠永遠活下去，那的確有可能成為世界上最富有學識的人吧？

多年之後，我看了一部名為《來自地球的人》（*The Man from Earth*，二〇〇七年）的獨立電影。這部電影讓我驚為天人——故事開頭平淡無奇，一名教授約翰・歐德曼（John Oldman）突然離職，離開教學十年的大學；在他離去的前一晚，幾名來自不同領域的教授好友們趕來為其送別。在眾人的盛情難卻下，約翰委實道來他究竟為何打算不告而別：約翰說，他是一名一萬四千年前就誕生的男子。他不知道自己為什麼在成長到特定年紀之後就不再老化，而為了避免各種可能的危機，他每隔十年就必須移動到另一個地方，免得原本的鄰居朋友發現他的祕密。這部電影最有趣的地方，在於來自不同領域的教授們盡力用自己的知識與其辯駁，卻終究無法證偽；反過來，約翰的說詞也無法獲得證實。這部電影為我在閱讀《歷史學家》時產生的問題提供了解答：即便長生不老，僅憑一己之力，一個人依然不可能跟上所有的知識、技術、產業發展。

二〇一四年，美國廣播公司（American Broadcasting Company，ＡＢＣ）開始播出新影集《永恆》（*Forever*），講述亨利・摩根（Henry Morgan）因故長生不老、存活兩百年至今的故事。前面三部作品的角色們雖然長生不死，但依然「會死」；如果有人懷有惡意，想要殺死他們，是有機會、有可能做到的。但《永恆》中的亨利，無論怎麼死都會復活，而他也不是世界上唯一個永生的人，一股令人背脊發寒的恐怖陰謀，隨著另一名與亨利一樣的人物一起慢慢浮出檯面……可惜的是，這部影集只播了一季就被取消，後面到底會發生什麼事，也不會有人知道了；想起這部影集的名字，還是會覺得有點諷刺。

然後，我看了《傳奇之人》（*The Man of Legends*）。這本小說的作者肯尼斯・強森（Kenneth Johnson）是美國長青創作人，自一九六九年入行至今，參與了近三十部作品的編導。他最著名的作品包括播出五季的《無敵浩克》（*The Incredible Hulk*，一九七七～一九八二年）；改編成漫畫，延伸出十六本小說、重啟作品的著名迷你影集《勝利大決戰》（*V*，一九八四～一九八五年）；以及太快被腰斬，卻成為美國科幻迷心中難以忘懷的經典影集《異形帝國》（*Alien Nation*，一九八九～一九九〇年）。或許是因為他的影視編劇背景，我在閱讀《傳奇之人》的過程中，的確有種明顯的「視覺感受」。

《傳奇之人》原文版於二〇一七年出版，奇幻基地於今年譯介進入臺灣。作品闡述一位名為威爾的男性，在二〇〇〇年的跨年前夕到新年、新世紀來臨後的故事；他默默地幫助、引導與他相遇的陌生人，不論是捐點小錢給需要的人，或者指引他們達成夢想、在各自的領域成長，或者單純地成為一個更好的人，都讓威爾有種「聖人」之感，但他這樣做當然「事出有因」。小說也用了很有趣的手法，使用多名角色的不同視點講述故事；這些不同的角色都在這段時間中與威爾有所交集，從而在關鍵時刻成為後者的助力——當然，威爾是一名長生不死之人，其事蹟也讓梵諦岡千年以來不斷試圖抓到他這名基督的「褻瀆者」，而一名神父與威爾的距離已經近在咫尺……

這部作品涉及了西方文明的進展，作者在歷史、宗教、科技發展上做足功課，當主角回憶過往時，那種不斷令我感動、令我著迷於這類題材作品的元素更上層樓，讓我在閱讀過程中彷彿可以「看見」這些情節發生在眼前一般。如果世界上真的存在長生不死的人，這樣的人想必是世界歷史的見證者，看過無數的人性醜惡、群眾暴力，甚至宗教迫害之後，要怎麼繼續——不論是生理的還是心理的——活著呢？在《傳奇之人》中，作者大膽地抨擊宗教，但仍舊擁抱信仰，也賦予許多問題以溫暖的答案，令我相當感動。

《傳奇之人》是一本精彩動人的小說，它滿足了我對「永生不死」的想像，解答了我對許多這類主題的疑問；更重要的，是它在這個充斥負面情緒、酸民滿天飛、人人厭世的世界中，注入了一點溫暖與光明——想得到怎麼樣的對待，就怎麼對待別人。

重要說明

對於那些和我共同參與過神祕駭人的超自然冒險，並允許我記錄其親身經歷的每一人，我必須再次表達感激之意。我列出了他們當時的年齡，也力圖完整傳達每個人的語氣及說話方式。

在那些驚人又危險的事件中，我既為見證者也是參與者，而我的紀錄與這些人的經驗相互交織。他們跟我的描述集結成了一份口述文獻，即本書在十六年前由《紐約時報》發行的初版。

那本書能夠受到大眾與同業間的好評，我始終備感榮幸。

不過我也一直覺得很沮喪，因為這份歷史遺漏了一項不可或缺的要素：一位非凡卓越的人物，在這發生的所有事件當中扮演著要角，此人在無數場合中改變了人類歷史的走向，但我當時根本無法向他取得第一人稱的敘述。

後來，在幾個月前，我很訝異他竟然再次出現於我的生命中。而我有幸從他那裡獲得一份文件，是他以自己的觀點記錄下那段令人難以置信的日子。

他的慷慨使我能完整並重新編輯，大幅擴展先前出版的內容。他的珍貴資料已經跟我之前蒐集的所有資料融合，創造出這個最詳盡可靠的新版本。

從下一頁開始，以及散布於本書中許多新頁面上的文字，全都出自他本人之手，忠實呈現。能夠從他的角度分享這有史以來最獨特的故事，使我對他滿懷感激，永遠皆是如此。

吉莉安．蓋瑟瑞（Jillian Guthrie）

二〇一七年，紐約市

1

▼威爾（Will），三十三歲

那些影像如此生動，如此真實又精細，讓我所有的感官確信，自己處於真正的現實中。我從沒想過這是在做夢。

雖然交疊的連續畫面會跳到完全不同的時間與空間，但全都由一條強大的主線串連起來，也就是在那惡夢中反覆發生的主場景：我又要再一次逃離追捕。

閃電在巨大的彩色玫瑰窗外閃爍，描繪著聖約翰式的世界末日。我聽見兩位緊追其後的神父在說話，年紀較輕的用法語大聲說：「攔住他——」年紀較大的則用拉丁語嘶喊：「他打開了聖物箱，碰了寶物！絕對不能讓他逃掉！」不過我已決心一定要再次逃離。

我從潮濕的地下墓室沿著大理石階梯拚命往上跑，同時拉起身上那套粗糙的黑色修士袍褶邊，以免被自己穿著涼鞋的腳踩到。到了階梯頂部，我氣喘吁吁從粗製的木頭鷹架下方跑出去，這座鷹架是為了讓工匠在施工期間使用而搭建。鷹架以粗厚的繩子綁牢，跟陰暗無人的哥德式教堂外牆對齊。

更多閃電的閃光從外射進高聳教堂的宏偉內部，明亮到讓人暫時失明。在上方五十呎的高處，有十五扇壯觀但尚未完工的窗戶環繞住我，雨水則從那裡的花飾窗格傾瀉而下。我記得當時心想再過一年左右，大約是西元一二四八年，那些開口就會被絕美的彩色玻璃填滿，而巴黎聖禮拜堂的內部在暴風雨期間就能保持乾燥了。不過，這一晚的大教堂還沒有遮蔽物，又濕又令人難受，簡直冷到骨子裡。下雨澆熄了大多數的火把，產生一陣煙霧。我的厚羊毛長袍因浸了雨水變得沉重，聞起來像隻淋濕的羊。

我奮力跑著，穿越有拱頂的巨大聖堂，一邊眨眼想擠掉噴濺到臉上的雨水。某種陰暗無形的力量讓我感到自己像是跑在水中。我費力地通過中央聖壇，聽見其他人此起彼落的憤怒叫喊，以及國王路易的皇家護衛從北方宮殿迴廊奔跑逼近的腳步聲。那兩個追捕我的神父叫喊驚動了護衛，年紀較輕的神父緊跟著我到了大理石階梯頂端，邊跑邊生氣地喊著：「我命令你停下來！」

可是我沒停下。我跑到高聳教堂的大門，也就是最後審判之門（Portal of the Last Judgment）。在抬起粗厚的鐵製門閂時，我往上看了柔韌的聖埃蒂安雕像一眼，壁龕的陰影籠罩著它。優雅的埃蒂安向下注視我，接著一道閃電擊下發出閃光——在那一剎那，我發現它那張蒼白的大理石臉孔活了起來，露出毛骨悚然的可怕笑容，讓我後頸汗毛直豎。它用明亮詭譎的雙眼，看著我拉開它下方雕飾華麗的大門，然後衝進——

紅襪帶酒館（Red Garter Saloon）。這間一八五九年的酒吧，除了擠滿喧鬧的淘金客，當然也少不了騙子、賭徒和妓女，這些人都想從礦工身上弄到他們辛苦得來的銀粉或金粉。

我跑得氣喘吁吁並環顧四周，不覺得這種超現實的轉變有什麼反常。紅襪帶被枝型燭臺和煤油燈照得通亮，是在美國內華達州迅速發展的新興都市裡，那些眾多典型酒館之一，不過神奇的康斯塔克礦脈讓維吉尼亞城變成了誘人的地點。

我迅速離開後門，推擠並穿過混雜了不同種族與年紀的骯髒淘金客。他們沒刮鬍子，身上是耐穿的衣褲和沾上爛泥的鞋子，大多數都帶著隨身武器。我還喘著氣的同時，在吧檯後方那張鍍金鏡子裡瞥見自己，發現自己能徹底融入這裡：跟淘金客一樣的服裝，臉上留了四天的鬍碴，而在滲了汗漬的牛仔帽下，淺褐色頭髮垂到肩膀，而且因長了虱子而頭皮發癢；腰際的皮套裡有一把長槍管的柯爾特海軍型左輪手槍；我是白種人，身高五呎十吋，看起來像是歷經了三十三年的風霜。

眼前的人們和影像在我周圍古怪地旋轉。我從一位鋼琴師旁倉促經過，他戴了一頂凹陷的圓禮帽，嘴裡緊咬一根雪茄，露出邪惡的笑容和一口髒牙，在一架聲音難聽的鋼琴上敲擊出〈康城賽馬〉。醉醺醺的客人徘徊在他破舊的直立式鋼琴旁，用喝醉的語氣跟著唱；滿是凹痕的木地板上有許多痰盂，不少人朝著同一個吐痰，有些進了有些沒進。我瞇起眼睛，因空氣中瀰漫著菸草產生的濃厚煙霧和帶有廉價酒味的氣息，以及每個人衛生狀況不一而發出的芳香或酸臭味。

「嘿，ＷＪ！」我看見頭髮濃密的記者山姆在另一邊笑著，揮手要我過去，不過我還是繼續移動。我往後偷瞄了一眼，想確定追兵是否已跟著進入酒館，結果卻撞上一位身材豐滿、滿頭紅髮、下巴長了顆美人痣的妓女。我吸進她身上的玫瑰水香氣，還看見她胸部挺立於鬆垮累贅的鮮紅色馬甲上；女人眼影很濃，個性擅於調情，而且經驗豐富。

她露出整齊白亮的牙齒對我笑，露出挑逗放蕩的眼神，用近乎男性的低沉聲音呢喃道：「再來比一場如何呢，威爾？」

我揮手打發她。「抱歉，蕾貝卡。」我推著手肘穿過擠挨的人群前往酒館大門，不過卻感覺到了什麼，於是在興高采烈的男人和塗脂抹粉的女人之間往側面望了一眼。一名一絲不苟的賭徒坐在粗製的賭桌前，對方身穿黑色西裝和發皺的白襯衫，搭配黑色絲質蝶形領結。

嗖的一聲，其他人的身影突然全變得模糊。他們的聲音合而為一，像是從很遠的地方迴響，接著整間室內都暗了下來。在朦朧的混沌狀態中，突然只剩賭徒跟我兩人還清晰可見。賭徒熟練地洗牌，指甲修剪得很漂亮。他是個二十幾歲的時髦年輕人，鬍子刮得很乾淨，黑髮和眉毛也修剪得整齊俐落。他用略帶笑意的眼睛與我對望致意。我們認識彼此，之間有段很長且非比尋常的歷史。賭徒朝賭桌旁的一張椅子點頭示意，邀請我坐下。他強烈的眼神讓我感到一股寒意，卻也十分誘人。接著，後方的後門傳來叫喊聲。

「他在那裡，警長！就是那個男人！」

朦朧的酒館景象突然又變得全然熱絡起來。我迅速轉頭，看見一位天主教神父在愉快的人群另一邊指著我。警長和他的副手拔出左輪手槍，推開神父，開始在交纏的人群中推出一條路朝我移動。

我朝露出笑容的賭徒看了最後一眼，可是對方已經消失了。我轉頭跑向酒館的前門，這時警長則對空鳴槍，大聲說：「別讓那個男人逃了！抓到有重賞！」我頓時感到有十幾隻手試圖要抓住我，不過我動作靈活得驚人，迅速彎身、旋轉、扭動，用肩膀推開搖擺門——

衝到外面時，又一陣天旋地轉襲來。我忍耐住暈眩，意識到自己身上穿著一九三〇年代的三件式西裝，頭戴一頂白色巴拿馬草帽，還拿了一個舊皮革公事包。接著，我看見一輛大型黑色帕卡德轎車在路燈下閃爍著，從因下雨而變得光滑的芝加哥第十八街上加速直衝過來。黑幫老大的其中一個打手戴著寬沿紳士帽，從前排乘客座車窗探出上半身，另一個則從後車窗探出，兩人都用俗稱的湯米衝鋒槍對準我開始猛烈射擊。我開口想要大叫，可是沒發出聲音。

我試圖撲到一個鐵製信箱後方找掩護，但是動作太慢了。湯普森衝鋒槍原來的名稱叫殲滅者

（Annihilator），這是有充分理由的，因為那六顆點四五口徑ACP子彈射穿了我緊抓著的公事包，繼續穿透精紡西裝，深深射進我的身體。熾熱的鉛塊從左側鎖骨斜穿過身體，撞擊力道使我整個人向後彈飛。雖然子彈幾乎是瞬間射中，不過我仍感覺到第一顆粉碎了自己的鎖骨，第二顆直接穿透左邊肺部，還從後方的磚造壁面彈開。第三發使我的胸骨裂成碎片，鮮血隨即湧出，想必子彈一定擦過了主動脈。下一發射進肚臍、猛烈撞上脊柱，使我腰部以下完全癱瘓。第五和第六發則撕裂了脾臟和肝臟的軟組織。我痛苦萬分，周圍的世界變得更像幻覺。

我摔進沿著排水溝流動的髒水裡，傷口大量出血。幾乎失去意識之下，我的臉頰靠在滿是砂礫的人行道上，腦中播放著模糊的芝加哥雨天街景。這時，我瞥見有人正從一條小巷的陰影中哀傷地看著我。對方似乎是酒館那位時髦的黑髮年輕人，不過現在穿著一套剪裁俐落的一九三〇年代西裝，而且還有鞋罩。他看著我的眼睛，對我的困境搖了搖頭。

帕卡德大型轎車的輪胎發出尖銳摩擦聲。我從人行道上側眼望去，看見駕駛在跟州街交會的下一個路口急速迴轉，並隱約聽見路人跳開、閃避車子時紛紛發出的尖叫聲。那些黑幫份子要回來解決我。

我強忍身上致命傷口的極度痛苦，流出的鮮血混合了排水溝的污水；在粗糙的碎石路面上，我奮力扒抓，將受重傷的身體拖向一個冒出熱氣、半開的人孔蓋。帕卡德轎車發出低沉引擎聲，從一個街區外開始加速駛來。

我奮力推著人孔蓋，感到鐵蓋重得不像話，可是我知道不能讓他們拿到這個滿是彈孔的公事包。我將沉重的人孔蓋稍微推開了一些，然後把公事包往前推進去，這時，機關槍開始像一串鞭炮爆出劈啪聲。子彈在人行道上彈開，在路緣炸出許多混凝土碎片。雖然我的雙腿已失去知覺，但還是能感受到幾顆子彈打中並擊碎骨頭的撞擊力。我滿口是血快要窒息，緊握住打開的人孔蓋邊緣，痛苦地使出最後一絲力氣，拖動身體一頭栽進去，往下摔入黑暗之中……

接著落在一堆屍體上。總共有四個男人、兩個女人、三個孩子，他們皆衣衫襤褸，被隨意置放於中世紀的木製推車上。我看見他們雙眼無神地向後翻仰，皮膚散布黑色膿包和流出汁液的爛瘡，而他們張開的嘴巴露出了變黑的舌頭，可見這些人是瘟疫最新的受害者。我隱約記得，自己的鼠蹊部和腋窩也開始長出膿包。痛苦很強烈，並且吞噬著我。

我穿著破爛的褐色修士袍，無助地躺在馬車上，聽見馬蹄沉重踩踏鵝卵石發出的達達聲。一隻衰老的母馬緩慢拉動著木推車，走在一條陰暗荒涼的歐洲街道上，刺鼻的煙霧瀰漫於空氣中。在模糊的視線裡，我看見身穿破舊衣物的人們拿火把燒掉簡陋的木屋，那些是西元八五〇年左右的農民住所。

正當我試圖將痛苦難忍的身體拖到推車邊緣時，兩個身材魁梧、臉上綁著破布罩住口鼻的男人，又把一具死屍丟上來壓住了我。我努力抵抗體內湧出的陣陣痛苦、黑暗和噁心感。

接著，我感到推車的重力改變了方向。重力不是將我向下拉，而是突然移到頭頂上。我腦中一片混亂，隱約意識到推車正在傾斜，整個人頭朝下滑落，其他的屍體也是。我以某個角度摔在更多雜亂交疊的屍體上，感覺脖子斷掉了。幾乎就在那同時，另一群癱軟且衣衫襤褸的死者也被運來，接連倒進亂挖的坑洞，掉落在我身上。我已經動彈不得，壓住上方的重量使我幾乎無法呼吸。

我勉強喘氣，聞到了明顯的油味。在如惡夢般搖曳的火炬光芒中，我用一隻發黃的病眼看見在坑洞邊緣的村民，他們的臉上和雙手都纏了布料。

我聽見有人用匈牙利語焦急大喊：「不！等等！」從半顛倒的角度，我看見幾位聖本篤修會（Benedictine）的托缽修士趕到這個恐怖的場景。「如果他在裡面，我們一定要找到他！」

「太遲了！」最靠近的村民大聲回應，他正跟其他人拿著木桶，把油潑濺到所有的死屍上，其中只有我還活著。

神父們提出異議，叫嚷著說他們是全權代表羅馬發言的。幾位本地人把他們抓起來壓制住。其中一位聖修士勃然大怒說：「告訴你們，我們一定要抓到那個混帳！這是教宗的命令！」

一陣朦朧的火光出現在附近，那位村民簡短無禮地說：「告訴教宗你們太慢過來了。」

我想要大喊出聲，可是嘶啞的聲音微弱到沒人能聽見。一根火炬落在我附近的屍體上。轟的一聲，油被點燃了，我也被高溫的火焰吞沒……

一陣尖銳曲折的刺耳聲響讓我突然睜開眼睛。

我眨著眼，暫時失去了方向感，發現自己在做夢，而且擔心現在仍處於夢裡。

接著掃視周圍，這才明白自己剛才睡著了，而如今正坐在紐約地鐵百老匯線高速行進的九號列車上。列車再次激烈傾斜，沉重的金屬輪在堅硬的鋼軌上壓出另一陣尖銳聲。

我心懷感激地慢慢吸進一口氣，慶幸擺脫了那些痛苦而不斷出現的逼真夢境。

燈光從外面的黑暗隧道一閃而過。我身旁的窗戶表面上深深蝕刻著二十世紀後期的塗鴉。我在舊損的玻璃中看著自己的倒影，那跟在紅襪帶酒館鏡子裡看到的有兩處明顯差異：此時的鬍子刮得很乾淨，而且褐色頭髮很乾淨也短得多——儘管還是有點亂，也需要稍微修剪一下。不過除此之外，那張臉還是沒變：三十幾歲的普通男人，五官可能會被某些人拿來跟羅馬雕像比較；鼻子顯然屬於那一類額頭和顴骨很寬、輪廓鮮明的類型；臉色很健康，眼睛周圍有笑紋。最近我確實很常笑，因為撇開那些陰鬱的夢境不談，我通常都會以正面的態度看待這些日子。

我的眼睛是淺褐色，常常有人告訴我，說我的眸色並不尋常——其中帶有某種難以辨別的特質，偶爾會讓人們有兩極化的看法，不是讓人覺得格外有吸引力，就是使人感到不安。

我繼續看著自己一會兒，彷彿在跟好友分享對未來幾天的樂觀想法。接著又掃視半滿的地鐵車廂，看著擠挨在身邊的乘客，好奇在接下來日子裡發生的事，可能會對他們每一個人有何影響。這裡至少有七種不同族裔，包括一位印度小男孩，他大約六歲，正在用一種方言跟他的母親交談，我認得那是古吉拉特語（Gujarati）。他那雙天真無邪的大眼睛跟我對上時，我向他眨眼示意，還用其母語跟他打招呼。他害羞地微笑回應。

他的穿著風格跟我一樣，也跟我們周圍的其他人一樣：紐約仲冬時節的衣著。我穿著褪色的牛仔褲，白色高領羊毛衣，適合走路的運動鞋，以及一件穿了很久的溫暖海軍藍大衣。

我伸展右腿避免抽筋，目光落在舊Levi's牛仔褲上固定口袋縫合處的那顆小型銅鉚釘。我回想起自己第一次在丹寧褲上看見這種鉚釘時，臉上也跟著出現一抹微笑。

地鐵廣播著一一六街站到了，我的回憶也因此被打斷。列車發出尖嘯聲減速停下，車門喀嗟作響並發出嘶嘶聲打開，而我踏上了鋪瓷磚的舊月臺，非常享受當代紐約特有的繁忙感。一位乞丐坐在地上背靠著牆，他留著雜亂的灰髮，頭往前垂下。我放了些硬幣到男人的杯子裡，然後繼續在月臺上前進。

一位整潔體面的年輕黑人傳教士在附近發送小冊子，他穿的服裝雖然低廉，但看得出維持得很好。他愉快地對著路人說話：「你們只剩兩天能向上帝贖罪了，各位兄弟姊妹！再過兩天就是一月一號，到時祂終於要再度降臨了！」他向我遞出一本小冊子。「拿去，兄弟，上帝保佑你。」

我客氣地微笑接過，接著往出口移動，輕快的腳步反映著自己愉快樂觀的心情。不過就在接近出口的階梯時，我往下看向黑暗的地鐵隧道，隨即放慢腳步。有某種東西潛伏於晦暗不明的隧道深處——某種令人不安的東西。

是不是有個細長的影子，從遠處陰暗隧道裡的一盞黃色警示燈旁經過？我是不是真的聽見一陣熟悉的聲音正輕聲說著：「我們是否該談一談了呢？」

我停下來，瞇起眼睛，但還是無法看透黑暗、推測出剛剛在隧道裡感應到什麼。

這段時間裡，後方的牧師仍繼續發放他的小冊子，一邊說：「再過兩天，上帝之子就要回來審判活人和死人。四十八小時後，你們將會面臨神聖的救贖或是永恆的天譴。不要耽延了，朋友們。祂就要來了。」

他的話使我得以分心，不再注意隧道裡那股不祥的黑暗，也帶來了一些慰藉。我心懷感激回頭看著那位虔誠的傳教士，深吸一口氣，然後爬上出口階梯，走進明亮的十二月冬陽中。

2

▼吉莉安・蓋瑟瑞，二十七歲，新聞記者

我的編輯真的讓人氣炸了。喬治唯一沒亂搞的地方大概就是署名處，排版員這次至少拼對了我的名字：吉莉安的開頭字母是J，不是G。

喬治改動的地方也不全都很糟。雖然很不想承認，可是其中一些讀起來確實流暢了點，但我仍然很氣他在其他部分只是為了修改而修改，就為了表示他有做好該死的工作。我討厭這種蠢事——修改了，卻沒有比較好。本來我可以對那些變動提出抗議，但直到那天早上小報送到街頭後，我才有機會看到內容。我隨手拿了一份最新版，然後搭上計程車前往一一六街。

當時是二〇〇〇年，那一週剛過完聖誕節，所以阿姆斯特丹大道沿路上到處都還有季節性的裝飾。

我在一一六街下計程車，跨過排水溝裡殘餘的髒雪，然後就看到一個跟我長得一模一樣的人在注視著我。我眨了眨雙眼，那其實是自己在酒舖櫥窗上的倒影，有著一張臭臉：不太高的五呎三吋，刻意剪得便於打理的髮型；因為忙碌、神經質還有過量咖啡而保持苗條的身形；簡單的細框眼鏡，不戴隱形眼鏡，因為眼睛太乾了。通常我會穿褲子，不過那天我在短大衣下穿了一件柔軟寬鬆的裙子，目的是為了讓自己正要去誘惑的對象覺得我更有女人味，也更容易親近。

我以慣常的輕快步伐沿著一一六街向西走。機會往往稍縱即逝，沒錯，這是老生常談，但說得一點也沒錯。我把小報夾在腋下，一邊摸索著想拿出在雷馳名披薩的收據上潦草記下的地址，緊接著就一頭撞上了別人。

對方是個四十歲左右的拉丁美洲人，一張圓臉留著下垂的鬍子，他比了個手勢表示歉意後就走了。可是我愣在原地，陷入了童年住在布魯克林低租金區時，那條人行道上的鮮明記憶。

當時我五歲，在春天陽光下騎著三輪車快速前進，結果撞上了拉米瑞茲（Ramirez）先生。他是個四十歲左右的墨西哥人，有著胖乎乎的圓臉和下垂的鬍子，穿著一件熨燙整齊又硬挺的白襯衫，而後來每次見到他時，他都穿得一樣。不過那次是我第一次見到他。他親切地笑著扶我起來，用帶有西班牙口音的英語說：「對不起，小女孩。妳還好嗎？」我看見他後方有一輛搬家公司的廂型車正在卸貨，並陸續把物件搬進一棟小房子。我那位永遠待人和善、身材嬌小的羅馬尼亞裔母親露出笑容，伸出纖細的手，然後歡迎他來到我們的社區。我也清楚記得拉米瑞茲先生按著她的手，親密地朝她漂亮的耳朵輕聲說了些話。根據她的反應，我知道那是在討好。

二〇〇〇年十二月三十日，我站在一一六街和百老匯街交會的路口，感覺那段回憶正使自己臉部繃緊，牙關不禁緊咬。燈號變了，我皺著眉頭擺脫兒時思緒，往西穿過百老匯街，前往約定會面的地點。

▼威爾

我愉快地和二十幾位行人一起往東走過百老匯街的交叉口。我在許多從對向走來的人們之間閃避，並注意到有些人正在皺眉或全神貫注想著自己的事，但其他人則跟我一樣：純粹享受著上西區的氛圍。大街上遍布的聖誕裝飾在晴朗的十二月早晨中閃耀，到處都充滿紐約最典型的獨特活力：成群結隊、努力前進的車輛，無數的人往四面八方湧去，空氣中瀰漫肉桂和烤栗子的香味，各個電台播放的音樂迴盪空中，這一切事物營造出這座偉大城市自身的獨特格調。

我過街進入了哥倫比亞大學校園，深吸一口氣，享受清新冷冽的空氣、藍天，以及明媚陽光灑在許多仍然潔白的雪堆上。我感到胸口有一股熱情沸騰著。

當往前看時，大學建築的特殊格局、依舊覆蓋在校園裡寬廣草地上的雪，以及一位工友推著垃圾推車朝我而來的景象，令我覺得似曾相識而放慢了腳步。

校園暫時變成了德國一處下雪的鄉間；工友變成中世紀的農夫，拖著一台乾草車走向我，露出笑容友好地打招呼。我看見遠處的阿爾騰堡，那裡的中央高塔能俯瞰我所在這片被雪覆蓋的草地，還能眺望遠方位於班堡的主教區。

我站在哥倫比亞大學裡回過神來時，注意到一位正試圖踱腳、讓血液保持流通的紐約市警員打量著我。我一向不想引人起疑，於是小心地繼續穿越校園，表現出一副屬於這裡的樣子，正要去做自己的事，就像其他人一樣。普通人，而不是像我這樣的人。

我看見一位年輕高雅的東非裔母親在講手機，她呼出的氣息讓頸部那條彩色圍巾上方的冷空氣形成白霧。她兩歲大的女兒在寒冬下被包得密不透風，乖乖坐在嬰兒車裡，用戴著連指手套的小手玩弄一串顏色明亮的木珠。奇怪的是，那孩子褐色的大眼睛竟盯住我，目光還隨著我移動；接著，小女嬰陰鬱地對我低語，聲音聽起來竟像個成年男性。「你最好給我放棄，老兄。」

我眨了眨眼，注視著嬰兒。但她已經移開眼神，繼續專注又開心地玩著她的串珠，完全沒察覺到我的存在。不過孩子的母親瞪了我一眼，很明顯像是在說別再那樣盯著我的孩子看，奇怪的陌生人。最後她推著嬰兒車離開了。

我看著她們走遠，心裡跟先前試圖看清地鐵隧道的黑暗時一樣不安。最後我深吸一口氣，繼續往西走，在經過一處報攤時，被《國家地理雜誌》的可怕封面吸引住目光。上面有一張臉，看得出原本是人類，可是現在卻變得像一顆皺縮的頭。整張臉孔都是棕黑色，雙眼緊閉；牙齒斷裂的嘴巴張開成怪異狀，像在痛苦地大叫；細長的頭髮向下延伸，被緊緊圍繞其乾枯頸部的粗毛繩壓住。雜誌封面上的標題寫著「沼澤人：在丹麥沼澤中保存下來的犧牲者」。那個畫面翻攪起一段作嘔的回憶，而我壓抑著繼續前進。

▼伊莉諾．埃哲頓（Eleanor Edgerton），六十一歲，遊民

那天早上待在冰涼的長椅上實在冷得要死，所以我把藍色毯子拉起來蓋著，而就是在那個時候，老羅（ol' Roland）走了過來。

老羅是個瞎子，跟天殺的蝙蝠一樣。我常看到他搖搖晃晃地走，旁邊跟著的是導盲犬露西，一隻黑色拉布拉多，很可愛的小狗。有次老羅問能不能「看一下我的臉」——就是用他的手指，懂吧？他的手指很柔軟，就像女人。我告訴他，我的臉觸感會像是一張地圖，上面有一堆交錯的車輪痕跡；曬太多太陽，抽太多香菸了。不過他人很好，說他覺得我很漂亮。

老羅每次從我這兒經過時，一定都會丟點東西到我杯子裡，那天也是。「這是五元美金，伊莉。」他說，於是我愉快地謝謝他。

接著我就坐在自己的購物推車旁邊，開始雜耍丟起三個豆袋，一邊看著他離開。就在那時，我看見那個三十幾歲的人朝老羅離開的方向走來。那人頭髮有點沙褐色，穿著那種海軍大衣，往這裡走過來。我以前從沒見過他，但永遠不會忘記第一次看到他的時候，因為那實在詭異極了：老羅完全停下腳步，就好像看見那個人走過來！然後老羅的頭非常慢地轉過去，就像在看著那個人離開。看著他，懂嗎？可是老羅已經徹底瞎了七十幾年啊。後來我問了他這件事，他說自己也一頭霧水，不過很清楚當時有某個不尋常的人——或東西——正在經過他。

但那還不是最詭異的，嘖，絕對不是。我都還沒講到最嚇死人的哩。接下來發生的事嚇得我手裡的豆袋都掉了。

那個大衣男從老羅身旁走過，在我偷住的公園角落附近經過了一尊雕像。我說啊，那座舊雕像我看了好幾年，不管是什麼天氣或季節都一樣，總之我對它很熟。可是這傢伙經過的時候——那個雕像天殺的竟然轉過頭去看他！

對，我知道，我知道，我以前也見過怪事，可是都只有在喝得爛醉的時候。嘿，如果我去某個地方卻不能弄到酒，我就會買點香草精一口灌下去。那個大部分都是酒精，懂吧。我會喝得醉醺醺，可是聞起來香噴噴，最後倒在某個垃圾箱後面，看見黑色跟黃色的蛇纏住我的腳。我以前見過這種事或類似的情況很多，但我知道，那都是烈酒造成的。

可是雕像這件事不一樣。我那時清醒得很，而且從沒見過鋼鐵或青銅，還是什麼鬼材質之類的東西活起來，還天殺的轉頭看著一個人！

我看見那男人的走路速度慢了一點下來，彷彿感覺到背後發生了什麼怪事。可是他沒回頭看，小姐，完全沒有。後來他看見我盯著他，我整個胸口突然都變輕了。我其實很害怕，妳知道嗎？可是他笑的時候，那就只是個普通、親切的笑容。於是我用力吞了口口水，像平常一樣伸出一隻手。「有多的零錢嗎，孩子？」

「當然。」他邊說邊掏出幾張二十元鈔票！哇塞，中獎啦！不過在我感謝他之前，他說：「請妳陪我散步一下好嗎？」

「嘿，」我直接不客氣地回答，才不管雕像有沒有活過來哩。我把他的臭錢推回去，拉下我的針織帽，就是縫了啤酒標籤的那種帽子。「喂，」我生氣地對他說：「我才不是天殺的妓女。」

結果他咧嘴對著我笑，有點像是偷笑，然後說：「哎呀，我的運氣真差呢。不過還是跟我走一段路吧。」他輕鬆地伸出手，可是我緊抱著自己。他用很平靜的語氣說：「沒關係的，我以前跟過團。」

這讓我愣住了。他知道暗號：我以前跟過團的意思，是要讓對方知道自己待過馬戲團。接著他說：「我是朋呃友。」

好吧，他說服我了。當我們不想讓其他蠢蛋知道我們跟另一個成員說什麼時，就會使用那種祕密行話。例如成員會說「廢呃物」而不是「廢物」。所以「朋呃友」就是指「朋友」。

不過我還是仔細盯著他看。「你怎麼知道我是團員？」

他輕輕把幾張二十元鈔票放進我手裡，然後拿起我那三個骯髒的豆袋，像個高手般耍弄了起來。他一定有看過我這麼做。我們在等待那些蠢蛋觀眾看演出的時候，最常用雜耍來打發時間了。

我花了二十三年到每個地方做廉價的演出，最後搞到膝蓋都廢了。我很了解這些人，還有那些蠢蛋觀眾和同行的騙子。沒人能耍出我不知道的花招，沒人能夠騙過我這個老騙子。

可是這個人……

他有種……我實在……可惡，我不知道到底是什麼，可是他讓我覺得，我不知該怎麼說——是安全吧，有種自在的感覺，那不只因為他是同行的人。還有其他因素。

於是我讓他幫忙扶起我這又老又瘦弱的身體，然後我們就推著我的推車到街上，一路慢慢走。他問我的名字，我只告訴他我叫伊莉諾，雖然他看起來還可以，不過誰知道呢，總之我小心提防著他。

我們沿著阿姆斯特丹大道走，後來我看到了我們要去的地方：那座有夠大的聖約翰某某大教堂。我立刻停下來。「不，不，」我以為他是那種福音派教徒或什麼狗屁教會的人。「我他媽的才不喜歡上教堂。」

「我了解，」他說話真的很平靜也很理性，而且眼神還流露著友善光芒。「但妳也許會喜歡溫熱食物和乾燥的地方？裡面的人不會強迫妳，相信我。」

我直視他那雙淺褐色的雙眼。雖然覺得不高興，可是這人給我某種平靜但又能激發人的特質，會讓妳快活起來。他不會咄咄逼人，但聽起來真夠會鼓勵人的，好像我是在幫他的忙一樣。「沒什麼好損失的，對吧？」他十分溫柔地推著我。一會兒過後我就投降了，讓他扶著我過馬路。

我很久以前曾進去過那座大教堂，可是不記得有這麼大得要命。他帶我去找一個中國佬，對方身上有個看起來很正式的名牌，接著他要那個人照顧我，然後說：「也找位醫師檢查她吧，她有糖尿病。」

我剩下的牙齒差點嚇得要掉光了，問他的時候聽起來一定驚呆了。「你到底是怎麼知道的？」

那個人只是對我笑，親切地輕握了我的手臂一下，然後中國佬就準備要帶我走了。不過我抓住那個人的袖子，認真盯著他看。

「為什麼那個雕像會轉頭看你？」

▼威爾

我沒料到她會這麼問，而且我看見那位友善的韓國人皺起眉頭、懷疑地看著我，所以只好就事論事地說：「我實在一點也不清楚呢，伊莉諾。但是妳要好好保重。」我輕拍她的手，對韓國人露出微妙的表情，像在暗示這位老人一定在幻想什麼。韓國人表示理解，接著就輕輕帶著她通過大教堂的半圓壁龕離去。我很高興能夠讓她過得稍微舒服一點，儘管再過幾天，我想可能就會有人更慎重地照料她了。

不過我對伊莉諾看見雕像會動一事感到困擾。有我以外的人目睹了這麼奇異的場景，令我感到很不安，這表示情況加劇到新的層次：強大的黑暗力量可能已經行動，並且採取更具侵略性的新攻勢。

我獨自在半圓壁龕內站了片刻，感受聖約翰神明座堂的平靜氛圍，並思考著約翰的預言，試圖緩解自己盡量不去理會的那股潛在壓力。

我皺著眉頭離開大教堂，在阿姆斯特丹大道轉往北走的時候，察覺後方很高的欄杆某處，有隻石製的滴水嘴獸正慢慢轉動醜陋如惡魔般的頭，看著我。

我不想讓它稱心如意知道我回頭看，於是隨意高舉起拳頭，朝著它比出中指。

這讓我暫時開心了一下，直到在一二〇街轉往西走時，我突然感覺一陣劇痛刺進腦中，就像有根釘子被敲進頭骨。我霎時整個人搖搖晃晃，過去每次都是如此。我嘀咕著說：「哎呀，走錯方向了，我真笨啊。」同時，用雙手撐在一個破舊的網狀垃圾桶上，盡量忍住不吐出來。

我轉身蹣跚地循著原路走，重新回到阿姆斯特丹大道時，那陣痛苦就突然停止了。我知道會有這種情況。這一切一如往常，卻激起了許多不安的念頭，而我不願意去想那些事，於是撇下那些思緒，深吸一口十二月的冷冽空氣振作精神，接著往東前進。

3

▼查克・威斯頓（Chuck Weston），五十二歲，創作歌手

混合麥芽威士忌在那個寒冷的早晨中喝起來味道很好。關於這點，詹妮（Janie）一直在數落我。她覺得過去幾個月我有點太喜歡那種味道了，還說她有多麼不愛跟我上臺唱歌時聞到渾身酒氣。她說這樣很難唱完一首歌，更別提一整套演出了。我知道她說得對，不過我偶爾會有點固執，老實說，是固執到煩死人。所以聖誕節隔天，她帶著我們兩個小女兒去我們位於太浩湖區的寓所時，我還真是鬆了口氣。

這讓我又暢飲了一口。嗯哼，我告訴妳，那種蘇格蘭威士忌還真是順口。我把酒瓶放在一個棕色紙袋裡，像遊民般地坐著，但其實不過是坐在門前的階梯等著加長型禮車，而我所在的這棟典型褐色建築位於晨邊公園對面，是我們當初用五百六十萬美金買的。我戴著一貫的Stetson牛仔帽，靴子是向Nudie品牌訂製並加上姓名縮寫，花了差不多兩千美金；我的漂亮長大衣來自尼曼百貨——也就是那個俗稱會「不必要漲價」（Needless Markup）的地方。而搭配我那吉他硬盒的LV手提包，我想算是稍微透露了自己並非一無所有。

但我仍然感到空虛。混合麥芽威士忌的味道真的很棒，我舉起褐色袋子正要再喝一大口時，注意到那個人走過去，然後暫停下腳步回過頭，好奇地說：「不好意思……你是查克．威斯頓？」

我看了他一眼，咕噥著說：「曾經是。」然後又看著他，這次更仔細了些。那人表情友善，淺褐色頭髮，身高不足六呎，三十幾歲，穿著一件海軍大衣。

不只如此，他的眼睛，還有那看著我的樣子，像是在打量我。我也因此回看了一下，最後瞇起眼睛說：「我認識你嗎，夥計？」

「只是個樂迷，」他笑著說：「我在東京看過你的演出。」

那句話引起了比混合麥芽威士忌更香甜的回憶，日本人簡直把我當成王室成員對待。我對那個人點了點頭。「那場還算不錯。」

「那可是比『不錯』要好太多了呢，威斯頓先生。」他說著，彷彿我剛才講了全年度最輕描淡寫的話。「我也有幸在納許維爾（注1）看過你，還有你的太太。那真的太厲害了。」

我哼了一聲。「應該要告訴我那該死的唱片公司才對。」我不高興地又喝了一大口，然後發現他在看我的吉他硬盒。

「裡面是貝琪（注2）嗎？」他問，而我點了頭。他就這樣站在人行道上盯著硬盒看了很久，最後說：「你介意——」他說到一半突然停住，似乎很害羞。「可以讓我很快地看一眼就好？」

「那個賤人現在是你的了。」我態度輕蔑地揮揮手，同意讓他看一眼。他有點嚇到了，我猜我表現得有點太不在乎了，於是稍微克制了些，說：「拿吧，孩子，沒關係的。」

我很會看人。在德州一堆像骯髒死水的俱樂部裡混了好幾年並發跡後，你就會對人有種第六感。在牢裡待一小段時間也是有幫助的。這個人是真正的好人，而且他打開吉他硬盒的方式極為小心，讓我覺得可以信任他。「你叫什麼名字？」

「威爾。」他邊說邊坐在我旁邊的階梯上，非常緩慢地打開硬盒，然後就一直盯著躺在羊皮內襯裡的貝琪。他臉上露出有點好奇的笑容。「那就是它沒錯，」他輕聲說著，彷彿恭敬到了極點。「一九六四年吉普森（注3）出廠的Epiphone FT-98 Troubadour。」

「只製作了兩百把。」雖然我心情不好，但還是對它感到很驕傲。

「兩百一十把。」他一邊看著它一邊點頭，我則是打量著他，正要問他是誰時，他就說：「貝琪是我見過唯一只有一塊黑色護板的琴。」

「對，」我驚訝地說：「大部分的都是兩塊——」

「而且是白色的，對啊。我喜歡他們處理雲杉和楓木的方式。」他觸摸琴的時候動作非常輕柔，彷彿在對待一隻雛鳥。「我想這是吉普森有史以來最棒的民謠吉他了。」

「這點我得同意你。你也會彈，對吧？」

他有點害羞地聳肩。「一點點。」

我伸出粗糙的手從琴頸部分拿起它。「讓它見識一下吧，威爾。」我將它遞給他的時候，他似乎整個人驚呆了。他連忙搖頭拒絕，這讓我笑了起來。「拿去吧。」

注1 美國田納西州（Tennessee）的首府，也是美國鄉村流行音樂的故鄉。

注2 Betsy，知名低音吉他品牌。

注3 Gibson，美國著名吉他製造商。

他把它當新生兒般接過去，放在自己的膝蓋上，接著輕輕刷過琴弦。它有點走音，而他竟然聽得出來。他看了我一眼，我點頭同意讓他調音。

他往上看著它的細琴頸。「這些是鍍金弦鈕嗎？」

「沒錯，原版的。」

他輕輕地調音，同時有點隨意地說：「我最近不常聽到你的演出。」

「不是只有你，」我嗤之以鼻地說：「銷售量爛透了。」

「很遺憾聽到這個。」他邊說，接著就調好了音。他就這樣坐了一會兒，感受著手裡的它。後來他說：「我喜歡你在〈榮耀〉裡彈的樂句。」

我正要拿起褐色紙袋再喝一口，手舉到一半就突然停住，因為他接下來做了一件神奇的事：他開始演奏起我所彈過最錯綜複雜的藍調樂句。我花了一個月才征服那首混帳曲子，即便如此還是會常搞砸，可是這傢伙一個音都沒彈錯。我告訴妳，那時他的手指簡直就像在飛一樣！

但還不只這樣，他飛快地彈過一遍後，就開始根據我的樂句即興編曲起來，我沒騙人，那聽起來可是會讓傑克森·布朗（Jackson Browne）（注1）或基思·理查茲（Keith Richards）（注2）的下巴都掉下的編曲。我的下巴當然也是。他在最後一段猛然加速，彈出像機關槍般瘋狂的音符，結束時留下持續的高潮感，讓我完全忘了呼吸。

他彈完後對我露出笑容，好像這是再自然不過的事。我愣坐在那裡，像個少年第一次看到真正的奶子那樣目不轉睛。

最後我擠出笑容，說：「哇靠，孩子，你稍微練了點東西嘛。」

他露齒笑著說：「我的練習量很大。」他強調「很大」的方式像是在說我根本難以想像。「而且只要練習就會進步。」他似乎刻意看著我那裝著威士忌的褐色紙袋，然後直視我的眼睛說：「可是我沒有你作詞的才華。」

我呼出的氣息在冷冽空氣中停留了片刻。「可不是。我他媽的真是有才華，六年都寫不出一首暢銷曲。」

他聳聳肩膀。「那是因為你在寫的都是垃圾。」

這句話就像朝我臉上潑了冰水。我眨著眼睛。

他又彈了厲害的一小段，接著說：「你陷入了取悅人們的陷阱裡，威斯頓先生。你只寫你認為善變的大眾想聽的東西，或是讓大型唱片公司覺得最容易行銷的歌曲，結果卻不是做你原來最擅長的事。」他深吸了一口氣。「伍迪・蓋瑟瑞（Woody Guthrie）（注3）總是說，你必須深度探索自身靈魂的獨特經歷。」我看見他似乎目光變得深遠，像在訴說記憶裡的事。「在那輛篷車的頂部，夜晚的星空在頭頂上方無限延伸，太陽才剛開始要從地平線緩緩升起，而伍迪吸收了這一切，透過他認識並建立出情感連結的人們加以過濾，然後把這種感覺變成藝術。他寫歌的方式就跟你以前一樣——直接發自內心。」這個人說話的方式，宛如他真的曾坐在伍迪的身邊。接著他轉過來看著我，眼神十分誠懇，我感到他彷彿拿

注1 美國知名搖滾創作歌手，二〇〇四年入選搖滾名人堂（Rock and Roll Hall of Fame）。

注2 英國歌手、詞曲創作人，滾石樂團（The Rolling Stones）的創始成員之一。

注3 美國西部民謠音樂的重要代表歌手，最代表的歌曲是〈這是你的土地〉（*This Land Is Your Land*）。

著一把溫徹斯特步槍，槍口瞄準了我。

「你必須回到那個樣子，查克。回到你的根源，回到奧斯汀。」

他將貝琪交還給我，露出一種不太自然的微笑，像是在刺激我。「有很多題材可以唱。」然後他眼中閃爍出奇怪的光芒，繼續說：「如果我們夠幸運，也許再過幾天還會有更多題材可以發揮。總之，你不應該再喝著威士忌自怨自艾，應該要振作起來了，查克。要為了我們大家，而變得更好。」他輕輕將貝琪放進我手裡。「包括你自己。」

他繼續注視著我一會兒，露出最後的笑容並點點頭，然後從人行道上離去，留下我盯著他的背影。

後來我再也沒見過他，直到在那間舊倉庫發生那件恐怖的事。

4

▼威爾

抱著他的貝琪，而且還彈奏了它，是非常難得又特別的享受。這些年來我彈過很多把吉他，可是從沒碰到比它更棒的。而且那把琴還屬於我很崇拜的樂手，這又更令人開心。這段經歷讓我的步伐變得輕快，也驅散了一些焦慮。更加振奮的是，在穿越晨邊公園時，我看到一位矮壯結實、留著鬍子的白人男性，他正拿著擴音器精力充沛地對路人說話。

「榮耀即將到來，朋友們，」他自信地笑著說：「他們不再飢，不再渴。」

我自動補完下一句：「因為羔羊必牧養他們。」

人行道上的牧師驚訝地看著我，露出讚賞的笑容。「阿門，我的兄弟。」

▼妮可・傑克森（Nicole Jackson），二十三歲，兼職酒保

那是個難熬的早晨，我又夢到凱西了。牠跑在我前面，而我追不上，彷彿空氣很濃厚，只能以慢動作奔跑；無論怎麼努力，我就是跑得不夠快。我知道牠有危險，所以大聲叫喚牠，但牠還是繼續前進，離我越來越遠。我一邊跑一邊痛哭，狠狠地抽泣。醒來時，身上那件棉質長睡衣的袖子都被淚水浸濕了。

我費力地讓像濕沙袋的身體移動下床，拖著腳步走到浴室，接著把頭髮往後撥。我討厭自己的頭髮。我認識的每個黑人女生都會說相同的話。我把頭髮綁成馬尾，開始一天的例行公事，不過一看到自己的眼睛有多腫後，就沒多費力氣化妝了，先拿了顆冰塊敷住眼睛才出門上班。在從皇后區出發的地鐵上，我覺得自己快掛了。

通常我只在週末上班，不過有幾個人去過聖誕節了，而且紐約市立學院（CCNY）也暫時停課，所以我才來代班。到達位於哈林區的酒吧時，我從櫃子裡又拿了顆冰塊敷眼睛。當時才剛過下午，所以客人還不多，但我沒差。我沒心情跟人說話或被搭訕。

那裡其實是個還不錯的地方，位於二〇年代就存在於弗雷德里克・道格拉斯大道東側、一二五街上的阿波羅劇場對面，是個老式經典的去處——內部全都是木頭，像家一樣舒適。那裡見識了哈林區的風格從浮華演變到破舊，現在又再次回到了時髦。我爸全都見識過，他就在往北幾個街區的一三一街上長大，仍然認識附近社區的每個人，就跟擁有那座酒吧的老太太一樣，所以我才得到了這份工作。

那時只有兩個男人坐在吧檯上喝啤酒。一個是體格健壯的黑人卡車司機，我之前見過幾次；另一個是新來的，白人，穿著海軍大衣，淺褐色頭髮，啜飲著可樂娜啤酒。有位身材曼妙的小妞這時旋風般地進來，她的皮膚是棕色，穿了一件毛絨絨的淡紫藍色安哥拉兔毛毛衣，而我看見兩個男人的眼睛都盯著她看。她從我身邊經過時，我清楚聞到她身上的粉味。卡車司機看著她的方式，就像我看見了一塊荷蘭巧克力蛋糕。

他用手肘輕推可樂娜男，我聽見司機低聲咕噥：「既溫暖又毛絨絨的感覺很棒吧？」我沒好氣地搖搖頭，然後轉身查看存貨。男人啊，他們真是太好預測了吧？

可是我從鏡子裡看見，可樂娜男的目光離開了那個女孩，並沒有做出反應。卡車司機傾身繼續打量那小妞的屁股，不過穿海軍大衣的男人看起來像是在沉思，也許想起了某個舊愛吧。

卡車司機最後露出欣賞的表情，嘆了口氣，喝完剩下的百威啤酒，向可樂娜男點頭告別，並對我揮手說完「再見，妮可」後就離開了。

我拿走司機的杯子，接著擦拭吧檯。可樂娜男一定注意到了我的眼睛還很腫，因為他問：「是因為工作、生病，還是男朋友？」

我沒心情理他，於是抬起頭，打算狠狠瞪一下讓他打退堂鼓。但一看到他的雙眼，我就愣住了。他的眼神……像是有某種東西。我不知道，也許可以說很開闊吧。他並不是想搭訕，而是出自純粹的關心。我的眼眶突然盈滿淚水。「噢，」我說，然後用吧檯抹布仍然乾淨的一角擦掉眼淚。「對不起。」我的聲音抖得厲害，就像受到了驚嚇。真不敢相信光是看著他，就讓我完全崩潰了。

「不，不，」他立刻舉起手心朝著我說：「應該道歉的人是我才對。」他稍微轉開身體，像是要給我一些隱私。他似乎是個好人。

我在汽水槍上按了給水鈕替自己倒了些水，也算是讓自己分心。即使這樣，我仍是過了好一會兒才能正常說話。等終於開口時，我講出來的也只是些輕聲細語。「是狗。」他回頭看我。我吞下口水，勉強把話說出口：「是我的狗。」

他看著我許久，似乎心裡有很多想法或感觸，但結果他只是回答：「噢。」不過他說的方式很溫和，讓我覺得這人完全明白我的感受，或許比任何人都還了解。「那樣更糟了，」他繼續說：「我真的很遺憾。是哪種狗？年紀多大？」

「黃金獵犬，十三歲。」

「那一定很難受，我很抱歉。」

「是啊。」我決定不能哭。「從我們兩個都還小的時候就養牠了。」

他喝了一小口可樂娜，什麼話也沒說，不過表情有點像是請我繼續說下去。真奇怪，本來一向都是我聽客人傾吐心事的，這個人卻反轉了情況。可是我一開口之後，確實感到了慰藉。

「只是這太奇怪了，」我納悶地說：「我的意思是，我真的也很愛我奶奶葛蒂。她是個有趣、愛鬥嘴，人又很好的老太太，兩個月前過世了。我當然有哭，可是……」我很不好意思地承認。「凱西上個星期死的時候，那感覺……我不知道，感覺很不一樣。我是真的崩潰了，一直哭，而且……」又有一滴眼淚滑下臉頰，我擦掉它。「你看我這樣就明白了吧。」

他臉上露出苦笑。「那是因為，妳沒從妳奶奶小時候開始就認識她。」

我好奇地看著他。「可是，她告訴過我很多年輕時在哈林區這裡的超棒故事，還讓我看了一堆那時的照片。」

他一隻手臂靠著吧檯，看了我的名牌一眼，很有耐心地解釋：「但那不一樣，妮可。對於凱西，妳見識了牠的整段生命。妳看著牠生活，從頭到尾。」

我一邊回想，一邊移開目光。「是啊。我記得自己九歲生日時坐在地上，我們當時從哈林區搬到皇后區，有了真正的房子，還有後院。然後爸爸帶了我這輩子最棒的禮物回家，那一團快樂的金色小毛球，你知道吧？加上那些尖尖的小狗牙齒——」

「還有那種好聞的小狗呼吸氣息？」

「對啊！」我笑了。我喜歡這個人，他真的明白。「前面兩個星期，牠每晚都會在我床邊的箱子裡哀嚎呢。」

他笑了，顯然很喜歡聽這些。

「我有好多凱西的回憶都混在一起了：小狗狗在我的地毯上撒尿，然後學會坐下。」

「然後過了大概一年後，牠的身形就變得有點瘦長，像個青少年？」

「是啊，在不知不覺中，牠就一天天長成英俊的成犬，常常跟著我在白石大橋底下慢跑。我們停下休息時，牠都會過來舔我的臉或手。媽媽常說，『那隻狗就是沒辦法控制想舔人的衝動』。」

「然後牠的口鼻開始變灰，」可樂娜男會意地說：「變成糖霜臉了。」

我嘆息著。「對啊，我開始上市立學院的時候，牠真的是個灰白的老紳士。雖然我們不再那麼常一起玩，不過牠似乎可以接受。後來牠開始連起身都有困難，到了上星期……」悲傷又從心裡湧出，我的喉嚨緊縮。「上星期二早上，牠完全起不來。我躺在旁邊，臉貼在地上陪著牠，一次又一次輕輕摸著牠的臉。過了一陣子後我才知道牠走了。」

他坐著沒說話，我則是靠著吧檯回想，就這樣安靜了幾分鐘。

最後我說：「我想你說得對。當你看著那一整件事發生，看著你愛的某個人從開始到結尾的整段生命……就是因為那樣，才會這麼痛。」

他沉默著。我望向他，看見他的目光朝下，可是沒在看著什麼，彷彿到了別的地方，正在回想著自已曾失去的摯愛。「對，」最後他終於說話：「就是因為那樣。」

我深吸一大口氣然後吐出，站直身子。「我告訴你，我絕對不會再來一次了。那種痛苦不值得。」

「嗯，下個星期妳的痛苦可能就會少一些了。」他抬起頭看我，露出有點奇怪的笑容。

我正要問他是什麼意思，不過就在此時，一對哈林區的王子與公主突然像陣風出現，好像他們踏上了一艘遊艇，妳懂嗎？馬丁和拉緹莎，他們的父母都是有錢又愛交際的類型，而他們都是常春藤聯盟某所大學的研究生。他們靠在我和可樂娜男前方的吧檯上，接著馬丁說：「兩杯微釀啤酒。」我打開冷藏箱替他們拿啤酒時，馬丁轉頭對拉緹莎說：「聽著，帕斯卡（Pascal）無可否認是十七世紀的偉大人物，但他比較像科學哲學家而不是神學家。」

其實我知道帕斯卡兩者都是，而馬丁的語氣實在太自以為是了，讓我好想拿派砸他。拉緹莎講話也很尖酸。「噢是嗎，馬丁？所以他才會說『男人終究什麼都不是』？」

「不不，」馬丁得意地糾正：「帕斯卡說『男人是衡量一切的終極標準。』」

拉緹莎搖了搖她綁著漂亮玉米辮髮型的頭。「錯，我告訴你他說的是——」

▼威爾

「『*Qu'est-ce que l'homme dans la nature? Un néant à l'égard de l'infini, un tout à l'égard du néant.*』」

我本來無意說出法語，但仍下意識地照著第一次聽到的樣子說了出來。妮可和另外兩人看起來相當驚訝，於是我低聲翻譯：「『什麼是人的本質？對一切而言就是虛無，對虛無而言就是一切。』介於有和無之間，那就是帕斯卡說的。不過我真希望他當時說這句話時，嘴裡的大蒜味沒那麼臭。」

他們睜大眼睛看著我。我連忙別過頭，發現自己無意間賣弄了。不過我偶爾就會這樣，尤其是遇到一對這麼自以為是的男女。我畢竟也只是個人類，算是吧。

而我的目光也被穿著安哥拉兔毛毛衣、身材曼妙的那位年輕女子吸引。卡車司機說得沒錯，她十分誘人。我感覺體內有股原始的性慾，隨即就聽見一陣熟悉的聲音以古語說著：「她只是開端。」

我望向酒吧後方，看見站在那裡的不是妮可，而是那位散發陰鬱氣息又英俊時髦的年輕人。他穿著一件昂貴的黑色絨面風衣，內裡則是駱駝色的喀什米爾毛衣。他的眼神一如往常既友善又危險。他再次說著古語，態度很有魅力又很隨意：「如何？」

我注視著他一會兒，然後用早已失傳的同一種語言回答：「不如你先滾開如何？」

▼妮可

「什麼?!」我嚇了一跳。我站在那裡，手裡拿著兩杯冰的微醺啤酒。可樂娜男眨了眨眼睛，好像剛才正在看著別人，而現在很驚訝地看著我——儘管我根本沒怎麼移動。

「噢，沒事。」他說完後，彷彿感到不舒服地搖了搖頭。

我把啤酒拿給馬丁和拉緹莎的時候，他們也在盯著他看。拉緹莎問他：「那是什麼語言？」

「阿拉姆語（Aramaic），」可樂娜男回答：「已死的語言。」接著用像是朗誦詩歌的方式說：「死得徹徹底底，它害死了古代的希伯來人，現在它要害死我了。」

兩位研究生確定了他是個怪咖，於是側身悄悄離開了。但能讓他們稍微感到不安，可樂娜男似乎覺得很高興——而他看得出我也是。他對我眨眼示意，然後拿出一張二十元鈔票在吧檯上推向我。他一口氣喝完剩下的啤酒，站起來準備離開，但在最後一刻似乎又想到了什麼。「嘿，妮可，妳知道在包威爾的動物收容所嗎？」

我記得自己好奇地稍微皺起了臉。「嗯？」

「我想他們明天就要撲殺一些小狗了。」

接著，他揮動一根手指友善地向我道別，然後走了出去。

我是在五天後才又見到了他——當時我們一起困在那間倉庫裡，那場難以置信的惡夢。不是每個人都活了下來。

5

▼**吉莉安**

我從哈林區搭上A線地鐵後，又看了一遍文章，心裡還是對喬治那些愚蠢的修改感到很生氣。我下定決心，絕不能讓他亂搞剛剛搶到的新獨家報導。

在四十二街站下車後，我來到紐新航港局客運總站的內部。這是我在曼哈頓最不喜歡的其中一個地方，它又大又高，總是有消毒劑的味道，還有熙熙攘攘往各方而去的人們。每年都會有六千七百萬人經過這裡，而我向上帝發誓，其中一定有五千六百萬個是西班牙非法移民。我惱火地在最新一批偷渡進來的人群中推擠著前進。

（我是在非常難堪也極度痛苦的情況下，寫出前面兩個句子——而且之後還會有很多。要承認自己如此心胸狹隘是件非常困難的事，不過當時的我的確是那樣，而我認為這存在著非常重大的理由。在記錄這個故事時，我明白自己必須完全忠實、一絲不苟地描寫自己——寫出我這些年來的心態，以及原因。唯有呈現出當時的自己，包括缺點和其他的一切，我才能夠期待別人徹底體會，在接下來離奇又難以置信的幾天裡，我經歷了什麼驚人轉變——這一切都是因為那個與眾不同的男人，而我注定要遇到他。）

我從第八街出來，沿著長長的街區輕快地走到第九街，在哈德遜河猛烈吹向臉上和眼鏡的冷風中瞇起眼睛。靠近街角的報攤時，我放慢了速度，目光跟往常一樣直接投向《紐約時報》的頭版。我一直很愛那份報紙名稱採用的經典字型，那種字體很有氣勢，散發著成為「美國歷史紀錄性報紙」的影響力與嚴肅感。我早在上紐約大學前就已清楚關於《紐約時報》的一切了：它如何因為正式的風格和穩重的外貌而被稱為「灰色女士」；榮獲九十五座普立茲獎，內容涵蓋一九一八年和一九四〇年代的世界大戰，從「五角大廈文件」專題和披露越戰真相，到報導最新的塔利班鬧劇。說到底，我知道它是最具聲望的報紙，每個新聞工作者都想不計代價加入其中。當然，也有其他出色的報紙，例如《華盛頓郵報》、《洛杉磯時報》和《波士頓環球報》，而在那些地方工作的記者一定也會為自己在報導上的署名感到驕傲，不過灰色女士絕對還是最棒的。

《紐約時報》還剩下幾份，等著讓富有思想和智慧的紐約人購買，這些人都很渴望讀到「所有值得刊登的新聞」（注1）。

附近則是一疊疊的小報，包括《國家紀錄報》（*National Register*）。那總是會讓我露出輕蔑的笑容並想著，所有新聞一旦刊登就值得了。

我沮喪地嘆了口氣，然後前往附近的舊辦公大樓，很不幸地，我就是在那裡工作。大門入口上方那塊現代化的金屬大招牌宣告著：「《國家紀錄報》——美國最受歡迎的報紙！」

每次從它下面經過時我都會搖頭，因為我知道就大量發行的觀點來看，這句話的確是事實。正因如此，我才知道美國麻煩大了。

通常我都叫它《國家反胃報》。在那裡工作讓我覺得非常沮喪，但對於一個剛畢業的大學生，尤其又是在紐約，報章雜誌的新聞工作如果不是辛苦得要命，就是根本不可能找到職缺。迅速發展的網路就像一朵異常黑暗的烏雲逼近著。到外頭找了幾個月的工作後，我的選擇最後只剩下當服務生，或是至少讓自己能一腳踏進門——即使那是通往戶外廁所的門。然而，我決定讓自己隨遇而安，完全投入《紀錄報》的俗氣遊戲中，一邊希望這不會讓自己變成一個新聞討厭鬼，而是透過某種方式提升它的價值，讓它在嚴肅認真的報社中佔有一席之地。

我走進位於十一樓的開放式辦公區時，看見喬治站在布置板前正考慮著頭版的內容。那裡有一大片空白等著擺上某種怪異的照片，旁邊則是以五十級大小的字體寫出搶眼的標題：「貓王還活著——是女人！」

喬治．普維斯（George Purvis）站在那裡皺著眉頭，他的領帶鬆開，身上的Target牌正式襯衫還是一如往常鬆垮。他擺著招牌的思考姿勢：頭往前傾，下巴收起（這讓他看起來好像完全沒下巴），右手食指平貼著嘴唇，彷彿一副要某人安靜的樣子。他的頭已開始漸禿，頭髮變白，整個人像個書呆子；年紀五十出頭，外表比較像小城市的銀行家而非「美國最受歡迎報紙」的編輯。他沉思著向史蒂夫．施耐德（Steve Snyder）點頭，史蒂夫是個可愛的年輕記者，留著蓬亂的頭髮，身材幾乎像他細長手裡的那枝鉛筆一樣瘦。我確信不是只有我在看見史蒂夫時，會聯想到迪士尼版本的伊卡布．克萊恩（注2）。

注1 即《紐約時報》的創立宗旨，原文為「All the News That's Fit to Print」。

注2 迪士尼於一九四九年推出動畫《伊老師與小蟾蜍大歷險》（*The Adventures of Ichabod and Mr. Toad*）中的主角，伊卡布．克萊恩（Ichabod Crane）。

他們仔細檢查頭版的版面，而喬治對史蒂夫點了點頭。「那真是好極了，老弟。」

「好了，喬治。」我經過時俏皮地說：「我弄到手了。」

可是喬治的注意力仍在史蒂夫身上。「所以現在去找個女的貓王演員——」

「她會說她變性了，了解，老大。」史蒂夫接續喬治的想法說著，然後表情高興起來。「噢，噢，副標題就用——貓王變成貓后！」

喬治揚起灰白的眉毛，這一向代表他的贊同。「那也很好，兄弟。」接著，他沒看著我說：「是誰，吉莉？」

「那對黑人暹羅雙胞胎，」我邊說邊脫下大衣。「是獨家。」

他還在考慮貓王的標題，於是漫不經心地問：「多少？」

「才八千五，」我隨口帶過，希望「才」這個字能讓價格聽起來很划算。結果失敗了——喬治的注意力馬上移到我身上。

「八千五？」

「那是極限了。」我揮手打斷他的話，然後在手提包裡翻找資料夾。「要是他們沒在分離手術中活下來就得花四千了——而且醫師說是八十比二十的機率。」

他搖著頭。「那也還是一大筆錢啊。我告訴過妳，不要超過四——」

「看看這些照片。」我把照片啪一聲丟在他面前的桌子上，而他立刻睜大眼睛。我見情勢似乎樂觀，順勢刺激他，說：「嗯？……如何？」彷彿我把稀世珍寶放到了他眼前。

他一張張緩慢地翻看那對八個月大連體嬰的怪異照片，表情扭曲地把一張照片斜著看、上下顛倒看又翻回來，試圖理解自己見到了什麼。最後，他咕噥著說了我很想聽到的話：「哇靠……」

「你的讀者們一定也會這麼說。」我一邊附和，一邊撈起那疊照片。「一份兩塊錢。」

「我不知道，」他猶豫地說：「我是指，雖然流血越多銷售就越多，而且噁心一向是賣點，不過這些真的太……」

「極端了。」我驕傲地點頭。「沒錯。」

史蒂夫走過來，看著我正在整理的照片。他也睜大了眼睛，提出了另一句我很喜歡而且極富文化修養的評論。「唉喲！」

「沒錯。而『唉喲』正是我們親愛的發行人所要的，你很清楚這一點，喬治。」我引用她的格言：「大眾厭倦了，我們必須挑戰尺度。」接著轉身離開，一邊喃喃自語：「至少對這家報紙是如此。喜愛探索的人都想知道……上帝幫幫我們吧。」

我在其他記者和編審的辦公桌迷宮之間穿梭，前往自己的辦公桌。報社辦公室除了基本的電話、電腦、印表機、電視、便利貼、咖啡用品、散亂的檔案與文件，其他東西還能跟信不信由你博物館（Ripley's Believe It or Not Museum）相媲美。為了激勵我們，許多牆面上都掛了印著怪人照片的舊《紀錄報》頭版，其他頭版則是為了宣揚過去的重大標題，例如「西瓜生寶寶」。除此之外還有報社為了新聞調查，而到處探尋找到的實體文物，那些東西塞滿了架子和檔案櫃頂部。例如，與一隻雙頭袋熊布偶共用空間的，是隻褐色乾枯的木乃伊手，以及一副生鏽的望遠瞄準鏡，據說是在甘迺迪被刺殺時，在那座惡名昭彰的草丘附近挖出來的。對於喜愛死亡和暴力的人而言，這間辦公室是個寶庫。這是低端大眾版的史密森尼博物館。

我的同事們也同樣形形色色：年齡各不相同的男女。許多人想必都跟我一樣，把這裡的工作當成跳板，等著前往其他更嚴肅認真的大報社。有少數人確實成功高升了，不過其他人都已經適應並在此安身立命。有何不可呢？要是去了更具聲望的報社或雜誌，薪水通常也只有在這裡的一半，而且那些地方由於網際網路的壓力也一直在裁員。《紀錄報》的發行人潔若汀．赫特（Geraldine Hecht）在這一方面非常精明，她知道如果要吸引有能力的記者，就必須給他們除了普立茲獎以外的東西。金錢真的是很有用，不是嗎？

我正穿越繁忙的辦公室時，被姬可攔住了。她是個俏皮的亞洲女孩，來自寮國或某個地方，後來整個人走起哥德風，黑髮弄成狂野的刺蝟頭，還穿了一個眉環。她把幾則電話留言遞給我時，說：「嘿，還記不記得那個很棒的道格（Doug）？在樓下會計部的？他又來找妳囉，妳一定可以好好發展一段的，女孩。」

「前提是我想要。」我放慢腳步翻閱留言，隨口開玩笑地說。

「那有什麼不好？道格很聰明，宅得還算可愛，而且——」

我到了自己的桌子，看見那裡整齊到了極點，於是打斷她的話。這真的讓我很不高興。我呼喊帶著一個垃圾筒、在幾張桌子外閒晃的墨西哥工友。「康琪塔？」

那個矮胖的女人抬起頭看我，露出迷人的微笑。「*Sí*（注1）？是的，吉莉小姐？」

我用雙手比著。「我的桌子？」

「*Sí*，*Sí*，」她以熱情得意的濃厚口音說：「我幫妳整理了。」

「不，康琪塔，」我嘆了口氣，努力壓抑想殺人的衝動。「我是說拜託不要亂動。」

她笑得更明顯，然後就開心地走掉，一副確信她讓我很滿意的樣子。「*Sí*，*Sí*，*de nada*（注2），吉莉小姐。」

我一邊惡狠狠想瞪死她，一邊回憶起五歲時，站在布魯克林區家中那個小廚房的場景。只要我用母親的母語羅馬尼亞語說出任何一個字，無比有耐心的她總會用濃厚的口音糾正我：「英語，吉莉，我們要說英語。我來到這裡，是為了讓妳當美國女孩的。」

我站在辦公室裡，對史蒂夫發牢騷：「他們在墨西哥不是也覺得我應該要學西班牙語嗎？」

史蒂夫擺動又細又長的腿，從容走向我。「或許吧。不過聲明一下，她來自哥斯大黎加。」我不屑地聳肩。「去查查人口資料吧，那幾乎就是他們的國家。」他說完，接著又看了我剛才向喬治展示的照片，臉部隨即扭曲。「天哪，我從來沒見過真正的暹羅雙胞胎。我猜政治正確的用法應該是『連體嬰』，對吧？」

「對。那是政治正確，不過人們比較喜歡『暹羅』這個詞，報紙可以多賣一點。」我正在把桌面弄亂成自己喜歡的樣子。史蒂夫一直看著那些照片。

「天哪。妳能想像當他們的父母是什麼感覺嗎？或是他們自己？」

「你心軟了嗎，史蒂夫？你對新聞的超然性呢？」

「是那樣稱呼的嗎？」他的語氣讓我抬起了頭。我發現他像個人類學家仔細打量著我。「這個地方

注1 西班牙文，「是」的意思。

注2 西班牙文，意即「不客氣」。

影響妳了，吉莉。」

我吐出一口氣不理會這句話。他坐上我的桌緣。「我是說，我知道他們給我們的薪水很好，但妳應該要在《紐約時報》做著像伍德華和伯恩斯坦（注1）一樣的事才對，而不是暹羅——」

「我懂，我懂。」我防衛性地舉起雙手。他不是第一次提起這個話題了。「我真的明白，史蒂夫。我一直在找。」

「找更好的地方嗎？或者至少是能夠引起他們注意的題材？就像我們念紐約大學時，妳那份很酷的調查報導？」

「對啊，沒錯。」我對自己為《華盛頓廣場新聞》（注2）做的認真報導感到驕傲，尤其是關於愛滋病在包厘街的一篇有力報導。而我確實知道，追蹤暹羅雙胞胎跟那些事絕對不一樣。

「很好，」史蒂夫說，然後用力點頭。「我真的很高興聽到這個，女孩。我需要一個在大報工作的朋友，而這個朋友也能幫我在那裡弄到工作。」接著他站起來。「不過現在，我需要從妳的千禧年貯藏庫裡找一張好看的貓王照片。」

「沒問題，」我邊說邊拉開桌子旁的檔案櫃。「你要年輕性感的嗎？或是這裡也有一隻大汗淋漓的老抹香鯨。」我舉起厚厚的資料夾，裡面都是我為了報社即將發行的特殊相片輯所蒐集的照片。

去年，也就是一九九九年，我剛加入報社後不久，就拼貼了一副千禧年終結的攝影蒙太奇：「千年以來的面孔！」這完全對中了大眾的口味。它徹底符合媒體在轉換至二〇〇〇年這段期間的大肆炒作、譁眾取寵和荒誕不經。而報紙也多賣了非常龐大的數量，比《紀錄報》以前賣的還要多。

喬治和發行人潔若汀．赫特自然會想要再來一次這種業績，可是不想再等一千年。我給了他們一個藉口：我指出千禧年真正的終結，其實是在即將到來的除夕，也就是二〇〇〇年邁入二〇〇一年的時候。喬治認為不能只推出照片選輯，而是要推出整份報紙的特別版，主題則是：「更多千年以來的面孔！」他們對此的熱情讓我感到有點訝異。我知道只有最熱衷的宗教狂熱份子或對曆法著迷的阿宅，才會注意到即將來臨的里程碑。

「這次要加進更多象人、侏儒跟稀奇古怪的東西。」始終散發著優雅氣質的赫特夫人，親自下達了指示。

我表面上演出一副等不及照做的樣子，內心則是嘆息，並發誓二〇〇一年也會是我逃離她這個八卦糞坑的一年。

我打開塞得鼓鼓的資料夾時，有幾張照片滑落到桌面，其中一張還差點掉下去，於是我趕緊伸手抓住。「或者這個如何，偉大的甘地？」

史蒂夫輕笑著揮了揮手。「賣得不會像貓王好。」

「廢話，福爾摩斯。那就是八卦報的精神。」我看著甘地的相片。這是一九四八年照的，他在照片裡穿著招牌的白色印度兜迪（dhoti），正在跟某人一起笑。我知道這拍攝於他在新德里的家中(注3)，隔天他就遭到殺手刺殺。

注1 即揭發水門案的《華盛頓郵報》記者鮑勃・伍德華（Bob Woodward）與卡爾・伯恩斯坦（Carl Bernstein）。

注2 紐約大學的校園報紙。

注3 即後來的甘地紀念館（Gandhi Smriti）。

我的目光被一個站在甘地後方、笑著看他的男人吸引。雖然照片是黑白的，但如果花時間仔細看，我會猜測那個男人的頭髮是淺褐色，他的眼睛似乎也是相同顏色，而年紀大約是三十出頭。

然而在那個特別的時刻，我幾乎沒把他放在心上。

6

▼提托．布朗（Tito Brown），十七歲，混血塗鴉客

前一晚我出去亂晃，操他媽的冷死了。可是很值得，因為我找到了目標。在西一一二街上，就是他們正在拆掉舊屋子那附近，那裡有可以開的那種舊拖車，是叫什麼？噢對，叫露營車，我說的就是那個。我告訴妳，那台車醜爆啦，有點像嘔吐物的顏色，不過可以當新目標，瞭嗎？窗戶底下的車身又大又寬，有一堆空白空間，而且從來沒被塗鴉過。

所以隔天我經過了幾次，瞭嗎，就像隨便走那樣。看起來沒人住在裡面，所以我再靠近一點，同時還得注意條子，不過那個星期剛過聖誕節，路上根本沒幾個人。我直接走到窗戶邊，沒看見裡面有人，於是放下袋子開始行動。

我先拿出一罐 Krylon 牌二二〇六號。那是一種超酷的裝飾色，看起來像金屬，二二〇六就是他們說的黑古銅色，我那時很常用那款顏色。我搖動罐子，直到裡面珠子的喀噠聲聽起來很流暢，然後在路邊石塊的邊角用力砸下讓蓋子彈開，接著拆掉噴頭。原廠附的噴頭爛得要命，這種做法是我表哥雷（Ray）教的。「要從其他罐子找到適合你的噴頭，提托；從地毯清潔劑的寬頭，到細部工作用的窄頭都要利用，瞭嗎？」雷很行的，靠。雷是個厲害的人物。

雷真的是。

我蓋上一個中型噴頭，直接開始噴起自己超大的名字：TITO！絕對不會有人錯過的，我可是噴得那麼大：從窗戶頂部經過側面一路到地上。我邊噴也邊笑著，因為我知道有人會開著這東西到處跑，會有一堆人看見。以前地鐵也是這樣，後來那些混蛋想辦法讓車廂變成某種顏料沒法附著的表面，可以直接洗掉塗鴉，真夠爛的。這樣就再也不能跟雷偷跑進布朗克斯區的調車場，整夜對列車塗鴉了。

噴好名字後，我決定在背景大致畫出一道天際線，就像我的名字畫過了整座他媽的城市。我用的是三五四二城堡岩。城堡岩，妳聽聽這啥鬼？他們想出的一些名字真是整死我了：鮮鮭魚、葡萄霜、潮池、編織掛毯。靠，我根本不知道最後那兩個是什麼鬼顏色哩。總之，畫好天際線之後，我就用三五四五石洗丹寧在大車後方畫了一對眼睛，彷彿它們正在看我的名字。我非常專心，正專注在長長的睫毛上，所以沒注意到那傢伙，他突然出聲：「你技術不錯。」

喲！那嚇得我差點閃尿！我馬上轉身，如果他是條子我就直接落跑。結果只是個普通白人，身上那種大衣跟我表哥從海軍回來時穿的一樣。淺褐色頭髮和眼睛，差不多像Krylon二五〇四號吧。比我高一點，而且他穿著那件大衣，我不確定自己能不能撂倒他，至少沒用我的小刀不行，但蠢的是我把它留在雜物袋裡了。於是我開始慢慢移向袋子，一邊說：「噢是嗎？你這麼覺得？」

「嗯，沒錯。」他一直很認真看著我的塗鴉。「可是你很懶。」

「你他媽的在說什麼？」我快接近袋子時，他開始朝我走近，但不是衝著我來，真的只是在看我的塗鴉。

「你對色彩的眼光非常棒，提托。是提托對吧？」

「也許吧。」我遲疑地說。

「嘿，我是威爾。」那傢伙說完，仍在看著我的塗鴉。我還不明白他在玩什麼把戲。

「色彩、色調跟混色都很好，可是風格不協調。」

「你在說啥？」

他指著我在背景畫的那對大眼睛。「這裡的設計跟那裡的——」他是指天際線和我的名字。「——在藝術上完全沒有一致性。」我目瞪口呆地看著他，試著搞清楚他在說什麼。「我可以看你的草圖嗎？」

「我才不弄什麼狗屁草圖。」

「只是看情況發揮？」

「沒錯，對。我都是當場發揮。」我驕傲地說。

「確實要那樣沒錯。」

喲。現在我覺得好點了，可是他接下來的開頭，又接了一個很討厭的「如果」。

「如果你是像捕捉光影變化那一瞬間的印象派畫家就很好，可是你的作品明顯有一種更大膽、更平民化的圖像風格，只要在設計和意圖方面多思考一點，就會更有助益。」

「哎。」我不以為然地聳聳肩。「我知道有些塗鴉客會弄那種狗屁草圖，可是太麻煩了啦。」

「你會那麼想真是可惜，」他說：「你在這裡畫的，還有那裡……」他指著眼睛，又指著其他部分。

「設想很完善。」

「那又怎樣？」

「可是它們少了本來可以擁有的力量，提托，只要更有凝聚力就行了。而且裡面也沒有細節。」
「欸混蛋，」我不爽起來。「你是在哈囉？我用的可是他媽的噴漆罐啊！」
「對，」他說，然後露出微笑認真盯著我看。「為什麼會那樣呢？」
我不知道那是不是別人開玩笑、糗你時露出的那種狗屎笑容，還是有其他原因。我眨了眨眼，也回盯著他，想弄清楚這老兄到底是什麼意思，還有他這樣到底想幹嘛。
「這個嘛，」不知為什麼，我覺得有點想逃避。「因為……呃，所有人都是這麼做的，老兄。」
「啊。」他稍微斜眼看我，然後說：「我以為你會更與眾不同一點。」
他繼續盯著我看，像是在挑戰我。後來他的手機響了。

▼威爾

我仍然注視著提托，試圖判斷他是否明白我的意思。手機響到第三聲時，我接了起來，目光仍未離開那個男孩。「喂？」
「布魯姆（Bloom）先生……？W．J．布魯姆？」我好像認得對方的聲音，不過訊號有點弱。
「對，沒錯……是史密斯先生嗎？」
「是的，先生，彩虹藝廊的華特．史密斯。」
雖然我已經有段時間沒去拜訪，但腦中隨即出現對方在蘇活區那家藝廊的畫面。我彷彿看見了負責人華特．史密斯的樣子，他很可能穿著裁製的粗花呢西裝外套和長褲，而即使在藝廊低調的照明下，他的禿頭還是會閃閃發亮。史密斯說話時，我想像他的目光越過那張散發光澤的橡木櫃檯、望向一面牆，上頭掛著幾幅風格強烈又發人深省的畫作，例如馬奈（注）的作品。同時，我注意到提托正用稍微不同於以往的眼光，看著自己在我那輛車上的塗鴉。

史密斯說：「我們售出了你那幅路邊小販與貧民的試畫。」

「我很高興聽到這消息。」

「我知道你會的，而且我們為你賣到了原價。」他顯然是要強調自己精明地替我處理好了這件事。他隱約吹捧自己的方式讓我露出微笑，我也一點都不在意。我需要有人處理這類瑣事，而華特這些年來一直很有效率。「七千元，再減去我們的佣金，」他繼續說：「我應該轉到你的大通銀行帳戶？」

「跟往常一樣，是的。謝謝你。」

「嗯，布魯姆先生，」他的語氣顯然還有別的事要談，不過有點猶豫該如何啟齒。「買下畫的女人非常想要見你。」

「這個嘛，華特，」我耐心地說，這種情況我先前已經遇過很多次了。「你知道我會避免這種事，所以——」

「是的，是的，我當然明白。可是這位女士年紀很大，還說非常緊急。她也讓我明顯覺得她之前見過你。你認識漢娜．克萊兒（Hanna Claire）嗎？」

我隱隱倒抽一口氣。就連正在專注重新審視自己塗鴉的提托，也因我的態度改變而看過來；他察覺

注 馬奈（Édouard Manet），法國畫家，後人視為印象派的先驅。

到某件事對我產生了很大的衝擊。在這麼多年後突然聽見那名字，激起了我內心深沉、美好卻又極度複雜的情緒。我沉默地站立許久，回顧著過去：那晚在聖路易橋下方流動的塞納河。

最後我聽見史密斯的聲音問：「布魯姆先生？」

「是，」我回過神來，但腦中同時也在衡量並考慮各種可能。「是，我在。」我停頓一下。「請告訴她……」我努力做出最好也最適當的反應。聽到她名字時，我內心湧現的思念意外地十分強烈，然而最重要的是，我必須考量她的感受。我當然很清楚為什麼她想再見到我，而我也想再見到她。可是根據過去的經驗，我知道無論她對此一開始有多麼高興，最後都還是會陷入更深沉的悲傷中。

心情沉重之下，我決定最溫和的方式就是最好的方式。我輕聲回答：「請告訴她，你一直沒辦法聯絡上我。」

「你確定嗎，布魯姆先生？我知道她一定會非常失望——」

「很抱歉，史密斯先生……我現在得掛了。」我闔上手機，站在那裡茫然地看著它，後來才發現提托一直在注視我。

我擠出微笑說：「你應該到大都會看一看的。」

多種族混血的提托頭髮剪得很短，而他搖了搖頭。「不了，老兄。我是洋基隊的。」

「不是大都會棒球隊。」我笑著拿出自己的鑰匙。「是大都會博物館（Metropolitan Museum of Art）。」

「給我滾吧，老兄。」他的臉皺起來，好像剛吃了苦根。「我才不搞什麼狗屁博物館的事。」

「就在第五大道跟八十二街交會處，去看看浪漫主義的展間。」我從他身邊經過走向露營車。「去了解明暗對照法。」

「那是幹嘛的？」

「去查字典。」我打開門鎖時，看見他的臉完全呆掉，讓我覺得很有趣。

「喲，等一下，等一下。」他完全糊塗了。「這是你的車？」

我踩上門口時對著他笑。「你覺得呢？」

那雙深褐色眼睛注視著我。「你不氣我……我……畫了你的……」他一隻手揮向自己的作品。

我搖搖頭。「我只是很失望你沒做得更棒。」接著我另外想到了一件事，於是說：「不如這樣，後天跟我在河邊的東一二六街上見。」我往他的大型作品點了點頭，現在我的車有裝飾了。「你要找到應該沒問題吧？」

「沒問題啊，」他似笑非笑地說。「我是說，可以，我找得到。可是為什麼？」

我聳聳肩，露出微笑。「為什麼不呢？」

他專注地看了我一會兒，最後緩緩點了頭。我也點頭回應，看著他收拾噴漆和袋子。這個男孩瘦而結實，身穿如小丑般寬鬆得不像話的褲子，拖著腳步沿一一二街離開了。

▼**提托**

我一邊走一邊想，剛才到底是搞什麼?!走到街角的時候，還回頭偷看了一眼。他只是站在他的車子門口前看著我。我已經覺得他是我遇過最他媽奇怪的人了，可是那時並不知道有多奇怪。操他媽的哩，我根本還不知道。根本還沒。

▼威爾

提托從街角又回頭好奇地看了我一眼，接著就消失在視線之外。

他離開後，我的目光逐漸變得渙散；望向遠方，望向過去。腦中反覆想著那個親愛的名字……漢娜。

7

▼漢娜・克萊兒，八十五歲，前聯合國特使

我真不懂八十五歲是怎麼回事。

以前大戰期間，我在收音機上聽過詩人兼作家桃樂絲・帕克說過：「只有你覺得自己老了，你才是真的老了。」

後來在一九四八年，我成了薩奇・佩吉的超級球迷。他是黑人聯盟裡克里夫蘭隊的厲害投手。四十二歲的薩吉是大聯盟史上年紀最大的新人，或者是四十三歲？還是四十四？沒人能確定。我們也不確定他自己知不知道。他在這件事上有幾句很棒的名言：「年齡是心理大於生理的問題。如果你心理沒問題，生理就沒問題。」

不過我最喜歡他說的話是：「如果不知道自己幾歲，你覺得自己會是幾歲？」

就我而言，大概二十八歲吧。絕對不是八十五歲。

而且當然也不是我在六〇年代，從坎特伯里買的鍍金鏡子裡看到的那個人：一臉皺紋、滿頭白髮的老太婆。我一直不懂變老是怎麼回事，覺得自己跟以前一樣仍然精力過剩，就像個年輕人被困在這副可笑的八十幾歲軀殼裡。我不懂為什麼不能隨便穿穿就去騎馬跨欄，或是獨自航行穿越長島海灣，或者一如往常地慢跑去砲台公園。我還是每天都隨便穿，但由於六年前愚蠢地摔了一跤，使得現在不得不多注意自己的動作。醫師那時經常唸我，七十九歲的人不應該出去攀岩，真是讓我氣炸了。

然而，我的眼睛還是一樣藍。水晶藍，威爾是這麼形容的。一想到他，我胸口就感到飄飄然。威爾真的是獨一無二，這麼說當然還是低估了呢。

總之，管理員打電話來，告訴我樓下是誰想要見我。我猶豫了，即使下面那個人可能是我唯一的希望；即使華特·史密斯剛從藝廊打來說，他無法聯絡上藝術家也不確定以後有辦法，儘管我對畫出了兩倍的價格。不過，想到那個男人正在我的大廳等待，我還是非常想改變主意。

但我明白自己沒有其他選擇。我請管理員讓他上來，希望這場碰面或許會提供新線索，能得到聯絡上威爾的方式。但我也知道這讓自己身處險境，等等跟那個男人應對時必須極度小心。

門鈴響起時，瑪土撒拉（Methuselah）懶洋洋地抬起頭看，然後打了個呵欠。牠是我養的三色貓，非常固執，而且是十分稀有的公貓，正安臥在牠最愛的位置：位於八十四街及東端大道交會、我的連棟別墅東北角窗邊。

我打開前門，向走廊上的男人打招呼。他比五呎十吋的我略高，散發出一種氣勢；穿著一件軍用大衣，領子扣到最高；髮色原本可能是深褐色，不過現在已經花白。我猜他的年紀大約接近六十，有張很圓的臉孔，那天還有很深的黑眼圈，似乎睡得不多或睡不太好。

光是他的眼睛就讓我感到一陣寒意。那雙眼很蒼白，像鬼魂似的。這讓我感到不安，甚至還有些害怕，不過我沒顯現出來。在聯合國工作幾十年做過各種事後，我已經精通爾虞我詐的外交手段了。他說話時有很重的法國口音：「克萊兒女士？」

「是的，請進。我幫你拿外套？」

他輕輕點頭致意，帶有歐陸人的禮節。「*Merci.*（注1）」

「*De rien.*（注2）」我下意識回答，而他用覆了薄紗似的眼睛看著我，顯然很高興。

「*Ah, vous parlez français?*（注3）」

我露出笑容，改回自己的母語，也就是帶有波士頓口音的英文，而這常讓某些人讚美我，拿我跟凱瑟琳・赫本相比。我真是想得美。「我曾經說得一口好法語，不過恐怕已經有點生疏了。」

「不要緊。」他聳聳肩，幾乎毫無掩飾不悅地說：「英語是當今的世界語言了。」

他在進屋時解開灰色大衣的扣子，露出底下代表神職人員身分的衣領。

「聖賈克（St. Jacques）聽起來是個很適合神父的姓氏，」我笑著說：「你的名字是……？」

「保羅。」

「啊，也很適合呢。請你把大衣就掛在那裡，保羅神父。」我指著附有鏡子的胡桃木衣帽架，那是我在愛丁堡一間古董店裡救回來的。在這棟混搭風格的舊住宅內，它跟其他維多利亞時代晚期的物件非常搭配。「我剛泡了些茶，要來一點嗎？」

「當然，謝謝，不加牛奶。」他混雜法文說話時，那雙白濁的眼睛鎖定了我壁爐架上的畫，然後在

注1 法語中的「謝謝」。

注2 法語，意思為「不客氣」。

注3 法語，意思為「啊，妳會說法語？」。

室內迅速張望。我見他快速掃視過散布於鋼琴小平台、架子和桌面上的數十個相框，很清楚他在找什麼。幾天前，他第一次打電話聯繫時，我就特地把那些照片藏了起來，不過我也很想引他出來。希望等等從他那裡得到的資訊，能比他從我這裡得到的還多。

他走向壁爐，假裝靠近火焰溫暖雙手，但我清楚得很，他是在研究桃花心木壁爐架上的那幅畫。

「妳家很漂亮，」他熱誠地說：「妳在這裡住了多久？」

「超過四十年了。」

瑪土撒拉這時抬起頭提防，神父正越過牠的頭上方望出窗外。那隻三色貓的銳利眼神跟我的一樣，在仔細打量著他。他說話時，似乎因瑪土撒拉的存在而有點不自在：「景觀很棒。」

我走上前，將細薄的瓷器茶杯和碟子拿給他。「那扇窗正是我在五〇年代買下這個地方的理由，那兒是卡爾舒茨公園。」

「是嗎。」他點頭，然後啜飲熱燙的愛爾蘭早餐茶。「市長的官邸瑰西園就在那裡，對不對？」

「是的，沒錯。而後面那座就是三區大橋。」

「就在東河上。」他邊說邊看著壯觀的吊橋。

「其實那就是原版的『惡水上的大橋(注)』，」我說：「它跨越了匯流點，也就是左邊那條哈林河跟從長島海灣流入的東河匯集處。兩條河一直互相衝撞，而且又有潮水的影響，水流非常洶湧。」

「而且危險，我能想像。」

「是的，那個特定的地點就叫地獄門（Hell Gate）。」他看著那裡時，我記得自己心想，在目前的情況下，真是個恰當的名稱。「但我知道你不是來看窗外景觀的。」我往壁爐做了個手勢。「那就是你打電話要跟我談的畫嗎？」

他轉身看著壁爐架上那幅加框的印象派油畫。「是的，沒錯。那幅畫非常棒，不過我必須坦承，我對繪畫所知甚少。羅馬的一位商人朋友請我在紐約時過來詢問一下，他很喜歡蒐集這類作品。」雖然聲稱自己是新手，但保羅神父似乎正用行家般經驗豐富的目光仔細研究著畫。我注意到他臉上逐漸浮現古怪的微笑。

我對他設下誘餌。「你不覺得這好像很容易被誤認成馬奈的作品嗎？」

「哎呀，克萊兒女士，」他推辭說：「我想我還不夠有資格可以提出專業意見。」

他是想要欺騙我這位老太婆嗎？「這個嘛，」我說：「其他人是那麼想的。不過，你也看得出來，上面的署名是另一位藝術家。」果然，他正仔細看著右下角的 W. J. 那幾個字母。

接著他將注意力移移到繪畫筆法上，那種筆法短小而精準，卻也大膽又發人深省。畫裡的色彩暗示是傍晚時段，一位巴黎小販在羅浮宮外顧著他的可麗餅攤位。

「這顯然是那座玻璃金字塔建立之前所繪成。」聖賈克神父提出意見。

「在那很久之前，沒錯。」我笑著繼續說：「恐怕那座金字塔並不是我最喜歡的增建建築。」

「我也討厭那個荒唐的東西。」他邊說邊對我露出溫暖的笑容，彷彿將我當成志同道合之人。他相當精明，知道怎麼鼓勵我吐露心聲。他又回頭繼續檢視那幅畫。小販笑著傾身靠近一位衣衫不整、打著

注 也意指歌曲〈惡水上的大橋〉（*Bridge Over Troubled Water*），為知名二重唱團體賽門與葛芬柯（Simon & Garfunkel）發行於一九七〇年的作品。

赤腳的街頭流浪兒，小販的左手觸碰孩子的右肩，似乎要引起她的注意，右手則拿著一份剛製作好的可麗餅要給她。畫面正好是流浪兒轉頭看向小販的那瞬間——女孩對意外的善舉露出驚訝表情——將畫作中原本只是巴黎街頭生活的隨意一瞥，提升到詩意的境界。孩子臉上因訝異而顯得些許容光煥發，再加上小販純粹的溫柔表情，使這幅畫顯露出人性真正的神奇之處。

我仔細看著神父，問：「你的商人朋友是從我在雜誌裡的那張照片看到它嗎？」

「對，沒錯。」他注意力完全移到我身上，同時對我散發魅力。「那是《浮華世界》針對聯合國難民事務高級專員寫的一篇好文章。妳對他們做的一切令我深感佩服。」

我客氣地點頭表達謝意，回答：「哎呀，我想他們有點過度聚焦在我身上了，對其他人卻談得不夠多。」

「妳是待在日內瓦的總部嗎？」

「通常是，不過也會因為工作去往各地。你呢，保羅神父？」我很想刺探出他來此的真正理由。

「我想旅行也是你工作的一部分吧？」我感覺到，他的觸鬚對這刻意的詢問做出了反應。

「對，最近很常。」他回答。

「你一開始聯絡時，是從羅馬打來的吧？」

「是的。」他愉快地點頭，又喝了一小口茶，但顯然想要改變話題。*先別那麼快，小男孩。*

「你大老遠過來，就只是為了好好看一下這幅畫？」

「噢，不是。」他有些操之過急地說。

▼保羅・聖賈克神父，四十八歲，天主教神父，內容翻譯自原本以法文書寫的個人日誌

我覺得自己好像回答得有點太快了，於是試著圓場。「不，我來這裡有其他事務，克萊兒女士。我朋友一聽說我要來，就請我聯絡妳。」

「你要為教會處理什麼事務？」她問。我已經不確定這到底是純粹出於好奇，或者她其實比那看似溫和、年老的外表還更加精明。她有種輕快、青春的氣場，而且聞起來並不像老女人，散發著清新活潑的獨特香氣，穿著也和年紀不相符。她穿了輕便但時髦的長褲，而非洋裝或裙子。我越來越覺得，這老女人的表面下其實是個生氣勃勃、精神飽滿、務實嚴肅的新英格蘭人，而她可能想要弄清楚我代表祢執行的真正任務，我的天父。

於是我提出一貫的標準答案，聽起來也確實非常專業。「我的工作主要是神職研究，恐怕妳會覺得那非常無聊，就連我也常這麼想。」我再次看向畫作，想把話題轉回到正確方向。「可以請問妳，是如何取得這幅畫的嗎？」

「是畫家送的禮物。」

她認識他?!我心驚了一下。我強忍住衝動，不去端詳她的表情，不過恐怕我的眼神已洩露太多。我從天父全能的恩典中尋求力量，同時竭力使自己的呼吸平順，讓語氣聽起來像是在隨意交談。「真的嗎？妳是怎麼認識他的？」

「他救了我一命，」她笑著說：「是真的。有一天晚上從塞納河中救了我。」

現在應該可以好奇地看著她了。「妳摔了進去？」

「不，」她輕笑著。「我跳下去。」

「什麼？是故意的？」此刻我是真的感到驚訝。她的笑容消退了些。

「是的，恐怕你的教會不太喜歡我做的事。」

「天哪。」我下意識在胸前比了十字。「妳打算溺死自己？」

「嗯。」她點頭，露出帶著有些諷刺笑容。「當時……該怎麼說呢？那時狀態一直不是很好，我很年輕，又不切實際……」她的聲音變得飄渺，並專注地看著那幅畫，或者更正確地說是「看進」那幅畫中。接著她語重心長地說：「那種感覺很激烈……而且快要淹死了，結果突然有人在我身旁胡亂打水，也快要溺水。」

我側著頭，鼓勵她繼續說。

「我很困惑，也很生氣被打斷，」她說下去：「但我還是游過去幫他。一開始他還奮力抵抗，不過我越來越生氣並朝他大吼，他才終於平靜下來，讓我帶他回到岸邊。我們兩人爬上岸，坐在聖路易橋旁邊的河牆上，背後則是巴黎的街燈。」

她的眼神變得遙遠。「我還能看見巴黎聖母院後方被照亮，對比著他背後的黑暗。我們全身被浸濕又不斷發抖，坐在一起聊各自的煩惱。我告訴他，我很愚蠢地跟著一位英俊的巴黎研究生從牛津去到巴黎，以為自己瘋狂陷入了愛河，對方也宣稱要回報我的愛意。直到那個晚上，我當場抓到他跟一個外表中性的十六歲女孩在一起。我當時坐在河邊，打算再跳進去一次解決這整件爛事，結果那人甩了甩還在滴水的頭髮，對我說：『哎呀，妳也知道那些法國人，老是急著分享他們大大的法國麵包。』」

我對這句幽默的話露出微笑。

她點點頭，說：「沒錯，他也讓我笑了，完全化解了我的沮喪。」

我試著讓語氣聽起來像一般人一樣好奇。「為什麼他要溺死自己？」

她回憶時眼神露出光芒。「我很快就發現，他其實只是假裝自己有危險，好讓我振作起來。」

「真的？」我露出困惑的表情。「那似乎是個很不尋常的選擇。」

「不過卻是個明智的選擇，保羅神父。他知道，如果只是試著想救我，我一定會奮力抵抗。可是他透過那種方式……」她比了個手勢，像是在說我才能在這邊跟你說話。

「我很高興他成功了。」我一邊刺探，一邊繼續假裝純粹在聊天的語氣。「我猜他是法國人？」

「不是，但他的口音就像是當地人。」

「來自哪裡呢？」

「其實，我一直都不太確定。」

她開始提防了嗎？我必須再和緩一點。我笑著說：「噢，這是很常見的藉口，他非常可能已經結婚了。他的年紀比妳還大嗎？」

▼漢娜

好傢伙，他真的很緊迫盯人。我心想，並納悶自己應該告訴他多少，他似乎已經感覺到我在提防了。不過管他的，我想只要主動提供更多資訊——但是要小心——就可能從他那裡得到更多。我試著若無其事地說：「噢，我猜三十出頭。雖然不像我那位巴黎男友那麼好看，可是也滿英俊的。」

「妳對他的國籍完全沒有想法？」雖然他試圖讓語氣聽起來像在推測，不過我知道他是在刺探。

「不盡然，」我說：「他身高將近六呎，沙褐色頭髮，還有那雙淺褐色眼睛……該怎麼說呢，很引人注目？」

「嗯，很有趣。那是什麼時候發生的？」

「四月，」我告訴他，同時回頭看著畫。「一九三七年。」

我聽見保羅神父輕輕倒抽一口氣，但差點就沒注意到，因為我又沉浸在那幅畫的魅力中了。我常發生這種入迷的狀況：回想起他第一次把畫交到我手中的場景。

在那甜蜜的片刻，只剩下我跟那幅畫，以及滿滿回憶。我的脖子上永遠戴著一條年代久遠的小珍珠項鍊，我用起皺蒼老的手指輕輕觸碰它時，回想起了那一切。

當時我的頭髮很長，是蜜色的，從塞納河上岸後還有點濕。我裹著溫暖的被單，剛結束一場美妙又直覺的性愛。一切發生得很自然，絲毫不像是第一次，我們反而像是親密的老朋友，也像交往許久的愛人。小房間裡溫和的琥珀色光線，更加襯托出他靠放在牆邊的那幅畫。

我們身邊的一切讓那晚更加溫暖浪漫。附近公寓的收音機正在播放葛倫．米勒的〈月光小夜曲〉。夜晚的聲響及光之城（注），在春天的芬芳氣息中從閣樓窗戶外飄入，而在那裡向外望就能俯瞰整個巴黎。這個房間與我們兩人一起住的其他房間相同，只會租一到兩天，或是三天。至少，從來不超過三天。

聖賈克神父的聲音打斷了我的綺想，聽起來彷彿來自另一個次元。「妳認識他多久了？」

我慢慢回過神，露出留戀般的笑容。「……不夠久。」我無心的語調很可能透露了我們的親密連結。

神父盡量裝出不經意的語氣：「他叫什麼名字？」

我應該告訴他嗎？如果要，該說哪個名字？從這神父第一次打電話過來起，我就一直在仔細考慮這兩難的問題，也尚未想出滿意的決定。不過他一問，我竟然就脫口而出：「威廉・詹姆斯・羅根（Willem James Logan）。」

我注意到神父幽靈般的眼睛立刻發出微光。他問：「妳最近見過他嗎？」

我努力讓語氣保持平靜。「從戰爭前就沒見過了。」

「第二次世界大戰？」

「是的。」

「他還活著嗎？」

「我推測還活著，但沒聽過其他消息。」接著換我出招了：「你為什麼想要找他呢，保羅神父？」

他很快就回答「我朋友想委託他作畫」，不過我很清楚原因。

「真的嗎？」我露出一無所知的笑容。

「是的，我朋友認為他非常奇特。」

「嗯，」我輕鬆地說：「他確實是。」

「妳最近跟他有任何聯繫嗎，克萊兒女士？」

「沒有，可是我非常想。」我暫停下來檢視目前為止的互動：除非我再直接一點，否則看來是沒辦法從這神父神上得到什麼資訊。「說實話，保羅神父，這正是我希望你來訪的原因。聽到你對他的畫感興趣時，我就期待你或許能提供一些那位畫家的行蹤資訊。我很明顯不再年輕了，等於是一隻腳已踏進

注 City of Light，即巴黎的暱稱。

墳墓，另一腳則像我祖母說的，有如踩在肥皂上。在離開人世之前，我真的很想再見他一面。」

他一隻手比了個含糊的手勢。「唉，克萊兒女士，恐怕我沒有任何能夠幫助妳的資訊。」

「所以你不知道他在哪裡嗎，神父？」

「對。」神父消極地搖搖頭。「其實，我本來希望妳知道的。」

我嘆了一口氣，暫時轉身背對他。我從角落的窗戶望向地獄門。潮水來了，最洶湧的時刻到了。

才一個月前，我那位親切體貼的年輕醫師珊卓．麥德，接手了她父親赫伯特的工作。他當我的主治醫師兼朋友已經四十年了。我看著小珊從嬰兒變成文靜的孩子，又成長為勤奮好學的少女，接著成為了醫學生。現在她是我的醫師，而她告訴我，她擔心我已出現了一些阿茲海默症的早期徵兆。

雖然我自己有些懷疑，但透過臨床診斷聽到這件事仍是莫大的打擊，尤其對一位老太婆而言。我在其他各方面幾乎都相當健康有活力，沒人想要失去記憶，這是肯定的。但一想到可能會失去我對威爾的記憶，想到可能無法把握最細微的一絲機會再見到他，我真的無法忍受。

然而，我踏出的每一步都必須非常小心。我知道自己在玩一場十分危險的遊戲：試圖利用威爾的死敵來幫我找到他。這可能會無意間害他陷入極度的危險，我真的不想那麼做。雖然很不好意思，但我必須坦承，那種想要找到他、看見他、再次抱著他的自私渴望實在太強烈了。我的時間所剩無幾，生命的沙漏就快滴完，現在那些沙粒已經算得出數量來了。我告訴妳，親愛的，老女人一旦下定決心可是很不得了的。

我低頭看著躺在窗台上的瑪土撒拉。牠盯著我的眼睛，散發一股深沉的智慧，似乎能夠完全明白我的感受，而且鼓勵著我。

「保羅神父，」我緩緩轉身面向神父。「你身上有帶《聖經》嗎？」

他看起來有些不知所措。「呃……恐怕目前沒有。」

我往佔據一整面牆的大書架移動。「沒關係，」我說，然後拿下一本。「我有。」他還站在壁爐與畫作前方紅藍相間的波斯地毯上，於是我走過去。「我或許可以給你一些額外的資訊，保羅神父，不過首先，你要發誓答應我一件事。」

「當然，女士。」他皺起眉頭，刻意表現出最大的真誠。

▼聖賈克神父

我就知道，那個狡猾的死老太婆一直在耍我。為了完成母教會的任務，無論她想要什麼誓言，我當然都會答應。我可以舉出許多歷史上的先例，證明像我這種替教廷謀求更大利益的十字軍戰士，都曾為了達成重要目標而必須撒謊。他們這麼做是必要也是適當的，這樣才可能實現祢的旨意啊，我的天父。

而且，在羅馬天主教會的歷史上，也沒有任何目標比我和其他人被派遣執行的任務更重大急迫。為了這項任務，我全心奉獻了過去二十三年的生命。而我也決心貢獻出所有的精力，直到最後一次呼吸，然後再復活進入祢的榮耀，我的天父啊。

她把《聖經》舉到我面前，我將右手穩穩地放在上面。她看著我的眼睛，用更加正式的態度說出一段鄭重誓言：「如果你有機會發現他在哪裡，你會立刻通知我。你要進一步許下私人的承諾，也要以你代表教會的身分保證，不會讓他受到任何傷害……」

好，好，我心想。繼續說吧，老女人。我感到胃裡因緊張而開始消化不良。

「……也不能以任何形式限制住他。」

「限制，女士？」我假裝困惑地問：「為什麼會要——」

「不能以任何形式限制住他，」她再次強調，然後又接了一句：「無論是你或你的教會。」她注視著我。「你要向上帝發誓會這麼做。」

我堅定地吸了一口氣。「我鄭重發誓，女士。這會是我不朽的靈魂之罪。」接著我衝動地從她手中拿走《聖經》，親吻那本書立下誓約，至少做給她看。

她沉默地看著我整整十五秒，彷彿還在考量自己的決定。最後，她走向嵌在書架牆內的一張捲蓋式書桌，從桌子旁的狹縫取出一個細薄的包裹，大約一公尺見方。我注意到背後有塊彩色的小標籤，注明著那東西來自一個叫彩虹藝廊的機構。

她把東西放在桌上，微瞇起眼睛，似乎想要直視進我的靈魂，好相信我的誓言。我舉起還在手裡的《聖經》，朝她的方向側著頭強調並保證。

接著她將注意力移回包裹，小心拆開周圍的紙張和保護用的塑膠氣泡材料。

「蘇活區的一間藝廊，跟你同樣看見了那篇介紹我在聯合國工作的文章，」她說明著：「他們也注意到照片中後方的畫，於是聯絡了我，看看我對他們的某件東西有沒有興趣。」

雖然我的脈搏加速，但還是保持平靜專業的語氣。「真的嗎？妳認為這是成對的畫作？」

「非常有可能，你自己判斷吧。」她拿掉最後的包裝，把畫轉過來面向我。

我的天父啊，祢知道我心中所有祕密，以及完全服事祢的深切渴望；祢和我一樣清楚，當我看到那幅新畫作時，內心的情緒是何等激動。

那幅畫跟她壁爐架上的畫風格完全相同，只是稍微成熟了些。畫中描繪的，也是一位街頭小販在提供食物。但這次善良小販不是拿可麗餅給巴黎流浪兒，而是將一小根蔬菜烤肉串遞給一個衣衫襤褸的貧困女人。這幅畫的結構跟另一幅的巴黎場景相似，不過小販輕柔的肢體語言、觸碰那位遊民肩膀的手，以及女人臉上的驚訝神情，都使這幅新作品充滿了詩意，就跟一九三七年在法國畫的那幅一樣。

不過，這幅新畫作的背景並非在羅浮宮外，而是在現代藝術博物館，就在當今的紐約，但上面卻有一模一樣的署名：W. J.。

我看了漢娜．克萊兒一眼，她正仔細盯著我，顯然知道我看出了這兩幅畫應該是出自同一人之手，並似乎在考慮要不要告訴我另一件事。我假裝好奇地慫恿：「怎麼了，克萊兒女士？」

她終於說：「在大都會博物館裡有另一幅非常相似的畫，是一八八三年的作品。」

「可是署名不一樣。」我單純地說。

「其實一樣。」她注視著我的眼睛。「意想不到吧。」

我聳聳肩，說出唯一可能的結論：「但當然是不同的作者吧？」

她說話時面無表情，我相信在英文中是用「不動聲色」這個詞來形容。「當然。」

我再次看著新畫作。「藝廊沒辦法讓妳跟這幅作品的藝術家聯絡嗎？」

「目前不能。我甚至試過要賄賂他們，可是或許我的分量不夠。」她意有所指地看著我。「也沒有足夠的資源。」

我點頭確認。「如果我能夠找到他，妳會立刻收到通知的。」

「如同你的誓言。」

她的目光仍然緊盯著我，而我們都試圖推測彼此的祕密。

我以最嚴肅的態度再次點頭。「如同我的誓言。」

8

▼**米諾斯．弗拉奈基斯（Minos Volonikis），二十四歲，研究生**

我生長在希臘的米克諾斯島，所以紐約的冬天對我來說很難熬。我想念我的村莊普拉基亞斯，那裡的房子看起來全都像是大大的白色方糖。我最想念的，是那片溫暖的藍綠色愛琴海，尤其在冷得要命的那一天。

為了下個學期在哥倫比亞大學研究數學，一星期前我才抵達紐約做準備。奧林匹克航空還在尋找我遺失的行李箱，他們認為它可能被載到布拉格了。真是糟糕的消息。那行李箱裡有在雅典買的厚大衣，所以我身上穿的衣物沒辦法抵擋寒冷；就學貸款的辦公室也因聖誕假期關閉了，因此我沒多少錢，只剩一間租賃的房間。我很餓，心情也掉到谷底。

在哈德遜河吹來的冰冷寒風中，我低著頭穿越河濱公園，看見一個男人站在公園的長椅附近。他正在拍攝喬治．華盛頓大橋的照片，三腳架上是一部 Canon 單眼相機，跟我用的一樣。我走過時，他用希臘語對我說：「火雞肉配全麥麵包，有萵苣、蕃茄、芥末、美乃滋。」

我很驚訝。我停下來看他，而他指著積雪長椅上的一個白色紙袋。「去啊，拿走它。」他用希臘語說。他的口音非常標準，就像一個伯羅奔尼撒人。但我聽過關於紐約和瘋子的故事。雅典的叔叔曾經告訴我，罩子要放亮點。不過這個人正在忙著拍照，而且似乎很友善。我盯著白色袋子，後來想起了也許有炭疽菌或其他之類的東西在裡頭。

他看著我並露出笑容，再用希臘語說：「是新鮮的，只是我不餓。」

「你怎麼知道我肚子餓？」

他的表情散發出智慧。「因為我經歷過。」

「那希臘語呢？」我非常好奇。

他輕笑著。「我也經歷過，還有你脖子上那個小希臘十字架。但你不是伯羅奔尼撒人，你聽起來比較像是來自基克拉澤斯島。也許是安德羅斯島，或是納克索斯島？」

「米克諾斯島。」我說，然後露出微笑。

「那裡很棒，海灘的沙子就像爽身粉一樣。」

這讓我笑了。「對，沒錯！」

接著他拿起三明治袋子放到我手中。「收下吧，這是很棒的食物。這很安全，而且如果你不拿，它就會被當成廚餘了。」

「可是我沒辦法付你錢，」我告訴他：「我的學貸沒下來，所以真的——」

「有現金流的問題。」他對我說，同時點了頭，接著就拿出兩張二十元美鈔。噢，我想到叔叔跟我說的話。他們全都有目的。罩子放亮點。我往後退並對他揮手無聲表示「不，謝了」。

「拿吧，我需要銷帳。」他見我不明白，於是解釋說：「這表示我跟你一樣會得到好處。」

▼**威爾**

我輕輕把錢塞進年輕人的口袋，用希臘語說：「歡迎來到紐約。」我很喜歡他臉上那種驚奇的表情，然後我接起電話。「喂？」

一陣活潑的女聲回應：「馬歇爾（Marshall）先生？JW？我是高譚人出版社的蘿拉。你有時間說話嗎？」

我想像三十幾歲的蘿拉・拉科維茲（Laura Rakowitz）正興高采烈，戴著過大的眼鏡，髮髮盤起來用一根髮夾夾住，坐在出版社位於中曼哈頓某一棟建築的凌亂辦公室裡，周圍全是書本與校樣。蘿拉的辦公室很小，不過景觀很好，可以看見其他摩天大樓。她是位出色的年輕編輯，畢業於耶魯，前途一片光明。

「蘿拉，我什麼沒有，就是時間最多了，」我邊說，邊向仍然一臉糊塗的希臘學生揮手道別。「至少到一月一號。」

「好，我剛把封面的決定版本e-mail給你了，也正要讓你的新書付梓。不過我們的研究員說，他從西元一一〇〇年代的歷史資料中，還是找不到任何證據提到阿基坦的埃莉諾（Eleanor of Aquitaine）臀部上有個美人痣。」

我笑了。「恐怕這一點妳得相信我了，蘿拉。」

「嘿，從你的歷史書銷售來看，我一定會相信的，JW，而且我得告訴你，這本可是最棒的呢。」

我聽得見她在翻閱我新書的校樣。「這本就跟以前的一樣，讀起來就好像你真的在那個房間裡。這次的對象是亨利國王、埃莉諾，還有他們不正常的後代。」

我暗自發笑。「太好了，蘿拉。我就是努力想達到那種像是親眼目睹的品質。」

「哎，你又一次成功啦。而且我很愛你穿插進去的哲學觀——最好的結果，往往來自於人們以合乎道德、互相尊重的方式對待彼此。」

「不算是很複雜的概念吧？希望有更多人會認同。」

「我告訴你，JW，你的例子真的激勵他們這麼想了。喔還有……抱歉，我知道我一直講個不停，不過用那些巧妙到極點的小旁白去刺激宗教組織，真是令人耳目一新。好了，我講完了。」

我笑著。「這對我來說是最棒的書評了，謝謝妳，蘿拉。告訴我，妳自己的書進度如何呢？」

▼蘿拉．拉科維茲，三十一歲，新人編輯，高譚人出版社

我高興地嘆了一大口氣。這就是我一直都很愛跟他說話的原因，有太多大作家都把焦點放在自己身上，妳懂嗎？可是他不會。就算是像我這樣的菜鳥，他也一直都很認真對待我。「你人真好，會問我這件事，JW。而且在我們講過那麼多次電話後，上星期終於能跟你見到面的感覺真好。」在他造訪的那天，他說自己已經很久沒有到紐約了，想要利用機會親自見我。我感到很榮幸。

我把電話拿近了些，往辦公室門外看了一眼，確認沒人在聽後，像吐露祕密般地對他說：「還有我跟你說，在我處理的所有作者之中，只有你問我會不會也是個作家。」

「那我得替他們道歉了。」

「噢，你讓我得到的比那更多呢，相信我，JW。」我開朗地說：「而且我真的有一點進展了，謝謝。你在我寄過去那些稿子中給的建議簡直就像，像……哇塞！」我突然覺得自己像個笨蛋。「哈哈，聽起來真是通情達意對吧？」他發出輕笑聲，而我正熱情地想尋找合適的字眼。「不過那些內容真的讓人靈光一現。你讓我專注在評估所有不同的選項，好讓每一個句子都是最棒的。」

「嗯，從來沒有人可以徹底成功，尤其是我，不過——」

「你在開玩笑嗎?!」他講得這麼輕描淡寫，讓我不禁大笑起來。「你的新書預購量超多，不只是圖書館、大學、特定書迷，還有更多來自一般大眾。這次能不能拜託你公開露面一下？也許做個一、兩場演講？有十幾間大學都希望你能親自到場。」我翻閱著文件想要找出清單。「我甚至還接到了歐普拉其中一位製作人的電話呢。」

「不，不，」他說，而我聽得出他露出了謙虛的笑容。「我對那種事真的很不在行，蘿拉。我比較喜歡低調。」

我發現了一張特別的便利貼，想起有件事一定要問他。「好吧，那麼至少考慮這個：有位人非常好的法國神父來找我，說他是你的大粉絲。」

一陣意外的沉默。出於某種原因，我說的話似乎讓JW愣住了，不過從他語氣中聽不出什麼。「真的嗎？那是什麼時候的事，蘿拉？」

「就在今天早上。他想要了解關於你的事。」我料想得到他的反應，所以立刻繼續說明，我完全沒透露我們之間往來的任何細節，就跟他一直以來的要求一樣。「神父說，他很希望你能參與羅馬的一場史學論壇，梵蒂岡那邊很希望你過去露個面。」

「嗯，我想也是。」他淡淡地說，但這感覺比較像在對他自己而非對我說話，不過我認為他是要我繼續說下去。

「這個嘛，如果你改變了心意，他有留下聯絡資訊，說他們會支付所有費用。這也包括了我的費用，前提是我可以說服你，然後也想一起去。」

「嗯。」我聽見他又笑了，不過這次有點像是冷笑。「他們當然會支付那些費用對吧？可是不了，蘿拉。我們就維持一貫的政策吧：不公開露面。」

「好吧，」我嘆息著。「你說了算，JW。繼續送來手稿吧。老實說，當他們第一次指派我處理你的書時，我還稍微抱怨了一下。我從來就不太喜歡歷史，可是你讓它變得好鮮明，好有活力。」

「嗯，我很高興可以激發——」

▼**威爾**

附近的一聲嗥叫打斷了我。「你在等什麼？」

我四處張望，看見一位正在經過的女人，她帶著那隻毛色光亮的年輕杜賓犬想往我這裡走來，牽繩都被拉緊了。在嚴寒的空氣中，牠呼出的氣息很溫熱。杜賓犬用奇怪的方式盯著我，我聽見自己正分心地把未竟的句子說完：「……激發妳的……想像……」

杜賓犬的嘴唇彎曲成像人類般自鳴得意的笑，然後我看著牠轉身，高傲地快步跟著女主人離開了。

9

▼聖賈克神父

跟那個叫克萊兒的女人會面後，我感到精力充沛並急忙穿過卡爾舒茨公園向北走。東河沿岸彎曲的小路旁，聳立著冬季光禿的樹木和落滿雪的混凝土沙池。經過德國城時，我買了一份雞肉三明治邊走邊吃，然而食物加上滿心的熱忱，觸發了常有的胃灼熱症狀。我在八十六街萊辛頓大道地鐵站搭直達車南下。燈號與當地車站一閃而過，而我正專心想著接下來那份令人興奮的差事，同時也感受到，驅使地鐵列車的那些強力電動馬達，發出深入肺腑的的低鳴聲。震動傳遍了全身，呼應著驅策我的動力。

我露出微笑，回想起一起在神學院學習的那些兄弟，他們總愛猜測到底是什麼使我如此堅決。他們取笑並嘲弄我，哪能明白我的強烈渴望：天父啊，我希望自己至少能取得一些成就，這樣才能夠更有效地事奉祢。永遠為了更加榮耀祢而努力，我的上帝，至高者。阿門。

書寫這本日誌讓我非常享受。我很慶幸多年前對聖奧古斯丁《懺悔錄》（*Confessions*）的研究，激勵了我記下自己的沉思，然而我對出版這些內容並未抱有絲毫希望。

所有曾發生在我身上的好事與機會，都要歸功於祢。當逆境發生，我會將其視為挑戰，因為那同樣是上帝的神聖之手對我的安排。

地鐵列車晃動了一下、往南加速通過七十七街時，我閉上眼睛，再次盡責地開始自己的日常工作，也就是背誦教義問答以表達對祢的感激。

我要再次讚美祢，讓我出身於極度不正常家庭的掌控中，再將總主教法蘭科西斯．博維帶進我的生命裡，他是法國的大主教。要是主教在造訪沙特爾大教堂時沒和我發生交集，我這個年輕的神學院學生就永遠沒機會受到博維注意、受到其青睞，並協助達成他的需求，不論是專業上還是私底下。

我再次感謝能夠受邀成為大主教博維的隨行人員。僅僅是在這麼輕的年紀能陪同他到巴黎，就已經夠光榮了，而成為主教最親近的下屬，更是在各層次方面，為我開啟了全新的世界與樂趣。

我感謝早期能在巴黎受到主教仁善的教導，那些年充滿了學習與驚奇。我很享受那些白天和夜晚：我那健康的青少年身體逐漸成熟，強烈的好奇心也受到了博維睿智與世故的指導。我的靈魂也得到了發展，而那僅屬於祢，我的天父。

我感激能夠成為大主教的祕書長達七年，而也盡心盡力服務他，這就是我服務教會的方式。我經常懺悔自己犯了驕傲的罪，因為他會稱讚我辦事極為細心，這也是我一直盡力做到的。而這種注重細節與努力不懈的特質，本來就是我的天性。

我要永遠感謝自己能很快成為大主教的主要副手，為他處理一切事務，包括公事及最私人的事，也因此最早得知了大主教必須面臨的個人考驗：他的睪丸癌，而且預後不佳。

我在地鐵上再次懺悔，因為當初那件事使我不斷苦惱：我就要失去最敬愛的導師了，這自然是我最大的哀傷。不過失去大主教博維也等於失去我所獲得的地位，儘管那並不高。而要在我熱愛的教會中升職，藉此更有效地服事祢，這似乎是不可能的了。

大主教的日落即將到來，還有很多事情要打理，於是我像平常一樣勤奮工作，好得到上帝神聖之眼的青睞。

最重要的事是教宗保羅六世（Paul VI）的來訪。在一九七七年五月那特別的一天，我感到一股飄飄然的興奮，因為有人引導最具聲望的至高神父進入了大主教的寢室，並盡責地坐在主教的床邊。教宗本人是如此有風采，散發著他職位應有的分量，而且使房間裡充滿有形的力量感，像一道海浪沖過在場所有的人。能夠有那段經驗，我要再次對祢獻上最衷心的感謝。

教宗八十歲的臉孔比我料想的更瘦；稀薄的頭髮和頭頂一樣白，不過快速走進房間時的步伐很強健；那件乳白色的豪華教宗袍輕撫過地上，裡面則是一雙有光澤的紅色Prada鞋（我知道紅色代表了我們主耶穌的血）。他隨意比了個手勢，要隨行人員留在外面。他們對他傳達的微小信號立刻做出反應，優雅地鞠躬退出去。後來我仔細思考位處教宗這種職位的感覺；是凡人，但又不是普通的人；能在國際上支配數量非常龐大的一群人，擁有如此低調而毫無爭議的權力。那會是什麼感覺？

我馬上站起來。「教宗閣下。」我深深鞠躬，緊張地用拉丁語說。我的心跳得厲害。我竟然真的私下跟教宗共處一室。梵蒂岡這個城邦國家的最高統治者。

「啊，」教宗保羅伸出他的戒指，而在我用年輕的雙唇親吻它時，教宗則以標準的法語說：「是我聽說過的那位聰明有天分的保羅神父呢。上帝祝福你，孩子。」

「上帝祝福您，教宗閣下。」我用法語回答，抬起頭看他時，注意到他一邊打量我這個年輕神父，一邊閃爍著某種精明又惡作劇般的眼神，彷彿他知道我的祕密。

「你的導師經常對我提起你的名字，」他繼續說：「而且讚譽有加。」

我再次鞠躬，說：「我謙卑地祈禱，能夠在各方面證明自己，教宗閣下。」

教宗又打量了我一番，然後走到雕飾華麗的桃花心木床旁，而大主教博維就躺靠在上面。大主教盡量不顯露出自己極度的痛苦，儘管已服用了效果強烈的藥物。在大主教博維親吻教宗伸出的戒指時，教宗才看出他有多麼蒼白。

「法蘭科西斯啊，我要拿你怎麼辦才好。」教宗的目光往下看著博維，像在開玩笑般地搖搖頭，彷彿把他當成了做錯事的孩子。「你打亂了我的計畫。我本來打算在下次樞密會議時讓你戴上紅帽（注1），現在我只能選拉辛格（Ratzinger）（注2）了。」

大主教輕蔑地哼了一聲，不過我被自己內心的反應轉移了注意力。我坦承自己感到非常失望，因為剛聽見失去了服務紅衣主教的機會，並且再也無法提升一丁點地位，而這當然是為了能夠更有效地服事上帝。我心不在焉地聽著大主教和教宗像老朋友般地追憶過去，接著很驚訝地聽見大主教說：「你收到了我對聖賈克神父的評估了嗎？還有我的推薦？」

教宗點頭。「我收到了，法蘭科西斯。我們說話的當下，教廷法院正在審核他。」大主教擔心地皺起眉頭，不過教宗用食指輕輕比了個手勢說：「只是個正式程序，我向你保證。事情會照你希望的走。」

大主教虛弱地抓住教宗的手並緊握著。他輕聲說：「我就靠你了，喬瓦尼（Giovanni）。」

我眨著眼睛。我從未聽過大主教直呼教宗的名字。

「你可以安心地休息了，我的兄弟。」教宗說完，然後傾身向下親吻大主教發燒的額頭。「你那位傑出的年輕朋友，可以完全進入我們的圈子，以及使用我們的資源。」

我的心臟跟教宗剛進入房間時跳得同樣厲害，腦中因困惑和新的可能性而亂成一團。這時教宗替大主教劃了個十字，並以拉丁語為他祈福。教宗跟博維對看著，他們都知道在到上帝的天國之前，這將是他們最後一次見面了。

教宗起身要離開時跟我對上了眼，他說：「兩個保羅比一個好，你說是不是呢，神父？」

我仍然十分疑惑。「教宗閣下？」

「我們會是完美的團隊，保羅神父。」他伸出戒指讓我親吻。我照做之後，教宗最後一次點頭道別，笑著像是在預示什麼，說：「羅馬見囉。」接著，他轉身迅速通過高大的門口，帶著認真等待他的隨行人員離開。

我注視著他，完全不明白自己剛才聽到的話，也不知道發生了什麼事。我回頭看著大主教，他似乎覺得我的驚慌失措很有趣。博維虛弱地往離去的教宗比了個手勢。「由於我的堅持，喬瓦尼正在安排——」一陣疼痛傳遍他全身，讓他無力地畏縮了一下。「安排你在樞機主教團中擔任一個非常重要的職位。等你一處理完我的事就去羅馬，找樞機主教波斯列．菲力帕克（Boleslaw Filipiak）。」我知道這個名字，那人是波蘭人，也是神聖法庭中備受敬重的樞機主教長。大主教有氣無力地說：「坐近一點，保羅，我說話越來越費力了。」我照做。「你知道我早期在教會的生活，我很常旅行。」

注1 指成為樞機主教，或稱為紅衣主教。

注2 即二〇〇五年成為天主教教宗的本篤十六世（Benedictus PP. XVI），本名為若瑟．類思．拉辛格（Joseph Aloisius Ratzinger）。

「是的，閣下，為了傳教。」我說。大主教的表情變成帶有祕密的笑容。

「為了一項使命，保羅，沒錯。但不是以傳教士的身分。」他的目光飄遠，回憶道：「而我有一次差點就達成目標了，就在布宜諾斯艾利斯。我們差點就困住了那傢伙。」

我納悶地皺眉。「困住誰，閣下？」

博維看向我，同時笑容出現了奇怪變化。他的眼神很可怕，傳達出某種極度的邪肆，讓我背頸上的汗毛直豎。「我會給你我的私人保險箱密碼，保羅。裡面有我在那段時期寫下的日誌，這世上只有一份副本，就在梵蒂岡聖彼得大教堂的地下室深處，以最高戒備被看守著，只有法庭的人和教宗能進入那座地下墓穴、得知裡面的一切。但你很快也可以了，你要跟他們一起合作。」

事情發展就是如此驚奇，雖然我失去了服務大主教和樞機主教的機會，卻突然發現自己能直接在教宗底下做事！我一時情緒高漲，思考著自己的勤奮終於打開了新的可能性。當然，這之中也包含了祢的旨意，天父啊。

當下我在心裡發笑，而且從那時起就經常如此。我會想像自己那吝嗇的父親和他稱之為蕩婦的母親，在得知他們這討厭的私生子爬到了如此的高度後，臉上會出現什麼表情。在他們知道我走了這麼遠之後。

我搭著地鐵穿過地底的黑暗，一邊感謝上帝，在經過二十三年的追蹤後，我終於能夠對此一笑。大主教博維及他的許多前人，都被賦予了這項重要性難以言喻的任務，結果卻與成功失之交臂，而我覺得自己比他們更接近目標了。

如果完成任務，成功捕捉並壓制住我的獵物，這將會徹底改變我們母教會的未來，也必定會撼動整個世界。

我笑著思考自己在那個新世界將會有什麼樣的地位。當然，這要感謝上帝讓我有機會達到如此非凡的高度。

我在王子街站下了地鐵，從瀰漫尿味的階梯往上爬，來到曼哈頓下城裡所謂的蘇活區。我知道會有這個稱呼，是因為它位於豪斯頓街以南。在王子街和梅瑟街的交口附近，我看見了規模小卻很雅緻的彩虹藝廊。那是其中一棟舊式的大窗戶建築，原本是這個服飾區的一家庇護所，而藝廊佔據了一樓部分。

一進入內部，我立刻被另外兩幅畫吸引，那顯然跟漢娜·克萊兒擁有的畫作出自同一人之手。藝術風格相同，主題也有連結；兩幅畫都明顯強調人性，不過我輕蔑地心想，那有點過度多愁善感了。

我馬上就推測出衣冠楚楚的藝廊負責人華特·史密斯是同性戀，而在自我介紹之後，我隨即詢問作者的事。

「他很不尋常，」一絲不苟的史密斯說，笑起來時揚起修過的眉毛，稍微側著那顆光亮的禿頭，暗示自己這麼說可是輕描淡寫了。「整個人就像個謎團。不過他的幽默感非常好。」

「本人呢？」我問。

史密斯吸了一口氣，摸了摸他仔細修整過的灰色凡戴克（Van Dyke）鬍型。「這個嘛，其實我只當面見過他一次，在漢普頓，幾年前的事了。我記得他是淺褐色的頭髮和眼睛，中等身高。當時他是三十幾歲。」

「而你顯然跟他還有聯絡。」

「噢，確實如此，他每年都會寄兩、三幅新作過來。正如你所見。」他比著附近的畫。

「他的工作室在哪裡？」

「其實，我不認為他有固定的地點，」史密斯說：「這些畫作來自全國和世界各地。」

「但一定有寄件地址吧？」

史密斯搖著那顆精心打理過的頭。「只有他寄出畫作時，使用的聯邦快遞或國際快遞辦公室地址。他很明顯經常旅行。」

我忍不住露出會意的笑容。「看起來是這樣。」我轉身仔細查看畫作，心裡明白自己必須巧妙地設下誘餌。「作品相當好看，我覺得非常動人。」

「你也是收藏家嗎，聖賈克神父？」

「是的。」我若無其事回答，但其實表現得很明顯。「這兩幅有人要了嗎？」

「目前沒有，」史密斯先生說：「不過兩幅各有三組，不，是有四組不同的人馬非常感興趣。」別太過表現你自己的誘餌了，你這個小同性戀，我心想。「你的要價呢？」

「每幅只要六千美金。」史密斯稍微傷感地嘆了口氣。「我跟他說可以賣得更高，但他不希望我這麼做。」

「真不尋常。不過要是你都見不到他，他該怎麼拿到款項？」

「恐怕那是機密了，神父。」

「當然，當然。」我假裝更仔細研究畫作。「那感覺是極度合理的價格。」接著我假裝突然想到一個好主意。「他有沒有隨畫作寄過信呢？」

「偶爾會，不過同樣沒有寄件地址。」

「我並不是要冒犯他的隱私，只是很好奇他的字跡。」

「什麼？」

我天真地聳聳肩，試著讓語氣聽起來有些尷尬。「噢，我算是研究字跡去了解性格的初學者。要是能夠擁有這兩幅畫，再藉此認識一下作者，一定會很有趣。說不定我還能委託對方再畫另一幅。」我看得出史密斯就快掉進陷阱了。「我想，你應該收美國運通卡吧？」

藝品商無法掩飾眼中閃爍的得意。「只要能滿足你都好，聖賈克神父。」他用稍微帶有性意味的雙關語說。

「你覺得我可以看一眼他的信嗎？」

史密斯只考慮了片刻，然後做作地皺了一下鼻子，用保守祕密的語氣說：「嗯，我想那應該無傷大雅吧。」他轉身面向他那張整齊的桌子時，我確認自己的大衣正面稍微敞開著。我看著史密斯拿出一封信，檢查裡頭是否有他不想透露的資訊，而那封信顯然通過了他的審查，因為他把信遞給了我。他說：「這是跟你有興趣的畫作一起寄來的，聖賈克神父。如你所見，上面只是對作品的描述而已。」

信裡的字體我太熟悉了。我將信拿遠一點，像是為了要看清楚，另一隻手則偷偷啟動外套扣眼裡的小相機。我拍了好幾張，確保能夠得到清楚的數位相片。「非常有趣。」

「你看出什麼了？」史密斯真的很好奇，側身過來看著信。我聞得到他的 Zizanie 牌鬍後水，而我想讓他感覺跟我很親近。

「嗯，」我假裝研究那些熟悉的字跡。「他這個人似乎有極度強烈的主見，看到他的筆觸往前傾了嗎？」

「嗯哼，沒錯，」史密斯緩慢地說：「那些筆觸。」

「不過有種更柔和、講究人道，幾乎如女性般的傾向，對他起了緩衝作用。看見字母曲線的圓滑程度了嗎？」

「太有趣了。」史密斯的藍色眼睛突然往上看著我，語氣柔和到像是要邀我去約會了。「你顯然是個多才多藝的人呢，保羅神父。」

你這傢伙根本不懂，我心裡這麼想，不過仍然說：「其實還好，史密斯先生。而且這完全是蒙上帝的恩典。」我交還信件並問：「你可以試著替我打給他嗎？我真的很想討論委託的事。」

「我很樂意試試，但恐怕只是浪費時間。」

史密斯將信收進一個資料夾裡，然後按起桌上的電話。我稍微移近注意看，記下了號碼。我發現區域號碼是費城，而我最近為了追蹤那個難以捉摸的獵物才剛去過。我感到稍微振奮了起來，知道自己比過去那些年更要接近對方了。

10

▼倫吉（Renji），四十三歲，拉斯塔法里教徒兼街頭藝人

「不，不，老兄。」我對老黑人說，他的名字叫柴克，跟我坐在阿姆斯特丹大道旁的一張長椅上。他好像聽不太懂我用方言唱的即興諷刺歌，所以我用更慢的方式跟他說。「我要告訴你的是，你跟我都是以色列失落部族的後代。雖然你來自阿拉巴馬，我來自牙買加；雖然你不像我是個拉斯塔法里教徒，但我們都是黑人，你懂嗎？」

我才演奏完鋼鼓，正想休息一下。那天街頭藝人的生意都不好，我猜大家一定把多餘的零錢都花在聖誕節上了，可是我講話很有活力，想再一次讓那個老兄了解我們拉斯塔法里的人，不過這也是為了讓自己不去想寒冷這件事。那也影響到我了。天哪，我真想念以前在牙買加凱瑟琳峰附近金斯敦外的公社。「那裡的冬天很溫暖，就像受到祝福的非洲，」我常對那個老人說：「才不像坐在阿姆斯特丹大道的這張長椅上，冷到爆。」

大麻菸還有點幫助。我用大拇指和食指指尖拿著，而為了方便，我把找到的這雙舊羊毛手套指尖部分都剪掉了。我又吸了一口，然後把大麻菸遞給那個黑人老兄，可是他搖頭。

「我不吸毒，孩子。」柴克撥弄著購物手推車裡成推的東西，那些人家丟棄的物品是他所有的家當。

我露出牙齒笑著，解釋說：「不，老兄，對我們拉斯塔法里派的人來說，大麻菸是神聖的。」接著我繼續解釋：「聽著，是阿拉巴馬或牙買加都無所謂，我們的祖先都是被奴隸商人拐走的，瞭嗎？不過我們都還是猶（Jah）（注1）的子民。」

老柴克拉緊他的破大衣，像吃到很酸的東西那樣皺起了臉。「他媽的誰是猶？」

「他是皇帝啊，老兄！偉大的海爾・塞拉西（Haile Selassie），在一九三〇年成為衣索比亞的皇帝。」

「你怎麼會認為我們是他的子民？」他拉下毛帽蓋住耳朵。「拐騙奴隸在一九三〇年很久之前就發生啦，孩子。」

「哎呀，那就是信仰嘛，我的兄弟。因為猶是全世界第一個被認可為皇帝的黑人。他很有威嚴，懂嗎？所以他們才會稱呼他猶大之獅（Lion of Judah）。就像約翰兄弟在《啟示錄》第五章第五節說的：『長老中有一位對我說，不要哭：看哪，猶大支派中的獅子，大衛的根，他已得勝，能以展開那書，揭開那七印。』海爾他可是猶大之獅啊，老兄！而當光榮時刻到來，偉大的萬王之王也會自天堂下凡——」

「先等一下，小倫吉。」老人揮動著有關節炎的手，伸出一根手指在我面前晃了晃。「《啟示錄》裡要下凡的是耶穌啊。」

「對，對。」我用力點頭，雷鬼頭髮辮跟著甩動。「他也會來的。不過猶是特地來帶領他迷失的黑羊（注2），老兄。你跟我啊，兄弟。還有全部的兄弟姊妹。」

老人看著我，在長著灰髮的老腦袋裡思考。就在那時，我看到一個穿海軍大衣的男人，沿著阿姆斯特丹大道走向我跟老柴克。我看見他朝我們這邊看，而且聽到他好像對著手機說：「抱歉，華特，跟那位先生說我不接受委託。」

▼威爾

我在拉斯塔法里教徒和老人附近停下，將手伸進口袋。我移開電話時，朝著拉斯塔法里信徒彎下腰，把一些錢塞進他的手裡。「嘿，兄弟，去買一些鐵錠吧，好嗎？你的紅血球數量很低。」我看見他困惑的表情，於是往下指著他從羊毛手套露出的指尖。「看到你的指甲有多白了嗎？」

我看出拉斯塔法里信徒明白我可能是對的，也明白我放進他手裡的是一張五十元鈔票。老黑人張大眼睛也看見了，不過我得再把注意轉回電話上。「不，華特，這不是錢的問題，你很清楚。」

接著華特說出某件事，讓我愣了一下，也使我變得陰鬱。「等等。他是神父？」聽見對方確認後，我考慮了一下最好的處理方式，然後說：「抱歉，但是不行，華特。還有，請盡量少跟那位好神父說我的事。」

我闔上電話，牙關微微咬緊，這是我在思考事情時常做的舉動。同時，我拿出另一張五十元，準備給那位黑人老遊民，並說：「聖誕快樂，朋友。」

注1 古代以色列人對上帝（耶和華）的稱呼。

注2《新約聖經》中有著「牧人尋羊」的比喻，不信上帝、迷失人生方向的世人就如同迷途的羔羊。

不過我轉身要把錢交給遊民時，驚訝地發現竟然是那個時髦的年輕人坐在長椅上。年輕人穿著黑色絨面風衣和喀什米爾毛衣，黑眸心照不宣地看著我，用耐心又友善的語氣以拉丁語說：「你就算花錢也永遠無法脫身的，朋友。」

我深吸了一口氣正要回應，可是轉眼間他又變回了老遊民，感激地收下五十元。老人顫抖地起身，點了點髮色灰白的頭致謝。「上帝祝福你，先生。」然後他就轉身推著堆了過多東西的購物推車，蹣跚離開了。

我看著他看了一會兒，然後愉快地呼喊他，用拉丁語說：「你緊張了是嗎？只剩下一天了？」

可是老黑人沒回頭，那個時髦的年輕人也沒再出現。我站在原地，試圖保持期望和樂觀，然而卻感到越來越緊張，因為我知道真相大白的重要時刻很快就要來臨。差不多只剩下二十四小時了。

▼聖賈克神父

圓臉的印度裔門房友善地點頭打招呼說：「歡迎回來，聖賈克神父。」

「謝謝你，薩亞吉。」我邊回答，邊跟印度人握手，接著對方殷勤地打開有漂亮木框的大門讓我進入。在這間年代久遠的溫德姆飯店，門房是我特別喜歡的其中一點。溫德姆是個小地方，跟就在對面五十八街北側巨大的廣場飯店不同，可是非常舒適愜意。的確，有許多人都把那裡當成了家，尤其是演藝界的人。

有一次，我見到傑哈．德巴狄厄跟梅莉．史翠普，在鋪設了光亮壁板而低調典雅的溫德姆大廳裡悠閒交談。如果德巴狄厄是自己一人，同樣身為法國人的我可能就會去找他攀談了。最後，我在某處角落多停留了一段時間，假裝在查看航班時刻表，其實是想多觀察那兩位電影明星。

在懺悔時，我經常承認對演藝界的人很著迷，他們在舞臺上表演出各種樣貌，取悅崇拜他們的大眾。我想像他們因工作而聽到的掌聲有多美妙，想像他們獲得的讚美和歡迎有多麼令人愉快。我猜，能夠如此的不只是演藝人員，任何獲得知名度、能讓同輩或大眾立刻認出面孔的人都是如此。

在我再次造訪期間，有天下午進入溫德姆時，我跟正要離開的麗莎．明妮莉擦身而過。我一時興起便轉身跟著她。她往西走到第七大道，然後沿著寬敞的人行道向南走。這段經歷讓我覺得很有趣也很驚訝，因為許多人轉頭注視那位路過的明星，想要仔細看看真正的名人。有個人想跟她合照，而我看見她停下來親切地從善如流。

我一向喜歡利用自己的身分保持低調，也很高興那些人對走在她後方的神父完全沒多看一眼。本就應該這樣，我堅決認為這是天父的僕人應當過的生活。在禱告沉思時，我常說：「如果我因奉祢聖名盡心服務而被更多人認識，我的天父啊，那並不是因為我渴望或努力想得到，這完全是因為祢賜予的，是祢神聖旨意的一部分，噢上帝啊。」

見明妮莉小姐終於消失在一棟建築裡後，我停下來往南望向時代廣場。那些擁擠的一般民眾上方有塊巨大的廣告看板，上面有許多都是名人的臉，其中一個就是麗莎．明妮莉。

像他們那樣的人，每次經過或進入房間時都會讓大家轉頭注目，我很好奇那是什麼感覺。他們會習慣到不去注意嗎？或者會一直感到沾沾自喜？我真的很好奇。

一如往常，我在溫德姆的小套房一應俱全，那些有花紋圖案又舒適的家具，讓我覺得自己不像在飯店，而是到了一棟不錯的私宅，住在房子裡較好的一間客房。我一向都會要求比較內側的房間，避免在凌晨三點聽到在對面五十八街上，垃圾車收拾廣場飯店的垃圾時發出的聲響。

如果住在更樸素的飯店，我當然也會很滿足，不過法庭的預算很有彈性。他們很感謝過去二十幾年來我為了母教會的犧牲，也明白應該讓我有一些物質享受。在我根據任務提出的許多詳細報告中，樞機主教們知道我經常得睡在骯髒或惡劣的環境中，有時會在車上，甚至是荒野中。因此，當我提議或許能夠偶爾到一間舒適的飯店、睡在還不錯的房間時，他們認為這並非不合理的要求，而且他們知道梵蒂岡的國庫絕對負擔得起這筆還算小的費用。

當時是曼哈頓的傍晚，換算成羅馬時間大約是半夜一點。我相信自己的去電吵醒班尼迪托（Benedicto）神父時，那位年輕神父應該不怎麼高興。不過班尼迪托這些年來在梵蒂岡擔任我的主要助手之一，已經習慣在待命期間被時差頻繁打斷睡眠了。他是個非常投入且聰明的年輕人，撐過了我對最高效率、思路清晰、個人衛生的嚴格要求。他的體魄也很好，因此我很樂意讓他代表著我的辦公室與品味。

「你應該剛收到我的電子郵件。」我用義大利語對他說。我對班尼迪托的母語比他對法語更為熟練，所以我經常屈就自己。「你看到了嗎？」

「請稍等一下，保羅神父。」他回答。我聽見班尼迪托打呵欠，想像著他瞇起眼睛並搖頭甩掉睡意，就像我常看見他做的那樣。我也聽到班尼迪托的電腦鍵盤發出喀噠聲。「我正在找。」接著他咕噥說了些關於他眼鏡的髒話，而我則是坐在溫德姆的套房裡，指尖不耐煩地敲打著筆電。

最後我問：「如何？」

「有。正在解碼了，先生。是圖片檔嗎，看起來像是一封信？」

「沒錯。」

「新的筆跡樣本？」他昏昏欲睡的聲音突然變得清晰而集中。他明白我正在追查線索，而如果我是福爾摩斯的話，他現在立刻就變成了專心的華生。

我竊笑著回答：「又答對了，班尼迪托。而且是非常近期的。」

「太好了，先生。」

「對，沒錯。」我感到有些得意，於是提醒自己晚點要懺悔。

「我會立刻開始分析和比較。」

「一有結果就通知我。」

「當然。您跟紐約總教區的人見過了嗎？」

「我打了一通緊急電話到馬洛伊樞機主教的辦公室。他出城了，要等到明天中午，不過他一回來就會見我。」

「跟他見面時祝您好運，神父。」

「謝謝你，班尼迪托，但我相信我並不需要運氣，明天我就有總教區完全的支持了。再見。」結束通話後，我在心裡想著是否忘掉了什麼事沒做。並沒有。

沐浴後，我向祢做了自己熱衷的晚禱，我的萬軍之主啊。但我發現自己精神好到根本難以入眠，而胃部也因期待而感到不太舒服。我決定去散步一下。

踏上五十八街的人行道時，我感覺街上開始吹起了一陣冷風。

不知我的獵物當時是否也感覺到了。

11

▼提托

當時我正睡死，就被那傢伙的叫喊驚得張開眼睛。「年終大特賣的最後一天囉！」哎，我恨死了那些在廣播上又吵又活潑的笨蛋。他繼續喊：「今天！就只在十二月三十一號！慶祝二〇〇〇年的結束，Dress for Less品牌一律半價！」

我想要一槍打爆隔壁那個王八蛋。那白痴明明知道這裡的牆薄得跟紙一樣。他在隔壁公寓把收音機開那麼大聲吵醒了我，而且連太陽都還沒出現哩。我看了雙胞胎表弟奇可和胡安一眼，結果他們還是睡得跟死人一樣。那兩個六歲的小傢伙就算發生第三次世界大戰也還是會繼續睡，有時甚至連這個貧民區傳出槍聲都不知道哩。

我把每晚睡的那塊凹凸不平的舊床墊捲起來，塞到阿姨讓我住的房間其中一個角落。這裡是南布朗克斯區，在一六一街跟華頓大道的交界、一棟五〇年代建造的紅磚建築十四樓，有三個房間，往東可以看到破舊的基爾默公園。我從窗戶往下看著那裡的樹，全都沒有葉子醜得要命，因為是冬天，草地只剩下這一塊那一塊的。十二月三十一號那天清晨剩下的雪都很髒。外頭還很暗。

天空一片黑，不過地平線那裡是深紅色。就像Krylon櫻桃紅二一〇一號，可是還要更深，就像下方一樓那面牆上的血。就是那些騎士幹掉雷的地方。

雷本來是那對雙胞胎的哥哥，比我大兩歲。雷被一陣他媽的槍林彈雨掃射時，我才十二歲，當時感覺就像他們也殺了我，真是痛苦到爆。雷就像我唯一真正的親人。

雷的媽媽是我阿姨。她在我媽媽死的時候收留我，可是對這件事一直很不高興。那時我才七歲，可是我學得很快，知道在她目露凶光地說家裡多了一個人的時候閃遠點。但雷一直很酷，他叫她冷靜，而且永遠把我當平輩看待，就像兄弟一樣。

我超崇拜雷的，老天。他教我怎麼噴漆，怎麼在塗鴉的時候使用不同噴嘴。雷在作畫時總是會綁一條布蓋住鼻子，減少吸進的煙霧。他有氣喘。

不過後來那些騎士治好了他……永遠地。「就用一把他媽的烏茲衝鋒槍，」我告訴警察：「沒有任何理由。」我告訴他們，同時試著不哭得太慘。「雷不是混混，不是藥頭，都不是。也許他看到那些騎士幹掉了某個人或之類的。」可是警察一直沒查出為什麼那些幫派份子要解決他。

我看到大樓管理員想要清理牆面，甚至重新粉刷，不過雷的血已經滲進去了，現在還留在那裡面。最後管理員塗上很厚的油漆。妳現在已經看不到雷的血了，可是我他媽的還能看得見，瞭嗎？

話說回來，除夕那天我對叫威爾的傢伙很好奇，所以搭上列車到一二五街，然後往東走向河邊。我拉低帽簷擋住會刺激雙眼的冷風，這樣也可以把臉的一部分遮起來，因為一個非幫派成員的混血西班牙佬獨自在東哈林區遊蕩，這可不是聰明的舉動。

我在第一大道附近看見了他那台露營車，上面還有我的塗鴉。車子就停在通往三區大橋的斜坡道底下。

我靠近時，聽到一陣在演奏某種狗屁交響樂的小提琴聲，聽起來像有無數個音符迅速上上下下跳動。可是在走到門前時，音樂變成了那種笑死人的鄉村音樂。我也不喜歡那種鄉村狗屁，可是不管演奏的人是誰，一定都很厲害；演奏小提琴的手指一定像是在飛。

我一敲門音樂就停了。威爾打開門，手裡拿著小提琴。他穿著舊 Levi's 牛仔褲，搭配一件粉紅色襯衫，大概是 Krylon 三五三四號，名稱叫芭蕾舞鞋。他的襯衫有幾顆扣子沒扣，露出了一些皮膚和胸毛。那個時候我心想，噢喔，我敢說他是同性戀。

「嘿，提托。」他笑著對我說。

可是我開始提防，只說了聲：「喲。」

他拿著小提琴向我揮了揮要我進去，說：「*Mi casa es tu casa.*（注）」

好，現在我確定他是同性戀了。所以踏上去進入車子的時候，我心裡很緊張，一邊確認要是他出手的話，我可以順利衝出門外。我可不想讓人捅後門。但我表現得很酷，盡量看起來很輕鬆，說：「小提琴聽起來很厲害。」

威爾聳聳肩膀，像是在謙虛。「謝了，只要是跟這把一樣好的琴，任何人聽起來都可以很厲害。看一下吧。」

他把小提琴遞給我。我很小心地接過來。我是說，雖然以前從沒拿過小提琴，但看得出來這把是頂級的；木材的紋頭真的很細緻，有一種深層的光澤。「這是老琴了吧？」

「一七〇九年製的。」威爾邊說，邊走進小廚房。「要來點咖啡嗎，或熱巧克力？」

「不了，沒關係。」不過其實剛剛走在外面還是覺得冷，於是我又改變主意：「嘿，好啊。也許可以來點巧克力。」在他準備的時候，我往小提琴正面其中一個S形開孔看進去。只能勉強看見裡面像是寫了名字，史特什麼的。「一七〇九年是嗎？原來他們那麼久以前就會製作這種東西了啊。」

「他們早在那之前就會製作了，提托。」他正弄著某種特別的巧克力，大概吧。「但是沒那一把琴那麼棒：面板是雲杉製的，最適於和聲的木材；內部是柳木，背板跟琴頸則是楓木。製作那把琴的人曾經使用特殊的礦物質來處理，例如硼砂和鉀，最後再加上以阿拉伯膠、蜂蜜和蛋白製成的一種亮光漆。」

我很驚訝。「蜂蜜跟蛋白？沒放狗屁？」

「對，他沒使用狗屁。」威爾嚴肅地說，接著露出牙齒笑著，因為他看見了我聽懂笑話時的傻笑。「可是過程相當辛苦。」

他繼續講那件事，不過我在打量他家。看起來他在這裡住了很久，一切都很乾淨整齊，可是有一堆古怪的東西：有些奇怪的小裝置還有舊物品，用木頭或石頭製作的超小雕像。有些看起來像是非洲的，有些則像我媽讓我看她家鄉猶加敦那些照片裡的東西。

另外也有老舊得像古董的玩具，而玻璃櫃裡有像是科學工具的奇怪小東西。

我腳下有一堆阿拉丁用的那種地毯，上面很多旋轉的圖案，大部分是深色，有深紅、深綠、深藍。一扇窗戶前掛著兩幅用有色玻璃裱起來的圖畫，用的是軟性粉彩。我仔細看，發現了一個女孩的名字：蒂芬妮。我猜她就是作畫的人。

室內有一組貴爆的音響系統，還有一個裝了一狗票書的櫃子，有些看起來真的很老舊。我看到幾個

注 西班牙語，即「我家就是你家」，表示要對方「隨意一點」、「當自己家」的意思。

作者名字，像是J．W．馬歇爾（J. W. Marshall）、W．J．史龍（W. J. Sloan）。另外也有一組比較新的歷史書，作者名稱也有J. W.。

櫃子上面掛著一個八吋大的圓圈，裡頭有像蜘蛛網的繩子，上面還弄了串珠跟羽毛。

「那是捕夢網，」威爾解釋：「納瓦荷人會在所愛之人睡覺的地方掛上它們，用來捕捉惡夢，然後在第一道陽光出現時得以淨化。很不錯吧？」

「哎，我有時候可以用一下。」

「嗯，至少在今天剩下的時間。」威爾露出笑容說著，好像知道什麼特別的祕密。

「只有今天？明天會有什麼不一樣嗎？」

他靠著廚房流理台，呼出一大口氣。「這個嘛，你永遠沒辦法確定，提托。不過呢，說不定明天真的一切都會不一樣了。」他用奇怪的語氣說著，接著聳聳肩。「或者也可能沒有任何變化。拿去。」

我看著冒熱氣的杯子，然後坐在一張摺疊桌旁的椅子上。喝了一小口巧克力後，我馬上嚇到差點剉屎。「哇！」

「好的哇還是壞的哇？」

「太好喝了！就像融化的好時巧克力棒之類的。」

「這是非常古老的做法。」威爾也喝著他的巧克力。「是少數我永遠不會厭倦的一件事。」他有點嘆息著說出那句話。

威爾一定有什麼古怪。我的目光越過杯子上方看著他。「你怎麼會不住城裡搬到這裡啊？」

「我算是喜歡自由來去的人吧。」我看得出他不想直接回答。接著他拿起一個大手提袋，放到我們之間的桌子上。

「那是什麼？」

「是給你的，提托。」

▼威爾

見提托一臉困惑，我好奇這男孩已經多久沒收過禮物了。「來吧，看一下。」他拿出素描本和一組好用的壓克力顏料，但似乎還是很疑惑，於是我說：「比噴漆罐更細膩吧？我覺得你可能會想試試看。」他看起來還是一臉目瞪口呆，特別是發現袋子裡還有其他東西的時候。他小心翼翼地拿出來。

「什麼？一台相機？」

「是的。」這是我前一天測試過那台新的 Canon 數位相機。「用來照下你在牆面上的塗鴉，」我稍微刺激他：「或是露營車車身上的。」

提托看著那些東西。「這……這什麼意思？你要借我嗎？」

「不，我要給你。」

年輕人不可置信地看著我。「你說啥？」我點頭確認，他則是小心地繼續問：「為什麼？」

「因為你必須建立作品集。」我見提托一臉茫然。「作品集就是指蒐集你的素描與繪畫。」

「我要那些幹嘛？」

「為了進入藝術學校。」

他突然大笑。「你搞什麼，嗑藥到產生幻覺了嗎，老兄？」

「你想要成為藝術家，不是嗎？」

他沒回答，反而板起臉來。「我才負擔不起他媽的藝術學校。」

我把一個厚厚的褐色信封丟到男孩面前。「獎學金申請。你是少數民族，這點很好，但你是混蛋這一點很不好。你必須處理一下。」

提托盯著我。我看得出他思緒很亂，而我喜歡這樣。最後他說：「拜託，老兄，我連高中都沒讀完啊。」

「你還有去學校啊？」提托別開眼神，一副有罪惡感的模樣。「這個嘛，由你決定，孩子。就算是GED（注）也會有幫助，不過其中一、兩個地方或許本來就會錄取你了。你父母會支持嗎？」

「支持不了啦。我媽死了。」

我深吸一口氣，更溫和地說：「我很遺憾。怎麼回事？」

「她得了什麼狗屁乳癌，在我七歲的時候。」

▼提托

那段回憶就像冰鑽戳進我腦袋裡。刺骨的感覺，瞭嗎？我猜一直都會這樣吧。我安靜地坐在那裡。

威爾也很安靜，後來他說：「你一定非常難熬。」

你他媽的根本就不知道，老兄。我心裡這麼想，可是沒說出來，盡量表現出平靜的態度，然後聳肩。「不，我沒事。」

「你父親呢？」

「他不好，對他或對我都一樣。他在菲什基爾監獄還要關個八、九年吧。」

「你跟家人住嗎？有監護人？」

「我媽的姊姊啊。我的阿姨。」我加強語氣，是想讓他了解她是個超級潑婦，同時我也一直看著相機跟顏料那些東西。最後我直接跟他把話說清楚。「好，所以是要怎樣？你他媽的為什麼要這樣，老兄？」

「因為你他媽的很有魅力啊。」他微笑著說，然後又替我們倒了巧克力。

我瞇起眼睛用力盯著他。這傢伙一定有鬼。「那你到底想要我做什麼？」

他往那堆東西點了點頭。「我要你好好利用。」

我看著他，想弄清楚這是怎麼回事，卻覺得自己蠢得要命。在我正要說話之前，他突然開口問：「你去大都會了嗎？」

「不，我還沒。」

「嗯，等你真的去了，就待上一天吧。」他打開一張那個博物館的摺疊地圖。「我知道你會對現代和當代的作品比較有興趣，不過一開始先去歐洲收藏區吧。看一下不同藝術家是怎麼處理光線和設計

注 General Educational Development，普通教育發展證書，考試取得後即具有高中同等學歷的資格。

的，去了解明暗對照法。你查到意思了嗎？」

「我阿姨又不像是有百科全書的人。」

「好吧，等你到那裡再問館內人員。」接著他圈起地圖上的幾個部分。「看看維梅爾跟印象派畫家之間的差異，可能會讓你有一些想法。」我看出他想起了某件事，露出笑容。「噢，你到那裡的時候，記得去薩克勒展廳看丹鐸神廟（Temple of Dendur）。」

「像《星際大戰》裡的那個？」

「不，你指的是恩多星（Endor）。」威爾輕笑著。「丹鐸，那是在埃及。西元前十五年，等於是兩千年之前了。我要你去看上頭的塗鴉，是拿破崙軍隊在一七九九年畫的。」

我很驚訝。「你在唬我！那麼久以前的人就會塗鴉了?!」

「當然啊，而且不是使用噴漆罐。人們一直以來都會塗鴉的，提托。」

我還在試圖弄清楚他到底在搞什麼鬼。後來，他的上衣領口有點敞開，我看見他脖子上戴著一條細皮繩，底下掛著一個又小又舊、手工刻製成的木頭十字架，旁邊還有個像古董的小盒子。

「好吧。」我點頭說，心想我弄清楚了。「所以，你不是某種到處送人東西的好心神燈精靈，對吧？你是搞宗教的人，想要讓我重生，是吧？」

「才不是。」威爾笑了。「這麼說好了，我喜歡投資可能性，而你絕對有……再說，我永遠都抱有希望。」

就在那一刻，外面傳來「嘎」的一大聲。我們兩人從結霜的窗戶望了出去，看見一隻大到爆的渡鴉坐在外面一棵樹的枯枝上。我對天發誓，那隻又大又黑又亮的東西正往裡面看，就直接盯著威爾，眼睛又大又紅又危險。

牠又嘎叫了一聲，聽起來竟還比牠的模樣更恐怖：就像是在嘲弄、諷刺的笑聲，就像我阿姨會捲起嘴唇露出致命的笑容，對我發出醜陋又憎恨的那種笑聲，感覺像電動圓鋸啟動的聲音。

我告訴妳，那隻目光凶狠的大渡鴉簡直嚇得我剉屎了。

可是，那絕對，絕對比不上我跟這傢伙一起經歷的事恐怖。

12

▼吉莉安

我知道特殊相片特輯的截稿時間就要到了，也知道喬治隨時都會過來查看。我把所有候選照排在《紀錄報》辦公室的大會議桌上時，聽見了他的聲音。

「更多千年以來的面孔！」喬治漫步進來時若無其事地說。「一定會很棒的，吉莉。」我知道他是想讓我覺得，他並不在意逼近的期限。不過我知道達摩克利斯（Damocles）之劍（注1）和潔若汀．赫特之劍已經懸在我的頭上。還有喬治的劍。

我把眼鏡往上推、揉揉眼睛，一邊咬著鉛筆說：「我知道很快就要送印了，喬治。這只是在做最後的選擇。」

「我想這可能有幫助。」他拿給我用馬克杯裝的咖啡。我向他道謝，一邊把咖啡倒進一個保麗龍杯，然後將馬克杯放到一旁。在我將三張照片排成不同順序時，他好奇地看了我一眼。「為什麼妳要那樣做？」

「因為這樣比較好看。」

「我不是指照片，是妳為什麼每次都要把咖啡倒進那種杯子？」

我正專注地瀏覽照片。「馬克杯會破，我不喜歡會破的東西。」

「為什麼……？」

「我不喜歡責任。」我邊說，邊將一張格羅弗・克里夫蘭（注2）的照片換成泰迪・羅斯福（注3）。

「好——吧，」喬治張大眼睛說。「雖然奇怪，但總比沒答案好。」他又看著我工作了一會兒。「那就是妳躲掉我提議讓妳接管相片部門的原因嗎？」

我聳聳肩，再次躲避問題。同時，羅斯福那張照片讓我皺起了眉頭。我瞇起眼睛，透過眼鏡看著相片裡的泰迪，他在一節火車車廂後方為公鹿黨（注4）發表巡迴演說。

「妳會參加今晚的除夕派對嗎？」喬治問。「有幾個人向我問起妳，特別是會計部那個叫道格拉斯的人。」

我忙著從散落的照片中找出放大鏡。「喬治……這個人看起來眼熟嗎？」

「泰迪・羅斯福啊。妳沒回答派對的事。」

「不是泰迪，是這個人。」我指著羅斯福附近、一個站在車廂後方旁邊的人。

注1 源自古希臘傳說，中文或稱「懸頂之劍」，用來表示時刻存在的危險。

注2 美國第二十二及二十四任總統，也是美國史上唯一當選兩次卻非連續任期的總統。

注3 即西奧多・羅斯福（Theodore Roosevelt），美國第二十六任總統，暱稱「泰迪」・羅斯福，亦稱為「老羅斯福」。

注4 老羅斯福為角逐總統，曾短暫退出所屬的共和黨（Republican Party），另組新黨「進步黨」（The Progressive Party）參選。他稱自己「像公鹿一樣強壯」，故該黨又名「公鹿黨」。

喬治靠近檢視我指的地方。在黑白相片中，那人的頭髮和眼睛看起來是中等色階，推測應該是淺褐色，年紀看似三十出頭。喬治用力瞇著眼，把放大鏡調整到最清楚的角度。他看著那個男人，然後搖搖頭。「不。我應該認識他嗎？」

「我敢打包票在其他地方看過他。」這件事有某個地方使我心神不寧，不過我還無法確定原因。我開始搜尋其他照片，喬治也放棄等待答案了。

「好吧，妳的新千禧年大概再過十二個小時正式開始，」他說：「可是妳的截稿期限只剩下三個鐘頭。」

「又三十分。」我心不在焉地咕噥著。喬治在門口又逗留了一下，我感覺得到他正看著我，似乎對我感到可憐，然後就離開了。

但是我繼續緊盯著羅斯福的那張照片，看著裡頭那個令人十分好奇的男人。

▼提托

我在八十六街出了地鐵站後往西走，再往南轉上第五大道。哎，這根本不是我會來的地方啊。離開自己的地盤那麼遠，真的讓我很不安。從中央公園一路過來全都是豪華大樓，還有穿制服的人看門。靠，住那些地方真的要花一堆錢。

接著我突然停下來，因為我看見了。哇塞！那就在前方的陽光中發亮，他媽的大都會博物館。我感到很驚奇，因為它大到不行，從幾個街區外就看得到。布朗克斯區根本沒有那種地方，看起來就像是從電影裡出來的，像《神鬼戰士》那樣。我很緊張，不安地吞著口水，瞭嗎？我知道那裡絕對不是能讓我大展身手的地方。

威爾根本瘋了，他們才不會讓我這種低等的人進去。當我過街抵達時，看見要進入大門的話，得先從第五大道又大又寬的人行道往上爬一百層階梯。雖然天氣冷死了，還是有很多人坐在階梯上，有的在吃熱狗有的則在喝咖啡之類的。我很訝異他們大部分都只是普通人，沒穿成一副很了不起的樣子。我看到各種年紀的黑人、拉丁人、亞洲人，全都混在一起。我甚至還看到兩個跟我一樣的街頭小鬼，他們似乎在打量我，一副威脅人的模樣，不過那時有對情侶剛好抬起頭，跟我打了招呼。我輕輕點頭回應，試著表現出自己常來這裡的樣子，然後就穿過人們爬上去，通過那些大到爆的鐵門。

我一進去就嚇了一大跳。真是不得了！我的眼睛睜大到都快掉出來，而且說得滿大聲的：「哇塞，操你媽的哩！」

從外面看那個地方就很大了，結果裡面感覺更巨大。在我這輩子見過最大的空間裡，站在那寬廣的石頭地板上，我感覺自己真他媽的小到不行。我周圍那些柱子有五十呎高，連接到上方有石頭柵欄的陽台。我看到很多人在上面走。更高的地方有中午的陽光從天窗流進來，讓我覺得自己像在某種戶外花園的露台，尤其附近又到處都有盆栽和花。這裡有很多花，而且大到可以讓人坐在中間這座圓環櫃檯裡躲藏起來。

我根本想像不到會有這種地方。附近有個像導遊的人說：「實在壯觀。」我以前在某個地方聽說過那個詞，可是從來沒機會使用它，直到那一刻。真奇怪，它大到讓我覺得自己很渺小。

可是……怎麼說呢，因為它也很雄偉，所以鼓舞了我的精神。懂我意思嗎？有種感到意外、激動又很棒的感覺。有點像我第一次在地鐵車廂塗鴉的時候，感到很興奮。這讓我輕笑了一下，好像自己正要開始某種很酷的新冒險。

不過我沒看到任何照片。我不想被人聽起來像個蠢蛋，所以隨便走了一下，假裝自己常到那裡，只是還沒決定要做什麼。後來我想起了威爾給的地圖。我拿出地圖查看，但還是搞不懂。

我看到有些人在中間的圓環狀櫃檯詢問，所以側身靠近。櫃檯後面有個年紀大的白種女人對我笑，用外國口音友善地說：「歡迎來到大都會。」她問我是不是第一次來。我搖頭裝出老鳥的樣子，不過還是把地圖拿給她看，說自己還在回想前往薩克勒展廳的路線。我想去看威爾說的舊塗鴉。

我發現他們所謂的薩克勒展廳並不是一般的展廳，而是又一個超級巨大的空間，不過裡面只有幾個人。有面玻璃牆跟一節地鐵列車一樣長，往上延伸了五十呎，在頂部往裡面傾斜。外面是中央公園，但這個展廳在二樓，所以可以看見樹頂跟天空。我還看見大水池裡有那些倒影！水圍繞著房間中央的一座石島！我聽到看起來像阿拉伯人的遊客在交談，說那些水代表了尼羅河。石島幾乎要跟整個天殺的空間一樣大，只是比水面高出大約三呎。水面是完全靜止的。

在島中央，我看見了威爾說的東西：丹鐸神廟。神廟前方有一道大石門。在走過石橋到那裡前，我在一塊標示牌上讀到，在多年來的氣候跟地震摧殘下，丹鐸神廟只剩下一部分。上面說，最後剩下的遺跡本來要被埃及一座很高的亞斯文水壩淹沒，所以博物館的人把神廟拆了帶到紐約來。

接著我通過水面的石橋抵達島上，在巨大的石門前停下。我伸手觸摸，那非常酷。這座廟有兩千年歷史，絕對是我見過或碰過最老的東西了。石門牆面上遍布埃及人的雕刻，上頭還有各種平面的鳥人，以及一塊寫著「象形文字」的標示，可是沒看到威爾說的塗鴉。後來我告訴小表弟奇可：「我真是笨蛋，還以為是用顏料之類的畫哩。」

十五呎高的石門獨自擺在前方。我從底下走過，前往丹鐸神廟比較大塊的部分。經過前方的兩根厚柱子時，我看見後面有個用石頭建造的房間。

我就是在那裡發現塗鴉的：幾個法國士兵的名字被刻進了石頭裡，還有當時的日期：一七九九年。雖然不明顯，但我一直有種奇異的感覺：我在這裡，看著他們在兩百年前刻進石頭的名字，而站的地方是別人在兩千年前蓋好的！我想像建造丹鐸神廟的工人，從某個採石場切割石頭，然後搬去疊起來，沒有使用起重機或翻斗車，接著再以手工雕成圓柱。我伸出一隻手去摸，往上又往下，然後再往上，然後摸著刻進牆裡的圖畫。

我的指尖摸過法國士兵的名字，心裡好奇他們是誰。我想像在好久好久以前的一七九九年，他們在埃及的某一天。他們坐在丹鐸神廟的陰影裡吃午餐，也許還一邊打嗝或放屁，一邊大笑著，就像我跟雷可能會做的事。然後他們用自己的劍把名字刻進古老的石牆。而那根本不像藝術，就只是他們的名字。

而他們就只剩下那些了。

這讓我想到自己的塗鴉。不管我畫了多酷的東西，幾乎都很難維持一個月，而且就會被其他混蛋的塗鴉蓋過去。

我在那座舊廟裡站了很久，一直在想那件事，而且心裡也出現很多以前從沒想過的想法。

▼聖賈克神父

我完全沒從梵蒂岡收到班迪尼托的消息，而且再過三個鐘頭就是我預約覲見樞機主教的時間了。然而我還是決意要努力並徹底服事上帝與我的教會，也一如往常地堅持，不浪費任何可能對調查和任務有益的時間。

於是我前往大都會博物館查看漢娜．克萊兒曾提及的一幅畫。我事先打電話聯絡上一位助理研究員默琳．沙恩，跟她說了我對那幅畫的好奇，同時強調自己來自梵蒂岡的身分。當抵達博物館時，服務檯聯絡了沙恩太太並告訴我到哪裡見她。

▼提托

鳥事會以奇怪的方式發生。

我離開丹鐸神廟後，就照威爾說的徹底參觀了一番。我走過好幾個沒人的空房間，就只有牆壁上的圖畫。我從沒去過那樣的房間，那些地方全都乾淨又明亮，還鋪了各種像拼圖花樣的光亮木頭地板。某些房間中間還會有一張長椅。我看到有人拿著素描本坐在那裡，仔細研究圖畫或是照著畫。我覺得他們允許讓人那樣做很酷。

我照威爾說的去看了歐洲的畫。大部分的我都沒感覺，可是有一些很酷，不過完全沒看到叫「明暗對照法」的畫，所以去問了一個警衛。她是個很漂亮的年輕黑人妹子，笑得很和善，並告訴我明暗對照法不是一幅畫，而是「藝術家利用光線與陰影特質的繪畫方式」。

我感到臉紅到不行，覺得自己像個大白痴，但是那個女孩好迷人。她對我小聲說，她在這裡工作前也從沒聽過明暗對照法。她指出幾幅畫，裡面有強照的光線從人的一邊照過去，讓另一邊充滿陰影。我懂了。這樣真的可以讓人物更突出。

後來我去看了印象派畫家，就是威爾說作畫很快的那些人。他們的畫更加模糊，不過我明白威爾的意思：那些人努力想要捕捉作畫當下對光線的印象。

好了，就是在這個時間點，讓我覺得鳥事會以奇怪的方式發生：要是我早十秒或晚十秒走出印象派的區域，就不會聽到有個老女人對一位神父說：「恐怕我們對縮寫 W. J. 的藝術家所知不多。」

「任何資訊都有幫助，沙恩太太。」神父說。他算是外國人吧，而且眼睛有種古怪的顏色，像是迷喲。一聽到那個縮寫名稱，我立刻在他們附近煞車停下。

「往這裡走，聖賈克神父。」女人說。

於是我跟著他們回到印象派區。她帶他到掛在牆上的一幅畫前方，我之前沒看到那幅。那是一個充滿陽光的街景，就跟掛在附近的一堆畫一樣，大概來自一八八〇年代吧。有個小女孩坐在一輛馬車上，穿著有褶邊的花俏衣物，還戴了一頂粉紅色小帽子，顯示她家算是有點錢。她媽也是穿得很華麗，不過身體轉開了，所以我們的目光會直接鎖定在小女孩身上。

她彎下腰，把一根糖果棒遞給一個跟她年紀差不多大的男孩，不過他是個邋遢的流浪兒，臉上也有髒污。男孩看起來就像從沒人給過他任何東西，整個嚇呆了。我也覺得很驚訝——我是指那幅畫給我的感覺。哇塞，那直接打動了我的心，瞭嗎？會讓人忍不住露出笑容。那幅畫很溫暖，也真的很窩心，讓我想起了小表弟們。我告訴妳，那幅畫的作者一定很厲害。

可是那個神父好像沒有任何感覺，或者根本不在乎。他好像完全當公事處理，唯一感興趣的時候就是瞇起眼睛、靠近盯著簽名看，一邊點頭一邊說：「W. J.，一八八三年。」

「我們的紀錄很少，」那個叫沙恩的女人在神父看著畫作時說：「不過作者顯然是個叫威爾漢．傑奈克（Wilhelm Januck）的人。我們相信他跟馬奈認識，你可以看到——」

「他們的風格非常相近。」叫聖賈克的傢伙附和著：「沒錯，那妳還知道什麼關於他的事？」

沙恩太太看著手裡拿的一個扁資料夾。「非常少。梵谷在寫給弟弟西奧的一封信中確實提起了他。梵谷和高更住在亞爾的黃屋（Yellow House）時，傑奈克就曾經造訪過。那應該是一八八八年的十月或十一月。」

接著，神父注意到她好像突然想起了某件事。神父問：「是的，還有嗎？」

「你知道的，神父，我可以發誓我們還有另一件也是以W. J.署名的作品。」我看到她試著回想在這個大到不行的地方，作品到底陳放在哪裡。她拿出手機打給某個人。

▼吉莉安

「我就知道我見過他。」我抓住史蒂夫．施耐德，把瘦長的他拉進《紀錄報》的會議室，而我在裡面擺出了更多張照片。

史蒂夫用骨瘦如柴的手撥弄蓬亂的頭髮，對我皺起眉頭，一臉被弄糊塗的樣子。「見過誰，吉莉？」

「這個人。」我說，同時把甘地遇刺前一天的照片拿給他看。「在背景那裡，看到了嗎？」

史蒂夫茫然地看著。「對啊，所以呢？他是誰？甘地的牌友或酒友，還是殺了他的人？」

「我不知道他是誰，不過你看。」我把泰迪．羅斯福於一九一二年在列車車廂後方高談闊論的照片，並排放在甘地的旁邊，接著把放大鏡拿給史蒂夫，指著站在車廂旁的男人。我看著史蒂夫細窄削瘦的臉開始扭曲，然後又奇妙地變得呆滯，一副嚇傻的模樣。

他瞪大眼睛看著我。「這怎麼可能？」

我搖頭。「問倒我了。」

史蒂夫再次透過放大鏡看著跟羅斯福在一起的人，然後再看著跟甘地一起的人。「看起來真的就是同一個人啊！年紀完全一樣！」

「對啊，可不是嗎。可是那兩張照片的時間相隔了三十六年。」我們對看了一下。我刻意等史蒂夫聽懂這句話，接著讓他看第三張照片。「好，現在看這一張。」

我伸手蓋住桌上那張照片，遮住約六分之一的部分時，發現自己的手正在微微顫抖。照片有刮痕也很淡，很明顯是從非常舊的底片洗出來的，看起來像是十九世紀偉大攝影師馬修．布雷迪在美國內戰期間拍的。我露出的照片中，一側是兩位穿著又濕又髒制服的聯邦軍士兵。我指著站在他們旁邊的第三個男人，他穿著一件有污漬並濺上泥巴的長大衣，裡面則是平民的便服。

史蒂夫拉長脖子靠近透過放大鏡看，然後屏住了呼吸。

「對，」我簡單地說，確認了史蒂夫的想法。「沒錯。就算留了鬢角，我也敢對天發誓是同一人。還有你看。」我拿開手，讓史蒂夫看見照片中還有誰。

史蒂夫看著那位留鬍子的官員，那個人氣色很好，顯眼地坐在營帳前方的一張軍用桌旁。史蒂夫眨了眨眼。「那不就是……」

我點頭。「尤利西斯・S・格蘭特（Ulysses S. Grant）將軍，一八六三年。」

史蒂夫的目光緩慢向上移，最後跟我對看。我們兩個都覺得室內的空氣突然變得怪異而寒冷。

▼提托

沙恩太太闔上行動電話，然後看著聖賈克，說：「我錯了，神父。沒有另一個 W. J.，另一幅畫的簽名是 J. W.。」

我看得出神父正在思考，並問她能不能讓他看看。

「請往這邊走。」她說。

好，我現在真的好奇了。所以我裝成沒事的樣子跟在他們後面經過一些房間，到了一個標示寫著「法蘭德斯畫派」的地方。

我搞糊塗了。我從來沒聽過什麼法蘭，而且這一區看起來也沒有派；這裡沒有任何桌椅，只有更多大房間，牆壁上掛著圖畫，然後那些手工雕刻的厚畫框看起來比畫本身還更貴。這些跟印象派畫家的作品差別很大，看起來全都陰暗又鬱悶，很多都用了明暗對照法那種風格。而且很多看起來幾乎就像真的，好像是用相機照的哩！

我聽到身邊經過的一些人在討論，這些大部分是荷蘭人的畫，所以我猜法蘭就是荷蘭的意思。

叫沙恩的女人帶著神父通過一個個房間，我聽到她說：「我們不知道這位藝術家的全名，他可能曾短暫跟林布蘭在阿姆斯特丹一起學習過。」她慢下來走向一幅畫，那幅畫比房間裡大部分的作品都還小。畫的尺寸只有差不多十吋寬、十二吋高，該死的畫框又更大一點。他們遮住了一半的畫作，所以我沒辦法看得很清楚。

沙恩往那幅畫歪著頭。「我們認為這是作者的自畫像。」

神父聽到後突然倒吸一口氣，然後靠得離畫很近。我慢慢過去，從他們旁邊看。

哇塞。我也倒抽了一口氣，也一樣驚訝。

那幅小畫的風格就像附近掛著的那些沉重、陰暗的荷蘭畫，筆法很小很細緻，靠，小到根本看不見。那一定就是讓那些畫真實得像照片的原因。小畫裡的人差不多是露出上半身，披著一件棕色斗篷，底下是件寬鬆的象牙色襯衫。他的頭髮跟眼睛都是淺褐色，臉上的鬍子刮得很乾淨；表情很嚴肅，眼睛盯著我看。

我張大嘴巴看著畫像裡的人，感到全身很冷，整個人被嚇傻。從那個畫框裡看著我的男人，就跟我那天早上談話的人看起來一模一樣。就像是他媽的威爾。

可是還不只這樣。畫裡的那個人脖子上，也掛著一模一樣的木頭十字架跟古董小盒子，真的讓我嚇死了！

在那當下，我覺得自己變成了剛剛看過的雕像，完全呆住不動。我盯著畫裡那個人的眼睛，一陣恐懼襲了上來，很害怕這個叫威爾的混蛋到底是誰，或是什麼東西。

我聽見神父對那幅畫照了張相片，照完後又靠得很近去看，想要讀出角落的某個東西。他說：「看起來的確是簽了 J. W.。」

「是的，沒錯。」沙恩太太回答。

聖賈克看著畫，眼睛瞇得更小了。「日期比較難看清楚。」

然後我聽到沙恩驚人的回答：「是一六七七年。」

13

▼蘇琪・田村（Suki Tamura），四十二歲，計程車駕駛

我喜歡開著計程車，也愛跟乘客聊天。「這是練習英語的好方法。」我會這樣告訴他們。大家看到我時都很驚訝：個頭很小的女司機，並非戴頭巾的大塊頭巴基斯坦人或錫克教徒。我喜歡在這裡開車。紐約很輕鬆，不像東京；東京很亂，到處都是路，去哪裡都要很久。

但紐約街道大部分都是南北向或東西向，除了砲台公園城。砲台公園城很麻煩，那裡很像東京，街道很古怪，什麼方向都有。兩年前剛來的時候，我就騎了腳踏車在那裡到處晃，以便了解那裡的環境。

我喜歡開計程車，除了有人帶槍的時候，例如除夕下午在西班牙哈林區的那一次。在一一四街等紅燈時，我這側駕駛座的窗戶突然爆破噴進來，玻璃碎片飛得我全身都是。嚇死我了。「很兇的年輕西班牙佬，」後來我告訴警察。「也許是波多黎各人，眼神很瘋狂火爆，可能有吸毒，還拿槍在我面前揮來揮去，並大叫：『把妳的錢給我，賤人！把妳的錢給我！』」

我沒反抗，妳也看得出我只是個小傢伙，才九十四磅。我只想活下去。

「妳要我開槍嗎，賤人?!」他咬牙切齒地對我說：「把妳的錢給我！」

「當然，當然。好啦！」我急著說，一邊翻找錢包。「你把錢拿走，別開槍！」

後來我聽到另一個男人大喊：「嘿！」那個凶狠的大塊頭年輕人突然就被抓住，身體也被整個轉過去。我看見來者的體型沒有很大。「只是普通的白人，穿著藍色海軍大衣。」後來我告訴警察。「可是他速度很快，超快的。他直接就抓住那個年輕人的槍，用力砸向年輕人，讓他往後倒在計程車的引擎蓋上。這下凶狠的年輕人可凶狠不起來啦。」

我看著那個白人。輪廓明顯，淺褐色頭髮，好看的眼睛。我並不認識他。我看到他用那混蛋的槍管抵著那混蛋的臉頰，然後靠得很近，直接面對年輕人的臉，露出笑容，可是感覺很致命。我看年輕人的臉在發抖，就像新鮮的生魚片。他嚇死了，非常驚嚇，嚇到要拉出來了吧。

白人說話很小聲，語氣非常友善，可是笑容卻很古怪，就像可怕的小丑。「你不知道古老的金科玉律（Golden Rule）（注）嗎，朋友？」混蛋愣住不敢動，除了被金屬槍口壓著的臉頰一直發抖。「你以為那只是騙小孩的老套床邊故事嗎？」白人讓槍管在年輕人臉頰上下移動，說：「你想要我對你這麼做嗎，是嗎？」

「不！不！」年輕人快嚇死了。

白人用槍管對著年輕人的眼睛，笑容還是很嚇人，說：「你覺得現在會記得了嗎？會嗎?!」年輕人當下哭了出來，還哽咽起來。「會，會！我會的！可以嗎？」

「那好，」白人還是緊抓著他。「開始實行吧，你懂嗎？我會盯著你。」他讓槍管抵著年輕人的鼻子。「再這麼做，你就死定了。」

接著白人讓他扭動身體離開。年輕人拔腿就跑，我看到他的褲子濕了。他尿出來啦。

白人搖了搖頭然後走向我。我很驚訝他用完美的日語對我說：「這些孩子，能拿他們怎麼辦呢？妳還好嗎，女士？」

我盯著他看，然後用日語回答：「噢，還好，還好。謝謝。」

他丟掉子彈，把手槍交給我。他要我把它拿給之後第一個看到的警察，接著小心伸手進來，拿走我頭髮上的玻璃碎片，用日語說：「妳最好清理剩下的碎片，免得割傷了。」然後又笑著說：「請保重，田村太太。」我很驚訝。他一定是看到了我的婚戒，還有車上的牌照。

他轉身離開。我用英語朝他大喊：「嘿，等等。要載你一程嗎？」

他笑著說：「不用了，沒關係。」

可是我感到內疚，我的祖先文化要我表示感激。要是沒給人家什麼回饋，我會覺得很丟臉，好歹說點什麼吧。接著我靈光一閃，於是大喊：「嘿！」他回頭看過來。「謝謝你，先生。祝你新年快樂！新年快樂！」

他安靜地站了一陣子，接著用日語慢慢說：「我希望不只是快樂而已，田村太太。」

他最後又溫和地笑了一下，就繼續往前走掉了。

我再也沒見到他，直到三天後。

那天真的很可怕，是我生命中最可怕的一天，從沒想過會見到那些事。不是在這裡，不是在地球上。那讓我想起我的老伯父明石。他告訴我，他在生命中最可怕的那天看到的事。一九四五年的八月六號，在廣島市。

注 指〈馬太福音〉第七章第十二節：「……你們願意別人怎樣待你們，你們也要怎樣對待別人。」

▼聖賈克神父

我一直很欣賞由加爾默羅會姊妹們所展現出的優雅樣貌。她們傳統的黑白雙色長袍蓋住全身、只露出臉，而且會勇敢說出對上帝的信奉。這就是我如此強烈認同她們的原因。她們對全能上帝的熱情，幾乎算是與我相當了。在這個變得如此愚蠢又世俗的世界中，其他所謂修會的修女們，就只是在頭上戴著一條頭巾，或完全穿著不適宜的便服；而我很高興加爾默羅會仍然代表了對苦行主義的投入，正如我確信這麼做必定也能取悅我們的天父。

在為梵蒂岡追蹤獵物的那數十年旅行中，我曾有一次為此去過加爾默羅會的基地，即位於聖地的加爾默羅山（Mount Carmel）。站在那裡，我想起以利亞在許久以前勇敢面對並擊敗了邪惡偽神巴力（Ba'al）的祭司，而那使我重新充滿了力量，勇往直前面對最後的挑戰，要把我們母教會萬無一失的羅網投到我的獵物身上。

在五十六街往東走向紐約總教區位於第一大道上的總部時，我之所以反覆思考加爾默羅會這件事，是因為人行道上有兩位加爾默羅的姊妹正向我走近。她們的注意力在一位全身骯髒、留著長髮的狂熱信徒身上，他舉著一塊字跡難看的牌子，上頭寫著「祂要來臨」。牌子上畫了對稱的十字架當成裝飾，另外還有畫得很醜、代表魚的符號。

他正大聲地對其他路人說：「懺悔你們的罪！明天是真正的新千禧年！祂即將帶來狂喜，並再次在你們中間行走！你們應當準備好！」

加爾默羅會修女之中年紀較大的，對那個男孩露出慈愛的笑容。她舉起左手，展示讓她與上帝緊密結合的婚戒，說：「噢，我們可不只準備好了，兄弟。」

我經過修女身邊時對她們微笑表示贊同。她們向我輕輕點頭，我也客氣回應，感受到她們對我較高的地位所表示出的適當尊重。

紐約總教區是一棟相當現代化的建築，有十四層樓，第一大道靠五十五街的東側佔據了大部分街區，有些密切相關的分支機構也設置於那棟建築裡。我進入走向大型接待櫃檯時，看見一扇內門敞開。紐約的樞機主教馬洛伊從那扇門出現，幾位高級教士顯然正陪同著他。

樞機主教謝默斯・馬洛伊（Seamus Malloy）穿戴著鮮紅色的斗篷和帽子，這是當然的。他七十幾歲了，身體還很強健。他緩慢地走著，一邊查看一份文件並提出回應，其中兩位弱不禁風的部屬則匆忙記下內容。雖然馬洛伊是一行人中最矮的，不過我知道小巧的鬥牛犬可是出了名地不好惹。樞機主教有一位隨從，是個衣著體面的年輕人，比樞機主教整整高了一顆頭，而他提出了一個問題。

我注意到馬洛伊對年輕人怒目而視，那眼神簡直能讓上普羅旺斯阿爾卑斯省的一整片向日葵田枯萎。接著，樞機主教以一種冷峻的態度說話，使年輕人的問題顯得十分荒唐，而那位不幸的發問者彷彿成了無可救藥的白痴。我看見隨從往後縮，臉上露出痛苦難堪的表情。那一刻，我又暗自向上帝許下另一個承諾：如果我——那當然是依照祢神聖的旨意了，我的天父——如果我有幸提升到像樞機主教如此崇高的地位，我發誓永遠都會對下屬以禮相待。

我先前只遇過馬洛伊一次，當時是最新任的教宗約翰・保羅（John Paul）在一九八八年於樞密會議上授予他紅帽。巧合的是那時我也在羅馬，要向教宗親自報告我瘋狂追尋獵物的最新細節。我離開時，有人帶馬洛伊進來覲見教宗。教宗親自將我介紹給他。我後來懺悔了自己因為跟教宗親近一事而感到驕傲的罪。

到了總教區的大廳時，戴著閱讀眼鏡的樞機主教馬洛伊，目光從他手中的文件向上移。他的眼神冷漠掃視過門廳裡零星的人們。許多人注意到他，於是恭敬地鞠躬行禮。他的目光掠過我後，立刻轉回來跟我對看。我客氣地點頭致意，而馬洛伊只是繼續看了一會兒，就把注意力移回文件上。

我一如往常，對會見馬洛伊一事做好了萬全準備。我檢閱過樞機主教的過去，知道他成長於布魯克林區的下層社會，早期也做過稍微違法的事，後來才受到感召為上帝服務。他來自一個僅能勉強餬口的愛爾蘭移民家庭，跟紐約黑幫很有淵源；當時的黑幫統治了五點區貧民窟，在十九世紀因其罪行及放蕩而惡名昭彰。馬洛伊的家中出了兩位消防員（他過世的父親當到了隊長）和三位警察（其中有一位是女警），另一位女性則宣誓成為道明會修女。馬洛伊也有一位兄弟，他在牆上的照片被「翻到背面」，原因是他經常進出監獄，顯然走上了先人們在五點區的老路。

樞機主教謝默斯．馬洛伊，很明顯是家族中最卓越也最成功的一員。即使在擠滿有錢有權人士的紐約市中，他仍被公認是個有影響力的人物。矮壯的樞機主教將處理完的文件用力塞進一位助理手中，然後在光亮的大理石地板上大步走向我。他的目光銳利，不帶笑容地伸出戒指讓我親吻。

「聖賈克，是嗎？」他的嗓音聽起來帶有痰音而且像是在咆哮，就跟我在羅馬那次的記憶一樣。

「是的，樞機主教閣下。」我有禮貌地回答，並試圖讓口音聽起來更像標準英語。我記得馬洛伊不太喜歡我們法國人。「很高興能再見到您。」

「好，」老人輕蔑地咕噥著。「我們上樓吧。」

我點點頭，跟他一起走上裝飾華麗的階梯，樞機主教的隨行人員則跟在後方。我急著進入正題。

「您有找人處理我的要求嗎，樞機主教閣下？」

「還沒。」馬洛伊說話時連看都沒看我一眼。

我一直很討厭有人妨礙我為了教會而執行的任務，即使對方具有樞機主教如此崇高的地位，但我還是保持客氣。「請原諒我，樞機主教閣下，不過您沒得知梵蒂岡授予我的權力嗎？」

「嗯，我知道。看來他們給你很大的自由。」

「非常正確，樞機主教閣下。若可以的話我想知道，為什麼耽擱了我的要求？」

「總教區要紐約市警局追查一組手機號碼，」馬洛伊說完搖了搖頭。「這極不尋常，保羅神父，我這麼說還客氣了呢。這等於開啟了先例，在法律上也站不住腳。」

「即使如此，樞機主教閣下——」

馬洛伊直接打斷，彷彿當我沒說話。「不過，你的任務讓我很好奇呢，神父。你也是。」我們到了階梯頂部，而樞機主教停了下來，揮手示意助理們繼續前進。接著，他用那雙黑色小眼睛直盯著我。

「很明顯的，有個非常強烈的目標在推動你。」

「哎呀，閣下。」我有所防備地說，同時別開眼神整理思緒。

但在我回應前，馬洛伊就用諷刺的語氣接著說：「我相信你一定在懺悔時承認了。」

我再次注視他的眼睛，說：「我確實有，閣下。」接著，我看了周圍一眼，立刻提及這棟豪華建築富麗堂皇的內部。這裡充滿了宮殿般的奢華：明亮的大理石階梯及地板，被細心擦拭、散發光澤且木紋細緻的牆面，昂貴的擺設、窗簾、藝術品，全都具有在博物館展示的水準，也很適合搭配以文藝復興風格壁畫裝飾的挑高天花板。

「但是閣下，如果是為了幫助我們神聖的母教會，擁有強烈的目標錯了嗎？」樞機主教聽完，眼睛稍微閃爍了一下，或許是在我身上看到了一點自己的影子。於是我再次提起重點。「而只要是協助我任務的人，都會獲得非常豐厚的報酬。」我暫停一下讓這句話發揮效果，然後強調：「這點我個人可以向您保證，馬洛伊樞機主教。」

我的語氣很正式，但隨意使用了馬洛伊的姓，這點非常大膽，我們兩人都心知肚明。體格如公牛的老人因憤怒而稍微張開了多毛的鼻孔，不過隨即用精明的眼神看著我，彷彿感覺得出是因對上帝與這項任務的奉獻使我更有膽量。這似乎讓這隻老野獸刮目相看，也稍微壓制了先前的氣焰。他往自己辦公室的方向點了點頭，而在我們前去時，他說：「我們把你去年寄的那些照片發給我們所有教區了。」馬洛伊嘲弄地搖頭。「不過畫質非常糟。」

我點頭，說：「然而我們還是有收到一些通報，那些人相信自己見到了他。他們確實幫助了我們縮小搜尋範圍。」

「嗯，我會繼續盡我所能，保羅神父。」他說：「不過，首先我要知道這到底是怎麼回事。」

我被對方的態度激怒，而由於我已大膽過一次，這次便搖頭表示拒絕，非常堅決地說：「恕我直言，閣下，羅馬那裡已經給我——」

樞機主教突然抓住我的袖子，猛力拉我停下腳步。「聖賈克神父，」他說話時，乾皺的臉上逐漸露出一抹狡猾笑容。「我們就直說吧：你現在並不在羅馬，好嗎？你在紐約，而紐約是我的地盤。」接著老愛爾蘭人的大臉靠向我耳朵，近到我能聞出他口氣中的白蘭地味。他露出危險的笑容輕聲說：「保羅，在我老家附近常說一句話，那就是你不會想惹我的。」

他用那雙挑釁的黑眸盯了我一下，隨即走向自己的辦公室。

▼**吉莉安**

我跟史蒂夫兩人都曾想過，可能是《紀錄報》的研究部門有某個人想整我們，於是稍微用了Photoshop弄出那些照片，看我們會不會注意到。雖然那裡的職員都否認，可是我和史蒂夫不太相信。於是史蒂夫到網路上搜尋了一番，我則是打電話給現代藝術博物館，畢竟那裡收藏了一大堆老照片。博物館把我正在處理而他們也擁有的那三張照片傳真過來：甘地、泰迪．羅斯福和格蘭特將軍。

博物館的照片跟《紀錄報》收藏的一模一樣。那個無名的三十幾歲男人果真出現在所有照片中。史蒂夫和我，自大學一年級在紐約大學的布列塔尼宿舍認識起，就是好朋友了。我們一起在校園報紙的職務上投入了許多時間，也有很多收穫。我們其中一人遇到瓶頸時，另一人總是能幫助對方突破困境。

但這次就不行了。我們坐在《紀錄報》的媒體室中央，兩人完全陷入沉默。我們都在思考那些照片，以及它們代表的巨大謎團。

同一個人怎麼可能出現在所有照片中，而且看起來年紀都一樣？

▼**聖賈克神父**

樞機主教馬洛伊在那浮誇的雕飾辦公桌後方坐下，這裡是他的奢華辦公室，壁板都是光亮的楓木；他透過閱讀眼鏡，看著我在彩虹藝廊拍下藝術家的信件照片。馬洛伊請我就坐，不過我為了強調想要加緊行動，所以還是繼續站著。雖然我試著耐心等待，但那個狡猾老人決意要誘騙套出我的任務，實在使人厭煩。過了許久，馬洛伊才說：「你要羅馬分析這份筆跡？為什麼？」

「為了確認它跟我們蒐集的其他特定文件相符。」

馬洛伊隨手把信丟到桌上。「哪種文件？」

我謹慎考量目前的狀況，衡量著自己的渴望——以及需求。我希望樞機主教幫忙，卻也厭惡他那優越又高傲的態度。我瞥了馬洛伊的助手一眼，他是位非裔神父，正坐在一旁處理上司的日誌。我輕聲對他說：「史提芬神父，可以麻煩你讓我們私下說話嗎？」

樞機主教銳利的目光射向我，強烈到彷彿能夠穿透聖賽巴斯汀（注）。「他可以留下來聽。」

我緊盯馬洛伊的雙眼，以堅決的口吻直接說：「恐怕不行，樞機主教。」我從眼角看見那位非裔神父一臉驚恐，可是這根本比不上樞機主教的反應。

馬洛伊的臉頰開始變色，整張臉漲紅，鼻子還變成鮮紅色，黑色雙眼恐嚇般地怒視著我。要是維蘇威火山或聖海倫火山在爆發前會顯露出人類的臉，很可能就是馬洛伊的樣子。不過我還是安靜地堅持立場，我知道羅馬教廷的權力最後會支持我。

經過整整三十秒，馬洛伊才終於將目光掃向助手，然後移向門口。我等待沉重的門確實關上後，接著轉身面向馬洛伊，坐進面對著樞機主教辦公桌的皮椅。我的背部挺直，眼睛看著馬洛伊，而仍怒火中燒的他語帶威脅地說：「這事最好夠重要啊，朋友。」

我本來考慮稍微道個歉，但又決定這樣比較能加快進度。「請注意聽，」我開口說：「因為我要告訴你的內容是最高機密。除了我在羅馬兩位已發誓保密的得力助手外，就只有教宗約翰·保羅和神聖法庭的三位樞機主教知道此事。」

樞機主教的表情有了些許變化，我覺得自己總算引起了馬洛伊的注意。「從你們的美國記者兼作家馬克・吐溫所蒐集的信函中，我們有一封於一八六〇年由一位旅人從內華達州銀礦區手寫給他的信……」

馬洛伊皺起眉頭，一臉困惑。「好，所以呢？」

「還有一封，是由一位搭乘平塔號（Pinta）航行的葡萄牙人所寫的信。」

「平塔號？是那艘哥倫布的船？」

「是的，一四九二年。我們也有一份是西元九八〇年，住在馬德里的一位聖本篤修會修士所寫的東西。」

「然後呢？」現在換樞機主教不耐煩了。

「那些文件上的筆跡，以及我昨天找到、現在擺在你面前照片裡的那封信，都經過國際上一群最頂尖的專家分析。他們一致認為，所有筆跡都出自同一人之手。」

樞機主教懷疑地看著，然後笑起來。「這太荒謬了。」他不屑地站起來，轉身面向後方製作精良的嵌入式櫃體中，拿起一個雅緻的雕花玻璃酒瓶給自己倒了杯雪利酒。不過他回頭看的時候，我堅定的目光似乎讓他清醒了點。他輕聲笑著，又用輕率的語氣說：「拜託，神父，那怎麼可能？」樞機主教把杯子舉到嘴邊。

「我們神聖的母教會已經追蹤這個男人一千六百年了。」

馬洛伊沒喝下雪利酒，他盯著我。「什麼？」

注 基督教殉道聖徒，被下令以亂箭射殺。

我點點頭。「西元三九八年，在現今黎巴嫩北部的拜占庭帝國境內，一艘渡船翻覆了，有十三人溺斃。他們的屍體被打撈上岸，在最終儀式結束後，就被安置在岸邊的一棟屋子裡等人來指認。隔天早上，其中一具屍體不見了。」

馬洛伊聳肩。「有人帶走了。」

「不。羅馬那裡保存了兩位神父宣誓過的文件，他們當晚就在唯一的門外守夜。那天早上他們一進去，就發現其中一具屍體的位置空了。在骯髒潮濕的地板上有磨損的痕跡，就像是那具屍體慢慢爬向一架梯子底下，而在那裡有一大堆腐臭的嘔吐物：血和膽汁。通往閣樓的一處階梯上也發現了嘔吐物，而在茅草屋頂上有個從閣樓內側向外推的小洞，另外還有由多件衣物綁起來做成的逃生繩。」

「好吧，可見他們一開始就錯了，」馬洛伊嗤之以鼻。「就只是那個人其實沒死。」

我稍微露出懷疑的表情。「就算那些受害者在水裡浸了超過兩個小時？」

樞機主機在桌子另一側面向我，緩緩向後靠著他那張厚實的皮革扶手椅。

我繼續說：「神父們立刻詢問附近的城鎮，得知那男人脖子上戴著一個小型木製十字架和一個特別的小盒子，並曾在他『死亡』兩天後出現於隔壁某座村莊。有位神父繼續追尋，還真的在茲加爾塔（Zgharta）見到了那個逃亡者，不過在繁忙的市集中跟丟了。」

「從那時起，他有好幾次差點被抓到，」我接著說下去：「精確來說是七次。有位擔任神父的摩爾人最接近他，那次是在威尼斯，一七〇三年。我很榮幸成為梵蒂岡最新指派去追捕他的戰士，過去二十三年來都在執行這項工作。但我發誓自己要成為最後一個、解決這一切的人。」

我緩慢站起來，雙手握拳，放在樞機主教氣派的桌子上以示強調。「我需要你追蹤的，就是目前他使用的那組手機號碼。我有理由相信，那個男人此時此刻很可能就在你的……地盤上。」

馬洛伊仍瞠大雙眼看著我。接著他低頭看著信件照片，現在似乎很害怕它。他粗魯的舉止已經改變，收斂起許多。他忘了自己剛倒的雪利酒，抬起頭對上我的目光，露出先前沒有的敬意。而他遲疑地問話時，我聽得出他的嘴唇已完全乾澀。

「保羅神父……」他確實已經口乾舌燥了。「我們要對付的，到底……是什麼？」

14

▼吉莉安

我趕在特別版的截稿期限前交出了〈更多千年以來的面孔！〉那篇文章，不過那天晚上在公寓翻找東西時，還是因照片裡那奇怪的男人而覺得困擾。

電視播放著時代廣場的即時畫面。除夕的人群聚集越來越多，氣氛一片歡欣。電視攝影機左右擺動、掃過來自各族裔和年齡層的群眾，大家全都興高采烈，笑得合不攏嘴，儘管百老匯與第七大道的交會處已被擠得水洩不通。

這就跟我記得的每年場景一樣，人潮從四十二街以下往北一直延伸到五十幾街。很多人會開心地舉牌，上面寫的內容從「二〇〇一年快樂」到「媽，我在這裡！」什麼都有。其他人則是拿著閃亮的聚酯纖維氣球或揮舞三角旗。他們包得緊緊的以抵禦寒冷，而且很多人戴著滑稽的帽子，另外也有人戴了「二〇〇一」字樣的眼鏡，歡樂的眼神從中間兩個數字0流露出來。閃閃發光的彩色紙屑像明亮的雪花般飄落，嚴寒的夜晚空氣中充滿了熱情洋溢的氛圍。

電視顯示了一個畫面，是巨大的沃特福水晶球懸掛在四十四街的建築上方，反射著聚光燈的閃光，在黑色夜空下閃耀。

接著是永遠不會老的迪克．克拉克（Dick Clark）（注）特寫鏡頭，他正在說：「目前距離新年只剩六分鐘了，許多人都把這當成新千禧年的開始：二〇〇一年！我告訴各位，這群人準備好迎接了！」

迪克愉快地繼續說下去，我則是看著放在咖啡桌上三張照片裡那個男人凝視的目光。迪克．克拉克顯然並不是唯一看起來不會老的人。

我的公寓是在七樓的一間小套房，位於靠哥倫布大道的西八十一街上，是棟保養得宜的老建築。室內的擺設是單件式家具，大部分來自早期的ＩＫＥＡ。我還穿著上班時的服裝，不過已經把襯衫的下襬拉出來，這向來是我心裡象徵著下班的意思。我是最後一個離開辦公室的人，還拒絕了史蒂夫一起去參加公司年度宴會的邀請。我吃完了橙汁雞口味的微波食品，收拾好跟電話亭一樣狹窄的廚房。

我從冰箱拿出為了今晚而買的一小瓶酩悅香檳。這個牌子一直都是我媽的最愛，是她為了歡慶而唯一肯讓自己享受的昂貴美味。我輕輕取下軟木塞，在一個紅色塑膠杯裡倒了一點。我完全沒有玻璃杯，因為那會破掉。

儘管襯衫下襬已拉了出來，我的大腦卻沒真正下班，仍在研究桌上那些神祕的照片。我心不在焉地啜飲冰涼的香檳時，電話答錄機接起了我一直沒理會的來電。

一個男人以柔和、熟悉、猶豫的聲音說：「吉莉，妳在嗎？喂？……我是道格，會計部的，妳知道嗎？」他停頓了一下，希望我可能會接起來，但是我沒有。我太專心了。最後道格嘆了口氣，繼續溫柔

注　美國廣播與電視界知名人物，ＡＢＣ電視台跨年節目《*Dick Clark's New Year's Rockin' Eve*》創始人，此節目主要於紐約時代廣場現場直播。

而害羞地說：「我在宴會這裡，然後……很遺憾妳沒來。」沉默一陣之後，他又說：「呃，聽著，我可能會在這裡再待一會兒，如果妳改變心意的話就過來，好嗎？」他又停了一下，接著說：「我真心祝妳新年快樂，吉莉。呃……拜。」

答錄機喀噠一聲關閉，而我嘆了口氣，心想：妳真是個爛人，吉莉安。道格是個好人，一直都對妳很好，妳至少可以……做點什麼。

不過我沒去想自己或許能做點什麼，而是坐在小沙發的前緣，低頭皺眉看著那些奇怪的照片。我喝了一小口香檳，看著塑膠杯裡的氣泡，接著目光飄向架子上的一些小相框。那是我媽二十三歲、初次抵達美國時露出笑容照的。媽的名字叫露米妮塔（Lumenita），意思是微光，這很適合她。她總能讓大家的日子變得明亮開朗。她在羅馬尼亞上過一些商務課程，在這裡找到工作、為幾間小公司對帳，其中有一間是麵包店，她就是在那裡認識了我爸，叫吉米．蓋瑟瑞，是位蘇格蘭麵包師傅。媽總說他是個善良又樂天的人，而他在照片中看起來確實如此。我不記得他了。當時有個酒駕的人突然轉向開上人行道，位置就在我們家附近的七十八街與皮特金大道轉角。他死在媽的懷裡，而自此她從未再婚，還說沒人能像吉米那樣逗她笑。她工作很認真，決意要好好養育並保護我，靠自己的力量把我帶大。

從我幼年時期開始，她就會朗讀書本給我聽，讓我認識音樂與人文。她不是聖人，說真的偶爾也很令人受不了，尤其在我青春期的時候；但話說回來，我也不算是最好相處的少女。然而一路走來我們很愛彼此，我也知道媽真的是個很棒的人。

她在處理別人的金錢時，總是講求精準並斤斤計較，不過對待自己就會寬鬆一點。如果哪個月有鄰居手頭緊，媽就會借他們一些錢，即使在我們經濟情況不好的時候也一樣。

她會從擺在廚房最上層架子的一個舊餅乾罐裡，拿出應急用的錢。雖然她認為美國的銀行值得信任，不過在蘇聯時代時，她從羅馬尼亞的銀行學到太多教訓了，所以舊習慣就一直延續下來。

就算我還很小，也能感覺出來有些人會利用她。那個叫拉米瑞茲先生的墨西哥人可能就是這樣，雖然其實他真的有還她錢，兩次。我懷疑他這麼做會不會只是為了接近她，他似乎有點太喜歡她了。我不喜歡看到他每次跟她握手都握得有點久，或者會觸碰她的肩膀，儘管她只會微笑並客氣地回應。偶爾她轉身背向他的時候，我會抓到他在上下打量著她苗條的身材。雖然我才五歲，可是那讓我很不舒服，不過他很快就成為我們街坊裡的普通人了。他似乎沒有惡意。

我深吸一口氣，喝了一小口香檳。我下定決心，沒必要回想那些事，於是望向架子上一張或許不該在除夕這天出現的照片：媽媽的特寫照片，正在對著我笑。那是我替她拍的最後一張照片，三天後她就……

砰！一陣記憶席捲而來，就像有盞頻閃燈對著我的臉：在列諾克斯山醫院（Lenox Hill）急診室裡那個可怕的晚上。她躺在那裡陷入昏迷，越來越衰弱，而急診室的人全都激烈地交談著。我看見二十歲的自己，雙手緊抓著身上紐約大學的紫色T恤，焦急地徘徊在門口，擦掉淚水好看清楚我媽。

那年除夕我獨自坐在公寓裡，再度感受到那種痛苦。失去的感覺，心痛的感覺，以及無止境的罪惡感。

最後我舉起塑膠杯，悲傷地向過世的母親敬酒，然後將香檳一飲而盡。

▼聖賈克神父

我一整天都吃得很少，原因是非常不希望浪費任何時間，想盡一切可能服務上帝。處理完樞機主教馬洛伊和教區的事後，我趕往紐約市警察局，最後還進了市長辦公室。他們的辦事方式就像是荒謬的迷宮，不過我還是成功走了出來。我得到了必要的授權，而警方答應我，等他們一處理好除夕時在全市各地發生的蠢事後，一早就會來接我，替我追蹤獵物的手機號碼。

我在溫德姆的舒適房間裡吃了適量的晚餐，同時進一步查看一些古老卷軸的電腦掃描檔。這些是最近在羅馬北方興建地鐵路線期間挖到的，卷軸裡記載了特別的資訊，可能到時會對我的任務非常有價值。

吃完東西後沒多久，我便感到胃脹得很不舒服；那股難受的胃灼熱，一定是因為逼近獵物時所產生的緊張期待，另外也是因整天跟只會官僚行事的人打交道，所引發的焦慮。我知道他們完全不明白，我即將為這場歷經好幾個世紀的史詩追逐，畫上令人滿意的美好句點。我揭露的結果將會震驚全世界。

▼提托

我在看自己拍的照片。在阿姨家又暗又髒的廚房裡，我把照片攤開擺在搖搖晃晃又一堆刮痕的桌子上。雖然有幾張照片糊掉了，但是大部分的都還算可以。我還在習慣威爾給的數位相機。

威爾。

老天……那個傢伙，還有在大都會裡看到的「自畫像」，讓我的腦袋還是亂糟糟的。

我低頭看照片，內容是上星期在一三〇街弄的一些塗鴉。在照片裡看到自己的塗鴉感覺很奇怪，好像那是別人的東西，這也讓我以不同的角度看它們，注意到一些不太喜歡的細節。我到外頭塗鴉時總是順其自然，通常都只是掌握一開始的構想，然後隨意發展下去。

可是見過博物館的畫作後，我覺得自己的作品看起來不一樣了。我還沒辦法清楚形容是怎麼回事，該怎麼說呢，那讓我更會思考自己做了什麼。

後來外面傳來槍響。這也不算什麼新鮮事。這附近在他媽的除夕時老是會聽到槍聲，去年我自己甚至也開了幾槍。

我也聽到雙胞胎表弟們在動。阿姨要工作到很晚，所以由我照顧他們。奇可的被子還緊緊蓋著，可是胡安像平常一樣踢掉了被子，而且邊睡邊皺眉，說不定那些槍聲吵到他了。我哄小傢伙繼續睡的時候，有架直升機轟隆隆飛過去，差點都擦到屋頂了，而且它的探照燈讓房間一度看起來像是白天。

我望向窗外的城市，但其實沒認真看。我又開始煩惱那幅在從大都會看到的可怕畫作：某個畫家在一六七七年畫了自己，而且長得就跟我認識的那個威爾一樣。我只想得出畫裡那傢伙一定是威爾的曾曾曾祖父之類的。

靠，我看見窗戶玻璃上的自己在皺眉，繼續納悶那個老王八蛋的脖子上怎麼也會有相同的東西？而且為什麼長得跟威爾一模一樣?!

▼漢娜

他畫裡的那個孩子，臉上散發著多麼神奇的光芒啊。那幅畫總能吸引我，尤其是在像除夕這種會引起情緒的夜晚。威爾極為熟練地捕捉到，那個貧苦孩子對巴黎小販的仁慈及好意所展現的反應。我伸出手往上觸碰威爾在許多年前畫下的顏料，當時我的手仍有著青春的紅潤，還沒變成醜老太婆那種血管明顯又布滿老人斑的手。我好思念他，想念我們一起度過的日子。

瑪土撒拉慵懶地佔據著牠最愛的窗台，以誇張的方式伸展肢體，並完全如牠所願引起了我的注意。我發現牠旁邊擺著一杯熱茶，於是皺起眉頭。我才剛泡了一杯拿在手裡。我不滿地噘起嘴唇，試圖把健忘歸因於自己在想威爾的事而分心了。不過那可能又是阿茲海默症的影響。

可惡，可惡！我憤怒地緊咬牙關，想在心理上反擊。但這是一場輸定了的戰鬥，而那片代表健忘及遺忘、躲不掉的烏雲，正在緩慢逼近我。我恨這種情況。

瑪土撒拉用爪子拍我，一副國王的樣子，很明顯在納悶我為什麼沒討好牠，而且現在可是除夕呢，其實應該說是新千禧年的前夕。於是我讓步了。我沉思著千禧年結束這件事，知道這對威爾有著巨大無比的重要性。我好想知道他在哪裡，好想跟他在一起。

我搔抓著三色貓的頭，然後望向窗外，看著三區大橋在地獄門黑色的翻騰水面上方閃耀。

外頭飄來派對音樂，以及年輕人們具感染力的笑聲。他們的快樂讓我微笑，卻也撕裂了我衰老的心。我是如此焦急地回憶著過去，內心一觸就痛。好想跟親愛的威爾在一起，只要再一次就好。

▼威爾

我走在寒冷刺骨的街上，一邊用拇指和食指摩擦掛在頸間的小盒子與木十字架。這樣做很危險：太過渴望某件事，一心一意希望自己想要的事能夠成真。我怕自己希望某件事發生的強烈渴望，反而導致那件事不會發生。要是太過熱切專注於這個特別的夜晚，在這一分一秒接近的特別時刻，在這難以置信又能夠永遠改變我生命的獨特事件中，我擔心悖理的惡魔（Imp of the Perverse）（注）會以某種方式，確保我無法得到想要的。

愛倫坡和波特萊爾都將那種惡魔描述成體型較小的魔鬼，會慫恿人們輕率做出與自己最佳利益正好相反的事。我總覺得那隻小畜生的能耐不只如此，而且更加有悖常理。

為了不讓自己過於失望，我試著假裝十二月三十一日午夜即將到來這件事真的沒那麼重要，而我的生活應該也可以像之前一樣過下去。

於是我聯絡彩虹藝廊的華特．史密斯處理好事情，也聯絡了可愛的蘿拉．拉科維茲，她是我在高譚人出版社的編輯。我試圖讓提托和查克．威斯頓徹底明白自己有多麼棒的藝術潛能；鼓勵年輕的酒保妮可不要封閉她的心。另外，也對幾個人提供了財務上的幫助，試著讓待過馬戲團的老伊莉諾能有更健康、更開朗的未來。

我到處旅行，活在當下，這不只是過去幾天或幾小時的事，而是過去幾年、幾個月、幾週都在這麼

注 艾德格．愛倫坡（Edgar Allan Poe）於一八四五年發表短篇小說《悖理的惡魔》（*The Imp of the Perverse*），後人將此篇名用於比喻在特定狀況下想要做出「錯誤」之舉的衝動。

做：彷彿我的生活會不變地持續下去。我繼續做著那些事，並暗自希望，要是不看著時鐘在這特別的十二月三十一日裡滴答地走向午夜，或許就不會因太希望那件事發生而妨礙它發生了。我設法表現得漠不關心，想要騙過悖理的惡魔，在祂自己的遊戲中打敗祂。

可是現在美好的時刻就快到了。當然，新千禧年的黎明已經在地球另一端升起，但我確信自己盼望的神奇力量，在新千禧年抵達我所在處前不會發生，也沒辦法發生。而現在那個關鍵時刻就要降臨了。

為了抑制如潮水般高漲的期待，我在心中建立起巨大的堤壩，可是那道無法壓抑的潮水現在正拍打著防線，似乎就要泛濫湧出，淹進我的靈魂。雖然我還能用盡所有的精神力量阻擋，卻非常害怕不能克制自己懷有那危險的希望。

我在百老匯大道以西的五十二街上，選了一間看起來是福音派的小教會。當那個「時刻」到來時，我人在哪裡並不重要，不過跟真正的信徒待在一起似乎會很合適。這裡跟時代廣場上的大批人潮距離大約只有一哩左右，感覺很諷刺，但也同樣很適合。我能輕易想像那裡有數量龐大的人群，所有人看著那顆閃閃發光的水晶球，等待那歷史性的一刻，卻等到了很不一樣的結果——而且更加盛大不知多少倍。上百萬人的聲音從幾個街區外傳來，營造出充滿能量的背景音，相當適合這個特別的夜晚。

進入教會時，我發現這就是以前的馬克．赫林格劇院，是百老匯一間很棒的老劇院。《窈窕淑女》就是於一九五〇年代在這家劇院破票房紀錄的。

在我這一晚造訪的前幾年，劇院被改造成一間教會。我思考著這種諷刺的轉變，因為情況通常是相反的。所有的宗教幾乎都變成只是為了戲劇性的裝模作樣。

總之，這座以前的戲院現在變成了福音派的禮拜堂，超高的天花板仍有著以灰泥砌出的花紋，不過加上了裝飾性的壁畫，畫出《新約聖經》中著名的場景，其中特別強調聖約翰預見的啟示及末日。我看著上面對榮光的描繪，心中逐漸浮現一股溫暖的希望，但還是勉強壓抑住。

劇院座位保留了下來，還包括寬敞的樓座，總共大概可以容納八、九百人。那天晚上幾乎坐滿了。經過外面喧鬧的人群後踏入教會，就像從混亂的颶風中走進平靜安寧的颶風眼。一位整潔體面的混血裔少年遞給我一條薄薄的白色棉質圍巾，而那一晚進來的人也全都有拿到。有些與會者把圍巾披在肩上，就像猶太教傳統的祈禱巾。許多女人則是把圍巾披在頭上，如同天主教的傳統。

顯然其中有少數幾個是原本流落在街頭的遊民，不過我沒料到大部分的人都穿得相當整齊漂亮。這場聚會等於是整個社會階層的縮影，由中產階級佔了大多數。他們的年齡層從孩子到歲數非常大的都有，並混雜了各個族裔，包括面對會眾、站在舞臺右側合唱臺上，由大約三十位男女組成的唱詩班。

在教會管風琴柔和的伴奏下，身穿天藍色長袍的合唱團已開始輕聲唱起組曲，而我認得那是韓德爾的《彌賽亞》。我露出微笑，回想一七四二年四月那場在都柏林的首演。我很清楚記得那個宜人的春夜。

室內的燈光調暗了一半，讓大家的焦點集中於被燈光完全照亮的合唱團，他們站在挑高的舞臺口下方，而臺上還有兩位牧師。

牧師們穿著黑色緞面長袍，其中一位是個健壯的中年女人，褐髮間有一堆白髮，看起來就像火炬。她逆光站在旁邊的講臺上，輕輕讀著《啟示錄》裡的片段。她刻意壓低的聲音加上唱詩班輕柔的歌聲，襯托著另一位男牧師，使他看起來彷彿是馬丁・路德・金恩牧師年輕時的翻版。

他站在聚光燈的照明中，後方聖壇原本是劇院的中央舞臺。聖壇和周圍擺滿了花束，尤其是百合。許多根蠟燭穩定燃燒著，就像我在心裡決意要壓抑，卻仍試圖掙脫、想要散發出來的希望。聖壇中心有個閃耀的金色十字架，大約三呎高，十字架上方拉了一面認真自製的布條，寫著：「歡迎，主啊！」

唱詩班流暢地轉換到〈哈利路亞大合唱〉時，我還站在側廊裡。依照傳統，大家都站了起來。因為熟悉這段音樂，我違背誓言地看了手錶一眼，發現韓德爾這首盛大的清唱劇在他們唱到結束時，正好會是午夜整點。

牧師望向將近千名的群眾，這些人放棄了外面的狂歡，選擇在這個特別的夜晚聚集於此。「看看我們身邊的世界，」誠摯的年輕傳教士語言緩慢嚴肅，同時悲傷地搖頭。「瘟疫、戰爭與戰爭的謠言，在聖地越來越多的爭端與衝突，政府和社會各階層的腐敗、假先知、拜金。一切似乎都沒有真正的價值，除了一件事。」大家的注意力都在他身上，而他用那雙黑色眼睛親切地看著每一人的臉，包括我的。「那就是你們對祂的信念，而祂就要在這新的一天回到我們之中了！」

會眾歡愉地喊著「阿門」。所有人都相當認真熱切，不過沒人比得上我。但他們不像我還得壓抑自己的希望，無法跟大家共享著最積極、最樂觀的期望。他們激昂的情緒是如此強烈，具有強大的傳染力，完全難以忽視。我感到心裡那些情緒的潮水溢出越來越多，越來越無法否認自己的感受：我或許敢懷抱希望，允許自己對可能發生的事感到喜悅。

我心中有股劇烈震動的緊張感，而這時牧師繼續用深沉圓潤的聲音說：「我們的主以祂勇敢的肩膀揹著沉重十字架，穿過耶路撒冷邁向祂的命運之地，也就是各各他（Golgotha）山的髑髏地（Calvary）。」

我很輕易就在腦中勾勒出那個場景：遠處那個被包圍的男人，緩慢地在古代耶路撒冷滿是塵土的街道往上爬；他的肩膀嚴重瘀傷，緊靠著T字形十字架的一處凹口；長達四公尺的十字架直柱在他後方拖動，沿路碰撞著石頭，沾染了污垢和動物糞便。我可以看見牧師所描述的畫面。

「狹窄的街道旁站滿羅馬士兵和穿長袍的居民，他們的年紀有大有小，全都在嘲笑祂。祂神聖的背上因遭到鞭打而皮開肉綻，而從祂身上嚴重的傷口、從刺穿祂頭上神聖皮膚的殘酷荊棘冠底下，寶血灑落了出來。」

我完全沉浸在那痛苦的景象中。外面時代廣場上的群眾喧囂聲，變成了兩千年前在耶路撒冷目睹耶穌受難時的那群暴民叫喊聲。

「我們的主費盡氣力，在粗製濫造的沉重橫梁底下流血流汗，周圍有士兵一邊嘲笑一邊戳刺祂，還有其他人大聲疾呼要祂死。」牧師繼續說著，彷彿親眼目睹了那個戲劇性的場景。「我們的主在那群殘忍的暴民中前進，祂背負的不只是沉重的木十字架，各位兄弟姊妹，祂也勇敢地一肩扛起了世上所有的罪啊。由於頭上流著血，由於祂為你、為我、為這世界流下淚水，致使祂變得半盲，而祂跌跌撞撞地走在那條塵土瀰漫的街上，忍受著從四面八方圍住祂的無情嘲笑。」

我閉上眼睛，而那個場景在我眼中繼續延伸下去。我不自覺拿起掛在脖子的小十字架，將其緊貼住嘴唇。當聽見外面傳來巨大的歡呼聲時，我的嘴唇也開始輕微顫抖。我知道那代表著什麼：時代廣場上那顆大水晶球已經開始下降，千禧年再過不到一分鐘就要結束了。秒針正在倒數。

在小教會中，女牧師繼續讀著《啟示錄》的內容，另一位傳教士的語氣則開始逐漸加強。「尖釘穿透祂的雙腿，穿透祂兩隻溫柔的手，使祂承受被懲罰之人的酷刑。」

我可以看見那座多岩的貧瘠山丘，四處散布著骨頭和頭骨，而在最頂部，在不停旋轉並散發不祥氣氛的烏雲底下，則是那場十字架釘刑。

「而在那可怕的一天，我們的主耶穌死於各各他！於是黑暗降臨了那片土地。」教會裡現在有很多人哭了起來。接著，年輕牧師的語氣變得全然不同而且十分正向，像在傳達美妙的勝利。「可是，祂在三天之後復活了，還坐在全能天父上帝的右側！祂會從那裡降臨，前來審判活人和死人。」傳教士的語氣變得更加激昂急切。「而祂就要在今天回到我們身邊了，我的兄弟姊妹們！」接著與會者開始喊起了「阿門」和「哈利路亞」。牧師更強而有力地說：「你們準備好面對祂的審判了嗎？」有些人低聲肯定，但是牧師還不滿足，因此繼續質問：「你們準備好迎接祂的歸來了嗎?!」

會眾異口同聲大喊回答。我發現自己激動到無法言語了，只能點點頭。我聽見外面街上的人群越來越興奮。那顆大水晶球一定已經降下一半，再三十秒就要午夜了。

在教會裡，我周圍的人們變得激動起來，他們現在真的預期會發生「被提（注）」。有些人站到走道，往天空的方向看，進入宗教狂喜的狀態。我旁邊的一個女人開始說起方言，傳教士則是激動地說：「在這嶄新的一天開始時，我們就要迎接祂的二次降臨！」他向我及全部的人揮動雙手。「今天，祂就會向所有信祂之人實現諾言！祂將為一直信仰祂的人帶來長久的和平！」

唱詩班以激動人心的方式表現出韓德爾盛大的清唱劇，而且情緒越來越強烈。

即使我盡量把即將到來的午夜，當成跟先前忍受過的無數個夜晚一樣，但內心和全身所有細胞也知道情況並非如此。雖然我試圖控制，但原本長而平穩的呼吸也不由自主變得短淺急促起來。儘管非常努力想維持冷靜，卻感覺到脈搏在加速，體內的數百萬個神經也似乎全部通了電，所有感官都處於最敏銳的狀態。這種混亂的細胞分子活動會產生熱，而我也確實感到自己體溫正在上升。身體真的陷入了狂熱。

我的眼眶盈滿淚水、模糊了視線，並握拳緊抓著小十字架和盒子，讓它們抵住嘴唇，用力到指關節都發白了。

這時牧師變得很亢奮，把雙手舉向天空以示歡迎，同時以具有威嚴的語氣大聲說：「降臨吧，主耶穌！我們準備好迎接祢了！現在就降臨吧！」

在管風琴強力震響的低音伴奏下，合唱團的聲音突然變大，逐漸增強到達最後的高峰：「哈——利——路——亞！」

我聽見外面的聲音像打雷般爆發開來——喇叭響起、煙火發出巨大爆炸聲！那顆水晶球到達底部了，午夜已然降臨——二〇〇一年已經來到。外面的歡呼與歡樂展現出群眾無與倫比的熱情，從時代廣場傳來的聲響震天動地，具有劃時代的意義。新年到來了。

真正的新千禧年降臨世界。

注 Rapture，基督教末世論的一種概念，認為當耶穌再臨前（或同時），已死之人將會被復活高昇，活著的人也將會一起被送到天上與基督相會，身體將昇華為不朽。

15

▼威爾

我站在教會裡的人群中，屏氣凝神，大家的沉默營造出緊張、期待的氛圍。我的眼神閃爍著欣喜若狂的期盼，比他們更加強烈；心臟跳得很激烈，像是要衝出胸口。

時代廣場熱鬧歡欣的聲響在教會裡迴響，期待的時刻則是持續下去，持續著。又持續了一段時間。然而天空並未撕裂開來。沒有火山引起的動盪，沒有山脈位移，沒有分開的海水，更沒有末日騎士預示那位的盛大光榮到來，所有教會都在虔誠熱切地等待著……第七印也沒有解開。

聖約翰的預言一丁點都沒實現。

沒有新的開始。

唯一的聲音，只有在時代廣場上慶祝的民眾所發出的喝采、掌聲和歡騰。我聽見外面大批人潮情緒激昂，熱唱著羅伯特．伯恩斯的〈舊日時光〉。

隨著失望開始增長，我的目光開始往下移，肩膀也稍微下垂。痛苦的淚水湧出。我知道在場的其他人也感到十分悲傷。

可是程度遠遠不及我，差得遠了。只有我獨自注視著一道黑暗且看似無盡的深淵。但我深吸了一口氣，還不肯完全放棄希望；還有些許的可能性，而且傳教士的話也提供了慰藉。

「別絕望，各位教友。」牧師露出惆悵的微笑，輕聲說：「不要因為現在沒看到祂出現在你們身邊而絕望。祂今天還是有可能會出現，帶領你們進入祂的榮光！」

「……話說回來，」一道熟悉的聲音出現，這時有陣冰冷的風吹掃過我。「……祂也可能完全不會出現。」

那陣怪風將聖壇上幾根蠟燭吹得搖曳熄滅，我注意到舞臺一邊的側幕後方陰影中有動靜。是那個時髦的年輕人，就跟我在維吉尼亞城那間酒館看到的一樣：來自西部地區的賭徒，黑色西裝，花俏的白襯衫，蝶形領結；烏黑頭髮下方是光滑的皮膚，刮得乾淨的下巴跟以前一樣輪廓鮮明。他那雙有神的黑眸在醒目的黑眉底下閃閃發亮。

年輕人看起來很友善，但又有種悲傷的感覺。他拿起一個血紅色的撲克籌碼，用只有我能聽見的渴望語氣說：「……下注嗎？」

我瞪著他，憤怒地咕噥說：「還沒結束，你這混帳。」我拉起大衣和白色圍巾緊緊蓋住脖子。「有些地方的時間還沒到。」

我轉過身，經過其他人往出口走去。雙眼因剛才的沮喪而感到灼痛，不過在離開建築物時我還是咬緊了牙關。

外面的空氣果然變得快像北極一樣冷，但在推擠穿越過成千上萬的人潮時，我感覺到了人們因熱情而散發的暖意。他們全都生氣勃勃，充滿了活力。我試著吸汲他們樂觀的能量，讓自己最後殘存的希望不至於完全消失。

那一晚會過得很漫長。一開始我一路往西遊蕩，最後從第十二大道的園道底下穿過，走到五十二街碼頭的停車場末端，那片區域突出於以亨利．哈德遜船長命名的河上。我想到自稱為曼哈托人（Manhattoes）的印第安人，在一六二六年划著樺樹皮獨木舟順流而下經過那裡，正要去談一筆對他們非常不利的房地產交易。有一位白人試圖警告那些原住民，但是精明的荷蘭人以粗暴的方式逼走了那個人。我還記得我的逃生路線。

我拉緊大衣包住自己，站在混凝土碼頭上，看著深色河水從面前流過，流向港口的燈光，再流向廣闊的大海。對我而言，那條河感覺就像永不停歇、流向無限的時間，遠遠超出人類的想像。

我站在那裡凝望，彷彿被回憶與緩慢流動的河水催眠，而午夜則逐漸往西抵達芝加哥和加拉巴哥群島，接著是丹佛及卡加利，然後是溫哥華和聖地牙哥。最後紐約已經是凌晨三點了。

我嘆了好長一口氣，轉身離開河邊，沿六十街往東走，後來看到了一間小酒館。從舊玻璃和前窗的窗簾間看進去，裡面的客人非常少，電視則播放著ＣＮＮ新聞。我走進去，到角落許多空桌的其中一張旁邊坐下，點了一杯拿破崙干邑。我將圓胖的酒杯握在手心裡，緩慢搖晃裡面的深色白蘭地為它加溫。酒液在杯子裡旋轉時，漩渦彷彿將我的希望向下吸，但我盡量不去那麼想。

接下來兩個鐘頭，有許多開心的人來來去去。只有兩個人從頭到尾待著，一個是肚子像懷孕般突起、眼袋很明顯的酒吧店員；另外則是一位年輕女子，她穿得很漂亮，深色頭髮，從我抵達後就一直坐在原位沒離開過，距離我三張桌子遠。我第一眼瞥見她那五官細緻的臉孔就隱約覺得熟悉，但不確定在哪裡或何時曾見過她，反正我也沒興趣弄清楚。

我正專注於讓思緒盡量保持清晰，也讓情緒平穩。我的呼吸很規律。時間隨著一杯接一杯的白蘭地緩慢推進。終於，到了早上六點時，CNN主播切換到檀香山的現場畫面，煙火在威基基海灘的夜空炸開，就像閃閃發光的蒲公英。

「大家可以看到，」記者說：「夏威夷剛過十二點，當地的人們都在迎接新年！」接著他說了一句我再清楚不過的事實：「只剩下一個時區了。」

在決定命運的最後一小時裡，我幾乎完全靜止不動地坐著。隨著最後幾秒鐘滴答流逝，最終的時刻即將到來時，我聽見有人用強調的語氣喃喃低語：「拜託……現身吧。」

我發現那是我自己的聲音，大拇指和食指又一次不自覺地捏住頸間的小十字架和盒子。

從眼角餘光看去，酒保和那位年輕女子都在看我，不過我沒理會他們。我幾乎屏息以待，眼睛盯著電視螢幕，螢幕上是一片夜間的景象：在一座幾乎沒開發過的南太平洋島嶼上，幾個玻里尼西亞人聚集在海邊。代表整點的鐘聲響起，突然間他們全都開心地大喊並彼此擁抱，這時CNN記者的聲音傳來：「到了！新年元旦已經降臨西薩摩亞。現在全世界都進入西元二〇〇一年了！」

記者繼續說著，我卻再也聽不下去了。我動也不動地呆坐許久，最後把頭向後仰，目光漫無目的地看向有著裝飾的石膏天花板；天花板彷彿重重壓過來，而我因徹底絕望不自覺嘆了一大口氣。所有的希望都破滅了，夢想的結局並未出現。我咬牙切齒，淚水扭曲了視線。我輸了，傷心欲絕。

「到底有什麼意義呢？」是附近那個年輕女子在輕聲說話。

我繼續注視著天花板上的漩渦狀圖紋，那是由某個認真的工匠精心製作，他很久以前就死了，留下這件無名的小作品，紀念著他自己、他的人生、他的藝術。一滴眼淚沿著我的臉頰流下。

「你以為今天就可能結束了嗎？」她繼續輕聲說：「你的悲傷，你渴望的一切。」

我緩慢轉過去看著女人的眼睛。她與我對看，一副同情的樣子，彷彿也感覺到那股深沉的痛苦。她露出具有同理心的微妙笑容，從桌邊起身，輕柔地走到我這桌坐下。我發現她的臉非常漂亮，身上的黑色緊身服合身又有品味，身材非常好。她的黑眸散發出同情，看起來真的能夠理解我。

「……讓我結束你長久以來的痛苦吧。」

她一隻手從桌面上輕輕滑向我，手心向上像是在邀請。

我的體內湧現一股誘惑，不斷慫恿著。我讓自己的手慢慢伸向那個漂亮女子的手，然而當下心中某處卻出現一道猛烈的反抗力量。我突然變得堅定，猛地站起身時弄翻了椅子。她裝出一副驚訝又困惑的樣子，維持最完美的演出。「怎麼了？」她無辜而關心地問：「還好嗎？」

我狠狠瞪了她一眼，讓她知道我認得她究竟是誰。接著我丟了些錢在吧檯上，用力推開一張椅子，醉醺醺地大步離開。

▼聖賈克神父

我在黎明前突然清醒。胃處於焦躁狀態，這點我能理解，而服用大量制酸劑後只成功緩解了部分症狀。在禱告、回顧並重申對上帝的熱愛後，我匆忙準備就緒，心想這可能將是最重大的一天。

我踏出溫德姆飯店走上五十八街時，往東望向由左側廣場及右側辦公大樓圍成的都市峽谷。我看見一片細長的清晨天空，看起來很荒涼，像一塊泥灰色的毯子緩緩波動著。

我轉身往西看，耐心等了幾分鐘，最後終於看見一輛紐約市警局的藍色巡邏車從第六大道右轉駛來。裡面有兩名穿制服的警察，一個是圓臉的黑鬼，一頭鬈髮裡帶有幾撮灰髮，留著濃密的鬍子，他是主駕駛。他的搭檔是個年輕白人女子，我覺得她的臉非常瘦又難看。我沒好氣地哼了一聲。仁慈的上帝啊，我是代替祢感到惱怒的，警局派這兩個人來，顯然表示他們並不覺得我的任務重要。然而，我傾身靠向那個女警的車窗邊時，還是親切地向他們打招呼。「*Bonjour*，早啊，警官。」

女人點點頭，問：「保羅．聖賈克神父嗎？」

「沒錯，是的，妳是……」

「特瑞爾。」她告訴我，然後指著黑人搭檔。「他是白（White）警官。相信我，他聽過那些笑話了。請進來後座吧，先生，還有祝你新年快樂。」

「我希望會的。」我邊說邊匆忙上車。

白警官開在顛簸的五十八街上，問：「你是法國人，對吧？」

「對，我是。你去過法國嗎，警官？」雖然這麼問，但我感覺不太可能。

「有啊，一次。那次就夠了，」白警官回答。「抱歉這麼說，神父，不過那裡很多人都有點自大。」

「哎呀，我一定會盡量留下好印象的。」但我才不在乎那個黑鬼的意見，也沒興趣閒聊這些事；我的全部注意力都放在這個急迫的時刻上。我往前靠向兩位警官中間，看著架設在女警前方一根可調式支架上的GPS定位器螢幕。「那是靠三角測量運作的？」我推測說。

「對，前提是能正常運作。」特瑞爾警官從她的小保溫瓶啜飲著咖啡。「因為訊號會在這些建築之間反射，所以可能會很不穩定。不過我們認為已經得知他的二十。」我用眼神要她解釋。「二十是指他的位置（注）。」

我的脈搏突然加速。「已經找到了？你們知道他在哪裡嗎？真是太棒了，他在哪裡？」

「西區大道附近，六十幾街那裡。」特瑞爾回答，這時她的搭檔右轉開上第五大道。

我感到困惑。「那你們不是轉錯方向了嗎？」

「第五大道是往南的單行道，神父。」白警官得意地笑。「你以前來過紐約嗎？」

你這個黑鬼王八蛋！我很想這麼說，但仍然回答：「有，當然了，警官。抱歉。拜託盡量以最快的速度趕過去。」

「話說回來，這個人是誰？」女警問。

「我們認為這是他的長相。」我讓她看了幾張由保全及監視攝影機捕捉到的照片，以及在大都會博物館拍到的那張驚人自畫像，接著態度謹慎地繼續說：「你們收到的指示是什麼？」

「就只是配合，神父。」她回答。「幫你找到他，然後呼叫支援帶走他。」

我點頭確認。「很好。他在義大利因非常嚴重的罪而遭到通緝。」

黑人警官從後照鏡好奇地看了我一眼。「所以義大利警方派來了一位神父？」

「他是在梵蒂岡城境內犯罪的，而我相信你們一定知道那是個獨立的主權國家，擁有自己的警力。我是奉他們之命前來的。」

警官的深褐色眼睛跟我對看了一會兒。接著特瑞爾問：「是哪種罪，神父？」

「其中包括……」我停頓了一下加強效果：「謀殺。」

▼**威爾**

我雙手握拳塞進大衣的口袋，喝了太多白蘭地而感到頭痛。在寒冷狂吹的北風中，我低下頭，像隻憤怒的公牛經過林肯中心無人的露台，差點不知自己身在何處。我生氣地重踩腳步走下骯髒的混凝土階梯，進入六十六街地鐵站，感到自己好像變成了一片暴風雲：巨大積雨雲的雷雨雲頂向上延伸到黑暗的平流層，攪動著不穩定的氣流，彷彿隨時都會朝任何方向擊出閃電。

一位老乞丐靠近我，不過我光是露出憤怒的眼神就讓對方退縮了。

▼**聖賈克神父**

白警官打開了警笛和警車車頂的閃光燈。我們已經轉向在第六大道上往北走，然後左轉上了中央公園南街。透過密集如網狀的樹木枯枝，我可以看見前方的哥倫布圓環道路，這時女警突然說：「他不見了。」

「什麼？」我氣急敗壞地說：「不！」

她調整GPS定位器的控制鈕，搖了搖頭。「一定是進入地下道了。」

白警官點頭。「在百老匯附近的六十六街？林肯中心地鐵站。」

注　通常為卡車司機術語，用來指稱位置，導源於公共安全通訊協會（APCO）的十碼進制，例如「10—20」，意思是「指定位置—我的位置」。

我向前傾，靠近警官的肩膀，聞到他身上有一股廉價的香水味。「繼續開往那裡，」我催促著：「快點！」

▼**威爾**

我的臉色越來越沉重，踱步踏上了寥寥數人的地鐵月臺。在場的五、六個人全都盡量避開另一個衣冠不整的男人，他長得很高，禿頭，看起來是個中產階級，一副極度焦慮的樣子。他站在月臺邊緣附近，重心在雙腳之間變換，像個醉醺醺的瘋子在繞著小圈圈跳舞。他那如鳥類般的雙眼緊張地到處掃視，疑神疑鬼閃爍著。那雙眼睛鎖定我，接著他厲聲說：「走開！離我遠一點！」

「樂意得很。」我咕噥著說，根本沒心情理會他的愚蠢。

「別過來。走開！我要做了！」

我感覺隧道的風逐漸變大，知道那是被即將到來的列車擠壓而成。男人轉過身望向隧道，我看見迎面而來的車燈照亮了潮濕陰暗的牆面。男人又一次大聲說：「離我遠一點！我要做了！」

一陣瘋狂的喜悅突然淹沒了我。我猛然轉身，抓出男人的外套正面，大聲說：「要做什麼？自殺嗎?!」我發出瘋狂歡欣的笑聲，把男人直接拉向鋪著瓷磚的月臺邊緣。「好啊！我們一起做吧！」

男人突然用恐懼的眼神看著我，大喊著：「放開我！」

可是我抓得更緊，這時列車也轟隆隆越來越近。我把男人拉到面前，咬著牙嘶聲說：「我跟你一起走！」

他害怕地顫抖，用力抓我的手。「不！不！」

這時有道陰鬱的聲音以俄語說：「這個主意非常不好。」

說話的人是我不久前見過的那位髒乞丐。那個衰老的男人用陰沉的眼神注視我，我立刻認出他來。乞丐繼續以俄語說：「你知道那會有多痛。記得上一次嗎？在莫斯科？」

地鐵列車進站時發出尖銳的呼嘯聲。我本來真的打算跳下去，結果那個恐慌的男人趁我被乞丐分心時掙脫，死命地逃向出口了。

我轉過身。地鐵列車緩慢停下時，距離我的臉只有三吋。我握起拳頭憤怒搥向車廂側面，在車門喀噠打開時，氣沖沖地上了列車。

▼聖賈克神父

看見體格健壯的白警官竟然跑得那麼快，讓我十分驚訝。他在我之前衝下階梯、進入林肯中心地鐵站，並且抽出手槍瞄準。跟在我們後方的女警呼叫了支援，她也準備好在必要時開火，不過我已經提醒他們盡量避免開槍。她離開隊伍跑向北上那一側，我則是緊追著白警官前往南下月臺。只有兩、三個人在等車，都不是我要找的人。

我們趕到特瑞爾所在的北上月臺，而我看見了一班列車的紅色尾燈逐漸消失在隧道中。特瑞爾轉回來看著我們，顯然正在想著剛才見到的事。「我不太確定，」她說：「但可能是他。海軍藍色的大衣，白色圍巾。」

白警官和我都在喘氣。他說：「幾號列車？」

她搖著頭。「沒看到，燈號壞了。」

身材結實的黑人警察揮手要我們回頭往出口去，一邊說：「一號跟九號列車直接往北去，二號跟三號往東切。二號深入哈林區，三號則是到布朗克斯區。」

我緊跟在他後面。「路線從哪裡分開？」

「在一〇三街。」他一次跨兩格階梯奔走。

「那麼我們應該往北，」我說：「至少先到那裡。」

特瑞爾跟在我後方走得很近，接著說：「我會傳話出去，同時留意新的手機訊息。」

16

▼**威爾**

地鐵車廂內的氣味難聞又酸臭。顯然之前有人嘔吐到地上，後來其他人又在上面踩來踩去。我想移動到隔壁車廂，可是門卡住了。*那當然*，我暗自發牢騷，心裡很清楚是悖理的那個小惡魔在作祟。惡臭使我感到越來越噁心，白蘭地也讓我頭痛欲裂，而又要再次面對「自身存在」這件沒完沒了又討厭的事則令我神經緊繃。地鐵列車強烈地來回搖晃，車內的照明閃爍不定，我感到車廂逐漸包圍並壓縮過來。我必須下車，我必須出去。

帶著酒醉的怒氣，我重心不穩地踩著滑溜的階梯，走上有砂礫的潮濕街道時，根本不知道自己是在哪個車站。外面開始下起一陣濛濛細雨，讓壓迫在我身上的重量變得更加沉重。

▼**聖賈克神父**

我們的警車在百老匯大道上往北疾駛，開著尖嘯的警笛和閃光燈經過西八十六街。擋風玻璃的雨刷不斷喀噠作響，抹擦著霧氣般的雨水。我瞇起雙眼，透過玻璃上的濕痕注意前方情況。特瑞爾警官對著她的無線電說：「白人男性，三十出頭，淺褐色頭髮，穿著一件海軍藍的大衣和——」她說到一半突然停下，指著GPS螢幕。「找到他了！中央公園，在東北角的一百一十一街。」

「西班牙哈林區。」白警官點頭說，繞過一輛計程車後加速前進。特瑞爾按下無線電。「1W1請求支援，代碼三，西班牙哈林區。稍後提供位置。」

▼威爾

濛濛細雨沾在我的睫毛上，模糊了眼前那棟釘上木板的舊建築。那裡有十幾張又髒又破的海報，廣告著紐約市歌劇院最近演出華格納的《漂泊的荷蘭人》（*The Flying Dutchman*）。廣告上的內容描繪一艘像幽靈的快速帆船，沉沒在一片狂風暴雨的海上，海報上殘破的船帆生動地呼應著標題：「注定永遠漂流世間。」

海報觸發了那惡夢般的回憶，閃現的畫面像是附近的閃電，衝擊波的力道不斷擊打著我：首先是雙桅帆船聖瑪麗亞號嚴重搖晃傾斜，差點沉沒在陰暗、未知又巨大的海洋中。船上的人忙亂不堪。

接著是像我一樣的十字軍士兵聚集在附近，有些人被自己的血噎住，而一位諾曼騎士用闊劍砍下一個衝向他的波斯戰士頭顱。

接著，我看到一位黑奴孩子在肯塔基州的拍賣臺上流著淚、慌張尖叫，因為他正被人強行拉開，遠離他那驚恐又陷入歇斯底里的母親。

接著是在法國凡爾登的泥濘壕溝裡，密集轟炸的迫擊砲掀起火星和碎屑，將我附近的法國士兵炸得支離破碎。

接著是一輛載滿人的家畜車，人們淒楚、害怕的面孔透過條板間的空隙向外望，被蒸汽火車緩慢往東載向波蘭小鎮奧斯威辛。

不過在這些惡夢的畫面之間，閃現了其他許多快樂的臉孔：不同年齡、性別、種族，從古至今皆有，每一個人都直視著我的眼睛。微笑、感謝、感激落淚。

「你還不懂嗎？」一個男人以匈牙利語陰沉地大聲說。我用煩擾的眼神在紐約的雨中回頭望，看見一個身材壯實的紅臉男人，開著一輛肉車在街上經過我身邊。他看著我，傷心地搖頭。「他不會來了，朋友。沒有結果的。他永遠不會出現的。」

我撇開頭不理會駕駛，走在曼哈頓上城街道的稀疏行人之間，感到極度痛苦又震驚，就快要失去理智。一位像老祖母的西班牙女人對我說著西班牙語，不過仍是那道同樣的男聲，一樣帶著同情的語氣。「但我在這裡可是為了你，威爾！」

我粗暴地推開她，這時有位跟母親牽著手的白人幼童抬起頭看我，以相同的成人聲音說：「別再到處遊蕩才是明智之舉。」

接著一位整潔時髦、穿著三件式西裝的黑人商人，吸引了我灼熱的目光。「來找我們一起放鬆吧。」商人笑著說。

我整個人神智不清、頭暈目眩，倉促踉蹌地走到街角時，我看見了那個時髦的年輕人，又是穿著駝色喀什米爾毛衣，搭配高級黑色絨面風衣。路邊有一台非常光亮的凱迪拉克加長型禮車，在細雨之中閃爍著，而他就站在打開的後車門旁，比向打開的門，以朋友的口吻溫和親切地說：「好了，威爾……就休息一下吧。跟我一起上車。」

我憤怒地用阿拉伯語的粗話大聲罵他，步履蹣跚地繼續前進。

▼聖賈克神父

白警官高速行駛到了中央公園北街。警車現在往東飛快前進，穿梭於假日早晨稀疏的車陣之中，有些人聽見我們的警笛聲還停到路邊避讓。

我緊張地呼吸，吞著口水以緩解喉嚨裡慣有的灼熱感。我的血壓明顯上升了。女警認真看著GPS螢幕，然後對搭檔說：「左轉麥迪遜大道。」

▼威爾

毛毛雨現在變得更大，流下我的額頭進入眼睛，更加扭曲了視線及痛苦的心理狀態。我隱約知道自己正往東北方走向露營車。然而，從第三大道的街角轉進一一二街時，我很驚訝地看見正前方有一棟廉價公寓失火了。

火舌從三樓的窗戶竄出，而上方的四樓有個骨瘦如柴又邋遢的西班牙女人，從一扇窗探出上半身。她搖搖晃晃的，也許是喝醉或嗑了藥，但很焦急又含糊地大喊：「救命啊！天哪！救救我的寶貝！」

我看到那棟建築的其他居民從前門匆忙出來，衝下十幾階木頭階梯到人行道上。所有的人都很慌張、衣冠不整。許多人都帶了些許個人物品或是小孩，但沒有半個人往上看，而四樓那個女人依舊粗啞地叫喊：「拜託，上帝啊！救救我的寶貝！」

在我往上看著她的時候，有個從房子逃出來的胖女人直衝向我，一邊說：「誰管她們，死了還比較好哩。」

我又抬頭看著在窗邊吼叫的那個瘦女人，她似乎很恍惚又很激動。我注視著她，接著，像隻憤怒的公牛低下了頭，立刻轉身沿原路走回去。

我只走了幾步，便在後方人們的呼喊聲中隱約聽見一個孩子在尖叫。「媽媽！好燙！太燙了！」孩子的聲音讓我慢了下來，但我還是克制自己不回頭看，不去管那件事。我決心要離開。

小孩的呼救聲越來越微弱了。「媽咪……？我不能呼吸了……」

我的腳步變得更慢，彷彿有自己的意識，最後停了下來，但還是不肯轉身過去。我站在雨中生氣顫抖，聽著那瘋狂的呼救聲，強壓下心裡蔓延的怒火，試圖克制翻騰的思緒，不去理會嗑藥的母親所發出的痛苦哭喊，而那個驚恐的孩子聲音又變得更小了。「救救我們！誰來幫忙！媽咪——」

我的怒氣突然像火山般噴發。我暴怒地吼叫，用拳頭不斷搥打著附近的一輛車。「不，該死！我不想那麼做！再也不要了！」我猛烈的搥打讓汽車引擎蓋變形，同時對著車子咆哮，也是在對這個世界、對自己的命運怒吼。「根本沒有意義！我再也無法承受了！」我用流著血的拳頭緊緊摀住耳朵，試著不理會失火建築裡傳來那些飽受折磨的慟哭聲，一心只想跑開。

「拜託！誰來幫忙！」

這時喊叫聲幾乎快聽不見了。「媽媽——好燙！」

我猛然轉身，跑向燃燒的公寓，心中沸騰的怒氣有如愈趨高溫的火焰。我一次兩階地跨上建築前方破舊階梯，跟另一位公寓居民擦身而過，他逃出來時穿著一件又薄又髒的浴衣。男人的雙眼充滿血絲，看起來很恐怖。「別傻了！」他用陰鬱的語氣低聲說：「你也會被燒死的。」

我推開他，進入像火絨箱的易燃老建築。燃燒的殘骸從樓梯間落下，讓低樓層也整個著火。我從地上撈起一件小孩穿的破爛T恤，抓著搖晃不穩的欄杆跑上不平整的樓梯，周圍又有更多燃燒的碎片掉落。

▼聖賈克神父

警車才左轉開上麥迪遜大道，白警官就突然轉向，驚險地避開一輛警笛大作、往北疾駛的消防車。一部救護車緊跟在後，同樣也有刺耳的警笛聲及來回擺動的警示燈。

「往北，往北！」特瑞爾警官大喊，接著她按下無線電。「1W1請求支援，代碼三，到第三大道東側的一百一十二街。」她指著GPS螢幕。我看見代表獵物的指示燈，就在前方兩個街區外的一一二街上閃爍。指示燈似乎靜止不動了。

▼威爾

抵達二樓時，我已經把破爛的T恤綁起來遮住了口鼻，可是在這越來越濃厚的煙霧中，已幾乎快看不見眼前事物。火勢延燒得很快，像藤蔓般爬上牆面，讓老舊石膏表面的髒壁紙紛紛剝落。那個還不見身影的孩子發出痛苦的哭喊，刺激了我加快速度衝上樓。樓梯被瀰漫的黑色煙霧遮擋，雖然暫時被發出尖嘯聲的巨大火舌吹開，但隨即又出現了更多濃濃的有毒煙霧。

三樓已完全被發出爆裂聲的火焰吞沒，一陣陣火花在周圍不斷爆開。我停下來費力地喘氣，根本看不到路。這時，我聽見另一個方向傳來聲音：「媽咪——妳在哪裡？這裡著火了！」

我看見一扇門的附近有個狗用水碗。我把碗裡的水倒上頭髮和遮住口鼻的破布，接著深吸一口氣屏住，一頭衝進了火焰之中。

▼聖賈克神父

在特瑞爾警官以無線電呼叫之後，另一輛警車也抵達了第三大道的交叉路口，這時消防車和救護車轉上了一一二街，消防員也立刻開始行動。白警官一停好巡邏車，我便隨即跳下，不介意外頭正在下雨。有位消防員正將那棟建築物的居民趕到對面人行道，同時大喊：「後退！所有人都後退！還有人在裡面嗎？」

一個又醜又胖的女人在喧鬧中大聲說：「嗑藥的婊子和她小孩，在四樓！」

一個穿著髒浴衣的男人也大聲說：「有個白痴進去找她們了！」

我看見消防員對快要準備好消防器具的同僚大喊：「荷西，呼叫雲梯隊！尼克、崔西亞，裡面至少有三個人！出動，出動！」

特瑞爾在巡邏車旁邊看著GPS大喊：「他在這裡，神父！就在這裡某個地方！」

當特瑞爾把獵物的照片拿給其他剛抵達的警員看，我也開始急忙掃視四周聚集過來的群眾，決心要在這場雨天的騷亂中找到他。

▼威爾

衝過火焰爬到四樓時，我的衣服已被高溫燒得很燙，開始悶燒起來。我舉起手推開一個燃燒的門框，看見所有末梢神經發出的警訊：手的皮膚又紅又腫，而且已經開始起水泡。燒灼的痛苦讓我倒抽一口氣，同時刺鼻的煙霧正侵蝕著脆弱的肺泡。

樓梯口瀰漫著濃煙，發出轟隆劈啪聲的火焰擋住了走道。「妳在哪裡?!」我對那個孩子大喊：「妳在哪裡?!」

孩子帶著哭腔虛弱地回答：「我在裡面！」

那陣隱約的聲音來自火焰後方。我再次深吸一口氣，衝過火焰跑向一道燃燒的門，並以全身重量衝過去，撞進一個快要倒塌且正在燃燒的房間。我瘋狂揮動雙手想要驅散一些煙霧，這樣才能看得見前方景象。房裡有用來當成家具的破舊水果箱、一台小電視、沒吃完而爬滿蟑螂的速食、一塊放在地上的骯髒床墊，還有那個孩子。

她大約五歲，是個頭髮烏黑的西班牙女孩，有著粗黑的眉毛，以及流滿淚水的天真圓臉。小女孩害怕地蜷縮在一扇內門旁躲避火焰，手裡緊抓著一隻兔子玩偶。我因為疼痛及缺氧而開始頭暈，並逐漸失去方向感，但還是一把抱起她，轉身往來時的方向準備離去。可是她用手指扒抓我的臉，一邊咳嗽一邊哭喊：「不！不！我媽媽在裡面！救她！」

火勢很猛烈，在我們周圍發出的嘶嘶聲也越來越大，讓我幾乎快聽不到她的聲音。那孩子淚眼汪汪地注視著我。「救她！門卡住了！救救她啊！」

我滿腔憤怒，把孩子粗魯推到一旁，生氣地說：「別過來！蹲低待在那裡！」接著抬腿踹向燃燒的門。門只開了一道細縫。我看見粗厚的橫梁末端，那根著火的橫梁已經掉下來擋住了門。我用肩膀試圖撞開門。兩次，三次。門最後朝內倒下，一陣名副其實的火焰風暴向外噴發到我身上，那是一股巨大的火焰，渴望著新鮮的空氣與燃料。我整個人被炸飛，衣物和頭髮都燒了起來。我倒在地上，一邊大叫一邊滾動身體想悶熄火焰，同時死命拍打正在燃燒的頭皮。然後，我看見女孩慢慢爬向冒著火的門口。

「媽咪！」

「別過去，該死的！」我粗啞地大喊，憤怒又掙扎著爬起身，用力把女孩往後推開。透過由火焰和煙霧築成的牆，我隱約看見有個不省人事的女人躺在房間另一端。女人的頭稍微轉動，迷茫的雙眼一度跟我對上。我做好面對強烈火勢的心理準備，正要衝過熾烈的門口時，她上方那片燃燒的天花板突然整片崩落——樓上所有著火的家具和殘骸全都壓在她身上。那個女人被燒死了。

她的小女兒歇斯底里地尖叫。

我脫下大衣，蓋住不斷尖叫又胡亂踢打的孩子，然後把她抓起來。我知道自己正處於危險邊緣，即將失去意識。再不趕快就來不及了。

我跌跌撞撞回到走廊上，發現在進入公寓這段期間，火勢已然變大了一倍。一根水管爆開，噴出的水柱變成蒸氣燙傷了我，讓早已乾燥的喉嚨忍不住尖叫出聲。我衝下陷入火海的樓梯間到了三樓，一隻腳的褲子著火，燒焦了腳上的皮膚。我盡量屏住呼吸，勉強在快要淹沒自己的痛苦中維持意識。

然後我停了下來。前方的樓梯已完全被翻騰的火焰吞噬，而且正在脫離牆面。過不去了。我聽見像是被什麼東西悶住的叫喊聲：「嘿！下面這裡！」

我從損壞的欄杆旁向下望。在濃厚的煙霧中，我隱約看見下層樓有三位穿戴著氧氣面罩和氣瓶的消防員。他們急忙向我揮手。

我上半身探出欄杆，將全身被包住的孩子抬起來，然後鬆手。她尖叫著往下掉，落進兩名消防員的懷中。一個人火速帶著她下樓，另外兩人突然焦急地對我揮手，大喊著：「小心！小心——」

我轉頭過去，一大片燃燒的天花板和牆壁轟然塌下、朝我壓來。我發出怒吼，只來得及勉強轉頭並稍微遮住臉，而那一大塊火堆直直將我砸向地面，壓得我動彈不得，埋沒在肆虐的火焰中。

我的大腦失去意識，只剩無盡的痛苦。天哪，那種痛苦。

▼聖賈克神父

圍觀的人群突然紛紛大叫，我原本正在掃視他們的臉孔，聞聲轉頭望向公寓建築。有個女消防員抱著一個小女孩從房子裡衝出來，把女孩交給了醫護人員。

我又回頭看著群眾，可是沒看見要找的人。特瑞爾跑到我身邊，指著她手裡拿的小型手持GPS裝置。「他一定就在這裡，神父。在某個地方！」

「我們一定要找到他！」我憤怒地指著一個方向大喊。「再去檢查那群人！」我們加倍努力尋找。

一會兒之後，人群發出另一陣驚呼，又讓我將注意力移向失火公寓的出入口。我看見兩名消防員帶著一個全身嚴重燒傷且不省人事的男人出來，他們急忙把他帶去救護車。特瑞爾跟我迅速對看了一眼，雙雙穿越人群、消防員，以及滾滾的煙霧和隨著雨落下的灰燼，跑向救護車。

緊急應變人員全都圍在傷者身旁。一名消防員拿著二氧化碳滅火器噴向他，藉此悶熄還在他衣物上悶燒的火焰；另一人則協助醫護人員剪開男人的褲子及殘餘的上衣。男人下方的皮膚全都血肉模糊，燒焦又起水泡的雙腳歪斜成不自然的角度，一隻手臂更似乎快要跟流著血的肩膀分離了。一位新聞台的攝影師擠到我身旁時，男人正被放置到擔架上，而我短暫瞥見了他的臉。

「聖母瑪利亞啊！」一股糾結的情緒讓我倒抽了一口氣。雖然他受了可怕的重傷，但我還是知道。

「就是他！我找到他了，天父啊！我找到他了！」

我試圖靠近想要看清楚一點，可是醫護人員已為陷入昏迷的傷者戴上氧氣面罩，匆忙將他的擔架滑進救護車。

帶他出來的其中一位消防員大聲說：「他的腿可能斷了！」醫護人員爬上車坐到傷者旁，其中一位拿起點滴器具，另一位則是語氣沉重地回答：「那不會是他最大的問題。」然後就對前座的駕駛大喊：「走吧，伯尼！去列諾克斯山！快！快！」救護員用力關上門，廂型車隨即鳴笛大作，加速離開騷亂的現場。我看著車子在煙霧和雨水中離開，心裡突然有一陣強烈的情緒：敬畏、沮喪、歡欣。

接著我立刻行動，興奮地抓住特瑞爾的手臂，拉著她走向警車。「他剛才說列諾克斯山，那是一間醫院，對嗎？快走吧！我們走！」

17

▼威爾

我在飄浮，身處一片漆黑的無意識狀態中。

模糊如幽靈般的影像在潛意識裡閃爍，從以前就偶爾會這樣了。一般陷入昏迷的人顯然沒有任何認知能力，但出於某種理由，在我這樣獨特的情況下，心中常會留有一條狹窄的通道。記憶之河緩慢流過黑暗的思緒，隨之波動的還有模糊的景象、陰影中的臉孔、遙遠的警笛聲、迴盪的聲響。總是會有一條河向後延伸至黯淡的遠方，連接到我漫長人生的源頭。

影像很少依照時間順序出現，但每個場景都藉由某個短句或某種感官記憶，與下個場景連結起來。那些影像如葉子般漂流在我的意識河流上，而且大都在瞥見時就漂走了。不過有些時候，其中之一會勾起某段回憶，變得有意義，並在我模糊不清的腦袋裡播放。

在這次的黑暗中，首先出現的是一隻黑貓。牠跳上一位年輕記者山姆的大腿，山姆有著一叢濃密的鬍子和茂密狂野的髮型。那是在一八五九年內華達州的紅襪帶酒館，我們面對面坐在一張粗製的桌子旁，他往後仰，只靠木椅的兩根後腳撐著。酒館裡瀰漫濃厚的菸味，走音的鋼琴和興高采烈的客人則是一片喧鬧。我正笨拙地撥弄一把破舊的斑鳩琴，想弄清楚其他人彈奏時為什麼能看起來如此輕鬆。山姆撫摸著心滿意足的貓兒，若有所思地說：「你知道嗎，如果人能夠跟貓混種，那麼人就會進化，可是貓卻會退化了。」山姆停頓了一會兒，然後在他隨身攜帶的筆記本裡，草草記下這句短短的格言。

我知道山姆是為城裡的《地方企業報》工作，不過他跟維吉尼亞城裡的所有人一樣都來自別處。以山姆來說，他來自密蘇里州，曾在那裡的密西西比河上當過汽船駕駛。他來到西方是為了體驗淘金熱的冒險，也希望能撈到一筆。山姆很快就發現比起採礦，寫作更適合他。我才剛對他最新的文章給了正面評價，內容是關於我在中國見過利用小型馬運送郵件的獨特業務。

「哇靠，WJ，」山姆露齒笑著對我說：「你告訴我的主意真是太棒了，那一定也激勵了中央陸路快遞的人。」山姆從他的小酒杯啜飲一口威士忌。「他們讀了我寫的東西，說一定會照你描述的那樣，建立起一套郵件快遞模式。在沙加緬度到聖約瑟夫一整路上設立站點，並準備好替換的馬匹。」

我聽得有些心不在焉，因為當我笨拙地彈奏斑鳩琴時，注意到有人從附近一張桌子邊仔細打量著我。對方是個矮胖的男人，頭很圓，戴著金邊眼鏡。我被追逐了這麼久，已經培養出對潛在威脅的第六感。他穿著乾淨整齊的西裝，看起來像是東歐人，而從背心口袋垂下的錶鍊上繫著一顆小六芒星（注）。雖然他乍看之下並無惡意，但仍有可能是巧妙偽裝的神父，畢竟以前就碰過那種情況。我也聽說前一天有兩位神父來到了城裡。這也許是巧合，也許不是。然而，那個矮小的男人並非看著我的臉，而是在觀察我的工作穿著。

山姆繼續說：「中央快遞的人認為，如果他們的騎士像你說的中國佬那樣全力衝刺，就可以讓快捷

注 代表猶太教的象徵，亦稱為「大衛之星」。

郵件在十天之內來回。」

「聽起來沒錯。」我還在看著那個矮男人。

「一定會很棒，」山姆以閒聊的語氣說：「我是說，可以那麼快收到東部的消息，而且也可以更快把東西寄到我的出版社。」

我的目光移向他。「已經出版了多少？」

「一些。」山姆嘆了口氣，一邊讓指尖在小酒杯的杯緣上滑動。「可是我在這些地方已經差不多用光所有靈感了。」

「不會吧？」我輕笑著，然後示意比著我們周圍前來開拓邊疆的各色人物。而且，在康斯塔克礦脈周圍突然出現的這座新興城市裡，還有其他成千上萬個人。

「是啊，我知道。」山姆說：「這裡乍看之下充滿了無窮無盡的生動題材，可是寫了太多關於淘金客、賭徒和妓女的故事後，那些東西就會開始失去新鮮感了。」他的目光緩緩往上移向我。「不過從另一方面看，你確實像是新的泉源呢，WJ。」我感受到山姆銳利的眼神。「你到底是什麼時候在中國看過那種小馬快遞的方式？」

「噢，很久以前的事了。」我聳聳肩，繼續專注在第一堂斑鳩琴課程上，同時很想趕快讓山姆分心，停止追問我的過去。我說：「試試賽門．惠勒（Simon Wheeler）吧。」

山姆眨了眨眼。「你再說一次？那聽起來不太像是中國人。」

「不是，但賽門有很多古怪的故事，比康斯塔克的銀礦更吸引人。他住在威爾塞維亞，就在卡拉維拉斯郡。問他關於他們著名的跳蛙。」

「不好意思？」那個圓臉的矮男人這時走過來，站在我們旁邊。我的手出自本能，從斑鳩琴暗暗移向腰間的長管柯爾特手槍。

「請原諒我打擾兩位了。」他說話時帶有濃厚口音，像是歐洲東北部的方言，我猜可能是立陶宛人，後來才看見了他手上的戒指。

「你來自拉脫維亞？」我推測。

男人的圓臉露出吃驚及討人喜歡的表情。「對，對！沒錯。你怎麼會知道？」

「你的口音，還有你的琥珀色戒指。」

「沒錯，我們有很多琥珀。你去過拉脫維亞嗎？」

「是的，我曾有過這份榮幸。」

「太好了。但不好意思，我過來只是想問個問題。」

「是關於我的馬褲？」我猜測。

「對！一點也沒錯！」

山姆的臉扭曲，困惑的表情更顯得滑稽。

「先正式自我介紹一下，我叫雅各．戴維斯（Jacob Davis）。」矮男人遞出他的名片，上面是他的名字和位於雷諾市的地址，以及一個簡單的頭銜：裁縫師。

我握了他又小又細嫩的手。「J．W．史都華。」我感覺到山姆目光正銳利地射向我，但我早已料到會演變成這樣了。「所以你的問題是什麼，戴維斯先生？」

「你在那裡做了什麼？」他的目光透過金邊眼鏡向下看，同時指著在我厚工作褲上，那顆穿透口袋角落的小顆黃銅鉚釘。

「是我用來加強壓力部位的小技巧。」我微笑著回答，但沒提及自己第一次在哪裡見到這種方法：羅馬百夫長穿的皮革盔甲上。

「真了不起，」戴維斯先生欽佩地說。「你有名片可以給我嗎？」

「恐怕沒有。我一直在旅行。」

仍注視著我的山姆開口了：「我在報社工作，你可以透過我與史都華先生通信。」我點點頭，而山姆把他的名片給了雅各。

「非常感謝你，先生。恕我打擾了。」他客氣地行禮後就離開了。

「那麼，」山姆帶著笑意說：「你到底是誰？J・W・史都華，還是你告訴我的W・J・惠勒？」

山姆的眼神刺探過來，彷彿正用放大鏡研究一隻神祕的蟲子。他把貓放到一旁，身體往前傾，在酒館的喧鬧聲中像在談論祕密般地說：「先生，你得明白，身為一個盡責的記者，如果對方不願意曝光，我是絕對不會洩露消息來源的。如果我有幸跟某個充滿傳奇色彩又惡名昭彰的亡命之徒一起坐在這裡，一定會很感激能聽到他的故事；為了激勵那些渴望的讀者們，我一定會以詳盡至極的方式來敘述，但同時也會保護好他的利益。清楚明白這些後，請好心告訴我你到底是誰吧，先生。」

我喜歡這位年輕的記者，喜歡他與生俱來的才智與風趣。我當然有許多很特別的故事，但還是克制住了自己。在尋找得體的脫身方式時，我發現了那個紅髮的人。

蕾貝卡是個風塵女子，她帶有性感的美麗讓紅襪帶酒館更增添風情。我在她經過時抓住她的手，而她化了妝的眼睛往下一閃看向我。

我看了山姆一眼，然後把斑鳩琴放到一旁，比出手勢請他見諒。「也許明天再聊，山姆？我現在有個重要的約會。」

山姆朝蕾貝卡點頭，以沮喪的語氣說：「我很遺憾得讓你離開，先生。但那只是因為我極為尊重誘人又標緻的蕾貝卡・柴契爾小姐所擁有的非凡天賦。」接著他伸出一根手指，嚴厲地指著我。「不過我明天一定會來這裡找你，先生。」

我點頭同意，然後跟著蕾貝卡走上發出吱嘎聲、搖搖欲墜的木造樓梯，從那裡可以通往人們尋歡作樂的房間。她的紅色長鬈髮如瀑布般落在背後。她的紅髮……

我陷入昏迷的意識往回跳了一段時間，想起另一個女人的紅色頭髮。她的頭髮因下雨而整頭淋濕，從背後沿著黑色長袍流下。當時是西元四〇五年，穿著長袍的是一位修女，來自大約在五十年前建立的聖巴西略女修道院，我最近才在她們的修道院短暫待過。這位年輕的修女已經分發到蒙頭帽，因此我知道她已許下了誓言。她從舊羅馬道路旁的矮樹叢出現並請我幫忙時，告訴我她的名字叫阿米娜（Amina）。

「這邊請。」她一邊回頭大聲說，一邊在這黃昏時分帶著我，從陰暗烏雲落下的雨水中迅速前進。我感覺到冰涼的雨水在衣服底下的皮膚上流動。阿米娜說著小亞細亞那片地帶常見的一種安納托利亞方言，那種語言最後會轉變成土耳其語。她帶我沿著耶希勒馬克河走，岸邊長滿了繁茂的無花果樹，並且瀰漫著雪松的香氣。

她帶我走到一處陡峭的河岸，這裡的地形向內侵蝕，形成一處可以躲藏的小凹洞，上方是一棵大橡樹外露交纏的根部。這裡可以當成暫時的躲雨處，而裡面已經有位年輕男子在等待，他緊抓著一邊受傷的肩膀。

「我們當時正在跑，他摔倒了。」阿米娜擔心地說，同時充滿深情、以纖細的手指試探性地觸碰年輕人的手臂。雖然年輕人痛得臉色發白，但我看得出他仍保有青春期的容光煥發及如茸毛般的初生鬍鬚。他穿著聖本篤修會的黑色長袍。

「讓我看看。」我使用他們的母語。年輕人努力想拉起沉重的衣物，不過還是需要我幫忙。厚重的布料掀起後，他露出了結實年輕的身軀，而我注意到阿米娜並未害羞地別開頭。她反而以雙手協助抓好粗糙的布料，好讓我仔細檢查並處理那位英俊青年的肩膀。瘀傷很嚴重，可是沒破皮。「我想只是脫臼了，」我告訴他們：「如果你可以忍受一點痛，我也許能夠讓它重新歸位。」名叫艾利恩（Elian）的青年點了點頭。我用雙手抓住年輕人的手腕。「那麼數到三，好嗎？」艾利恩又點頭，做好了準備。我平靜地說：「一……」還未說完，我突然用力將他的手臂往下一拉。

青年大叫一聲，因為這陣劇痛而重心不穩。他生氣地看著我。「你說數到三的。」

阿米娜和我小心扶著他坐在漂流木上時，我露出笑容表示歉意。「出其不意會比較好。」我稍微替他按摩肩膀時，阿米娜親暱地湊上前去親吻他濕淋淋的臉頰。「現在試著動一下你的手臂，輕一點。」青年發現自己又能夠正常活動了，不過仍有受傷造成的緊繃和疼痛感。我拿了一塊布在河水中弄濕，以畫圓的方式迅速甩了幾下，一邊說明：「空氣會讓它變得涼爽。」接著我把濕布敷在扭傷的肌肉部位。「每天都這樣敷幾次。」

他們非常感謝我，說要跟我一起分享他們為了旅程而帶的少量食物。我生了一小堆火讓大家烘乾身體，而他們證明了我的推論：這兩位年輕人發現自己教會的誓言，與他們在生理及愛情上的渴求並不一致。他們拋棄了各自的修道院，想要共結連理一起生活。艾利恩在上游藏了一艘小船，他們打算航行到河水匯入Pontus Euxinus（注）之處，也就是後來所謂的黑海；他們要沿海岸找到某個小村莊，在那裡落地生根、建立家庭。

我建議他們旅行時穿上一般人的服裝，比較不會引人注目。阿米娜帶了一些衣物，可是艾利恩逃離聖本篤修會時只穿著身上的長袍。我覺得這是個能讓大家都有好處的機會，於是自願用我那小旅行包裡的一套備用衣物交換。

之後，在我漫長的旅程中，我利用聖本篤修會「兄弟」的身分，在眾多修道院和女修道院接受了款待。那些永無止境的旅程。

許多畫面像溫暖與冰涼交替的氣流，在我昏迷的腦中浮動：關於黑暗時代（Dark Ages）的破碎記憶不斷闖入附近的新地帶，而我在那些地方永遠都是外來者。我一天又一天地活過那五百年，經常要對抗疲憊，在結凍、滿是灰塵或濕到不像話的小路上痛苦行進；我時常盲目地走著，如機械般將一隻腳抬到另一隻腳前方，混亂的頭腦彷彿陷入了毫無知覺的冬眠狀態。我常常記不起自己是怎麼從一個地方，又走到下一個地方。

我很少告訴別人自己被迫過著這種生活。對於那些曾少數傾吐的對象，我的故事總是引起不寒而慄又毛骨悚然的恐懼。因此，除了背負著千百年來日復一日活著的重擔，除了必須千辛萬苦、永不停歇地旅行，我還得承受無人同情的巨大壓力。我不只一次企圖自殺，但在經歷極度的痛苦後卻還是活了下

注　即「黑海」的拉丁語。

來，於是我明白，這當中一定有著不可能克服的強大力量。我就這樣一直活著，只知道有某種人類無法理解的不明力量正在作用；某種不屬於這世界，而且超自然的東西。我常認為，自己那永無止境延長下去的生命，就已等同是地獄。

所以我盡力過著最虔誠、最完美的生活，希望謙卑能讓自己受詛咒的漫長旅途畫下句點，彌補先前所犯下、進而被迫永遠飄泊人世的重罪。然而，在這些度過的無數日夜中，其實還是有個好處：我有更多可以教育自己的機會。

我很後悔在自己正常人生的前三十三年中，並未把握機會，好好利用位於以弗所（Ephesus）和羅馬那些又大又高的圖書館。

在去過的阿拉伯國家裡，我很少有機會進入蘇丹的圖書館，因此主要都是去羅馬天主教的修道院。在那段黑暗時期，那些地方是重要的知識寶庫，存放了歷史、科學、藝術、理論、宗教等各種作品。

我偽裝成聖本篤修會修士或其他教團的成員，以交錯的路線移動，在歐洲與小亞細亞去過一個接一個修道院，在許多不同的區域避難。那些記憶在我昏迷的大腦中忽隱忽現：從聖安東尼在埃及沙漠中的沙漠小屋修道院，到德國巴伐利亞州境內多瑙河旁、有如城堡的尼德拉爾泰希大修道院；從亞美尼亞和塞普勒斯的簡樸迴廊，到諾曼第聖米歇爾山上的壯觀景象。

我在每個修道院都會求知若渴地閱讀他們的卷軸，而卷軸後來演變成以莎草紙或羊皮紙裝訂的厚重手抄本，那些正是後世書本的先驅。我甚至還傳播了手抄本的概念，並教導許多修士，如何以硬實的木質封面保護裝訂於內部的薄羊皮紙。在那之後，手抄本便很迅速地普及了。

每到一個修道院，我都會在只能停留的短暫三天裡盡量吸收知識，經常讀到深夜、點起燭光，冷風還會從牆面的裂口和縫隙吹進來。我會用力把棉絨塞進那些地方擋住寒意。

有時，我會加入眾多抄寫員的行列，負責抄下原版作品其中的一部分。每座修道院各別保管了大量的材料，包括希臘和羅馬人殘留下來的所有知識。由於我每次只能在修道院待幾天，所以很少有機會完整讀完一份重要作品，也因此獲得的知識都很零碎，除非可以在其他修道院再找到相同作品。不過我還是飢渴地吸收著一切。

我學習的目標，主要是希望可以找出某種線索，明白自己惹上了什麼狀況，那簡直像是離奇的夢魘。我好想找到什麼深入的見解，找到方法來解決這個糟透的處境，因為我的身心都早已疲憊不堪了。然而，蒐集到的資訊廣泛到根本無法容納進腦中，我偶爾會納悶自己的頭怎麼還能支撐在肩膀上；它似乎滿到溢了出來，而且非常沉重。有時我會感到訝異，因為腦中知識的某個面向會突然閃現，跟另一個截然不同的面向建立起關聯，藉此闡明某種構想或建立全新的概念。

然而……沒有任何知識，能為我悲慘的處境提供解答。

不過我倒是很幸運地能夠讀到許多「佚失」的作品，例如亞理斯多德對喜劇的專著。由於所有文件都在教會的控管與考量下隱藏起來，因此這類「不適當」的資料就可以很合理地被視為佚失。除非作品不牴觸既有傳統或教宗詔書，不被當成異教徒著作、內容有害或根本出自撒旦之手，那些東西才有可能流傳於世，否則就只能出現在修士的燭光下。

西元七○○年代，我在卡西諾山的修道院發現了一份這樣的手稿，它的作者和其代表的獨特意義使我相當震驚，而且可能與發生在我身上的情況有些關聯。離開時，我小心翼翼地將一份副本藏在長袍裡，一邊往西北方走，一邊把它當成新生兒般保護著。

那段時期，許多人因為對土地的渴望，而往相同的方向遷移。可是北方的土壤比溫帶氣候下的土地更難耕作，所以我幫聖本篤會修士設計了一種附輪並使用刀片的犁具，可以將地面切開。我也製作了一種彎曲的木頭器具，就設置在刀片後方，可以把草皮推到一旁，弄出整齊的犁溝，大幅提高土地的產量。那些新的進展很快就在主教之間傳播開來，而那是黑暗時代唯一有作用的聯絡網。後來梵蒂岡得知我的存在，開始狂熱地追捕我，也是利用這種網路對我窮追不捨。

儘管如此，我發明的技術還是大大提高了農莊的成長數量。我在德國北部海岸的沼澤地帶和低地國(注)境內經過了許多農莊，但是抵達丹麥西部的斯凱爾斯村時，天象正在轉為陰黑，而我完全不知道自己出現的時機非常不巧。那年是七六〇年，另外還有個很不祥的徵兆：最近的夜空中出現了一顆彗星。

我知道那是一種自然現象，同一顆彗星每隔七十五年會出現一次，普通人一生中可能只會見到一次。在西元七六〇年時，我已經見到它第十次了。

彗星點燃了村民們的恐懼。許多人認為它預示了可怕的事件，甚至是世界末日。就在我抵達斯凱爾斯村的同一天，他們發現一種奇怪的真菌寄生現象，摧毀了村裡原本就少得可憐的作物。對彗星的恐懼再加上即將發生饑荒，使得村民的精神狀態變得歇斯底里。他們想要尋求這場災難發生的原因，於是將迷信的目光移向唯一的外來者身上。好幾個衣衫襤褸的男女猛烈襲擊我，而他們的敵意隨著人數增加，很快就變成了盲目的憤怒。儘管我提出反駁，卻還是被強行壓制、雙手被綁住。

我短暫瞥見一個有些眼熟的年輕人，他站在一旁沉默地看著，露出悲傷和知曉一切的笑容。他的頭髮與面貌都是又黑又亮。

在狂暴的人群中，說話最大聲的是一位孔武有力、滿臉痘疤的彪形大漢。他大喊時露出斷裂的牙齒，發誓曾親眼見過我懸空飄浮，在他們的田地上空噴灑著某種有毒的魔藥。我駁斥他在撒謊，然而群眾的反應就像一隻憤怒的野獸，他們把我揍得渾身是血，拖進了附近的沼澤地帶，並用一條又粗又刺的繩子綁住我的脖子，另一端繫著一顆沉重的大石，以棍棒將我打到幾乎不省人事，然後丟進泥沼。

我被他們打得頭暈目眩，緩慢地沉入黏稠的黑色淤泥中，身體周圍變得越來越冰冷。我感覺到綁在衣服內、小心保護著的那份手稿鬆脫了。它滑進了泥沼，可是我無計可施。我拚了命想掙脫，屏住呼吸以度過似乎永無止境的時間，肺部彷彿要炸掉了。最後我鬆開了一隻手，儘管想努力克制，卻還是忍不住張開嘴巴，情急地想吸進一大口氣，結果卻吃進一整團軟泥。接下來，就是極度的痛苦與黑暗。以及冰冷。真的太冷了。

注 即今日的荷蘭、比利時、盧森堡一帶。

18

▼米蓋爾・費南德茲（Miguel Fernandez）醫師，四十四歲，創傷專科醫師

要是那位嚴重燒傷的男人還有意識，我剛剛噴灑上去的藥物他一定會感覺很冰涼，不過傷患早已陷入了深度昏迷。

我在列諾克斯山急診室的團隊如往常般安靜、有效率地忙碌著，處理那位受了重傷的男人。急救人員將他從一一二街公寓大火現場送過來，在途中替他打上了一包生理食鹽水點滴，也盡量脫去他身上大部分的衣物。傷患身上許多塊大面積的皮膚，原本因大火燒灼而跟衣物黏在一起，結果嚴重到表皮跟著剝落；身體表面很多地方因二級和三級燒傷而嚴重起水泡，要不就是露出像生肉般的擦傷跟挫傷。

「我們對他了解多少？」我邊問邊使用燒傷噴劑。「醫療警示標籤？手環或手機？」

急診室護理長搖搖頭。「他的手機燒壞了，而且沒有任何身分證件，醫師。他是個無名氏。」

▼漢娜

瑪土撒拉那天晚上又挑食了，於是我徒勞無功地試圖用新貓食引起牠的興趣，而就在此時，我看見當地電視新聞播放著西班牙哈林區公寓大火的畫面。

女記者說，有個女人死於大火之中，但是一位身分不明的男人救了她的孩子，而英勇至極的他因此受到嚴重燒傷。

影片中的急救人員匆忙將男人送往列諾克斯山醫院，接著新聞播放了一段火災現場稍早的畫面，攝影機短暫拍到了他的臉。新聞這時暫停了影像，好讓女主播請觀眾協助指認他的身分。

我手中正挖出貓食的叉子無力地緩緩垂下。我靠近電視，雙眼睜大，目瞪口呆地看著那個男人半邊起了水泡的臉。儘管有燒傷，我還是馬上就認出了他。

我記得自己哽咽地發出氣音：「我的老天……我的天哪。」

▼吉莉安

當時史蒂夫在《紀錄報》的會議室裡，忙著從我們又擺到桌上的更多照片中尋找線索，後來他暫停了下，抬起頭看向WCBS電視台正播報一場公寓大火的新聞，接著他瞄到一張臉，整個人就愣住了。

「哇靠！」我聽見他脫口而出，然後大聲叫：「吉莉！」

我趕緊進入會議室。「怎麼了?!」

電視畫面回到記者，記者說著：「消防員終於從坍塌的天花板底下拉出了這名男子。」

「妳一定要看這個！」史蒂夫結巴地說，同時確認我們的TiVo（注）正在錄影。「繼續看！看著！」

記者說：「列諾克斯山創傷中心主任米蓋爾．費南德茲醫師向記者們表示……」

費南德茲是個膚色黝黑的西班牙人，螢幕裡的他站在列諾克斯山急診室外，一身藍色手術服外披上了一件冬季大衣。儘管有那樣較弱勢的族裔身分，費南德茲看起來是個有實力的醫學專家，但他面對鏡頭時有點不太自在。「這個人的雙腿有多處骨折，」醫師說：「右側骨盆碎了，而且全身有超過百分之六十受到三級燒傷。我們正在等電腦斷層掃描的結果，同時害怕他也有非常嚴重的內出血現象。他目前陷入昏迷中，不過，他的腦部活動卻異常強烈。雖然如此，我們還是認為他的情況非常危急，因為他的傷勢太嚴重了，恐怕難以撐過去。」

螢幕上出現那位受傷男子的靜止畫面，而我的反應跟史蒂夫一模一樣。「哇靠！哇靠！」我也變得開始結巴。「他看起來就像……」

「這些照片裡的那個人！」史蒂夫確認我的話。「對！謝謝妳，這下我可沒發瘋！」

記者繼續說下去：「傷患的身分還未確認，所以費南德茲醫師希望任何有相關消息的人能立刻聯絡醫院，電話是212-434-2000。」

我按下 TiVo 的「暫停」鍵，讓畫面定格在那個人的臉上，接著抓起其中兩張舊照片，啪的一聲壓在電視螢幕上，然後看著史蒂夫。「你認為呢？就算他受了傷……你覺得呢？或者是我瘋了?!」

史蒂夫緊張地仔細比對著，最後點了點頭。「但……但是……這怎麼可能呢，吉莉？」接著他回頭看著我，聲音很小，語氣有些恐懼，但似乎也有種樂觀。「要去《紐約時報》了？」

我再次望向電視螢幕上的那張臉，目瞪口呆地注視著，感到全身竄流過一陣興奮。同時還有害怕。

▼威爾

我陰暗的潛意識中出現了另一段影像，它是扭曲、不斷變化的，如同照在河面漣漪上的閃爍陽光。影像逐漸變成記憶，那是一條車轍痕很深的泥土路，而我疼痛的雙腳穿著涼鞋走在路上，疲倦地踏出每一步。我身穿聖本篤會修士的長袍，正要走向位於羅馬尼亞諾山口的托斯卡尼村莊。

我又一次被迫承受繼續跋涉的痛苦，所以情緒很糟，目光低垂看著地面。我好希望能夠就此休息、安頓在某處，過著普通的生活。但在一千多年前我就已經知道，自己是無法這樣了。西元一二〇〇年初的那天，是我的悲傷惡化成憤怒的一天，當時我已度過無數個這種日子。我陰沉著臉抬起頭，看見一個牧羊的男孩在又寬又平坦的石頭上畫圖。但那不僅是一幅畫，就一個十歲的孩子來說，那圖畫實在複雜得令人吃驚：以炭筆和粉筆，極為逼真地勾勒出牧群裡的其中兩隻羊。

儘管情緒煩躁，我還是仔細看了他的素描。男孩發現到我，驕傲地微笑著，然後遞來一顆蘋果；我接過來後，咕噥地說了聲謝謝。我坐到附近一根圓木上吃蘋果，一邊觀察這位年輕藝術家作畫。他的其中一隻羊一直用鼻子磨蹭我，最後我的態度軟化，將一隻手靠到牠的身上。

男孩身穿短馬褲和軟皮鞋，是那個年代在托斯卡尼春日午後，年輕牧羊人的常見穿著。他的褐色眼睛又大又亮，表情看起來很開朗迷人，臉頰在露出笑容時會有深深的酒窩，而他幾乎總是在笑。

我逐漸被男孩的專注吸引，尤其是他往後一站、像個經驗豐富的專家，以批判目光審視自己畫作的時候。他用佛羅倫斯語詢問我的意見，而我誠實地回饋，告訴他這幅畫令人驚豔，而且栩栩如生，這與

注 美國的數位錄影機，內建選台器、電子節目指南及硬碟，也可以錄製節目。

當時較為簡化的藝術風格差異頗鉅。雖然他很高興，卻發現我還有其他想法，於是催促我繼續說下去。

我嘆了一口氣。雖然被迫背負了奇怪的義務，承擔許多沉重又不可言喻的責任，而遇到現在這種情況時，我總會盡可能為他人提供教育、引導或靈感。

於是我指出，雖然畫中將一隻羊安排在另一隻的後方，但缺乏了透視比例及立體的深度。男孩以深色線條明顯畫出羊的形體輪廓，就跟中世紀那段時期大部分的畫作一樣。但粗厚的輪廓反而會讓牠們變得平面化，而不像在我記憶中，羅馬時代繪畫和壁畫上那些比較圓的形狀，尤其是維蘇威火山爆發前，我在赫庫蘭尼姆城及龐貝看到的許多牆面裝飾畫。

男孩邊聽邊沉思，然後用小小的拇指擦去一隻羊頭部一側的輪廓線。他立刻就看出了巨大的差異：輪廓變得更圓潤，也更立體了。他倒抽一口氣。「哎呀，真的呢！」他的笑聲很有感染力，讓我終於也露出真正的笑容。他開始擦掉其他描繪的輪廓，整幅素描馬上變得更有深度、具空間感，以及正確的透視比例，一切就在年輕愉悅的他眼前神奇地轉變了。

遠處一座農舍傳來男人的喊聲：「安吉洛托（Angelotto）？吃晚餐了，安吉洛托。」

「好的，爸爸，很快就來。」他大喊回應，同時繼續修改自己的畫，運用更細微的色調而非粗糙的輪廓，讓作品更為飽滿。有著深酒窩的男孩用明亮的眼睛看著我，然後又笑起來，彷彿剛發現了一個令人振奮的新世界。他在笑……

笑聲使我的思緒旋轉，閃爍的黑暗中時間正快轉前進。老人在笑。我記得他幾乎總是在笑，即使到了七十八歲，他乾瘦的骨架內還是充滿熱情與歡樂。他盤腿而坐，裸露出細扁的胸部，而他將工作放在瘦骨嶙峋的大腿上處理時，最能夠看出他那副東印度人的身軀有多麼脆弱。

在一九四八年一月的那個晚上，我到新德里拜訪時，老人穿的是他始終親手製作的招牌白色印度兜迪，而他用英語問候我時，帶有像抒情詩語調的古吉拉特語方言口音。「哎唷，你怎麼可能十八年來一點都沒變?!」老人驚訝地說，並透過他的圓形眼鏡不可置信地端詳我。

「一定是因為我從你這裡學到了如何生活，巴普（Bapu）（注）。」

甘地用細瘦的手臂擁抱我，然後握住我的手，一起走進這位聖雄的花園，聊著一九三〇年我們在阿默達巴德第一次見面的情況。我在印度次大陸遊歷的那些年裡，曾聽說過甘地的報導，對他還有那採取非暴力方式面對社會惡習一事很感興趣。這種方式呼應了我想藉著和平手段改善世界的熱切承諾，也一直希望這樣的努力能幫助自己這段疲憊不堪、長達好幾世紀的追尋畫下句點。

一開始找到甘地時，我發現就算是最會恭維的新聞報導，也無法如實描述他。他顯然是上天恩賜給這世界的禮物：充滿值得敬畏的威嚴，並讓人發自內心地崇敬，以及身懷深厚無比的智慧。雖然有趣的是，他是個徹底的凡人，但也是獨一無二且天生聖潔的人物，令我非常渴望與他相處超過那被迫限制的三天時間。

我們在一九三〇年見面時，聖雄正在想辦法向英國政府對印度課徵鹽稅一事表態。我提出了一個想法，或許能夠達到甘地的目的，這當然也是為了想要繼續在他身邊待久一點的自私渴望。這件事即為後來大家所知的「Salt Satyagraha」，也就是「食鹽長征」。他在一九三〇年三月十二日從阿默達巴德出發，帶領成千上萬的印度人同伴，他們都暱稱他為「巴普」。接下來的二十五天，我們走了兩百四十八

注 印度人對甘地的暱稱，有「父親」之意。

哩，而我很享受能與甘地同行的殊榮，傾聽他的想法、分享他的食物，以及他那帶有感染力的笑聲。我甚至發現自己曾偶遇並協助甘地的祖母，當時她還只是個孩子，但我將那段回憶保留在心中。我知道，如果聖雄得知我活得那麼久卻看起來如此年輕，他一定十分驚訝，說不定還會感到害怕。

一九三〇年的那一天，我有幸能在現場，看著巴普和他的大批擁護者弄乾了丹迪鎮的海水、製造出自己的鹽，將甘地強而有力的訴求傳達給英國殖民政府。

一九四八年，他仍然對我露出笑容，就像一九三〇年時，我們一起站在亮藍色的阿拉伯海旁，周圍瀰漫著鹽的香味。帶著鹽味的空氣……

那陣充滿海味空氣的感官記憶，將我昏迷的思緒突然向後帶去。雖然以前深呼吸過這種海洋氣息許多次，但在一八四一那年的除夕夜，有個非常緊急的情況加速了我的呼吸。

兩位神父帶著一位肌肉發達的隨從，在我位於麻薩諸塞州費爾黑文街區住的一間小旅館詢問我的事。梵蒂岡的士兵們又再次逼近，使我無法安心。

我既憤恨又沮喪，因為我才剛與作家瑪格麗特．富勒聯繫過，急著想為她和拉爾夫．華爾多．愛默生一起創辦的《日規》（*Dial*）提供內容，那是一份很重要的新刊物。他們對宗教和人權的看法跟我十分相近，不過我還有長年累積且極為獨特的見解，一定會讓他們大吃一驚。我想要幫助他們推廣一種哲學觀，希望藉此改善世界，或許還能得到追尋已久的個人救贖。

可是來自羅馬的獵犬又一次緊跟著不放，我必須跟他們拉開一定的距離，而且時間緊迫。

我穿著水手上衣，將帆布袋揹到肩上，沿著費爾黑文的鵝卵石街道奔跑；頭頂上方是覆著一層冰的樹木，在夜晚寒冷的空氣中閃閃發亮。我抵達港口，匆忙下到以木板鋪成的碼頭；碼頭被火把和防風燈照亮，很寬廣也很繁忙。冷冽的北風刺痛了雙頰。我看見幾艘縱帆船正準備出發，碼頭邊充滿了喧鬧奔忙的活動。那裡有堆成像山一樣的桶子、帆布、食物，還有一捲又一捲的繩索正在搬運上船，表示他們就要立刻隨著潮水啟程了。

那些人都是皮膚黝黑、身材結實的老練水手，擁有健壯的體格，許多人還留著濃密未修剪的鬍子。我倉促穿梭於佛蒙特州人、緬因人和其他新英格蘭人之間，另外也有來自托圖加斯、馬達加斯加的黑皮膚人，以及世界各地的水手。有些人戴防水帽，有些人披著斜紋布斗篷，有些則是身穿燕尾大衣，腰間寬大的水手皮帶上還繫著刀鞘。

我經過幾輛正要運送最後一批物資的馬車。役馬呼出的溫熱氣息在冬季的空氣中形成水蒸氣，而牠們站立時撒出的混濁尿液也是。我在手臂粗壯的碼頭工人之間閃避，他們正在操作絞盤和絞車，在瀰漫著糞肥、魚腥味、海上垃圾的刺鼻氣味中裝載最後的貨物。

接著，我看到了一張熟悉的面孔。那個時髦的年輕人安靜地站在一旁，隨意靠著碼頭其中一根高聳的樁材。他的穿著高雅、紳士又符合時尚，並碰了一下他那頂絲綢高禮帽向我致意。「你一直逃跑不累嗎？」他用拉丁語同情地問：「何不直接承認，你跟我是同一艘船的呢？」

我暫停下腳步，與年輕人自命不凡的眼神對望了一下，最終強迫自己離開。我沿著碼頭匆忙查看各個泊位，想找到要隨夜間潮汐出航的任何船隻。

結果所有船上的人手都滿了，只剩捕鯨船阿庫什尼特號（Acushnet）。我的運氣好到了極點，因為它還缺少幾位船員。這種情況很少見，畢竟像費爾黑文、新貝福和附近南塔克特這樣以航海為業的城鎮，早就擁有太多體格健全的人選了。在一般情況下，我會猶豫該不該這麼做，但由於神父已經快追上來，所以我知道最好趕快離開。何況這艘船看起來也被照料得很好。

於是我迅速地跟那艘船簽約。在幫忙其他船員做最後準備、讓結實穩固的船出發時，我發現來自梵蒂岡的一行人趕到了碼頭上，他們拚了命想要找到並捉住我。一位神父看見我，開始對其他人大喊，讓我心驚膽戰了一下。他們衝下來時，我正在幫忙解開纜索讓阿庫什尼特號啟航。

阿庫什尼特號收起了錨，張開船帆，緩慢滑向海港寬闊的開口。我看著教廷的人馬氣喘吁吁，站在碼頭的末端咒罵我。總算勉強逃離了他們。我緊張地吁了口氣。

跟我同行的船員中，有位非比尋常的年輕人，他的命運也很奇特；而千鈞一髮逃離危險的我，沒想到又要面臨其他的危險：一場完全出乎意料的食人族冒險。

19

▼吉莉安

我對位於七十七街和公園大道上的醫院熟悉到了極點。那是城裡最好的醫院，它的紅磚正面已成為紐約地標超過一個世紀了。那家醫院是為了服務移民人口而在一八六〇年代建立，原本的名稱叫德國醫院（German Hospital）。那個名稱在一九一八年改為列諾克斯山醫院，我猜原因一定是第一次世界大戰所導致的反德情緒。

雖然醫院一百年來的外觀看起來差不多，但內部卻不斷歷經改造，一直維持最新又先進的樣貌。我知道那座醫院在其多采多姿的歷史中，出現過許多醫學突破及革命性的治療技術，急診室牆上還掛著一張溫斯頓·邱吉爾的黑白照片。他於一九三一年在公園大道上被一輛車撞到，就是送來列諾克斯山接受治療。

幾年前，我曾到這裡追過幾則新聞，不過第一次來這裡，是他們帶我媽進同一間急診室的那一晚。每次來到列諾克斯山我就會心神不寧。如今再次造訪依舊非常不安，不過新聞就在那裡，即使我還不知道要報導的是什麼。我跟克里斯·埃亨一起衝出《紀錄報》的辦公室，他是我們最棒的攝影記者。克里斯是個粗獷英俊的人，留長的黑髮在後方綁成馬尾。去年夏天，他跟我到火島去報導一件血腥的謀殺案時，曾經有幾次脫掉了上衣。我覺得他那麼做主要是因為我。雖然克里斯一直表現得很不經意，但顯然對他自己那雕像般的身材和六塊肌相當驕傲。那天他就稍微跟我調情了一下，還有另外一次也是，而在我們從狂風大作的公園大道趕進醫院時，他又試了一次。

「聽著，吉莉，我調查過了，」克里斯說：「我知道妳沒跟別人交往。根本沒人記得妳曾經交往過，所以我們為什麼不能約會？」

我專注在眼前要處理的事情上。「就因為你剛說的那樣。」

「噢。」他露出驚訝的表情，然後搖著頭。「哎，好吧。原來如此。」可是他不肯罷休。「嘿，如果妳是同性戀或什麼的，那很酷，只是——」

我心不在焉地比著手勢。「我……什麼都不是，好嗎？」我小心翼翼地從接待窗口看進去。創傷部門有兩個工作站，都沒人在。然而那觸發了一陣令我刺痛的記憶：醫療團隊就是在那一間急診室裡奔忙著，急救我昏迷的五十一歲母親。

當時二十歲的我，扭抓著紫色NYU運動服的下襬，極度焦慮地在附近徘徊，他們則是在裡面使用心臟電擊器。我看見媽媽的身體劇烈抽動。一次又一次。

「那個是妳的線人嗎？」

克里斯的聲音讓我眨了眨眼，回到現實。有位深褐色皮膚的護理師一邊走近，一邊謹慎張望。他朝我笑的時候，克里斯在我耳邊輕聲說：「天哪，他看起來有點怪。」我知道很多人可能都會有那種反應，因為那個護理師笑起來時，右半邊的臉看起來就像那種經典的喜劇面具，但左半邊臉卻像悲劇面具般下垂著。

「顏面神經麻痺。」我悄悄對克里斯說。那位護理師叫丹普西，以前曾私下跟我有過往來。他指了一道側門，用門禁卡打開，帶我們迅速進入一條無人的內部走廊。門一關上，他的右半邊臉就露出祕密般的笑容，另一側的臉則是毫無表情。「拿出來吧，吉莉。」

我舉起一張捲曲的百元鈔票，但在他伸手要拿的時候瞬間縮回來，然後說：「先讓我們看那個人。」加護病房在三樓，有十張床位。由於那個週末假期醫院幾乎沒安排手術，所以只有兩、三位傷患，其中包括我非常想見到的那一位。丹普西要克里斯把他的Nikon相機藏在短大衣底下，然後就帶我們上樓。我們穿越為重症傷患家人和朋友設置的小型等待區，接著進入加護病房。等待區裡只有一位神父，他在我們經過時抬起頭看，並且把正在打字的筆電闔上。我注意到他的眼睛異常濁白。接著他閉上眼，稍微低頭，皺著眉用食指和大拇指輕輕觸碰嘴唇。他似乎在專注而虔誠地靜禱。

▼聖賈克神父

我擺出沉思、禱告般的姿勢，好讓自己適當地融入環境，不引起他們的注意。這是我磨練出來的技巧，多年來已成功奏效過許多次。

由於那對年輕男女穿著戶外大衣，帶領他們的又是一位低階黑人護理師，所以我推測他們並非醫院的工作人員。他們顯得有些緊張，想必可能是某種闖入者。我仍然維持低頭姿勢，並稍微張開眼睛，看著他們穿戴上護理師提供的口罩和手術服，而那位護理師正如我所料想的，帶著他們前往三〇四號房。

▼吉莉安

那個男人處於昏迷狀態，打著點滴，插管供應著氧氣。他身上連著許多有線感應器。監控設備發出輕微的嗡嗡聲，心跳監測器以緩慢但規律的間隔輕聲嗶響著。我們進入病房時，血壓計的壓脈帶自動充了氣，獲得讀數後又發出了嘶嘶聲鬆開。我注意到病患的雙腿皆靠放在玻璃纖維石膏上，腿、手臂、胸部全部裸露，而且都大量塗抹著燒傷藥膏，也上了一層細薄的紗布，包括他的右半邊臉部。

我們一到床邊，我就把百元美鈔塞進丹普西手裡。他四下張望，確認沒人發現我們後，其中一側臉孔露出緊張的表情。「我得馬上弄回去，」他說：「所以快一點。」

克里斯準備好攝影機，然後點了點頭。我輕聲說：「好，來吧。」我往前傾的同時，丹普西掀起了紗布，表情因傷患的燒傷狀況而驚訝扭曲。我一看見傷患的臉也驚得整個人呆住，喃喃道：「這太……難以置信了。」我興奮地示意克里斯靠近一點。

「是啊，可憐的傢伙。」那男人的傷勢讓克里斯的表情變得緊繃。他按下幾次快門。

「不，我是指他看起來就跟我舊照片裡的那個人一模一樣！」我仔細看著男人的臉，完全入迷了。

「快照他啊，克里斯！快拍下照片！」

克里斯因為我的態度而露出不滿的眼神，但還是橫下心多拍了一些照片。我繼續凝視著男人，沒多久就聽見門邊隱約有一陣聲音。我發現那位神父正往裡頭看。他那雙像鬼魂的眼睛真的很可怕。我問：「你認識他嗎，神父？」

「不認識，」神父回答時有濃厚的法國口音：「我只是來禱告的。你們是他的家人或朋友嗎？」

我正要回答之前，在電視上的那位西班牙裔醫師從神父後方出現，神父則是迅速退開。醫師雖然穿著手術服，但還沒戴好口罩。他的眼神和語氣一樣冰冷。「有什麼事嗎？」

我發揮魅力，伸出手並適度壓低聲音：「費南德茲醫師，嗨。我叫吉莉安．蓋瑟瑞，是位調查記者——」

「不，」他唐突地打斷。「妳只是想趁機挖八卦的人。」

我輕笑著。「我想你把我誤認成——」

「我沒有，」他再次打斷我。「我之前看過妳在這裡追救護車。請離開這間病房，去醫院的新聞部。」

他揮手堅決要我們到走廊。

丹普西點點頭，為了保護自己而說：「我剛剛進來就是這樣告訴他們的，醫師。」

我決心要保持友好。「當然，我一定會去找新聞部的。不過這個人真是位英雄呢，我們想要幫你找出——」

「新聞部，一樓。」他說。我感覺彼此間的冰柱正在成形，醫師接著說：「妳還可以在屋頂找到幽浮。」

我對他的輕微嘲弄露出親切笑容。「好極了，謝謝你的幫忙。」不過在我們準備離開、他要去查看病患時，我語氣很酸地自言自語：「*Amigo*（注）。」

丹普西迅速躲起來，神父也悄悄離開了。克里斯跟我往電梯走去，我氣急敗壞地說：「真可惜這國

注　即西班牙語的「朋友」。

家連個像樣的醫師也沒有。」

克里斯裝出典禮主持人的語調：「各位先生女士，請再次歡迎連續第三年獲得政治不正確大獎的吉莉安．蓋瑟瑞小姐。」我露出假笑，但他還不肯罷休，拉住我停了下來。「妳真的應該少說一點那種話，吉莉。辦公室有些人真的——」

「好啦，好啦。」我知道他說得對，所以在他話還沒講完前就先打斷。「聽著，我要在這裡再待一下。你把那些照片拿給史蒂夫，放進明天的報紙。我們已經搶到獨家了，我想要好好利用這次機會。」

克里斯注視著我一會兒，然後面無表情地點了頭。「當然。」他走向電梯。我看著他離開，盡量不去思考他不認同我態度一事。為了避免被費南德茲發現，我決定先躲到女廁，而這時我看見一個身材高眺的八十歲女人走出另一座電梯。她剛從外頭的寒冷中進來，穿著一件很好的仿毛皮大衣，寬鬆的長褲搭配運動鞋。從她曬成棕褐色且歷經風霜的臉來看，我斷定她是個時髦的紐約人，散發出赫本式的優雅氣質，但她的表情似乎很緊繃，嘴唇正緊抿著。她輕快地走向加護病房，顯然很清楚自己要做什麼。

▼漢娜

我怕會離開太久，於是多給了瑪土撒拉一些食物，然後叫計程車從八十四街搭了一小段路到列諾克斯山。我對那家老醫院很熟悉，多年來曾經為他們執行過一些社區外展計畫。

為了向有需要的家庭提供諮詢，我曾到過重症區好幾次，所以幾乎快對那裡相當熟悉了。然而那晚我走出電梯時，感覺自己的脈搏就像吉恩．克魯帕（注1）在班尼．古德曼（注2）的樂團時，演奏那首

〈*Sing, Sing, Sing*〉中的高架鼓，咚咚咚地敲擊著。

我剛好注意到那位稍矮的年輕女子在我經過時看了過來。我望向走道兩側的加護病房，心臟彷彿緩緩上升到了喉嚨。即將抵達三〇四號房敞開的門口前，我停下了腳步，胸口彷彿突然充滿了二氧化碳，整個喘不過氣來，全身都在顫抖。我緊抓著門框穩住自己。

躺在面前那張床上的，就是威爾。我的威爾。

突然間，我在塞納河溺水了。接著就是水花濺起的聲音，而那個瘋狂的男人正在附近冰冷的水中滑稽地掙扎。哎，那個混帳打斷了我壯麗的自殺，真是讓我氣炸了。我蹚著水過去想要幫他時，他卻一直亂動。我記得自己在充滿泡沫的河水中對他大叫：「停下來！別再像個白痴了！」我用力拍他的頭，他才終於平靜了些，讓我抓住他的外套，拖著他到河邊。

接著我到了他那間可以俯瞰巴黎的閣樓。我們在火光中小口喝著拿破崙干邑，一起度過恩愛的第一夜。然後是我們在陽光照耀的杜樂麗花園一起笑著。

一想起那些往事，我蒼老的心就變得充實：他跟我共同在那場高山的暴風雪中滑著雪，將藥物帶給在魏斯坦嫩陷入危急的瑞士村民；跳下電車，一起害怕地跑過華沙的黑街暗巷，逃離一位荷蘭神父和其他來自梵蒂岡的同夥；在突尼西亞的小鎮為井水消毒之後，與他光著身子跳進地中海溫暖的水裡。

注1 Gene Krupa，美國爵士鼓手和作曲家，以精力充沛的風格和出色的演奏技巧聞名。他在〈*Sing, Sing, Sing*〉中的獨奏，將鼓手的角色從伴奏提升為樂隊中重要的獨奏聲。

注2 Benny Goodman，美國著名單簧管演奏家，被譽為「搖擺樂之王」。

在威爾身邊時，跟我平常那種胡鬧的生活太不一樣了。我也因此明白，自己是個自我中心、自私自利、只會跳舞享樂又有公主病的幼稚笨蛋。我的雙親是富有的波士頓人，社經地位非常高，而身為獨生女的我，眼睛根本長到了頭頂上。我被寵壞了，總是要什麼有什麼，直到一位年輕的巴黎學生拋棄了我。我感到震驚、丟臉、憤怒，而且怨恨到難以忍受。倘若不能照自己想要的方式生活，我寧願什麼都不要。因此我跳進了塞納河，噢，那真是太戲劇性了。

然後威爾出現了。他在許多方面都拯救了我，不僅帶我踏上少有人走的道路，也讓我看到了新的可能性，更讓我知道，我的靈魂能如何從中獲益成長。

站在加護病房門口時，我顫抖著並深長地嘆了一口氣，回憶起在蘇黎士的最後那一晚，我在傾盆大雨中抱他抱得有多緊。我站在那裡啜泣看著他的蒸汽火車開走，心臟痛苦地快要爆開。

▼吉莉安

那位老太太認識他，一定是。

就算從走廊上的位置看，也絕對不會看錯。我很高興自己的直覺要我跟蹤她。從她滿是皺紋的臉、身體語言，還有那隻放在門框上顫抖的手，我看得出她充滿了情緒。不管那男人有什麼神祕的故事，我知道這位身材高眺、頭髮雪白的女士都曾經參與過。

她猶豫地進入房間，於是我稍微調整位置，看見她緩緩靠近他的床，伸手用指尖小心地觸碰男人的肩膀。

接著，我看到一位夜班護理師上前查看，她是個波多黎各裔的肥胖女人，從門口輕聲說：「女士？不好意思。」老女士的目光仍然停留在受傷男人的身上。護理師走進門口停下，於是我在走廊上靠近傾聽。「女士，」護理師接著說：「妳必須穿戴口罩和手術服才能進來這裡。」

老女人點點頭，往後退開。「沒關係的，」她語氣友善地輕聲說：「我不會留下來。」我注意到她的波士頓口音。

「妳認識他嗎？」護理師問：「你們是家人？」

女人的目光從未離開那個昏迷的人。她的眼中閃爍著一滴淚水，而我覺得那是出自於開心。

「不，他沒有親人。」女人嘆息著說：「不過他是個老朋友，很親近的朋友。」

護理師從她大胸部的口袋拿出一支原子筆，在伸手拿出他的病歷表時，問了最重要的問題：「他叫什麼名字？」

我把頭靠近，準備好小型錄音機。老女人深吸一口氣，正要回答時又停住，似乎在考量該不該說。最後她說：「我想妳可以稱呼他WJ。」

護理師好奇地抬起頭。「WJ？那是姓名縮寫還是什麼？」

女士停頓了好一段時間，護理師跟我都在期待她的答案。髮色像棉花糖一樣白的女士輕輕搖頭，說：「我不知道。」

才怪，我心想，妳一定知道。

「任何資訊都會有幫助的。」護理師用鼓勵的語氣說。

那當然。我自己也熱切地點著頭。拜託，女士，給我點什麼吧。

「抱歉，」老女人說：「可是我真的不知道。」

她在說謊，而我看得出護理師也知道，但她不願意逼迫對方。這就是護理師跟記者的差別。不過這個老女人為什麼要說謊，她在掩飾什麼？我變得很焦慮，比之前更加好奇了。

「妳有他的住址嗎？」護理師問。

「我沒有，很抱歉。」

這聽起來倒是實話。

波多黎各人問：「可以告訴我，妳是怎麼認識他的嗎？」

「那是好久以前的事了，親愛的。」她親切地說：「但跟這件事無關，相信我。」

護理師深吸一口氣想繼續追問，可是老女士把一隻皺巴巴的手放在波多黎各人的粗手臂上，溫和地阻止了她。

「請寫下我的電話號碼。」她把號碼告訴護理師。我聽到後，立刻壓低聲音對著錄音機錄下。接著她說：「我是漢娜．克萊兒。等他從昏迷中醒過來，請妳打給我，我會感激不盡的。」

大塊頭護理師輕點了頭，帶有一種悲傷的感覺。「恐怕不太可能了，女士。醫師說他的傷勢非常嚴重，所以……」

漢娜．克萊兒輕拍護理師的手臂。我注意到她的藍色眼眸奇異地閃爍著，還露出某種不為人知的笑容。「請寫下來吧，」克萊兒女士客氣地要求。「以防萬一。」她確認護理師抄對了號碼，然後和藹地輕輕點頭。「謝謝妳，親愛的。」

她緩緩地從困惑的護理師身旁經過，離開了門口。我看見她乾瘦的臉上還掛著那種只有她自己懂的笑容，接著我走向她，輕聲說：「不好意思，克萊兒女士？」

「怎麼了？」她放慢速度，於是我輕微發動攻勢。

「我是調查記者吉莉安・蓋瑟瑞。」

女士盯著我的眼睛看。我沒見過這麼驚人的水晶藍色眼珠。然而那雙眼睛也散發著善於處世的智慧與謹慎，所以我小心地繼續說：「可以告訴我妳認識他多久了嗎？或許還有你們認識的地方或——」

「我很想幫忙妳，蓋瑟瑞小姐。」她說。她的鼻子隨即皺了一下，彷彿在向我吐露祕密。「不過他真的很注重隱私呢。」

「這點我當然明白，夫人。」我稍微改變方式。「可是他做的事實在太英勇了，他的英雄事蹟真的應該受到表揚。」接著我想到一件事，說不定能夠刺激她。「尤其是他可能快死了。」

女人的藍眼睛瞬間望向我。中計了吧，我心想，而且覺得她就快要透露重要的資訊了。不過漢娜・克萊兒的目光立刻移開，集中在我後方的某人身上。她的表情轉為冷酷。我連忙轉頭，看見那位眼睛濁白的神父又出現在走廊上，正在跟一名警衛說話。

「我非常抱歉，蓋瑟瑞小姐。」漢娜・克萊兒說。我一回過頭來就發現她變得渾身緊繃，而且也更加防備。她搖搖頭。「恕我告辭。」

門都沒有，老媽。尤其是我找到線索的時候。「克萊兒女士，等一下。」

可是她已經往電梯移動了。我看見她向神父點頭，但不清楚她是認識他，或者只是對神職人員表示禮貌。

▼漢娜

我很驚訝看到聖賈克已經在那裡，也同時開始擔心，儘管看起來只有他一個人代表教會出現。不過，我注意到一位紐約市警局的警員就在電梯附近的走廊上，他正坐著邊喝咖啡邊看報紙。也許沒有立即的威脅。我按下電梯鈕。

那位年輕記者緊跟著我。「克萊兒女士，拜託了，」她那懇求的語求似乎是真心的：「我只是想要幫他，找出有誰可以——」

「妳真好心，親愛的。」我決定要保持耐心和親切。「可是看來沒人能夠幫他。」我觸碰她年輕的手，同時注視著她。「相信我。」幸好電梯門打開了，於是我立刻走進去。

▼吉莉安

她踏進電梯時，我急忙使出最後一招，那是《國家紀錄報》的手法：「我能為妳最喜歡的慈善機構安排豐厚的報酬或捐款，只要妳——」

漢娜．克萊兒輕搖著白髮蒼蒼的頭，藍眸露出笑意向我致歉。「很抱歉，親愛的。」

電梯門關上了。可惡。我立刻掀開手機蓋，按下快速撥號。《紀錄報》的姬可接了電話，我說要找史蒂夫。雖然姬可蓋住了話筒，但還是沒完全遮好，所以我聽見她大喊：「嘿，史蒂夫？冰公主在第三線。」

我以前就聽過類似的稱呼了。我知道自己在辦公室不是最受歡迎的人，客氣的人會說我冷漠，比較直接一點的則會用難搞甚至是刻薄。大多數時間裡，這種情況並不會令我困擾。我把那當成是小心眼的嫉妒，因為我把工作做得很好，比他們大部分的人更好。雖然可能有點蠻橫或執著，但我認為自己是專注在專業上。再說，我也下定了決心，不多花自己的生命跟那群人相處。

史蒂夫則不一樣。他總是能夠配合我，可以跟我互補。從大學到現在，我們合作無間地處理了許多報導，而他一定也跟我一樣，對目前這個謎團很感興趣。

分機一接通，我就聽見他著急的語氣。「怎麼樣？妳看到他以後覺得如何？」

「你現在坐著嗎？」

「不會吧！」我聽得出他很興奮。「怎麼可能！妳確定是他嗎?!」

「是啊。」

「哇——靠！他是誰？叫什麼名字？」

「都還在查。」

「他醒了嗎？」

「沒，而且預計恐怕活不了。」我回頭望向那個奇怪男人的病房，反覆思考著漢娜．克萊兒自信的表情。「但我不是很確定，這整件事真的不太對勁。」

「畢竟有人超過一個世紀看起來都沒變啊。」史蒂夫嘲諷地輕笑著。「妳怎麼可以那麼說呢。」

「而且我找到了一條線索。」

「來吧。」史蒂夫說。我聽見他翻動紙張要做筆記。我四下張望，發現等待室裡坐在椅子上的那位法國神父，正試著讓自己看起來不感興趣，但我感覺得到他是想要偷聽。

我轉過身，壓低聲音對電話說：「好，聽著：克里斯正帶著那個人的獨家照片回去。」

「好極了，吉莉。真棒！」我知道他跟我一樣露出了驕傲的笑容。「我會盡量把照片弄進明天的版面。」

「不能只是盡量，史蒂夫。」我邊說邊踱步。「給葛瑞迪一些他愛喝的那種爛酒，叫他就算要阻止印刷也在所不惜，一定要出版。」

「嗯，好的。還有別的嗎？」

「調查一件事：漢娜．克萊兒。」

「她是誰？她有什麼關聯？」

「那就是你要查出來的。我沒有地址，可是有她在曼哈頓的電話號碼。」我播放錄音機，把號碼複述給史蒂夫。

「收到，」他回答：「漢娜．克萊兒。可以替我描述一下嗎？」

「八十歲出頭，可是身形保養得很好也很有活力；大約五呎九吋，白髮，有著非常特別的藍色眼睛；波士頓口音，打扮像凱瑟琳．赫本那樣休閒時髦。腳上是Reebok舊運動鞋，但身上有一件很好的薩克斯百貨仿毛皮大衣。」

「她還在那裡嗎？」

「不在了，她是在我們抵達之後來的，剛剛才離開，不過她說她會再回來。還有史蒂夫，你真應該看看她注視那男人時臉上的表情。她就像是見到鬼了。」

史蒂夫的聲音高了八度。「哎呀……也許她真的是啊，想想我們的那些舊照片。」

我思索了一下。我們在甘地、泰迪·羅斯福、格蘭特將軍照片中看見的那個男人，現在就躺在醫病的病房裡，距離我只有幾呎。我很確定。

「我們一定要查清楚漢娜·克萊兒的來歷，史蒂夫。我不知道她是誰，但她一定知道他是誰。」

20

▼威爾

我浮盪在波浪般的黑暗裡，這種情況以前就很常發生。不久，我才意識到自己正往外看著巴澤茲灣漆黑又冰冷刺骨的水面，而我們的捕鯨船阿庫什尼特號就身處其中，乘著退潮的強烈水流，從麻薩諸塞州費爾黑文航向西南方。那是一八四一年的除夕夜，我才剛勉強逃離梵蒂岡的追捕者。

陰沉的天空底下看不見月亮或星星，唯一能讓舵手參考航向的，是位於左舷的卡蒂杭克燈塔。只要船一經過燈塔穩定掃動的光束，我們就會進入風強浪急的廣闊大西洋，航向無法穿透的黑暗。

由於我每隔三天就必須移動位置，也被迫不能在三個世紀內再次造訪同一地點，所以提供了無數經緯度組合的海洋讓我能得以短暫棲息，躲避教廷當局沒完沒了的追捕，同時也追尋自己的目標：以某種方式改變我那超現實又超自然的存在方式。但那晚我一直很不高興，因為自己被迫逃離麻薩諸塞州，沒辦法再跟華爾多·愛默生與瑪格麗特·富勒進一步合作。

我拉緊羊毛被裹住頭抵擋寒意。我抽到了第一班守夜，同伴是個二十一歲的紐約小伙子，戴著一頂海狸皮毛帽。一百年後，我看見演員蒙哥馬利·克里夫特的一張照片時，很訝異他跟我那位同船的年輕水手有多麼相像：精緻、英俊的五官，眼神有時像是在探尋，有時憂愁，有時又帶詩意般的困擾神情。

這位缺乏經驗的船員似乎有種喜好沉思的個性，對如此年輕的人來說並不常見，而他也展現了很有深度的智識與能力。這位年輕人在跟我說話時，也會隨意提起席勒（注1）和歌德。

我心想，要是這位老弟知道我曾分別跟那兩位詩人共處一室，不知會有多驚訝。

小伙子告訴我，他因為父親突然過世而陷入貧窮，自己的信念也變得一團亂。他現在想要擴展經歷，試圖理解神對他的安排。他提出那些永恆的問題：什麼是宇宙的真理？上帝、邪惡、人的目標，這些的本質為何？人類最應該熱切追求的是什麼？知識？智慧？救贖？那些是能夠理解或取得的嗎？

我很認同他的目標，那跟我數世紀以來追尋的東西很相似。

年輕人陷入沉思靜默，而為了給他一點獨處空間，我往前走上傾斜且結凍的甲板，注意到周圍有一陣隱約的藍色閃光。我透過結霜的索具往上看，發現主桅頂端有一道細窄呈藍色的聖艾爾摩之火（注2）。船身不斷搖擺，讓那道像鬼魂般發光的畫筆，在陰暗多雲的天空下畫出橢圓形狀，而非圓形。我第一次注意到那種現象，是一千八百年前在一艘羅馬雙層槳帆船上，當時我很好奇自然界裡是否有真正的圓形。

我向外凝視著波瀾起伏的黑暗水面。船正好航行經過卡蒂杭克島，島上燈塔的光束規律地掃過我的

注1 弗里德里希．席勒（Friedrich Schiller），十八世紀著名詩人、哲學家、歷史學家和劇作家，德國啟蒙文學的代表人物之一。

注2 Saint Elmo's fire，一種航海時常被船員觀察到的自然現象，經常發生於雷雨中，在船隻桅杆頂端之類的尖狀物上，產生如火焰般的藍白色閃光。

眼睛。燈塔的光束……

「你昨天提到了燈塔的光束，威爾漢？」

迴響的聲音將我的思緒帶到完全不同的時空：一九〇四年在瑞士伯恩的某個下午。我跟一位德國大學生沿著狹窄半島的陡峭懸崖步行，半島上擠塞著數世紀前就已建立的那座瑞士小城。湍急的阿勒河緊緊圍繞住伯恩，彷彿將其擁進臂彎。

在高山頂峰的包圍下，那位德國人和我在傍晚的夕陽中走向卡西諾廣場。拱廊街道看起來跟我在中世紀走過的差不多，只是身邊的人們都跟我一樣，穿著符合一九〇四年流行的服裝款式。

我原本在跟德國學生對話，卻被前方廣場上一尊惡夢般的古老雕像分心了。那是一個掙扎著的嬰兒，正被體型龐大的可怕男人狼吞虎嚥。當地的伯恩人會笑著解釋那尊叫食童噴泉（Ogre Fountain）的雕像，只是在刻劃一個童話故事或某個古老的狂歡場景。但我知道真相。

一五四五年，我記得自己站在同一座廣場的人群中，看見那位黑眸的時髦年輕人跟其他人一起幫忙豎立起那尊怪異的雕像。雕像被漆成鮮黃色，代表當時遍及中世紀歐洲的恐怖迷信：猶太人會在祕密儀式中生吃嬰兒。

在一九〇四年跟我一起步行的那位年輕德國學生，就是猶太人。我好奇他是否知道那尊雕像的醜陋起源。兩天前，我們在溫根咖啡廳那個小地方認識，當時他正和學院的朋友們熱切辯論著。那些年輕人都在攻讀數學或物理學的博士研究，非常享受彼此間激烈的哲學思辯。那一年，我已累積相當淵博的知識，但腦力還是遠遠跟不上他們在理論方面的一些想像。不過，當他們一發現我也感興趣，便立刻邀請我加入他們並提出想法。

「威爾漢？你有聽到我說話嗎？」走在我身邊的德國學生疑惑地看著我。年輕人的臉圓潤飽滿，反應了他經常久坐不動的生活方式，無論是熱情地研究理論物理時，或是白天在瑞士專利局做那份枯燥乏味又繁文縟節的工作皆如此。由於他的頭髮往上往後梳，所以顯得額頭很高，彷彿有風不斷迎面吹來。他的眼神很親切，眼角稍微下垂，看起來有種悲傷感，跟他開朗、好奇的本性並不相符。

我搖搖頭不去想那尊醜雕像的事。「真的非常抱歉。」我用德語道歉。「你剛才說了什麼？」

「昨天我們在討論你提起一五〇〇年代的那個人，叫布魯諾對嗎？」

「是的，喬爾丹諾．布魯諾（Giordano Bruno）。」

博士生驚奇地搖著頭，陷入了沉思。「五百年前布魯諾就已經考慮到空間、時間和運動全都是相對的？」

我點頭確認，補充說：「沒錯，而且同樣的運動在不同地方看起來會不一樣。不過，正如你和你朋友現在的假設，布魯諾確信整個自然界都是由永恆的定律所主宰。他認為了解那種終極一致性的祕密，正是所有科學與哲學的目標。」

「是啊，」德國人露出悲傷的笑容。「他想要的跟我們一樣，僅僅想要知道上帝的想法。」

「對。」他的輕描淡寫讓我覺得很有趣，尤其是碰上像我這種超自然詛咒的遭遇後。「僅僅是那樣。」

「布魯諾真的認為，就連時間也是相對的？」

「是的。」

德國人從他又皺又醜的格紋西裝外套拿出菸斗點燃。「這又讓我想到了你說的燈塔光束。」

「嗯，怎麼樣？」

「看我這樣理解正不正確，」德國人跟我一起走在鋪著鵝卵石的街道上，邊說邊若有所思地抽起菸斗。「你說之前你很好奇，要是人真的可以搭上一道光束，以那種快到不可思議的速度刺穿黑暗，會是什麼情況？」

「是的。」我點頭，這個概念讓我著迷很久了。「你認為會怎麼樣？我們會看見什麼？」

「嗯哼。」研究生仔細思考，嘴唇噘成一種奇怪的笑容，眉頭也往下皺著。「我從來沒想過那種事。」接著用那雙悲傷、熱切又狡猾的眼睛看著我。「而你的結論是……」

我笑起來。「要是我知道那種事，大概就有你和你朋友萬分之一的聰明了。」

德國人笑了，不過我看得出他那如特技演員般的腦袋，已完全準備好大展身手處理這道難題了。我們往前走的時候，研究生的目光聚焦在前方似乎無限遙遠的距離。我猜，他正想像自己位於蒼穹的深處，跨坐在一道理論的光束前緣。

另外幾道燈塔的光束掃過我昏迷的思緒。接著，其中一道將我完全拉向一七五九年初某天破曉前的一個小時。我人位於普利茅斯西南方十四哩處的英吉利海峽，光束反射在上方朦朧的海霧中，照亮矗立著新建燈塔的岩岸。埃迪斯通燈塔提醒了這裡有一處危險的暗礁。

當時我為了賺取食物和幾塊錢，而協助運送補給品給新燈塔的設計者約翰·斯密頓，他是個很有才華的物理學家兼橋梁建築師，還為自己取了土木工程師（civil engineer）這種奇怪的頭銜。他設計出一種建造燈塔的創新方式，讓燈塔不會像以前被吹垮。我目睹斯密頓以一種巧妙的方法將巨大的石材連接起來，使建築產生了新的特性：彈性，這讓燈塔可以在強風中稍微彎曲。

我很欣賞斯密頓摒棄了假髮和優越感，那些是上層階級的英國人典型特質。他穿著舊損的長大衣和耐用的靴子，看起來就像我們這些正在為他那座七十二呎高的燈塔做最後修整的勞工。斯密頓幫忙從船上卸貨後，就要我幫他一起搬一包石灰到附近的工作小屋，而他正在那裡進行另一種實驗。我看見其他打開的袋子裡裝著磨碎的砂石，另外還有三具粗糙的小木箱，裡面是斯密頓製作的不同水泥樣本。這位英國人用手刮過水泥帶砂礫且易碎的表面，不滿意地嘆了口氣。「那些混帳到底是怎麼做的，威廉？」

我本來轉身正要離開，這時停了下來回頭看他。「不好意思，閣下？」

「就是該死的羅馬人啊。我讀過他們發明了一種很久以前就已失傳的方法，可以讓水泥乾得很快，甚至可以在水底下使用！」他沮喪地搖頭。「想像一下我可以利用那來做什麼。可惡的黑暗時代！」他一邊打開表面粗糙的水泥袋，一邊對我說話，彷彿我們是老同事。「我知道我用的基本材料跟羅馬人一樣，威廉，可是……」他又憤怒地哼了一聲，挫敗地搖著頭。

我把手指伸進沙裡，回想起受到詛咒之前的正常生活，那段在奧古斯丁時期雄偉繁忙的羅馬城中心所度過的年輕生活。我記得那處充滿活力又熱鬧的工地，最後將矗立起萬神殿（Pantheon）。馬車上堆積著大量的石灰、灰燼和黑沙。那座混凝土建築就在許多爐子的煙霧中被建造出來。爐子。

「我想……」我停頓了一下，隱約回想著。「我想他們煮了石灰，閣下。」斯密頓突然抬起頭看向我，而我的記憶也變得清晰，繼續說：「而且他們不是使用這種普通的砂子，是特別從波佐利取得的，來自火山。」

斯密頓的臉突然被掃動的燈塔光束照得通亮。

▼吉莉安

我看得出法蘭絲．諾頓是位老派的護理師，而我也很欣賞這一點。這個灰髮的瘦小女人對我有好感。過去三十一年，法蘭絲在列諾克斯山輪值的漫長夜班期間，偶爾會翻看別人丟掉的《國家紀錄報》。最近她才讀過我的一篇文章。她要跟我見面時似乎既害羞又開心，而我鼓勵她多說話，希望藉此多了解那位昏迷的對象。

法蘭絲說她能接受採用那些新技術，包括可以將加護病房每位傷患的即時資料，直接傳送到中央護理站電腦螢幕的遠端監控設備。不過法蘭絲還是偏好人與人的相處。我喜歡她。

在那漫長的第一夜裡，我有時打盹，有時警醒，而且很納悶那位眼睛濁白的神父竟然跟我同樣一直待著。法蘭絲每小時都會親自去看她的三位病患，老護理師特別關心三〇四號房的英雄，而大約凌晨三點時，她從安靜昏暗的走廊上經過在長沙發上打瞌睡的我。神父也在椅子上睡著了。我從沙發上看著法蘭絲進入三〇四號房，於是上前想看清楚一點。

男人周圍的設備發出輕微風扇聲。法蘭絲查看了所有螢幕和他的點滴，接著將一隻手輕放在他受傷的肩膀上，低聲說：「你聽得見我嗎？」

21

▼威爾

「你聽得見我嗎？」有陣聲音輕輕地說，而潛意識從黑暗中浮現，讓我在一百五十年前的某個晚上醒來。

我張開惺忪的雙眼，從鯨蠟燈昏暗的照明中，看見那位來自紐約的年輕船員。他走進阿庫什尼特號的前甲板水手艙，就站在我的吊床邊，而周圍那些未值班的水手們，全都在各自的吊床或內部船身一排排的鋪位上打著鼾。他的臉非常靠近我。在海上艱辛勞動的九個月裡，年輕人的兩鬢開始留起了鬍子，但臉龐仍散發著青春的氣息。我對他咕噥地說：「赫爾曼？怎麼了，怎麼回事？」

「我來向你道別，」他低聲說：「我要棄船了。」

那讓我突然清醒過來。「等等，等一下，什麼？不行！」我激動但輕聲地說：「天哪，我們可是在馬克薩斯群島，到處都有食人族啊！」

「對，但更可怕的是這艘受到詛咒的船，還有船長惡劣的虐待。我沒辦法像塞內卡和他那些斯多噶學派的人一樣，只是袖手旁觀，並且忍受船長的瘋狂。」他緊抓著我的手臂，用年輕人充滿戲劇性的口吻說：「再會了。」接著就以誇張的動作轉身離開船艙。

我發牢騷說：「噢，這傢伙。」緊接著便憤怒地扭動身體，翻身離開吊床。

他說的是事實，每一位船員都曾目睹或遭受過我們那位獨臂船長的虐待。船長確實精神不穩定，而且似乎常讓船往未知的方向航去，特別想要尋找一隻身上有疤的鯨魚，因為那隻鯨魚奪走了他的手臂。即使如此，我們還是捕到了很多其他的鯨魚，而且待在船上比去未開化的馬克薩斯群島安全多了。我很清楚那個衝動的男孩不應該獨自前往，因為他很快就會變得像熱鍋上的螞蟻，這可是指字面上的意思。六個月前我曾救過赫爾曼一命，當時他被一道巨浪撞到了洶湧的海上。從那時起，我就有種自己要照顧好他的責任。

於是在黎明前的黑暗中，我迅速擠過小艙口、攔住年輕人，急著想要勸阻還試圖打昏他。可是男孩掙脫了，他決心不顧一切地冒險一試。他到了甲板邊緣，一格格爬下長長的繩梯到小艇上，那艘小艇通常都拖在船後方，以防有人不小心落水時使用。雖然我很惱怒，但也沒有選擇的餘地，只能趕緊跟著他。

在那個多霧的夜晚，我們的船下錨停泊於少數有遮蔽的其中一座小海灣，周圍則是形成馬克薩斯島鏈的尖銳火山峰群。鋸齒狀的山脈就這樣從海底直接升到上方四千呎的高空。我們兩個划著小艇，在法圖伊瓦島的背風面離開海灣，然後繞過島往東北方而去。

清晨四點左右，我們接近未開化的海岸，選了一處有黑色火山沙的海灘停靠，那裡有條從陡峭山谷中流出的小溪。我們把船藏在濃密的枝葉中，然後躲起來度過剩下的夜晚時間。

天剛亮時，我被興高采烈在溪裡洗澡的赫爾曼吵醒。我看得出那個男孩愉快到了極點，就像水手站在最高的桅杆頂端時，突然感到生氣勃勃。這位年輕人以為自己逃向了自由，整個人意氣風發，也充滿了前所未有的男子氣概。就在那時，我安靜地示意赫爾曼，要他非常緩慢地回頭看看後方。

他的背後有位玻里尼西亞男性，幾乎全裸，皮膚曬成古銅色，看起來就像是古老神祇。那個人和幾位同胞的目光，跟正在升起的太陽日光一樣往下射向我們。他寬大的肩膀上掛著一條浮誇的鯊魚牙齒項鍊，類似的臂環也圍繞在那結實的二頭肌上。「整體而言，」我低聲向赫爾曼說：「我覺得他是個長相很好看的食人族。」

那男人身上畫了最多條紋和戰妝，很明顯就是酋長或首領。其他人站在旁邊，拿著有羽飾的長矛對準我們。他們的頭皮半邊全都留著烏黑及肩的直髮，另外半邊則是完全剃光。他們的外表會讓白人打從心底畏懼不安。

我做出手勢表達和平的意圖，然後說出當地土著了解的語言，這讓酋長與赫爾曼都很驚訝。我在一五〇〇年代曾與航海家曼達那一起旅行經過大洋洲，兩個世紀後又跟庫克船長來過，所以學會了夠多的玻里尼西亞方言，好在緊急情況時派上用場，而現在看起來正是時候。

酋長看了我一下，然後咧嘴笑開，露出像珍珠般的漂亮白齒。他如帝王般稍微比了個手勢，示意手下收回武器，而其中包括幾把歐洲人使用的刀劍。我不安地想著原本持有人後來的下場。酋長的舉止非常文明，對我們兩個造訪者很有禮貌，並揮手要我們跟著他們。

為了防止我們改變主意想要離開隊伍，幾位土著跟在我們後方，而赫爾曼跟我就這樣穿越扶疏蒼翠的叢林，跟著他們往上游走了半哩。叢林很濃密，有長得跟高牆般高的白色與粉紅色夾竹桃，以及其他顏色多到眼花撩亂的花朵；黃蘭花強烈的香甜氣味瀰漫於空氣中。周圍的雨林和上方的綠色樹冠生氣蓬勃，有上百萬隻昆蟲的嗡嗡聲，伴隨著成千上百隻鳥類的叫聲：皇鳩的咕咕叫、大鵰鴞如幽靈般的呼呼聲。而八哥的聲音令人不安，牠們那像是人類的叫聲聽起來讓我很不舒服，彷彿在警告著什麼。

土著的村莊在一小片空地上，小屋圍著中心的火坑形成一個圓圈。我看見赫爾曼對許多裸露著胸部的女人做出反應，她們穿著色彩鮮明的布條，烏黑的頭髮上別著花朵。

玻里尼西亞人的影像浮盪腦中，讓我短暫回憶起在保羅．高更充滿活力的臉上出現的著迷表情，那是在多年後的法國南部，我告訴他當地的女人都穿得五顏六色。他很感興趣，打算某天冒險到那裡去畫下她們的樣貌。

女人們正在處理鐵叉上烤著的肉塊，同時村莊的人們分享食物、盛情款待我們，不過我很謹慎只吃菜類。我一邊維持友好的態度，一邊分析營地布局以尋找逃生的可能，結果沒找到。赫爾曼吃得很痛快，還從味道推測出那應該是野豬肉。我告訴他那其實叫「長豬（long pig）」，並悄悄指向附近一個料理鍋。赫爾曼看了過去，發現頂部短暫冒出了一顆人類的頭骨。

年輕人立刻丟下手裡的食物，整個人猛地站起來往後退，而他背後有兩個面帶微笑的土著，從容地拿著長矛對準他。旁邊有個玻里尼西亞人伸手過去，輕輕捏了赫爾曼的腿一下，就像故事《糖果屋》裡的女巫在檢查小兄妹長胖了沒。我猜得沒錯，我們這兩位早餐賓客很快就會出現在晚餐的菜單上了。

不過我早有準備，故作莊重地舉起雙手，吸引土著的注意，接著編了些咒語動作，再將一把火藥丟進火裡。

那場小爆炸讓他們都嚇了一跳：我展示出「白人的魔法」。不過土著的驚訝只持續了片刻，隨即就盡情大笑起來。酋長拿出一個西班牙人的小號角，在自己古銅色的手上倒了一點火藥，然後丟進火裡，也產生了類似的火光。接著他又笑起來，用明亮且帶有威脅的目光看著我。

我明白他要傳達的訊息。「白人的魔法」有什麼了不起。

我發現唯有做出更令人佩服的事，才可能讓我們免於一死。我站起來，慎重地面對酋長，並搭配許多手勢告訴對方，如果他答應在三次太陽升起前不把我們宰來吃掉，我就會讓他和他的人民見識「最偉大的魔法」。而我確信，到時酋長跟他的手下就會讓我們毫髮無傷地離開。

酋長仔細打量我，最後點了點頭。我伸出手，酋長也跟我握手表示一言為定。我高舉起我們互握的手，大聲告訴所有人，他們的酋長已經立下鄭重的誓言，協議達成了。

接著我開始了驚人的演出。

那些野蠻人震驚到了極點，年輕的赫爾曼更是如此。

經過痛苦難忍的三天後，野蠻人一致通過讓我成為他們的新酋長。

赫爾曼和我得到了一場光榮的送行，搭乘他們最氣派、最高貴的邊架艇獨木舟離開島上。他們還完整提供了一面船帆及四人小組，負責帶我們到任何想去的地方，同時將他們所目睹的絕妙奇觀告訴其他島上的人。之前的那位酋長已經變成自助早餐了。

對於我的「偉大魔法」，赫爾曼比土著更加感到驚奇不已。在那極度痛苦、神智不清又失去行動能力的三天期間，他從我漫長又非比尋常的過去裡問出了許多事，並決定寫一本關於我的書。不過我勸阻了這件事，反而建議赫爾曼記下他遇到玻里尼西亞人的經驗，或者也可以去寫他常提起的小說，主題是我們在捕鯨船阿什庫尼特號上的苦日子，以及那位暴躁、痴迷於鯨魚的獨臂船長。那一定有非常多可以著墨的戲劇性事件和哲學觀。

我從努庫希瓦島獨自出航前往西方的印尼和日本時，年輕的赫爾曼留下來並祝福我一路平安，而他也明白我必須離開。

赫爾曼之後真的寫了關於玻里尼西亞人的書，而那些書的封面從我思緒中飄過。那些書一出版就頗受好評，遺憾的是，他描寫船長執迷於追尋奇怪鯨魚的書並不賣座，至少他在世時是如此。

下次與赫爾曼偶遇是在一八八二年，他的面容在操勞了四十年後變得十分蒼老。當時他正在匹茲堡演講，留了一臉長鬍子，不過看起來還是像年輕時那樣蓬亂。他說自己還是寫了關於我的書，書名叫《十字島》（*The Isle of the Cross*），但被哈潑出版社拒絕了。因為這本書如果是虛構，內容就會太過奇異；如果是真實的，就會被認為過於異端，而且太過嚇人。哈潑出版社虛偽地表示，他們會拒絕的原因在於，這只是關於一個南塔克特女人的無聊通俗劇。

在那之後，原稿就神祕地消失了。它跟其他太多重要的作品一樣佚失。許多遺失的書頁在我迂迴的記憶前方飄動，而我的思緒緩緩回到八世紀在卡西諾山修道院晚禱結束後，那個下雨的夜晚。當時我拿到了一件「被消失」的珍貴手稿，就是依斯加略的猶大（*Judas Iscariot*）（注1）所撰寫的福音。讀過希臘文的原稿後，我明白為何羅馬天主教會要刻意讓這份令人大開眼界的作品消失。因為其中敘述的簡明真相，跟教會精心培養、增長的威權完全矛盾，跟教會越來越富麗堂皇的誇張演出大相逕庭，而教會也強調要信賴神職階級組織，並毫不質疑地服從。用他們的陳腔濫調來換句話說：除非先辛苦通過貪婪、渴望權力的神父大軍這一關，否則沒有人能夠到達天父身邊。

在卡西諾山發現原稿時，我明白了這份作品對世上具有難以估量的價值，尤其是對於拿撒勒（Nazareth）好人（注2）的記憶，因為猶大忠實寫下了其生平與教義。那天晚上，我小心翼翼將珍貴的手抄本帶在身上，把它藏在聖本篤會修士袍底下，偷偷帶出了修道院。

不過由於命運、悖理的惡魔或某種黑暗力量作祟，在迷信的村民將我丟進丹麥的那片沼澤時，手稿也跟著沉入深處。雖然後來的漲潮緩緩將我帶回沼澤表面，可是猶大想要公開的真相卻消失了。西元三世紀，諾斯底教派的學者創作了他們自己的〈猶大福音〉，但內容並不相同。其他好多重要的書籍都消失在歷史的泥沼中，尤其是跟宗教準則有衝突的作品。而完完全全由猶大本人所寫的原版福音書，就這樣永遠佚失了。

儘管仍然浮懸於昏迷的黑暗中，我還是在內心微笑起來。因為我想起了一本小冊子，那本來也很可能會消失，但我卻幫忙拯救了它。

注1 即耶穌十二門徒之一的猶大。

注2 指耶穌基督。

22

▼聖賈克神父

在黎明前夜晚最安靜的時刻，我再次檢查傷患，見他仍然深陷昏迷。我很仔細地每隔兩小時就確認狀況，先前有一次，我注意到那位記者在沙發上醒來後盯著我看，於是我假裝禱告，在胸前比劃了十字，假裝為受傷的男人祈福。這一次，雖然記者沒動，但我還是移動到走廊的另一端避開她，使用加密的手機撥打電話。

我聯絡上總教區的一位年輕神父，那是他們特別安排要等我電話的人。我回報傷患的情況依舊不變，並且等他一醒來就要立刻向樞機主教馬洛伊通報情況，同時也會持續監視。

接著我重新確認了總教區安排的應變計畫。紐約市警察局向我保證，他們會隨時準備好採取行動，但我對警方有點隨便的態度不太高興。由於醫師完全確信那個男人會傷勢過重而死，所以警方只派了一人駐守在加護病房樓層，而且年紀還很大。不過警方說，要是傷患真的活了下來，只要我一通知，他們就會立刻拘留對方。

打完電話後我很高興，也承認自己有些自滿，不過那常出毛病的胃部又開始有輕微的緊繃感了。我再次望向三〇四號房，著迷地看著那個身上插滿管線的男人，很好奇關於那些令人驚奇又恐懼的傳說，到底有多少為真。我思索著這將對全世界，以及自己的生涯代表了何種意義，還有這個奇怪的人能為教會帶來多少意外的收穫。然而，我也很清楚此人同樣象徵著極為有害、具腐蝕性的危險。我往後退時，不小心碰撞到擺放手術服和口罩的架子，發出了一陣響聲，但那個傷患似乎依舊毫無反應。

▼威爾

在朦朧如夢的狀態中，反覆無常的思緒正緩慢圍繞著拯救那本小冊子的記憶，就在此時我聽見了碰撞聲。聲音顯然來自一九三一年，位於芝加哥那間非法酒吧的廚房後門外小巷。當時我剛打掃完，正彈奏著一把舊吉他。我很快就喜歡上這種樂器勝過斑鳩琴，並一遍遍地想要練熟其中一段樂句。我曾看過金格・萊恩哈特（注1）像呼吸般地輕鬆彈奏，只是我還是個新手，不過仍在進步中，而且也才練習了大概七十年左右。

我暫停了一下，查看後方傳來的聲音。一位中年男子，穿著量身訂製的三件式精紡毛料西裝，倒在骯髒路面上的垃圾筒旁。他靠著巷中潮濕的磚牆，喘得上氣不接下氣。男子有著濃密的黑眉和小鬍子，臉上都是汗，角質鏡框也戴歪了。他的白色巴拿馬帽掉在身旁，同時拚命地抓起一個皮革公事包。我蹲下去要幫他時，他打開公事包，裡面的東西都散了出來。「藥丸！」男人焦急地說：「耐絞寧（注2）！」

注1 爵士吉他手吉作曲家，歐洲爵士樂首位天才人物，至今仍在歐洲爵士樂壇享有崇高地位。

注2 心絞痛的緩解用藥。

我頓時明白對方心臟病發作了，於是迅速找到玻璃小藥瓶，拔開藥瓶的塞子，在他顫抖的手裡倒了一些。他趕緊把一些小藥丸放到舌頭底下，大口急促地呼吸了幾下。「幫幫我，拜託！」

「當然了，朋友。不過你先在這裡等到——」

「沒時間了，」他斷斷續續地說：「他們要來……殺掉我了，我再也……跑不動。」說到這時，他一度呼吸困難。「你必須把這些……辦公室，證據……很重要。」他無力地抓著從公事包掉出的文件和本子。我幫他收拾東西時，發現小本子就只是一間乾洗公司的會計帳本，裡面塞滿收據和帳目。然而上面有個名字吸引住我的目光。那個名字出現很多次，是在一九三〇年的芝加哥黑社會中最響亮的名字，而每次那名字出現時，旁邊都會寫上不同數目的金錢。全都十分高額。

「你……必須帶去……我的辦公室，」倒下的男人懇求著。「會有很豐厚的獎勵，很多獎勵！」

「你怎麼辦？」

「我被盯上了。」渾身開始發燒的男人搖了搖頭。「他們一定會解決我的，你得幫我做這件事。」我注意到男人的呼吸已沒那麼吃力，同時也想到一個辦法。

「來吧，朋友。」我扶他進入非法酒吧的廚房，裡面沒有其他人。「脫掉你的衣褲。」他看起來很困惑。「快點！」男人照做了，開始脫下他的牛津鞋，我則是脫掉身上那套在經濟大蕭條時期工作日穿的靴子和褲子。「你是聯邦探員嗎？在內斯（注1）底下的政府人員？」

「嗯，ＩＲＳ（注2）的。」

「ＩＲＳ？不是ＦＢＩ？」我弄糊塗了，於是指著會計帳本。「那個怎麼會是他犯下所有謀殺案的證據？」

「那個不是。我們沒辦法把那個卑鄙小人定罪，可是我抓到了他的把柄：逃稅。」

我感到荒謬地輕笑起來，這也太難以置信：以一項微不足道的稅務指控，撂倒惡名昭彰的疤面（注3）。國稅局官員明白其中的諷刺之處，但還是說：「如果帳本送到我們的地方辦公室，至少我可以抓到他。」

「你會自己送去的，朋友。」現在我已換好了對方的褲子，正要穿上其背心和西裝外套。「你確定他們會來找你？」

「我才剛在幾個街區外躲過他們，他們開著一輛帕卡德大車。可是他們看到我了，現在卡彭一定派出所有手下拿著衝鋒槍，從他們的總部開始地毯式搜索。」

我從男人的外套裡找到一支紅色筆身的派克多福鋼筆，接著打開筆蓋，將一些黑色墨水甩在手帕上，然後開始輕塗在眉毛，讓眉毛看起來跟那個男人一樣濃。「用那個垃圾袋把你的證據包起來。」他照做時，我又甩了些墨水出來，在上唇弄了一道寬大的黑色假鬍子。「地上那件舊毛衣跟帽子是我的，穿上去吧。」

接著我戴上男人的角質眼鏡，到一扇窗前查看自己的倒影，擔心自己看起來不像那位國稅局的人，反倒像是跟奇科與哈珀兄弟倆（注4）在舞臺上歡樂跳躍的雜耍演員。希望在黑暗中，這種程度的偽裝還算過得去。我抓起地上的白色巴拿馬帽，在褲子上拍乾淨，然後迅速戴上，接著拿起他那個空空如也的

注1 即艾略特・內斯（Elliot Ness），美國禁酒探員，以擒下芝加哥黑幫大佬艾爾・卡彭（Al Capone）聞名。

注2 即美國國稅局（Internal Revenue Service）。

注3 Scarface，艾爾・卡彭的暱稱。

注4 指馬克思兄弟（Marx Brothers），美國知名喜劇演員。

公事包。「好了，朋友，給我幾分鐘，然後你就帶著證據從小巷逃出去。」

「等等。」他抓住我的衣袖，緊握著我的手。「我叫法蘭克．威爾森。」

我點點頭。「我叫威爾。祝你好運，法蘭克。」正要離開時，他仍緊握住我的手。

「你為何要這麼做，威爾？」

我看著他的眼睛，聳了聳肩。「你又為何要這麼做呢，法蘭克？」我們繼續對看了一會兒，最後我就跑進巷子，往州街的方向前進。我知道他們會在那裡尋找法蘭克……不過希望他們發現的是我……

當然，我想得沒錯。他們確實在找我，但不是在昏暗的芝加哥街頭。回憶瞬間轉變，我站在一處制高點俯瞰著耶路撒冷，下方滿布塵土的山谷中聚集著無數白色屋頂。我可以清楚看見聖墓（Holy Sepulchre）教堂。這並不是最初的聖墓教堂，原始的那座是西元三三〇年由君士坦丁的母親海倫娜所建，完工後不久我就造訪過了。不過原始建築於六一四年被波斯人毀壞，在六三〇年於同一地點重建，也就是我正在眺望的那一座，而當時是西元一〇〇〇年。我帶著希望，期盼千禧年結束時或許終於能改變自身可怕的命運。

那些長久以來追捕我的人，自然知道我很可能會冒險前去。我看見神父們包圍了神聖區域，另外還有許多打扮低調的守衛，但這些布局對經驗老道的我來說相當明顯。他們努力融入成千上萬名虔誠的基督徒和朝聖者，那些人湧入耶路撒冷，想要前往耶穌被釘上十字架的地點，不僅迎接千禧年的終結，也希望聖約翰與其他人在經文中承諾的榮光能降臨。

所有人都聚集在錯誤的地方，在我看來有點滑稽，卻也有種可悲的諷刺。海倫娜會將教堂建在那裡，是因為當地的傳說，使她相信耶穌就在那裡被釘上十字架。

經文只提及那是一座叫各各他的山丘，在阿拉姆語中的意思是髑髏之地。不過可惜的是，我很清楚那些傳統及海倫娜都弄錯的耶穌受難地，確切位置其實在半哩之外。

我在正確的地方紮營，保持敬意守候著漫漫長夜，而那附近沒有別人，是一處布滿岩石的山坡。星星在頭頂上方緩慢移動時，我回想過去的日子，當時我已度過十個世紀了。我思考自己在持續不斷又精疲力盡的旅行中所學習的一切，對自己極為虔誠的新生活相當滿意，因為我過得很好、很忠實、很慷慨，最重要的是，我有資格得到獎勵。然而也盡量不抱持太高的期待，以免引誘悖理的惡魔離開巢穴。

然而，在西元一〇〇一年的第一個早晨，東方天際逐漸亮起時，我並未看見《聖經》所敘述的那種壯觀、崇高、不朽的榮光，就只有猶地亞（Judea）又一次的日出罷了。我全身逐漸變得麻木。第七印沒有解開，聖約翰的預言並未實現，我陷入徹底失望，希望也隨之被剝奪，陣陣的悲傷橫掃過全身；雙眼湧出淚水，模糊了視線。

我明白了自己漫長的旅程仍未結束，孤苦寂寞地坐在荒涼的山坡上，開始輕聲啜泣起來。與那天破曉時分淹沒了我的痛苦相比，先前經歷過的絕望根本微不足道。我的淚水不斷湧出，變成了哽咽抽泣，身體因激動而顫抖，憤怒一波又一波衝撞著毫無動搖的現實，也就是我那可憎的命運。而一千年後，直到在公寓大火現場聽見那小女孩的哭聲時，我才再次感受到同樣的絕望與盛怒。該死的那一天。

我坐在那片貧瘠的山坡，大腦深處開始出現刺痛感：這是種警告信號，提醒我又該繼續移動了。可見過去十個世紀以來，我努力過著悔恨、懇求、勤學、慷慨的生活，卻還是不足以補贖自己所犯下的嚴重錯誤。

補贖會有足夠的一天嗎？我既憤怒又疲憊地想著，一邊閉起眼睛緊抓頭髮，一邊痛苦地流淚哭泣。

後來我才發現，在山腳下天剛亮的陰影中，有個人正在看著我。對方穿著柔滑光亮的服裝，顯然是那個時代的年輕富商。他往上注視我，似乎看透了我的想法，友善的黑眸與我對望。那位有同情心、穿著時髦的年輕人聳了聳肩，幾乎像是在表示歉意，接著掌心向上地伸出一隻手，彷彿在歡迎我，要讓我得到他的理解和慰藉。

我們彼此眨也不眨地對看，同時我非常認真考慮對方那未說出口、卻強而有力的提議。一股奇妙的安詳感油然而生，同時感覺出那位年輕人或許真能為我帶來平靜。年輕人得知我的想法，隨即點了點頭表示鼓勵。對，就是這樣，他似乎這麼說著。下來找我吧，我就是答案。

我一隻手放到地上準備撐起身，眼睛仍盯著那個年輕人。

然而手一碰到地上，我的行動竟然頓時停住了。我很好奇是什麼讓我突然遲疑，於是低頭看向仍平貼在岩石地面上的手。是這片土地讓我猶豫了：各各他這片神聖的土地。

我仍然靜止不動，花了一段時間從那片土地的神祕之井中吸汲勇氣及毅力。

最後，我深吸一口氣，終於站了起來，非常勉強地才逼自己轉身背向在下方等待的那個人。我收拾起少得可憐的行李，緩慢踩著腳步走下神聖山丘的另一側，進入西元一〇〇一年，前往一切都不確定的未來。我還是很憤怒，也非常沮喪。

不過一直煩擾顫動的思緒已開始努力想要解開謎團了。我的挑戰是什麼？如果一個人必須永無止境活下去，最好要做什麼才能得到救贖？

顯然仁慈、虔誠、好學、補贖還不夠，我該做的還不只這些。我拚命想要理解自己還能做些什麼。

23

▼提托

隔天的一月二號真他媽冷死了。那種日子會讓人懷疑自己怎麼沒出生在佛羅里達或其他溫暖的地方，而不是這天殺的布朗克斯區。不過我還是勉強走進寒冷中，因為想讓威爾看看我拍攝自己塗鴉的相片。我把相片塞進新的「作品集」中，這種說法還真文青，從嘴裡說出來感覺很好笑，甚至還有點蠢哩。我知道這些照片不是最棒的，但其中有些確實讓我感到自豪。

我也帶了一些自己畫的素描，打算用在一些塗鴉上。我對素描不在行，也根本不喜歡多做這種麻煩事，不過也明白威爾說「要先有些想法」的意思。

但我最想要問的是，那個在一六〇〇年代搞藝術的人，自畫像怎麼會跟他長得一模一樣？實在奇怪到不行，而我當時簡直快嚇死了。

我快步走上一二五街，找到威爾的露營車並敲門，這時我他媽的兩隻手都凍到快沒知覺了。沒人應門，所以我又敲了一次，大喊：「喲，威爾老兄。是我啊，兄弟，提托。有點東西要給你看看，你在嗎？」我繞到另一邊試著從車窗望進去，可是沒發現任何人。

我很不爽，在冷死人的天氣裡大老遠過來耶！靠！這實在很挫折，妳懂我意思嗎？我想讓威爾看看自己的進展，可是更加重要的是：我真的超想知道，他跟掛在博物館裡那幅讓人發毛的畫有什麼關係。自從那天後，我腦子就一直在想著這件事。

不過，我同時也有些害怕。就像小時候那樣，一直相信床底下有東西會抓住我，並且會狠狠傷害我。

▼吉莉安

我在列諾克斯山急診室的等待區度過了一夜，所以克里斯在中午過來查看情況時，我整個人狀態有點邋遢。克里斯的臉頰很紅，似乎是被冷風吹的，同時也把外頭能提振精神的冷冽空氣帶了進來。他的兩台Nikon相機都掛在脖子上，被厚厚的皮革短大衣遮住。

「順便去了聯合國總部一趟，」他隨口說：「反正我剛好在那一區。」

聯合國總部可是要沿著河一路經過三十個街區才會抵達，於是我露出諷刺的笑容。「可不是嘛，你就在隔壁啊。」克里斯傻笑一下，承認自己被識破，同時遞給我一個塑膠袋，裡面裝了牙膏和牙刷。

「要當個好記者，妳可不能有早晨口臭。」接著他揚起一邊的眉毛。「當然，我是不介意偶爾在早上靠近妳，幫妳檢查一下口氣。」

「了解，謝啦。」我一邊感激地說，一邊查看袋子內的物品。

他坐到我身邊，在沙發上伸出那雙來自蒙大拿州的長腿，上頭穿著他最愛的那雙磨損嚴重的舊牛仔靴。他打開另一個紙袋，遞來一杯星巴克。「大杯脫脂加兩份糖、少奶泡的卡布奇諾，還有香蕉馬芬。」

我輕拍他的臉頰。「你最懂我了。」

「那句話很曖昧喔。」他開玩笑地說，這次兩邊的眉毛都抬了起來。我舉起一隻手制止他的熱情。克里斯輕笑了一下，然後望向走廊並注意到那位神父，對方正在打開一小包胃藥。「他也一直都待在這裡？」

「對啊，完全沒離開。」

「有點奇怪呢。」

「那還用說。」我點點頭，啜飲著完美的卡布奇諾。

「有發生其他事嗎？」

「他跟走廊上的警察談了幾分鐘，後來有幾個記者過來找護理師問情況，可是沒人留下來。」

「因為他們沒看過妳發現的那些舊照片。」

「可不是嗎，不然他們全都會來追這件事了。」我繼續小口啜飲咖啡，接著看到一位穿手術服的印度裔醫師往我們的方向走來。此時，眼前景象彷彿逐漸變成慢動作，把帶我回到當時在這間醫院度過的另一個漫長夜晚。

一位身穿藍色手術服、同樣也是印度裔的醫師，在那個可怕的夜晚向我走來；他脖子上掛著手術口罩，表情十分沉重。「我真的很抱歉，蓋瑟瑞小姐。我們來不及……也許只要能再早點處理她的情況——」

我沒等對方說完，就急忙從他身邊經過，望向他後方那扇門裡的創傷部門。一位護理師正好拉上白布，蓋住我媽已毫無生氣的臉龐。

「吉莉？」克里斯的低語聲把我拉回現實，但已逝母親幽靈般的銀色殘像仍在我腦中浮動。我發現克里斯是要我往走廊看。

一位身材苗條的中年黑人女子剛走出電梯，她脖子上有條掛著牌子的細鍊，我認出那是兒童服務局的證件。有個五歲的拉丁裔女孩牽著她的手走在旁邊，就是神祕男子從公寓裡救出的那個小女孩。

「往這裡走，瑪莉亞。」社工一邊說，一邊溫柔地指引，而小女孩看起來非常迷惘也很緊張。她穿著一件乾淨的藍色丹寧吊帶裙，顯然是新的，上面還有粉紅色小花；下半身則穿了白色內搭褲和全新的Keds牌帆布鞋。她緊抓著一隻灰色兔子玩偶，布偶的尾巴有一部分已燒焦變黑。瑪莉亞的左腕纏著繃帶，而她的雙眼很紅，如果不是因為哭泣，就是那場大火及煙霧造成的。

克里斯靠近我，悄悄準備好他的相機。「那個孩子不就是……」

「對，對！」我急忙低聲說：「偷偷拍一張。」克里斯站起來，我知道他已經在拍攝，而相機上的消音套吸收了快門聲。瑪莉亞跟那個女人經過我們面前時，他還若無其事地移動，試圖找到更好的角度。我仔細查看社工的證件：伊芙琳．霍爾。

我維持著不會打擾到她們的距離跟了上去，同時看見那位神父也站起身。瑪莉亞停在三〇四號房外，緊張地往內窺看。

費南德茲醫師剛才在裡面檢查傷患，現在拿著一張心電圖走出來。他對社工說：「霍爾太太？」

「是的，沒錯。」她跟他握了手。

「聽說妳有打電話來。」接著他蹲低身軀，讓自己與小女孩同高度，並用西班牙語對她說：「嗨，瑪莉亞，我是費南德茲醫師，記得嗎？妳好點了嗎？」

她點點頭，用西班牙語回答：「好一點了，我的手臂會痛。但是我們可以說英語嗎？媽媽喜歡我說英語。」

「當然可以啊。」費南德茲改用英語說。

女孩的目光越過醫師，試圖望進加護病房。「他也會死嗎？」她的語氣變得不太穩定。「就像媽媽那樣？」

費南德茲認真地看著瑪莉亞。「我們覺得他可能會，他傷得很嚴重。」

「他救了我。」瑪莉亞簡短地說。

費南德茲點點頭。「對，他是個非常勇敢的人。」

霍爾太太一隻手放到瑪莉亞的肩膀上。「她問關於他的事，所以我建議她可以過來謝謝他，儘管我們知道他睡得有點熟。」

「當然。」醫師明白她的意思，並對小女孩說：「我覺得妳這麼做非常棒，親愛的。」

瑪莉亞膽怯地伸長脖子看進房間。「他聽得見我嗎？」

雖然我不喜歡費南德茲這類的人，但我得說他還算不錯。他說話時從未對那女孩露出任何否定的表情。「大概吧。」他一隻手放到她手臂上，溫柔地帶她到敞開的病房門前，然後替她拿了一套手術服和口罩。「我幫妳穿戴上。」

▼瑪莉亞・安卡拉達（Maria Encalada），五歲

全部都有點可怕。醫院很不好聞，而且我還是不太舒服。伊芙琳說那是因為我的藥。我會來這裡，是因為伊芙琳說我的想法很棒。

手臂被燒到的地方還是很痛，嘴巴裡也有不好的味道，感覺就像快要嘔吐。媽媽就很常這樣，有時候我會幫忙擦乾淨她的臉。一想到媽媽就讓我很難過，還會頭痛，眼睛也會痛。伊芙琳說那只是因為煙，可是這種痛不一樣：像是裡面的痛。而且那種痛不會消失，就算哭完之後也不會。大人不知道，他們會假裝聽，可是不會每次都認真地聽，就算我英語說得很好也一樣。

我英語說得好，是因為媽媽一直讓我看說英語的電視節目，《芝麻街》、《我愛露西》或《紐約重案組》，從早到晚什麼都看。每次媽媽去睡覺或是有男朋友來，我都會知道，因為那種時候電視一定會打開。媽媽會叫我在他們進臥房時，乖乖坐著看電視。

我也看得懂一些字，尤其是「走」和「停」，所以媽媽會讓我過街去麥克斯的店買東西。有時我會去買我跟媽媽的食物，麥克斯非常好，他每次都會多給我東西。有時候，他也會當媽媽的男朋友。

醫師幫我穿上醫院的衣服，但是那太大了，會拖到地上，所以我走路要很小心。伊芙琳把一個東西戴在我臉上，她說那叫口罩（注），可是那沒有眼洞，也沒有好笑的鼻子和萬聖節用的東西。那東西就只是蓋住我的鼻子跟嘴巴。伊芙琳帶我來到門邊，說我可以進去了。

床上的人看起來有點可怕，因為全身都被火燒過。我一看到他，就想起前一天的事情。在火災發生前就很可怕了，媽媽的某個男朋友突然發瘋，打她打得很用力。他走掉之後，媽媽告訴我那只是意外，可是我知道「意外」不會那麼快就發生三、四次。

媽媽的鼻子有流血，我幫忙擦掉血。後來媽媽點了她那個特別的小菸斗，整個人變得很想睡，接著便打開電視給我看。電視在播放玫瑰花的遊行，我很喜歡那些漂亮的馬和大馬車，馬車上還有動物跟龍，全部都是用花做的。

後來空氣聞起來怪怪的，然後就開始有煙出現。我聽見樓下的桑契斯太太喊著失火了。我搖了搖媽媽，可是她真的很想睡，也不知道發生什麼事。最後我還是讓她站了起來。

她打開前門的時候，我們看到了火。一大堆的火。媽媽用力關門跑回臥房，打開窗戶然後開始大叫救命。家裡變得很燙，我也尖叫起來。

媽媽轉身回來時被絆倒了，我看到很大又著火的東西掉進她的房間。那個東西撞到門，門被關上擋在我們之間，而且卡住了。我打不開門，所以不停大叫，可是再也聽不見媽媽的聲音。房間越來越熱，我抓起我的兔子叮噹，緊緊抱著。好難呼吸。我聽見有人朝我大喊，所以我也大喊回去。

然後那個人就從前門撞進來了。他找到了我，可是他想救媽媽的時候，全身都被火燒到，而且我看到……我看到著火的天花板全部掉下來壓在媽媽身上。他們在醫院時告訴我，那個人把我丟給消防員後，大火也燒到他全身。

我站在他的床附近，很安靜地沒說話。房間裡聞起來都是醫院的味道，我看見他手上跟鼻子裡的小軟管，聽到機器輕輕的嗶波聲。我感到害羞也很害怕，可是他那麼勇敢，所以我也要盡可能勇敢。我小聲對他說話。

注 原文為「mask」，除了「口罩」也有此處瑪莉亞以為的「面具」之意。

我謝謝他救了我，也謝謝他那麼努力想救媽媽。我的臉又變得很燙，而且差一點哭了。我告訴他要盡量好起來，但如果他一定要上天堂，拜託告訴媽媽我有多想念她。

然後我閉上眼睛，說出伊芳外婆在上天堂前教過我的全部禱告。

▼吉莉安

費南德茲醫師去巡房前先對我擺了張臭臉，不過我心想，嘿，朋友，這可是個自由的國家，而且還有第一修正案（注）呢。

我看見社工在跟一位護理師說話，於是克里斯和我稍微往三〇四號房靠近了一點。克里斯透過玻璃窗看著房裡那孩子低下小小的頭，他輕聲說：「真窩心。」

「嗯哼。」但我心不在焉，急著想要他拍張好照片，克里斯皺眉露出批判的表情。「好吧，」我輕聲回答地坦承：「我想是很窩心吧。而且沒錯，我知道喬治會稱呼我冷血吉莉。但只要開始過度同情每個人，你很快就會失去客觀性了。」克里斯注視著我的雙眼，而我看得出他不太認同我這自以為的專業超然性。所以我改變話題：「你可以把那些照片帶回去用在下一版嗎？」

他不滿地深吸了口氣，然後只點了一下頭。「好，晚點見。」我看著他走遠，卻仍能感受到他未說出口的指責。

神父緩緩靠近護理站，表情像慈父般十分關心。他和我都聽見伊芙琳．霍爾問護理師：「妳找到他的親戚了嗎？」

護理師搖搖頭。「還沒有。」

小女孩從三〇四號房走出來，回到社工身邊。社工露出令人安心的笑容，幫她脫下口罩和尺寸過大的手術服。「妳還好嗎，瑪莉亞？」

女孩小聲說：「我為他禱告了一下。」

「那樣非常棒呢，瑪莉亞。我知道他會感謝妳的。」接著社工向護理師點頭道謝，然後讓那孩子轉身，正好面向了我。

「不好意思，親愛的。」我溫和客氣地說：「妳認識那個救了妳的人嗎？」

「不，小姐。我從來沒見過他。」

霍爾太太瞪著我的眼神意思很明顯：滾開，賤人。我照做了，並看著她帶著孩子前往電梯。我站在原地沉思，自己還能採取什麼方式來挖掘這樁奇異的事件。

注 即美國憲法第一修正案，禁止國會制定任何法律剝奪言論自由，或侵犯新聞及集會等自由。

24

▼威爾

我似乎聽見了一個孩子對我低語的微弱聲音，也許是在為我禱告。可是她的話語，就像吹動夜間森林高處枝葉的微風，雖然靠上前，卻無法抓住。回憶之河現在流動得更快，閃現著越來越多的日日夜夜、各種地點及面孔。還有那個奇怪的鼻子。

我從沒見過假鼻子，更別提材質是銀或金的。第谷．布拉赫（Tycho Brahe）在一五六五年的一場決鬥中失去了鼻子，也在該年繼承了遺產。與其只製作個假鼻子掩蓋臉上醜陋的孔洞，布拉赫決定要好好裝飾一番，而新獲得的財產也正好能支持他對天文學的熱情。他建造了一座小型天文臺，在接下來三十年中獲得許多出色的觀察結果。一六〇〇年，他雇用了一位年輕傑出的德國天文學家，而我送來了一封信給那位年輕人。

矮壯而友善的布拉赫歡迎我進入他的高級宅邸，那是在面對著布拉格市鎮廣場的卡爾洛瓦街上。溫暖的燈光在他金屬鼻子上閃爍，我們走上鋪滿地毯的紅木樓梯，進入加了壁板的圖書室，而我就是在那裡認識了約翰尼斯．克卜勒（Johannes Kepler）。

六百年前，在西元一〇〇一年的黎明時分，於各各他經歷痛苦欲絕的絕望後，我想通了，或許自己接受的考驗是要更加主動。我甚至還短暫加入過十字軍，不過目睹他們殘暴的屠殺後（當然是以和平之君（注）的名義），我很快就明白在第一個千禧年裡獲得的那些見解和學問，可以有更好的用途：以正面並具人性的方式，影響第二個千禧年的發展。或許直接行動，這種方式能讓我得到想要的救贖和平靜。

於是我決定要幫助最有才智的人士去追求學問，並利用自身必須不斷旅行這一點，協助他們加速溝通，以及分享或許能改善世界的想法。從第二個千禧年開始的六百年來，這就是我一直在做的事。

我此次前來，是要交給克卜勒先生一封信，以及從義大利帕多瓦北上帶來的一份禮物。克卜勒謹慎地打開禮物，查看自己收到的小型望遠鏡，然後讀了伽利略（Galileo Galilei）閣下的信。除了都對天文學具有熱情之外，我覺得克卜勒和伽利略其實長得滿像的。兩人都有突出的顴骨、高額頭，而且留滿了鬍子，底部都修剪成直邊。我也為克卜勒帶了一份伽利略最新理論的手稿。

「為什麼他還沒出版這些東西？」克卜勒一邊問，一邊興奮地翻閱義大利人的著作。透過書房窗戶的含鉛玻璃，我看見市鎮廣場上的大型鐘塔正好到了整點。十二位聖徒的等身雕像從鐘塔列隊出現並開始繞行，這代表教宗至高無上的權力有如行軍一般，把整個歐洲踩在腳下。

教會變成了超級強權，支配著所有主權國家。克卜勒循著我的目光望向那支機械化的宗教隊伍，然後點了點頭。「啊，伽利略害怕宗教法庭，就跟我們大家一樣？」

我點點頭。主張地球繞行太陽的日心說，當時已陷入火熱的爭論，而實際上也是如此：信者皆被燒死了。這個理論跟其他許多科學現象一樣，被教廷斥為無稽之談，直接違背了《聖經》和教會的教條，

注 即指耶穌。

也就是堅持地球為宇宙中心。任何偏離的想法都會被烙上顛覆、異端的污名，綁上火刑柱處以極刑。

我告訴克卜勒：「伽利略對我說，『愚蠢之人的數量非常多』。」

克卜勒回以狡黠的笑容。而布拉赫剛才一直在查看小型望遠鏡，此時問我想不想也看看他的。他那棟豪宅的頂樓，就位於布拉格眼花撩亂的尖塔與屋頂之中。我透過他的儀器看見了一顆紅色星球，那正是火星。「真漂亮。」

「是啊。」克卜勒附和，卻又隨即沮喪地皺眉。「可是為什麼會在那裡？它的赤緯又不對了。」行星從來不依照他對圓形軌道的精密計算，出現在正確的地方，這讓他快發瘋了。

圓形？我突然想到一千六百年前，在羅馬槳帆船上的那個夜晚。當時桅杆頂端的聖艾爾摩之火，在暴風雨的夜空中畫出了橢圓形。我省略時間上的差異，告訴克卜勒橢圓的事：「我經常好奇，自然界裡是否有真正完美的圓形。」

克卜勒的綠色眼眸緊盯著我，接著突然盈滿快要溢出來的興奮，我知道那是他頓覺研究可能即將有新突破的眼神。一個長久以來被忽略、又顯而易見的概念，但要是得到證明，就會永遠改變天文學的一切準則。克卜勒很開心，思緒似乎正以橢圓形軌道繞著我的概念打轉。

不過鐘塔又到了整點，在機械化的十字軍士兵以圓形軌跡繼續勝利的行軍時，克卜勒卻眉頭深鎖。「又一個可能會遭宗教法庭踐踏的絕妙真理。」他憤怒地哼了一聲。「教會真是太傲慢了，就是要插手上帝的許多安排。」他對此代表的危險性搖搖頭，繼續說：「但他們又沒有上帝的全知……」

這段話讓我的思緒往後掠過了一個世紀——

「沒有了上帝的全知……人會製造出什麼樣的恐懼？」一位迷人的十九歲美人瑪麗這麼問。瑪麗緩緩看著我和另外四人，那雙褐色大眼閃爍著火光。那是在日內瓦湖岸邊，迪奧達蒂別墅昏暗的客廳中唯一的照明。我受邀參與這場講述幽靈及幻覺的討論會，而火光營造出理想的氣氛。「人類的輕率，」瑪麗繼續說：「會在什麼機緣下產生邪惡，會在什麼偶然的情況中製造出怪物？」

我曾在一八一六年暫時加入這個非常有趣的團體，那年的夏天異常寒冷，而當時烏雲密布的怪異天空，則為陰暗的傍晚增添了一股不祥氛圍。

主人喬治．拜倫（George Byron）是位鬈髮、畸形足、富有且年輕的英國上議院成員。他也是位粗俗幽默的詩人，最近剛發行著作獲得成功，也因令人震驚的性醜聞而聲名狼藉。我們聽著瑪麗敘述時，喬治便將纖細的手放在當時十八歲、外表已性感成熟的克萊拉．克雷蒙腹部上。風騷的她是瑪麗的繼妹，比喬治勳爵年輕十歲，跟他有個私生女。

同樣在場的還有喬治的醫師約翰．波里道利，是個細瘦的年輕人，陪同他們從英國遠道而來。

我們的團體成員還包括極具魅力及深刻見解的瑪麗．沃史東卡芙特．戈德溫（Mary Wollstonecraft Godwin），以及她富有詩意的愛人波西。在那個黑暗陰沉的傍晚，喬治有了靈感，要挑戰我們是否能創造出關於恐怖或死亡的故事。波里道利醫師已經講完了故事，故事名字為《吸血鬼》（*The Vampyre*），內容是關於不死，還提到了永生的部分。這使我相當心神不寧，畢竟我就是深陷這種遭詛咒的超自然情況中。波里道利之後出版了這個故事，而大約過了八十年後，我發現劇作家布拉姆．斯托克便以此為靈感，寫了一本極為驚悚的小說。

不過瑪麗的創意聽起來更為驚人。「昨晚我入睡前，」她輕聲說話，吸引我們進入情境。「我的想像不受控制，像著了魔般帶領我，在腦中送來一連串畫面，遠比一般的幻想更加栩栩如生。」

她想像著一位醫師，危險地操弄著超乎自己理解的強大力量；他學習邪惡的技術，執迷於讓亡者復活，這其實等同是在扮演上帝了。瑪麗描述了幾個可怕場景，其中有個相當駭人的幻想：醫師拼湊縫合了一具屍體，讓屍體四肢伸展躺在平板上。接著，藉由某種瑪麗還沒想出來的強力裝置，那個被創造出的物體獲得了新生命，最後變成一隻強大的怪物。

我明白她想要探討的黑暗主題，包括痴迷、生物倫理哲學、危險的傲慢，這些都能為一本真正恐怖的小說提供驚人的可能性。

自從那天稍早在瑞士村莊初次見面後，這位年輕女子就深深吸引了我。受過高等教育的瑪麗，父親是位激進的英國哲學家，母親則積極提倡自由思想，這些顯然也將使瑪麗成為令人讚嘆的作家。從瑪麗那雙大眼散發出的銳利眼神看來，我覺得她一定追隨了母親的腳步，也感覺到對方似乎察覺了我與一般四處遊歷的旅人截然不同。

那冷颼颼的六月晚上，我們坐在昏暗的別墅裡，瑪麗的目光跟我對上了好幾次，她注視著我許久，彷彿想進一步打量，試圖解開她所感覺到的謎團。最後，她問我要講述什麼奇異的故事。她似乎懷疑我藏有扣人心弦的祕密，並慫恿我以虛構的名義吐露出來。

於是我說了：有個人受到超自然力量的詛咒，被迫旅行到世界最遙遠的地方，而且長達十八個世紀；他尋求救贖的方式，首先是教育自己，然後盡一切力量讓世界變得更好。教廷的人馬不懈怠地追捕他，決心要抓到他並關起來。我也提到有個打扮時髦、表情陰鬱的年輕人，以誘惑的樣貌反覆無常地出現。

最後，我帶聽眾回到了源頭，敘述主角的獨特情況是如何發生的。我壓低聲音，描述那場無法饒恕的羞辱及令人髮指的罪行，讓那人因此受到了詛咒。

故事說完後，大家沉默了許久。接著主辦人拜倫勳爵大為驚奇地用手抓了抓頭髮，又拍了大腿一下，開懷地笑起來。「那可真是目前最棒的呢！」他熱情地說：「改良版的《漂泊的荷蘭人》，或是福肯伯格船長的故事——」勳爵誇張地揮動一隻手模仿波浪。「——永無止境地在北海航行，與惡魔擲骰，以自己的靈魂為賭注。」他站起身並輕拍我的肩膀。「而且講得非常引人入勝啊，先生。不過對我而言太難超越了，除非先來杯濃烈的白蘭地——大家都要喔。」

他說完又笑了起來，然後踩著畸形的右腳，跛行去拿干邑白蘭地。這時，我看見瑪麗跟她的愛人波西詫異地對看了一眼，接著兩人都將目光移過來，露出既興奮卻又害怕的神情打量著我，幾乎是屏住了呼吸。瑪麗看著我的樣子就像見到了鬼。

他們私下帶我到別墅外俯瞰日內瓦湖的石板露台，玻璃般的湖面映照著黑灰色的陰沉天空。空氣依舊冰涼，當時甚至還降下了微小的雪花。「這個六月真奇特。」我表示意見，想要營造緩和的對話，但他們完全不接受。

波西的圓眼睛緊盯著我，嘴唇乾澀並膽怯地問：「就是你，對不對？」他呼出的氣體在寒冷中變成霧氣。「你故事中那個受到詛咒的人。」

我笑起來，但不怎麼有說服力。我試著讓他們擺脫這難以置信的想法，想勸波西打消他的假設，也讓瑪麗忽視她的直覺。不過瑪麗十分溫柔地伸手觸碰我的手臂。「威爾……你可以信任我們。」

我看見她眼中流露出的同情。我相信她，但還是遲疑了。波西稍微加強力道，誠懇地說：「我知道你，我聽聞過傳說。」

「我們都是。」他那位秀美、極具天賦且即將成為其妻子的愛人說。她的語氣帶有深深的同理心，有種輕柔呵護及真心在乎的感覺，是我這一千八百年來從未碰過的。而在那之後，直到一九三七年四月在巴黎時，我才又再次體驗到。直到漢娜出現。

我別過頭，視線越過異常平靜的湖水表面，望向後方的高山頂峰，接著才移回目光看向他們的眼睛。瑪麗豐富的想像力和波西充滿詩意的靈魂，戰勝了我的意志。最後我點點頭，輕聲說：「對。」

瑪麗馬上將我拉進懷中緊緊抱住。「噢，我的天哪。」我們貼上彼此的臉頰，她的恐懼消失，被最真誠的同理心取而代之。我感覺到她的淚水滑到我臉上。「噢親愛的孩子啊，我可憐的孩子啊。」

雖然我已經閉上眼睛，卻感覺到波西的雙臂堅定地抱住我和瑪麗，像是在保護我們。我靠向他們兩人，接受他們的付出、關愛及同理心。我們三人沉默地站在不可能出現的六月雪裡，沉浸於更超現實的現象中，也就是我這個活生生的可怕例子。

我在他們的同情陪伴下待了整整三天，而我們三人走在岸邊或在湖上划船時，他們就會熱切地向我提問。他們徹底探索了我的過去與遊歷，也讓我長久的悲傷得到些許慰藉。

為了答謝，我給瑪麗的回報，是為她那恐怖故事中尚未解決的主要障礙提供解答：讓她那位走入歧途的醫師得到達成其危險目標的設備。她需要一種機械裝置讓屍體起死回生。我告訴她，一七八三年在波隆那時，我曾親眼見過路易吉．伽伐尼醫師的一場實驗，他運用靜電，讓一隻死青蛙的腿動了起來；屍體的腿一下跳一下收縮，就像活的一樣。我永遠都會記得，那時瑪麗聽完後，漂亮的臉上緩緩露笑容，那代表她優異精細的作家頭腦正在運轉。

波西充滿詩意的心靈也被我的困境深深撼動。波西．雪萊（Percy Shelley）是個溫和的人，生性極為仁慈。雖然他很貧窮，但還是堅持要給我一些錢，那正好是我迫切需要的。即使他後來作了首詩實際描述我的情況，卻仍然信守著諾言，對我們見過面的事始終保密。

熱情積極的瑪麗在第三天急著來找我，警告說她看到一些神父剛抵達村莊，正向大家描述我的樣貌，並詢問是否有人見過我。

她將一條古董小珍珠項鍊塞進我手裡，這是她一向戴在脖子上的那條。我想要拒絕，不過瑪麗很堅持不願收回。她著急地說，我必須快一點才能逃得掉。

25

▼瑪莉亞

我看得懂伊芙琳門上標誌的幾個字。「紐約」兩個字我很熟，而她告訴了我其他的字：兒童服務部。伊芙琳說她的工作是把我照顧好，但首先要跟媽媽和我住的那棟房子裡的一些人說話。

我在她隔壁的房間等。椅子是亮橘色的，感覺很像塑膠，而且第一張椅子聞起來像是嘔吐味。我討厭那種味道。

房間裡很吵，有其他大人跟小孩也在等，有些人很激動。一張矮桌子上擺著童書，大部分都很舊或者破掉了，可是我跪到桌子旁，陪著兔子叮噹一起看一本繪本，裡面講的是醫師在做什麼，他們怎麼上學和學會治好別人。我希望他們可以治好媽媽。

我可以看見伊芙琳的房間。她的桌子跟架子都放滿了亂七八糟的紙張跟其他東西。她正在跟我們樓下的桑契斯太太說話，桑契斯太太說：「不，就只有她們兩個住在那裡。」

伊芙琳問媽媽是不是有工作。桑契斯太太聽完笑起來，樣子有點醜。她說：「她是妓女，老是喝得醉醺醺。」

然後伊芙琳問了我爸爸的事。

「根本沒有。」桑契斯太太揮著手。「那小孩就只是個嗑藥婊子的雜種。」我以前聽過那些話，知道那些話不好。「她長大也會跟她媽一樣沒用啦。」

那讓我很生氣。我的眼睛都濕了，想要大聲對桑契斯太太說媽媽只是病得很重，就只是那樣。可是我害怕在那個很忙的地方說話。我在叮噹身上擦掉眼淚，想讓她再看那本醫師的書，可是小叮現在不想看。書看起來都變得不清楚了，而且我的胸口感覺像有個很大的人坐在上面。

▼威爾

記憶之河現在變得更加波瀾起伏，流動速度也越來越快，似乎來到一段急流中。每個記憶片段都迅速與下一個交疊。瑪麗送的珍珠項鍊，讓我昏亂的腦中想起另一位朋友送的一份獨特之禮。在一二六六年的薄霧中，他那張飽滿圓潤、留著細小鬍子和山羊鬍的亞洲人臉孔對我微笑。

我以商人馬費・波羅及尼可洛・波羅隨從的身分，抵達了蒙古人的首都汗八里（注）。一年前，我在烏茲別克布哈拉的市集廣場上認識這對兄弟，當時他們正在到處購買乾肉、穀類和其他補給品，那裡各式各樣的攤位鄉下特色十足，而且溢滿著濃烈的氣味。他們決定建立一條通往遠東的貿易路線，而這件差事似乎很適合我，畢竟我本來就被迫要一直旅行。我開心且熱情地加入他們，想要幫忙促進雙邊重要思想的交流、藉此改善世界，希望這麼做能解除那該死的詛咒。

注 即元朝首都「大都」。

我發現在那座浮誇皇宮中的忽必烈大帝，原來是位開明的領導者。忽必烈身邊圍繞著來自不同種族和部落的顧問，他們經常激烈爭執，而他真的會聽取所有人的意見，再決定什麼才是最好的決策。

在那場深入亞洲心臟地帶的史詩旅程中，我一點一滴獲得了許多新想法。有些是值得流傳的寶貴經驗，例如中國人利用快馬送信，而五百年後我也在維吉尼亞城將此事告訴了山姆．克萊門斯（Sam Clemens）。不過最妙的，還是要屬忽必烈親自給我的小禮物：幾個用來預防性病的絲質避孕套。

他們也為我提供了一些慰藉。在那之前，我一直避免發生性關係，害怕自己的孩子可能也會因詛咒受苦。

後來在各種旅途中，我曾告訴許多醫師這種將生殖器戴上鞘套的獨特方式，希望能被推廣使用，藉此對抗肆虐的梅毒。在義大利的費拉拉城，有位一絲不苟的醫師加布里瓦．法羅皮奧看見了此物的可能性，不過由於絲綢非常稀少，所以他開發了含有藥物的亞麻布套，並以粉紅色緞帶綁繫住，很像在慶祝節日。

而真正受到這概念啟發的人，是一六七二年英王查理二世的御醫，名叫康頓伯爵。伯爵檢查我那些來自中國的絲綢軟管後得到了靈感，製作出羊腸套，立刻在遊手好閒的查理國王和其朝臣之間大受歡迎。要是伯爵有說明套子在重新使用前都必須清洗，一定就能再防止更多疾病。

波羅兄弟是令人愉快又親切和藹的旅伴。一二六八年，我們從中國返回他們在威尼斯的家時，我認識了尼可洛的兒子馬可（Marco），他很渴望知道那趟旅程的一切。遺憾的是，我無法確切描述我們見到的奇觀，於是建議馬可親自去一趟絲路記錄下來。

幾年後，我讀了馬可極為忠實呈現的著作，那本書對於推廣知識也有很大助益。但驚訝的是，有非常多的讀者並不相信馬可，他們認為他的描寫過於奇異，不可能是真的。我聽見馬可在臨終時，痛惜地說：「我只說出了一半的見聞而已。」

一三二四年，我在東歐的薩格勒布時聽說了他的死訊。我將他的曠世巨作抱在胸口，為朋友，也為所有時刻受到懷疑或忽視的真相及知識哀悼。

我也為自己哀悼，因為我的身體還是完全不會衰老，而且每隔三天就會感到坐立不安的痛苦，逼迫我繼續移動。我知道自己所認為的責任尚未實現，而且控制命運的超自然力量也還沒認同我的努力。

我極度痛苦，到處踱步，拉扯著頭髮，心裡明白自己到現在都無法對世界造成足夠的正面影響，好結束漫長的飄泊。這讓我快要發瘋了。

接著，仍淹沒於黑暗中、昏迷的我，開始覺得雙腿疼痛不適。

雖然還未意識到，但我的昏迷程度正在逐漸降低。

▼吉莉安

我迅速下樓到醫院的咖啡廳買了一份沙拉和卡布奇諾外帶。回到加護病房時，很驚訝地看到那裡新來了六個人，他們身上的高檔衣物和打扮顯然來自上東區。我的那位男護理師線人也在場。「丹普西？我還以為你晚上才有班。」

「是啊，我回來確認些東西。」

「他們是誰？」我指著那些上東區人。

他麻痺的臉上有一半裝模作樣地笑著，另一半則依舊面無表情。「他們剛收了某個有暴食症的上東區公主，那些是她的家人。」他低聲說：「她穩定下來了，但還是太瘦啦。」

我的視線越過新來的探病人群，移到法國神父坐的地方，他講手機講得很起勁，同時又開了一包胃藥。我小聲對丹普西說：「他有離開過嗎？」

丹普西搖搖頭。「聽說只有去上廁所而已。」

我越來越懷疑那位眼睛濁白的神父了。「這也禱告太久了吧。」

「哎呀，」丹普西吸了口氣，揚起一邊眉毛說：「也許有用啊。妳的那位老兄，今天早上的生命徵象好多了。」

「你在開玩笑吧？」我是真的很意外。自從前一晚見到那位傷者的情況，我覺得那人還沒死已經很神奇了。

「對啊，我本來也以為他要作古了，」丹普西繼續說：「不過現在他好像恢復了點呢。」接著他靠近我，用更加神祕的口吻說：「妳還有一百元嗎？」

「要幹嘛？」

「消防局似乎在那棟公寓裡找到了他的證件。」他擺動一邊還能動的眉毛，半張臉露出輕佻表情。「消息還沒公布出來呢。」

我掏出兩張五十元，悄悄舉到我們中間。丹普西拿了一張潦草寫下的紙條跟我交換，但我看不懂內容。於是他對著我的錄音機，翻譯出自己那象形文字般的字跡：「J．W．奧德里奇，東一七七街三百號。」

「在布朗克斯區？」

丹普西煞有其事地笑著。「就我所知是如此。」

▼威爾

在昏迷的意識中，影子轉動得更加迅速，皮膚開始出現刺痛感，而且越來越強烈，一碰就痛；我的肌肉組織像是過度緊繃，身體和內臟的痛感也逐漸增強。我現在知道，那些疼痛是來自於在公寓大火中受的重傷，我開始感受到了。那種痛苦正逼迫潛意識更加努力將一切合理化，就像在夢裡要找出符合的影像，來對應那越來越不舒服的感覺。

因此潛意識將我丟進一輛狹擠的四馬郵車，我已在裡頭辛苦搭乘好幾個小時了。當時是一四三七年，我正從法國阿爾薩斯前往史特拉斯堡。在雨水沖蝕的路上，那段冗長又不斷推擠著的旅程，就是造成我全身疼痛的原因。只有一件事讓這趟旅行變得值得忍受：我唯一的旅伴是位金屬工匠，他名叫約翰尼斯（Johannes），中年人，兩鬢的鬍子一路延伸到了胸口。

我向他提起自己正在構思的一個概念，想要藉此提升一般人的識字率，這需要利用金屬加工技術。他相當感興趣，問我是否已打造出那種裝置。我向他解釋自己有「私人因素」必須一直旅行，不能待在同個地方太久，所以無法準備好必要的裝備來加工。雖然我在差不多同一時期也跟其他人討論過這想法，但只有約翰尼斯立刻明白此事的價值。他全神貫注地聽我詳細說明。

在三年後的一四四〇年，我得知約翰尼斯成功製造出了那種裝置。當然，印刷機之前就有了，但我提出的重大革新是個簡單又明確的概念：使用能移動並重複利用的活字印刷。

後來我聽說，那傲慢的約翰尼斯宣稱自己在那趟馬車旅程中「靈光乍現」想到這個主意，而他也就是後人所知的古騰堡（Gutenberg），我想你們一定已經猜到了。對此我為之一笑。

我不在乎是誰獲得名聲，但對這種新印刷技術將帶來的可能性感到興奮。現在終於有一種方式能將手寫的經典著作，從修道院的禁錮中解放出來。我知道那種印刷術可以把知識和教育普及到一般大眾，藉此幫助人類的進展往前躍出一大步。

印刷的文字將會觸及數百萬人，激發無數的思考，引起有益的思辯，讓人們有勇氣質疑無上的權威，特別是那無所不在的教會。如果要摧毀無知與迷信，新的印刷術將會是有史以來最偉大的發明。這讓我對世界有了新的期盼，也覺得自己也有新的可能性。

第一次看到約翰尼斯的印刷書時，我很訝異那張熟悉的臉孔正透過一面玻璃窗對著我笑。那個時髦年輕人的黑眸依舊閃爍著，而我聽見他說：「小心你所許的願望啊。」

我很快就發現印刷術原來是雙面刃，因為全世界最受歡迎的書馬上就出現了：《聖經》。我越來越挫敗地發現，雖然有些人很渴望從印刷的書頁中學習歷史、詩歌、科學和哲學，但絕大多數未受教育的民眾卻只想投入《聖經》等宗教著作的懷抱，因為那些東西能夠證實他們那被灌輸了一輩子的宗教信條。

那些表情強硬、散發威脅的臉孔，在我腦中一一晃過，腦袋開始更加劇痛了：發起戰爭及迫害的領袖們，厚顏無恥地引用經文，散播迷信的神棍指著印刷的聖言大放厥詞，自鳴得意地為其暴行找出正當理由。

我看見無辜之人不斷在我身邊遭到殘殺。

我看見不公平的審判，有人被指控施行巫術而遭定罪，那些無罪的人們被吊死或活活燒死，而且通常是女人。

他們極度的痛苦如陰影般逐漸侵入我的身體，激烈地折磨我。

我的昏迷程度越來越淺了。

▼聖賈克神父

女記者跟那個黑人護理師講完話後，就匆忙離開了。我拿了一杯水配著制酸片吞下，希望可以減緩胃灼熱的症狀。其他訪客都已經走了，所以加護病房顯得十分安靜。經過那位傷患的房間時，一陣奇怪的聲音讓我突然愣住。這有可能嗎？我是不是聽見傷患發出了呻吟聲？我的心跳開始加速，整個人愣站在三〇四號房的門口，仔細望向那個受傷的男人。接著他又呻吟了一聲。天父啊！我看見傷患發燒的額頭上眉間微微皺起。我呼吸變得急促，在胸前比了個十字，並滿心期待，猜想對方可能正逐漸感受到重傷的痛苦，開始從潛意識的深處緩慢而努力地向上爬。

▼瑪莉亞

下午伊芙琳告訴我，她接到一通很棒的電話，打電話的人跟我有關係，她要等對方過來。在伊芙琳工作的地方有另一位小姐帶我下樓找點心吃。我們上來的時候，等待的地方擠滿了更多大人和小孩。我看到那個人坐在伊芙琳的辦公室裡，然後我的肚子出現不舒服的感覺。

米吉的衣服跟平常不一樣，以前他都穿得很花俏，但是見伊芙琳的那天，他穿的東西都非常舊，是舊外套跟褲子。而且他又長又瘦的手指上沒戴戒指，也沒有金色耳環。他的頭髮不像平常那樣光滑地往後梳。他正在伊芙琳遞來的紙上寫他的名字。伊芙琳看到我後就笑了。「噢，瑪莉亞，看看是誰來了啊。」

米吉轉過頭，張嘴笑開來。我發現他也沒裝上金色的牙齒。「小瑪莉亞！」他開心地說，這也跟平常不一樣。他張開瘦瘦的手，好像非常喜歡我。我的肚子又更不舒服了，我不喜歡這樣。

「噢，親愛的，我好擔心妳呢。給米吉叔叔一個抱抱吧。」他抱著我很久，可是我沒抱他。我不喜歡米吉，而且他也不是我的叔叔，可是媽媽說我應該那樣叫他。有伊芙琳在，他只會假裝很親切，對我說些不一樣的話，像是「我真的、真的對妳媽咪發生的事感到很難過」。

我知道他不是真心的。我看著伊芙琳，想讓她看出他很壞，讓她知道我不喜歡他，但我猜她以為我只是害羞而已。米吉拍拍我的頭髮，看起來要流眼淚的樣子，不過我知道他是假裝的。媽媽給他一些錢的時候，他就會一直親她，可是其他時候他很常生氣，說她賺的錢不夠，會打她，甚至還踢她。

米吉一直喜歡小口咬我的脖子，使我用力把身體縮起來。他以為我會縮起來是因為怕癢，但其實是我不喜歡那樣。還有我也不喜歡他抓住我的腳。他沒在伊芙琳的辦公室那樣做，只有拍拍我的頭。

「我知道媽咪的事讓妳很難過，」米吉說：「我也是。不過我會永遠讓妳受到最好的照顧。」

伊芙琳對我眨眼睛，說她會確保他有這麼做，然後很溫柔地說：「我們知道巴帝斯塔先生其實不是妳的叔叔，瑪莉亞。」她讓我看了一些好像很重要的紙張。「可是因為妳的伊芳外婆死了以後，妳就沒有其他親戚了，去年妳媽咪用這些文件指定他來當妳的法定監護人。」

我的眼睛都模糊了，因為好想哭。伊芙琳拍拍我的肩膀，小聲說：「我知道現在妳一定很難過，親愛的，不過一切都會沒事的。到時候妳就知道了。」

雖然我討厭這樣，可是我不認識其他的人，也不知道要說什麼。

後來伊芙琳站起來，說：「謝謝你，巴帝斯塔先生。」她又拍了我的肩膀。我只能點點頭，因為我知道伊芙琳想要我這麼做。她給了我一些紙張帶走，還拿了一盒全新的蠟筆。她說畫畫對我有好處。

「好女孩，」米吉說：「我們回我的家吧，瑪莉亞。」他向伊芙琳說謝謝，然後牽住我的手。他的手很濕，而且有點黏的。

我在走出去的時候又回頭看。我不想離開，可是伊芙琳已經忙著把另外兩個小男孩帶進房間，也沒再看我了。我真的很擔心。

▼**吉莉安**

我叫了輛計程車到布朗克斯區，去查看丹普西給的地址。東一七七街就像我在照片中看到黎巴嫩最近發生的內戰場景：釘上木板的建築窗戶破裂，隨處可見部分倒塌的磚牆，而且那些磚牆仍獨自站立著，彷彿是建築被撕扯掉時不小心留下的。

車子的殘骸和其他廢棄物散落四處，荒涼的空地上垃圾被風吹動。我看見燒黑的大油桶裡生著火，衣衫襤褸的街童們圍繞在附近，跺著腳試圖抵抗寒冷。一雙雙舊運動鞋以鞋帶綁住，懸掛於上頭的電線，暗示著街上可以弄到毒品的地方。

巴基斯坦裔的計程車司機留著大概四天沒刮的鬍子，或者從他握住方向盤的那雙毛茸手腕來看，也可能只消一天就會長成那樣。他將車子停在人行道旁。我四處張望，皺起眉頭。「你確定是這裡嗎？」

「噢對啊，對啊，」他如唱歌般連珠炮地說：「看對街那裡，小姐。三〇一號。」然後又指著另一側的窗戶。「那是三百號，就在那裡。」

那是一塊空地。「在這裡等著。」我沒好氣地說，隨即下車仔細地掃視那片衰敗的區域。我查看街道兩邊的號碼，發現司機說得沒錯。真太令人洩氣了。一道聲音在我厚重大衣的內裡深處悶響著，我掏出手機，看見是史蒂夫從辦公室打來的。「喂？」

「啊！等一下，吉莉。我被一個加了太多奶油起司的貝果攻擊了，抱歉。」

我聽見他拿著話筒一陣手忙腳亂，可是我沒心情等待，於是不高興地問：「你挖到什麼了，史蒂夫？」

「W・J・奧德里奇，東一七七街三百號。」他說話時嘴巴塞滿了東西。「社會安全局說他七年前就死了。」

「嗯，」我咕噥著說：「而且他大概就埋在原本有他家的那片空地上。」

「噢。糟糕，真可惜。」

「我也覺得。」我不滿地沿著殘破又雜草叢生的人行道走了幾步。「有查到漢娜・克萊兒的事嗎？」

「嗯哼。」我聽見他又咬了一口貝果。「退休的社會學家，做了很多自殺防治的事，也為聯合國難民署做了一堆工作。但是完全沒什麼特別之處，沒有其他的。」

「一定會有，該死的。」我粗魯地說著，當轉身要回計程車時，直接撞上了一個全身包得緊緊、騎著三輪車的小男孩。「噢！對不起，孩子。」我從他和他那位混血母親旁邊經過，回到了計程車上。「聽著，史蒂夫，你可以再多查一些嗎？」

我聽見他嘆氣，但還是逼他接受。「謝了。再打給我好嗎？」我把嘎吱作響的計程車門拉上，然後叫司機載我回列諾克斯山醫院。

司機在車陣中等待的空檔，我回頭望向那個騎三輪車、大約六歲的男孩。當時他正踩著踏板經過兩個坐在門階上的男人。他們色瞇瞇地盯著跟在男孩後方的母親。我記得自己在男孩那個年紀時，曾於某個夏日在都鐸公園茂密的綠林間騎著三輪車。我看見拉米瑞茲先生跟另一個西班牙人坐在路旁的長椅上。他們沒注意我，因為他們正專注看著某個東西，還用西班牙語以欣賞的語氣評論著。我循著他們的目光望去，發現他們原來是聚焦在我母親身上。她正在跟我認識的一個孩子一起丟飛盤。她看起來非常美，明亮的陽光從背後照著她薄薄的背心裙，讓底下優美的身形一覽無遺。我看見拉米瑞茲先生用手肘推他的同伴。雖然我聽不懂他們的語言，不過從那種目光和一起竊笑的方式看來，他們的企圖顯然很令人討厭。

後來，那天我用六歲小孩的方式把這件事告訴媽，可是她很有耐心地無視這件事。「哎呀，男人隨時都會那樣的，吉莉安。他們就只是想想而已。」

但拉米瑞茲先生可不只是想想而已。

計程車的喇叭發出刺耳聲響，車子突然往前駛動，往列諾克斯山的方向回去，也將我暫時拉回了現實。但我並未完全回神。

我回想起在都鐸公園那天大約一年後，也就是我七歲時，某天晚上被一陣模糊的聲音吵醒。其中一個是媽媽的，另一個是男人的聲音。他們似乎很生氣，拖著腳步，伴隨著砰砰作響的聲音，接著是撞擊聲。我跳下床打開門，看著我們的小客廳。我很震驚，因為我看見拉米瑞茲先生摔在地上，還撞碎了我們的舊咖啡桌。他的褲子似乎往下拉了一段。母親站著看他，尖聲說：「出去！你出去！」她剛才在跟他扭打，兩個人都流著汗、氣喘吁吁。她揮動著家裡最大把的切肉刀，頭髮跟她的眼神一樣狂野。她漲紅的臉頰上有血，衣服被扯掉一半，露出左邊的乳房，上面有嚴重的抓痕。她一直猛踹笨拙起身去開門的拉米瑞茲先生。她非常凶狠，像隻無法阻擋的母老虎。「你再也不准靠近這裡！滾出去！」她尖喊著把他的身體推出門外。他被褲子絆倒，雙膝跪在走廊上，可是我永遠忘不了他回頭惡狠狠瞪人的模樣。他直直看向我，眼神像火一般散發著危險，以及威脅。

媽甩上門，然後緊緊關好。接著她丟下刀子，跪下來用力抱住我。「沒事了，吉莉！沒事了！」她大口吸氣，試圖平靜下來。「他想要偷我們的錢。」有很多錢散落在地上，還有那個舊餅乾罐的碎片。「而且他想對媽咪做出我不喜歡的事。可是他已經走了。如果妳再見到他，絕對不能靠近他。」她因憤怒而渾身顫抖，抱著我緊貼住她裸露的胸部，輕輕搖晃著我。「他是壞人，吉莉。是個非常壞的人。」

這點我很清楚。

26

▼威爾

在波浪般起伏的黑暗中，全身越來越劇烈的疼痛讓我幾乎快承受不住。潛意識依舊急尋另一個能解釋此現象的理由，於是在我右手背上顯現一幅影像。上面出現了肝斑。我知道原因，而我的牙齦已開始覺得疼痛。

自從托勒密（Ptolemy）的時代起，壞血病就一直折磨著水手。檸檬酸能治療壞血病，所以我們從菲律賓出航時就在船艙裡存放了大量檸檬汁；然而之後被颶風吹得遠離了航道，因此船員缺少檸檬酸好幾個星期，最終才在一八八〇年那個多霧的六月停靠於舊金山。

離開船身瘦長的快速帆船時，儘管我整個人蒼白、虛弱又陷入痛苦，但仍確信只要幾顆柳橙就能很快減輕壞血病的症狀。

我盡量專注於再次回到陸地一事上，能踩在鋪著厚實木板的碼頭上是多麼地棒，但還是有種船在腳下搖晃的幻覺。我環視繁忙的港口，看著密集如林的船隻桅杆從霧氣籠罩的海灣水面向上伸展。後方的濱水區及山丘布滿了木造建築，舊金山正在演變為一座城市。

我大步經過渡輪大廈沿市場街往西南走，再接上斯皮爾街，一路踩著疼痛的雙腿，沉重的水手包也擦痛了肩膀。一位亞洲同伴告訴我，有個好地方可以洗澡，還可以找女人陪伴。雖然身體因壞血病不舒服到了極點，不過很高興能感受口袋裡那些錢幣的重量。金錢對我而言一直是個問題，無論在旅行中賺了多少，都必須立刻花費在食物和衣物上；而在非常罕見的情況下，我會有多餘的金錢，但攜帶上又很麻煩。我不能把錢託付給必須等超過三個世紀才能再次造訪的銀行，而除了掛在頸間的小盒子和十字架，我唯一會隨身帶著的貴重物品，就縫在一個暗袋裡。那是瑪麗・戈德溫・雪萊給我的一小串小型珍珠項鍊。不過在那個六月天，口袋裝著大筆薪水的我，覺得自己既富有又幸運。

霧氣變得很濃，所以走在斯皮爾街時，我幾乎沒注意到自己經過了那條小巷。我的背後突然遭到攻擊，整個人被棍棒不停亂打，並且被拖到了巷內。在霧氣和天旋地轉的視線中，我只短暫瞥見了襲擊者一眼，對方是個亞洲人，很像之前跟我同船的水手。他迅速掏空了我的口袋，再次對我又踢又打，最後逃進了薄霧中。我躺在那裡努力保持清醒，一邊忍受抽痛一邊呻吟著。

▼聖賈克神父

我打了電話給總教區，將傷患的變化告知給馬洛伊的助理。我表示樞機主教現在應該要通知警方，讓他們安排額外的警員來看守。那個傲慢的助理輕蔑地說，樞機主教正在跟市長閉門開會，接著引述其上司明確下達的指示：除非傷患真的完全清醒，否則不能打擾他或麻煩警方。

那個愚蠢的笨蛋。我對馬洛伊不服從一事非常憤怒，也考慮聯絡羅馬當局讓他們去斥責他。回到傷患的病房門口時，我聽見一陣悽慘的呻吟聲，並因傷患竟微微轉頭過來而嚇一大跳。這是他這幾天來第一次有動作！我心跳得厲害，一邊虔誠地想著，上帝啊！我是否真的在見證，這數世紀以來引發無數傳說的男人，正奇蹟般地恢復活力？

▼瑪莉亞

膝蓋痛痛的。我跪在很薄的地毯上，用伊芙琳給的蠟筆在紙上畫畫。一開始我畫了媽媽和我某次坐在翹翹板上的樣子。用來畫畫的舊桌子會搖晃，上面有髒髒的污點跟刮痕。這個房間跟媽媽和我以前住的地方很像，沒有椅子，一個木頭盒子上有一個小燈；房間很暗，感覺很不舒服。

可是隔壁的房間就很好。有很厚的地毯、新的桌子、椅子和一張軟軟的沙發，還有一台螢幕很大的電視。米吉在裡面，換回了花俏的衣服，還有他的戒指、耳環和金牙。我看見他把一些很小、看起來是水晶的東西放進小塑膠袋裡。

那裡還有一個大人，是女生，米吉叫她卡梅拉。她有長長的睫毛也化了很多妝，我覺得她非常漂亮。她只穿著一件又薄又亮的絲綢浴衣，上面有龍的圖案，可是裡面什麼都沒穿。有時候我會看到她在浴衣底下的身體，因為她一直生氣地走來走去，而且一邊抽菸。我聽到她對米吉說：「你說什麼，監護人？」

米吉只是在笑。「聽著，小卡，幾個月前那個賤貨嗑太多藥嗑到恍神了，而我想要讓她的孩子『有個完整的家』。」

卡梅拉的笑聲有點瘋狂。「你是腦袋秀逗了嗎？」

米吉還是一直笑。「所以我把幾袋好東西給了一位當公證人的朋友。」他拿起其中一小袋水晶。「我要他弄好合法文件，然後有天晚上她嗨過頭，我就讓她簽了文件。」

卡梅拉搖搖頭又生氣了。「好，你想幹什麼都行，米吉，可是我才不要照顧賤女人的小孩。」

「冷靜點，小卡。」米吉告訴她：「那孩子可是飯票啊。」

「什麼意思？」卡梅拉問。

他們不知道我在聽。

「房間裡那個小天使，」米吉說：「她可是最完美的毒驢啊。」我聽不懂。我看過小木偶變成驢子，可是我知道那是假裝的。「沒有條子會懷疑她帶了什麼，」米吉對卡梅拉說：「我們的每一筆大交易都讓她去送貨。」然後他拉著卡梅拉坐到大腿上，摸著她的胸部。「而且等她到了十二歲，我們就開始出租她，瞭嗎？老爸知道自己在做什麼喔，女孩。」然後他親了卡梅拉，但那比較像是他們兩個在舔來舔去。

▼聖賈克神父

在逐漸昏暗的醫院病房門口，我緊盯著傷患病床旁的心率器。心跳脈動越來越快了。我也注意到傷患有其他輕微的動作：一根手指抖了一下，一邊的眉毛時不時抽動，他的呼吸也在變化。

有時他會突然猛吸一口氣，就像我在消化不良偶發時，突然感到劇痛那樣。

傷患現在一定已經感受到傷勢造成的痛苦，並且慢慢要恢復意識了。他醒來時我一定要在場，然後確保他被紐約市警察局拘留，最後交給梵蒂岡警方。

此時，那男人忽然又倒抽一口氣，接著猛然吸氣。

▼威爾

我躺在舊金山的鵝卵石路面上，痛苦地呼息，試圖讓視線恢復，並忍受被人狠揍一頓的創傷和身體不斷傳來的刺骨疼痛。作嘔感一再出現又消退。

費了好一番力氣後，我終於踩著不穩的雙腳站起來，並拿回水手包；我單手摸索著巷子旁潮濕的護牆板並撐住自己，搖搖晃晃地循原路回到霧氣籠罩的市場街。街上鬧哄哄的，有運貨馬車、輕便馬車、各式各樣的人。我的頭很痛又思緒昏亂，就像以前常發生的情況：流著血，身上一無所有。我嘆了口氣，而這讓斷裂的肋骨發出一陣緊縮的劇痛。我只能再次認命地找些薪水微薄的零工了。

然而在市場街上找工作到處碰壁後，我已快要精疲力盡，只能勉強拖著腳步走在舊金山形形色色的行人之間。最後，我還是決定去乾尼街碰碰運氣，這時卻聽見一個男人大喊：「史都華先生？」我沉浸思緒中繼續往前走，後來那人又氣喘吁吁地喊著：「等等！等等！不好意思，先生！」

我這才轉身，看見一個矮胖的男人正跑過來，年紀大約六十歲，穿著一套三件式西裝。這男人似乎有點眼熟，雖然喘得上氣不接下氣，但他一看到我的臉，那雙在金邊眼鏡底下的眼睛就瞪得老大。他的圓臉就像迎接聖誕節早晨的孩子那樣明亮起來，驚訝地看著我一段時間，擺著笑容卻說不出話，最後才結結巴巴地開了口。

「真是奇蹟啊！是你！我看到你從我們商店櫥窗外經過——」他興奮地喘著。「——那時我心想，老天爺啊！這有可能嗎？J．W．史都華?!」接著他平靜下來後，表情卻又突然更加驚奇。「老天啊！自從上次見過你後，你一點都沒有變老！」我混沌的思緒試著回想彼此在哪見過面，結果男人率先愉快地提示了：「雅各．戴維斯，裁縫師。」他伸出細嫩的手卻強而有力地握住我。「也許現在你想起來了？在維吉尼亞城？我們是在那裡認識的，你有猜中我來自拉脫維亞。」

「噢，對，當然。」我客氣地說，一邊仍試著回想上次見面的場景。

戴維斯緊緊握住我的手，他還在喘氣。「老天爺啊，我找你找了超過十八年。不，不止呢！」

「找我？」我完全搞糊塗了，粗啞地回答。我覺得自己快要倒下了。

「是的，是的！」這時他才發現我十分虛弱，於是抓住我的手臂幫忙扶著。「你的狀況不太好啊。請跟我來，靠著我吧。請一定要來！」

雅各．戴維斯的態度十分可親也很堅持。他拿起我沉重的水手包，而從他那身西裝精緻的剪裁來看，我想戴維斯先生也許能提供一些粗活工作，給我這位剛被痛打一頓的潦倒水手。

他帶我回到市場街，前往一間賣紡織品的店面，我稍早探尋時就曾經過那裡。「你看，」戴維斯熱情地說：「看看櫥窗裡！」

我看見展示的商品包括了工作服、連身服，還有一種以粗厚帶藍色的布料製成的馬褲。那些東西看起來沒什麼特別的，但我不想影響這位矮胖紳士的好心情，於是點點頭說：「非常好。」

不過戴維斯興奮地笑著。「不對！你沒有仔細看！」他熱切地指著。「你看，在那裡！」

我往他指的方向看去，更仔細觀察那些衣物，發現口袋角落和其他壓力點都有銅製的小鉚釘穿過，藉此變得更加耐用。「啊！」我露出笑容，回憶終於湧現。

「就像我在維吉尼亞城看見你如何處理馬褲那樣。」戴維斯先生邊說邊打開商店的門，隨即就有鈴聲響起示意我們進入店內。「請進，請進來吧！」

我跟著他進去後，他就催促我坐下，然後要一位女店員幫我倒了杯水，還拿來幾顆柳橙。接著，他對後面的某個人大喊：「我找到他了！我找到J．W．史都華了！」

有個男人從後方的儲藏室急走出來，他的身材粗壯，眉毛濃密，有些禿頭，頭型像顆倒放的蛋上寬下窄，下巴有著完整的山羊鬍，但唇上倒是沒留。他同樣穿著精心剪裁的衣物，露出驚訝的表情，以濃厚的巴伐利亞口音說：「這就是他？」

「對！這真是奇蹟！我剛剛看到他從我們櫥窗外經過！」雅各．戴維斯接著轉向我。「史都華先生，這位是李維．史特勞斯（Levi Strauss）先生(注)。」

面露微笑的蛋頭人熱誠地跟我握手，以德國人的方式輕快點頭。「史都華先生，很高興終於能見到你了！」

他們兩人都對我眉開眼笑，接著雅各．戴維斯開始向我解釋一切，並愉快地揮舞雙手。「我看到你在褲子加上鉚釘時，就把這件事告訴了李維。」

「這個構想太棒了，先生。」李維高興地附和。「太棒了！」

雅各繼續說：「我們在維吉尼亞城到處找你，可是你消失了，就連你的記者朋友山姆也不知道你去了哪裡。你知道嗎，他後來變成一位知名的作家，現在自稱是馬克．吐溫（Mark Twain）。」

注　美國知名服飾品牌Levi's（利惠）的創始人，該品牌以丹寧牛仔褲而聞名全球。

「我們在好多報紙上登廣告要找你，」李維說：「一直在找，這些年都是。」

「總之，」雅各繼續說：「認真考慮以後，李維跟我決定合夥，並且以你的構想取得專利。」

「第一三九一二一號。」李維驕傲地宣布。

「當然，你的名字也包含其中，」雅各說：「你跟我們都是專利權人。」

「哎呀，你們不必那麼做的。」我聳聳肩說：「不過還是謝謝你們。」我環視那間存貨充足的小店。

「你們的店生意應該不錯？」

他們兩人愉快地對看了一眼。雅各輕拍我的背，李維則是欣喜地說：「確實不錯，史都華先生。我很高興告知你……你是個百萬富翁了！」

27

▼威爾

我茫然地看著兩位笑容滿面的紳士。在試圖理解李維的話時，身體那強烈的不適感也稍微淡去了。室內變得明亮，而我望向室外時，發現霧氣已然消散，晴朗的陽光流動著。

那兩個愉快的人向我說明，他們一開始是在粗糙褐色帆布製成的衣物上使用我的鉚釘，但很快就換成了一種叫嗶嘰的耐用織物，是在法國尼姆製作的。

「叫做*serge de Nimes*。」雅各一邊解釋，一邊拿了些硬挺的藍色馬褲給我看。

「不過現在大家都稱呼那是丹寧，」李維笑著說：「我們不在乎他們想怎麼叫，只要大家會買就好。來吧，你過來看看！」

他們熱心地推著我穿過後門，進入一間很大的辦公室，裡面擺著十幾張桌子，有二十幾個人正在忙碌著。接著我們又通過另一道門，來到一座不規則伸展、大小近乎一整個城市街區的倉庫，那裡有一群男女工人正在忙著製作丹寧材質的衣物。

李維笑容滿面地看著我，雅各則說：「我們有另外兩間同樣規模的工廠，而且正在蓋第三間。」

我得知在淘金熱的地區，幾乎每個淘金客都會穿利惠公司的服裝，還有在舊金山大多數的工人也是。他們現在要在加州沿岸開一間新店面，希望自己獨特的產品能吸引到更多人。

兩人熱情地邀請我加入管理公司，或在未來持續領取屬於我的三分之一收益，而我選擇了後者。除了未來收益之外，他們在過去二十年裡也已為我存下一筆非常豐厚的財富。

多少世紀以來，我只能勉強餬口忍受貧窮，這下反而變得不知所措了。於是我向他們說明自己必須不斷旅行，但沒解釋原因。他們擁有東歐人的禮貌及慎重，所以並未追問下去，不過他們應該是認為我幹了什麼壞事，才必須一直逃跑。要是我說出自己犯下的真正過錯，他們絕對無法想像。

雅各提議用一種便利的方法確保我可以收到錢：西聯匯款剛開始採用透過電報轉移存款的方式。李維建立了一組密碼，讓我在需要錢的時候可以用來證明身分，而錢也會立刻送到我的所在地。從那時起，我不斷擁有豐厚的財源。這如釋重負的感覺真棒，而且——

一陣強烈的灼痛如電流般突然竄遍全身。我回到了那棟燃燒且熾熱無比的公寓：我感覺得到，也看見著火的天花板塌在那個尖叫的女人身上。為了應付這種（由我目前傷勢所造成）越來越明顯的痛苦，綳緊的潛意識發出像閃電的訊號，讓我回想起類似的慘況：一五六〇至一六〇〇年間，從德國到蘇格蘭跨越整個歐洲的範圍裡，在八千個將人活活燒死的場景中，我已看得太多了。無辜之人成為憎恨、嫉妒、迷信的受害者，教會統治集團也致力於維持至高無上的權威。那些男人和女人，甚至是小孩——我見過一個九歲的女孩，火舌攀上了她那火紅色的頭髮——那些人瞪大雙眼，極度恐懼地尖叫，一個接一個遭受煉獄般的火刑折磨；那些由火刑柱組成的火柴堆，熱燙到我嚴重損傷的皮膚都起水泡。他們的苦痛滲入了我的生命，頭髮和肉體燃燒所產生的煙霧刺痛了我的雙眼，被灼烤的皮肉氣味刺激著我的鼻子。所有他們無法承受的激烈痛苦，就像上千枝火箭狠狠射向我。

▼**瑪莉亞**

我用一根黃色蠟筆來畫火焰，黃色的地方很多。那是我們房子的圖畫，我畫了媽媽在窗戶邊揮手，圖畫的最下面是救我的那個人正在往上看。

米吉跟卡梅拉把他們那個高級房間的門關起來了。我聽見他們一直在笑，然後她尖叫了幾次。米吉打開門後，他是真的很高興地說：「嘿，瑪莉亞，妳在做什麼啊，親愛的？過來讓米吉叔叔看看吧。」

我拿著畫走過去，然後問他，我是不是應該對卡梅拉叫「卡梅拉阿姨」。她聽到後生氣地站起來。「我們把話說清楚，小孩，」她說話有點兇：「我才不是妳什麼阿姨。」其實她講的是髒話，說完她就走開了。

「妳在畫什麼呢，親愛的？」米吉想裝出人很好的樣子，可是我不相信他。我舉起圖畫，但他把我拉近，用瘦瘦的手抱住我，然後才看我的畫。

「噢……畫得非常好喔，瑪莉亞。不過妳要不要畫一些開心點的東西呢？」他講話的時候，我感覺到他暖暖的手從衣服後面往下伸，摩擦我的皮膚。

我不喜歡這樣，可是害怕到什麼都不敢說。

▼**威爾**

著火的公寓突然傾塌過來，像一條岩漿河擠壓並吞沒了我。接著一切就陷入混亂。這該死的酷刑！我發出最後一道長而絕望的吼聲，然後就在大火中瞥見那位時髦的年輕人，露出同情的眼神平靜地看著我。

「嘿，大塊頭。」他低聲以拉丁語說：「我知道你聽得見我。」

▼聖賈克神父

那個矮胖的波多黎各護理師走進去查看他時，我已經在走廊上稍微走遠一小段距離。不過當聽見她用拉丁語那古老的教會語言說「我知道你聽得見我」時，我連忙靠近探頭往內窺看。胖女人很親密地靠近那昏迷男人的臉龐，聲音很低沉，奇怪的是聽起來竟然像是男性。接著，她用完美的拉丁語說：「該是起床的時候了吧，大塊頭？」

接著我聽見傷患發出比之前更大的呻吟，全身很不舒服地扭動著，包括雙手雙腳。他的眼睛仍然閉著，不過發燒的額頭上眉間深深皺起。他的嘴唇在顫抖，而接下來令我驚訝的是，那男人第一次開口說話了。

他用拉丁語粗啞地說：「別煩我……阿斯莫德（Asmodeus）……」

我頓時一陣毛骨悚然。

身形龐大的護理師站直身子，露出陰鬱的笑容。她看見我在門口似乎完全不訝異，而在她滑動腳步從我身邊經過時，我忍不住問：「為什麼妳要說拉丁語？」

她好奇地看著我，而一開口說話時，聲音竟變得輕柔如女性，完全不像我剛才偷聽到的樣子。她聳聳肩回答：「什麼？我完全不會說啊，神父。」接著就留下困惑的我，往護理站的方向走去。

討厭的是，我看見那個記者又回來了。她穿著不同的衣物，而且頭髮是濕的。我猜她回家梳洗過又換了衣服。

「發生什麼事了嗎？」她問。

「沒什麼，大概吧。」我想讓她在傷患再次開口前離開。「如果妳想留下電話號碼，我很樂意——」

「阿斯莫德……」傷患又再次喃喃呻吟。

▼吉莉安

我整個人呆住了，既驚訝又興奮地望向房間裡的男人，接著對神父露出銳利的目光，表情很明顯地告訴他：這叫沒什麼啊？可不是嗎，混帳東西。

我迅速推開神父進入加護病房，抓起口罩並穿上手術服，往病床走去。

28

▼吉莉安

神父站在門口，也穿戴上手術服和口罩，我則是拉了張椅子靠近傷患的床邊，結果一近距離看到他就嚇了一跳。自從上次見他才過幾個小時，他的臉色就已改善非常多，額上被紗布覆蓋的一顆大水泡也消退不少。我按下小型錄音機的錄音鍵，輕聲對他說：「你剛才說什麼？」

傷患乾澀的嘴唇無聲顫抖著。

「就是這樣，」我用鼓勵的語氣說：「你剛才說什麼？」

他神智不清並顫抖地輕聲說：「阿斯莫德……」

我讓錄音機靠近他的臉。「那是你的名字嗎？你叫什麼名字，可以告訴我你的名字嗎？」

「……*Ahasuerus*……*Botta*……*deo*……」

我聽見神父在後方倒抽一口氣，於是回頭問：「Deo？意思是上帝，對嗎？」他輕輕點頭，但那雙蒼白的眼睛仍緊盯著傷患。接著我問：「所以Botta deo是什麼？」

神父繼續注視著傷患，他似乎很煩亂，甚至有些害怕，而且幾乎沒意識到自己回答了問題。「意思是……攻擊上帝之人。」

「什麼？怎麼有人會……」

「阿斯莫德……」傷患又輕聲說了一次，眉頭皺得很深。「*Set……Mot……*」

「那不就是……」我再次回頭看向神父，懷疑地問。

神父的目光凝視傷患，然後用勉強聽得見的氣音說：「撒旦的其他名稱。」

我打量著法國人憂慮的表情，再回頭看傷患，他正在喃喃細語，似乎又再度陷入昏迷。

「不，等一下，拜托請繼續！」我急切地說：「我想要幫助你。」

▼威爾

「我想要幫助你。」那陣聲音非常微弱。在依舊痛苦的黑暗中出現了一張臉孔，那是九歲的札卡利亞斯．詹森，他神情熱切，並以其母語荷蘭語說：「我想要幫助你。你想要找什麼呢，先生？」

「可以固定這些的東西。」我拿出兩片有缺口且大小不一的鏡片給他看。當時我正在為男孩的父親漢斯清理小店，以賺取一些伙食費。漢斯人很好，是一五九〇年代荷蘭的眼鏡製造商。「這些是在這書架底下找到的，我拿起來後，注意到一個奇怪現象。你看一下，札卡利亞斯。」我讓男孩見識到，只要將一塊鏡片放到另一塊下方約六吋處，再透過兩塊鏡片觀看，就會發現放大倍率增加許多。

札卡利亞斯年輕的臉龐變得十分開朗。「哇，真的呢！」男孩利用鏡片詳細查看畚箕裡的堅果殼。「這讓小東西變大了，先生！」男孩把鏡片帶去父親替他準備的小型工作檯。「我想這有很棒的可能性呢，先生。」

後來傳來了這幾個字的回音，不過變成了：「確實有很棒的可能性！你說得對，小伙子！」抓著我肩膀說話的是一位蘇格蘭人，三十歲的他精力充沛，留著火紅色頭髮，有雙亮藍色眼眸，鼻子又大又粗，而且天性活潑愉快。

這位熱情的蘇格蘭人嘴裡咬著菸斗，檢查我從德文郡以馬車一路往北載到格拉斯哥的沉重引擎原型。當時是一七六五年，稍早我曾在德文郡的一處礦井當零工，那裡的一位技工引起了我的興趣，他想要改良一部用來抽乾淹水礦井的紐科門蒸汽引擎，結果卻沒有成功。我查看引擎時，回想起大約在我出生前一百年的希臘，小希羅發明了一種以蒸汽為動力的玩具。幾世紀前旅行經過亞歷山卓時，我就曾見過那種東西的圖畫。我向技工建議，小希羅的構想也許能讓紐科門的引擎更有效率，不過那個頑固古板的人還是決意要繼續採用自己的設計。

我把他丟棄的其中一部紐科門引擎運送給迷人的詹姆斯．瓦特（James Watt），而這是為了一個非常重要的理由。

一百四十四年前，也就是西元一六二一年，我騙取了機會跟當代最有才智的人私下會面：法蘭西斯．培根（Francis Bacon）爵士。我獲取他注意的方式，是以震驚的手法來演示自己受到任何傷勢都能神奇復元、長生不老的能力，同時也讓他知道我被詛咒的由來。他感到恐懼又驚奇，但最後仍相信了我已存在數十世紀的超自然事實。他能深刻體會在處於困境的人類歷史中，我艱辛跋涉後產生的看法。除此之外也向他說明，我無法僅靠一己之力做出廣大正面的改變，原因是我無法掌握大權。

不過培根閣下可以。

我提醒他，他對這種深切的改變有過展望，也曾利用自身卓越的能力付諸在這如此巨大的計畫上，可是當詹姆士國王任命他當大法官後，他就把這一切棄之不顧了。培根很快就受到財富和奢華宮廷生活的誘惑。然而在那之前，培根爵士的計畫本來是要點燃理性時代（Age of Reason）及科學啟蒙的。我堅決要求他重拾志業。

我完美證明自己是「來自過去的使節」，也提供自己在世上存活許久所得到的見解，而目瞪口呆的他最後深吸了一口氣，真心答應我要讓自己振作起來，再次致力於那項挑戰。若要建立並促進大規模的社會變革、使人類進步，他那居高臨下的大法官職位會比我更有無窮的力量。

這位大法官確實立刻放棄了奢侈的生活方式，並回到徹底改造科學與哲學的偉大任務上。我非常興奮培根閣下號召了全世界邁向理性時代。他宣稱無知是恐懼的根源，以及知識就是力量。培根說服了詹姆士國王將《偉大復興》（*The Great Renewal*）視為皇家著作並提供資助，這將是讓人類在物理、物質及道德方面受惠，並完全顛覆科學的推理及研究。

我很高興見證培根爵士做了這些事：建立更多大學和圖書館並促進交流，開始提高教師的薪資，贊助實驗室和博物館，並且針對以原理、邏輯與理性為基礎的科學實驗提供充足資金。

培根堅決主張：「人類越能明白並利用自然的力量，就越能理解上帝的本質。而我們也會有更多機會藉由個人沉思，逐漸發展出更高的智慧、同理心及同情心。」

對於推動培根閣下的生活重新步上正軌一事，我感到相當驕傲，覺得自己終於讓人性和純粹的良善，能以有意義的方式獲得提升。或許我也因此提升了自己。我們希望培根閣下的《偉大復興》可以徹底消除數世紀以來的迷信和教條，由知識與學問取而代之。

不過可惜的是，培根盡了最大的努力，結果仍只有那些運氣夠好、已受過教育的人，以及有錢有閒願意接受教育的人支持。我看著大批未受教育的百姓，為了勉強能吃住而日復一日掙扎著。就算他們渴望接受教育，每天沉重的生存壓力也讓此事變得有如天方夜譚。如果普通人想要有時間學習與沉思，讓自己逐漸脫離無知，那麼在物質的世界中就必須要有激烈的實際進展。我希望熱情活潑的瓦特先生會是達成那個目標的幫手。如果我們可以把紐科門那部性能較差的引擎，改造成確實有用的裝置，或許就能在技術上協助推動世界前進，並且改善一般人的命運。

我聽說詹姆斯在格拉斯哥大學有一間工作坊，而且他是當代最厲害的機械工程師。聽完我的構想後，他很高興也很渴望參與。

我向瓦特解釋自己只能待三天時間，他馬上就通知他那嬌小的妻子瑪格麗特為我們送餐到工作坊。瓦特搓揉著手掌，躍躍欲試地說：「那麼我們一刻都別浪費吧，小伙子。開工！」

詹姆斯很快就讓舊型引擎運轉起來，可是動得很遲緩，跟紐科門製作的一樣不可靠。不過詹姆斯立刻就知道，我根據那種古老的希臘玩具所提出的簡單建議，一定能夠改善效能。我們一起著手改造。

到了第三天，修改過的引擎已能順利運轉，並產生了全新的巨大效能。詹姆斯開心地緊抓著我的肩膀，又說了一次：「確實有很棒的可能性啊，威爾！」瑪格麗特帶了我們最後的早餐來工作坊，包括配上濃縮奶油的葡萄乾烤餅、牛奶，還有粗厚玻璃杯裝的咖啡。詹姆斯啜飲著咖啡，不悅地皺起了臉。

「哎呀，妳泡的咖啡濃到可以清除管子上的鐵鏽了啊，小瑪。」

「抱歉，小詹。那麼我再加一點牛奶吧。」她這麼說，並遞出一個杯子。

「不了，」他用粗厚長了雀斑的手蓋住自己的杯子。「我不喜歡咖啡涼掉。」

我突然有個想法。我從瑪格麗特手中接過牛奶杯，舉起杯子，讓我們那部蒸汽引擎的洩壓閥末端浸在牛奶中，接著打開活門，讓嘶嘶作響的蒸汽加熱牛奶。我十分訝異地看著牛奶表面形成了一層泡沫。

詹姆斯笑了。他把杯子遞過來，讓我倒進一些起奶泡的熱牛奶。咖啡變成了淺褐色，就像我常穿的嘉布遣會修士袍。

詹姆斯試喝了一口，熱情笑起來。「幹得好啊，小伙子！至少我們知道這該死的玩意兒還算有用！」

▼吉莉安

丹普西警告說醫師要過來時，神父和我不得不趕緊離開、躲到病房外。我在一處轉角稍待，聽見了費南德茲醫師一邊翻閱傷患的病歷，一邊困惑地低語：「對……那些燒傷看起來的確改善很多。這太奇怪了，從沒見過傷勢這麼嚴重的人能這樣恢復。」

「會不會是一開始的檢查出錯了？」丹普西問。

「簡直難以置信。」費南德茲不高興地嘆了口氣，我聽見他在病歷上迅速寫了指示。「我們幫他再多加一點必托生吧。」

我聽見醫師離開，於是探頭張望，目光跟丹普西對上。他走過來時，我輕聲問：「必托生？」

丹普西點點頭。「對，是麻醉藥，能幫助穩定昏迷狀態，讓他不會太痛苦。」

「但必托生不就是所謂的吐真藥嗎？」

「偶爾可能會有那種效果，」他說：「讓人反常地打開話匣子。」

我回頭望向病房，不過丹普西抓住了我的衣袖制止。「不行，我不能再讓妳進去裡面了。」

「拜託，這可是個自由的國家……」

他搖著頭說：「妳不是家屬，按規定是——」

「你現在要引用規定嗎？你？」我開始生氣起來。「那個神父也不是家屬啊？」

「但他是神父，他們在這裡本來就會進出病房啊。」我正要開口反駁，卻被他打斷了。「費南德茲恨死妳了，他會把我大卸八塊的。很抱歉。」

「好吧，好吧，」我明白了。「三百元。」

他又搖搖頭。「不行，真的。我很想幫妳，吉莉，妳也知道的。不過我的下場可能會很慘，非常慘。」

「五百。」我見到他猶豫了一下，臉上正常的那一側嘴唇噘起，麻痺的那一側則是鬆垮垮。見情勢有利，我趕緊趁勝追擊。「只要一有空，我就下樓到ＡＴＭ領錢，我保證，好嗎？」丹普西依然沉默並遲疑著。「拜託，阿丹，我什麼時候不付錢過？而且現在是週末假期啊，對吧？」我盡其所能地說服他。「沒有太多病患，值班的人數又少。」我查看了下手錶上的時間。「而且你看，現在已經很晚了，說不定今晚費南德茲要休息了。」

我堅持自己的立場，然而他也是。最後我嘆了口氣，暗示這已是最大的極限了，接著又孤注一擲，轉身假裝要離開。他突然攔住我，深呼吸了一口，最終輕輕點了頭。

我再次放鬆下來。「這才是我的好朋友。」接著注視他。「不過為了那一大筆錢，你要小心把風，好嗎？」

他又點了點頭。「好，我會打內線通知妳。如果有人，就一定會從電梯那裡過來，所以妳要往另一邊躲，行嗎？妳被抓到的話，我就完了。」

「了解。謝啦，阿丹。」我輕吻了他正常的那側臉頰，然後回頭走向三〇四號房。我看見神父從另一個方向過來，他蓋上手機時露出了得意、傲慢的笑容，看到我後則是嗤之以鼻，顯得很不滿。「我真的覺得，妳不該為了報導而侵犯這個人的隱私。」

「我這是在盡量試著幫他。」接著我又尖酸地問：「你又到底為什麼要來這裡？」

他用充滿威嚇的目光與我對看，直到我們聽見病房裡傳來了一陣喃喃細語。我連忙戴上口罩走到床邊，看見傷患閃現痛苦的表情，彷彿在注射藥物的半清醒狀態下，仍能感受到身上多處傷勢造成的疼痛。我再度打開錄音機，輕聲對他說話：「你聽得見我嗎？你叫什麼名字？」

他的眉頭深深皺起，雙唇緊閉，似乎並不想說話，可是必托生的效力就像深度催眠。我明白他處於非常脆弱的狀態，所以語氣很溫和。「我真的想要幫你，可以說說你的名字嗎？」

他深吸了一口氣。「太多了。吉廉……維爾漢……不過一開始是……維特勒斯……雅努斯……曼丘斯。」

神父又出現在我正後方，我聽到他屏住了呼吸。

「你家在哪裡？」我問：「你來自何方？」

男人又一次深呼吸，然後說：「……猶地亞。」

▼威爾

「猶地亞？」我聽見那飄渺的女聲，在霧氣籠罩的黑暗中重複這個詞。「你是指以色列嗎？」

那座被太陽曬得褪色的古老城市在思緒中閃現。我傲慢地走在一條滿是塵土的狹窄街道，身穿代表權威的羅馬長袍。經過驢車及穿著羅馬或阿拉伯衣物的男女時，其中幾個人還帶著敬意朝我點了點頭。

「……不，」我以拉丁語喃喃地說：「……我指的是……猶地亞……」

▼吉莉安

他說了拉丁語。「你可以說英語嗎？你剛才說什麼？」

「猶地亞……是我的家鄉……待了三十三年……」

「你在那裡出生嗎？」

「對。」

「什麼時候？」

他的聲音軟弱無力，幾乎快聽不清了。「奧古斯都大帝（注）的……第二十七年。」

「什麼？」我感到自己臉色變得慘白。「但那是——」

「……超過兩千年前了。」他輕聲說。

我注視他，然後望向神父，他似乎也一樣很驚訝。我回頭面向病床。「那怎麼可能？」

「……詛咒。」他嘆了口氣，然後再次緊閉雙唇。

「什麼詛咒？怎麼會——」

「一開始我還不明白……即使是在痛苦開始的時候……在他被殺的三天後。」

「誰被殺了？」我想弄清楚他的意思。

「……那種痛苦……」他粗啞著嗓門說：「無法忍受……」

▼威爾

我聽見自己的聲音在黑暗中奇怪地迴盪。那是一種怪異的雙面體驗，就像有另一個人在說話，而我只是旁觀者，不過同時也是說出自己如何被那陣刺痛侵襲的敘述者。疼痛一開始是從頭骨後方出現，接著便從各方襲來。我靠著灰泥牆面搖搖晃晃地走著。街道上，在我附近的阿拉伯人、猶太人、羅馬人全都避得遠遠的，他們都以為我喝醉了。

可是我看見那個穿著全新長袍的男人，在我經過時轉頭緊盯著我。我從來沒見過他，那是個英俊的年輕人，有著油亮的黑髮和五官。

那陣痛苦……燒灼著大腦，就像在烤肉叉上滋滋作響的生肉……而我不知從哪個方向被絆倒了。

注 Caesar Augustus，即羅馬帝國開國君主，原名蓋烏斯・屋大維・圖里努斯。

▼吉莉安

我靠得更近，因為他說話斷斷續續的情況很嚴重，在句子之間時常停頓，或是停下來不斷喘息。

▼威爾

我聽見自己脫離肉體的聲音迴盪，繼續對著看不見的女人訴說那座古老城市……當時正塵土飛揚，有一場市集正在進行，而我蹣跚步行……經過販賣香料、鮮魚、農產品的攤位。那陣痛苦……讓我像個瘋子。

後來……只是多走了一步，痛苦就消失了。我在集市中站直身子，完全不痛了。

可是當要轉身回家時，痛苦又再次像斧頭劈了過來。我痛到失去知覺……打翻了一個賣籃子的攤位。憤怒的攤主用力推開我，但那陣痛苦卻又再度消失了。我緩緩站起來，發現只要走往家裡的方向……痛苦就會猛烈來襲。只要走往遠離我家的方向……痛苦就會減輕。

我很困惑，而且恐懼。我測試自己的推論……走向一條狹窄的猶地亞街道。我繞過一處轉角，在人們之間推擠著前進，還推開了一位失明的乞丐，接著轉進一條通往家裡的巷子。那陣痛苦果然猛地出現，彷彿全身被淋滿滾燙的熱油。

▼吉莉安

他不舒服地在醫院病床上扭動身軀，好像又感受到了某種痛苦，也可能是在公寓大火所造成的傷痛。

接著他低聲說：「我發現我可以……在一定的距離內繞行自己的住處，可是只要轉往家的方向，疼痛就會再次出現。我只好尋找暫時的庇護所，就在認識的一位皮件商人店裡。他兒子替我傳話給我的妻子。」

神父輕聲問：「她叫什麼名字？」

男人低聲說：「……莉薇雅。」

我又聽見法國人深吸了一口氣，這個名字似乎對他有某種特殊意義。我回頭看向他。「怎麼了？你知道那個名字？」

不過就在神父回答前，傷患又斷斷續續地說：「莉薇雅很快就過來了，她擔心地抱住我……她帶來了她的溫情、她的信心……還有我們七歲大的兒子阿米流斯。」

我回頭想看神父是不是也知道阿米流斯這個名字，但他現在擺著一副撲克臉。

「他們帶了香油，」男人語氣輕細地說：「草藥……莉薇雅替我用藥……安撫我……」

他的話突然喚起我一段記憶：母親躺在家裡的床上，我用濕布擦拭她額頭並準備她的藥量時，她虛弱地抬起頭笑著。

接著男人的聲音讓我回過神。「莉薇雅很溫柔也很有耐心……她一向都是如此。經過一段時間後……她鼓勵我再試一次……試著回家。」

▼威爾

莉薇雅用纖細的手握著我，握得很緊。雖然她是個弱女子，但其決心充滿力量支持著我。她的目光跟我對望。她的眼睛很美，是淺黃褐色……她的話語充滿鼓勵。年輕的阿米流斯握住我的左手。我們一起離開商店，可是當一轉上通往家的街道時……我再次感受到被鞭打般的疼痛。我無法繼續前進。

於是莉薇雅帶我到附近一間小旅館。她光滑的臉龐因不安而顯得嚴肅。我坐在粉刷成白色的房間裡，凝視著油燈上搖曳的火焰。阿米流斯去張羅食物，莉薇雅則是帶來了一位療者。他檢查我……結果找不出任何原因。

隔天早上我們再次啟程回家。劇烈的痛苦又出現了，但只要往家的反方向走就會立刻消失。這種情況持續了兩天。莉薇雅找來了其他療者、占卜師、祕術師……我們甚至獻祭了一隻小羊給水星，那是我們的家神。什麼都沒用，奇怪的症狀完全沒改善。

後來在第四天的黎明，我被一種不一樣的疼痛驚醒：後腦杓傳來一陣刺痛。莉薇雅扶著我，搖搖晃晃走到先前能讓症狀緩和下來的那些街道，然而疼痛仍然持續著。於是我們一直走……遠離了我們的家，最後抵達一座非常遙遠的廣場，從那裡到家中大約是兩倍的距離，而這時疼痛突然停止了。

在塵土瀰漫的猶地亞廣場上，我身體垂軟靠著低矮的牆壁，因疼痛減緩而開始深呼吸。我看了看四周，眨著沉重的眼皮。周圍的世界一如往常運行，各式各樣的人群經過我面前，有羅馬人、猶太人、阿拉伯人、非洲人和奴隸；駱駝、驢車，還有橫行霸道的雙輪馬車。

我開始推測，自己只能在同一個地方待三天。在那之後，我至少必須繼續行進三千呎，再也無法回到同一個地方。

▼聖賈克神父

傷患暫停了他輕聲說出的故事，吃力地吞著口水。我很想獨自跟他待在病房裡，希望那個不懷好意的女人能離開。

我知道她看見我的臉色，因傷患透露的一些細節而變得蒼白，但我仍盡最大的努力讓自己保持鎮靜。我的意志還是很堅決，這樣才能徹底達成使命，天父。我已經打電話給總教區、告知獵物的恢復情況，而現在也要通知紐約市警局提供我之前要求的緊密戒備，那些人力很快就會派上用場了。我把注意力放在傷患身上，輕聲問：「為什麼？為什麼是三天，還有三千呎？」

男人在床上稍微扭動著，似乎想要避而不答。「我不知道，」他咕噥著說：「不過後來我受傷了……」他敘述時表情也跟著扭曲。「我們正要經過另一個廣場，突然……一輛羅馬人的雙輪馬車……由兩匹種馬拉著，駕駛是一位正在大笑的百夫長……馬車從一條小街衝出來。前方的人們、雞、鵝全都四處逃竄，車子直接衝向我們。」

傷患接著說：「我推開莉薇雅和阿米流斯，可是卻因此被重壓在地上，被強而有力的戰馬踐踏，被馬車沉重的木輪輾過。在黑暗和星光的閃爍下，我感到自己的骨頭碎裂了。我看見鮮血飛濺，而且從沒經歷過如此劇烈的痛苦。」

他躺在病床上，因疼痛而畏縮著身體。我不知道那是來自記憶，還是在公寓大火中受到的嚴重傷勢所致。

▼威爾

莉薇雅一邊大喊一邊跑向我，周圍的世界變成了模糊的乳白色。她跟其他人把我搬進一間地毯商人的店裡。店主人一開始很反對這麼做，直到莉薇雅大聲說出我的身分……以及我為哪戶重要的人家做事。我只剩一隻眼睛能看得見，發現自己的手臂和皮膚都殘破不堪，而且被砂礫和血弄得很髒；我的腳變得有如爛泥，還有一根令人噁心的白色骨頭……從膝蓋上方的粉色血肉中穿透出來。

莉薇雅抱著我受到嚴重傷害的頭。我幾乎失去意識，聽見她祈禱要水星帶走我……也就是讓我死去。她還祈求讓我的靈魂從支離破碎的身體中解脫，不再受到致命的折磨。

可是死亡的解脫並未到來。只有黑暗，以及可怕的疼痛……我視線模糊地瞥見了油燈，瞥見阿米流斯將溫暖的油倒在我血肉模糊的手上，還有莉薇雅的臉孔，總會在我受到酷刑般的苦痛時出現在附近。我是多麼愛她，也渴望這樣告訴她，但就算能在頭暈目眩的狀態下集中精神，碎裂的下巴也無法讓我開口言語。我不斷地醒來又陷入昏迷。

第一道晨光射進仍有視力的一隻眼睛，灼熱的疼痛感戳醒了我。我看得出莉薇雅睡在附近，她那柔滑的棕髮隨著那漂亮的臉龐起伏。我伸手想碰她，結果發現自己竟然可以伸出手。我仔細一看，看見手臂正在恢復，復元程度似乎至少已有兩星期以上了。我活動了一下，卻因疼痛而倒抽一口氣。然而我很驚訝……受傷的情況從前一晚到現在已明顯改善非常多。

我明白那晚自己身上發生了某種奇蹟。我的傷……即使是斷裂的骨頭……很明顯正在復元……而且快得不像話。

莉薇雅被我的抽氣聲吵醒，而她立刻看出了神奇的差異。她驚奇地注視著我，覺得很開心，但同時也有莫名的恐懼。到底是哪種黑魔法造成了這種效果？

我以前所未有的速度恢復，太詭異了。在三天的期間內，我還是很虛弱，而且仍然疼痛難忍，但是那些擦傷的皮膚、撕裂傷……甚至連斷裂的骨頭……都完全復元了。

29

▼吉莉安

我眨也不眨地盯著床上的男人，奇怪的是，神父似乎對此並不訝異。

「我想不通，」傷者仍閉著眼睛，神智不清地繼續輕聲說：「這到底是……怎麼回事，簡直……超乎想像。莉薇雅和阿米流斯……他們扶著我走出了商店。」

▼威爾

廣場上的人……三天前目擊那場意外的人都非常吃驚。那些目瞪口呆的臉……他們難以理解，認為這一定是奧林帕斯之神的力量。有些人非常害怕這是某位更邪惡、更危險的神靈所為，於是指著我、對我叫喊。不過大多數人就只是驚奇又沉默地旁觀……我在溫柔的妻子與稚兒扶持下，緩緩走過廣場。

在那些人當中，我又注意到那個黑髮黑眉的時髦年輕人。他那雙古怪明亮的黑眸讓我感到不安，可是我沒時間細想這件事，光是能夠活著就很感激了。儘管如此……我還是得每隔三天就移動一段距離。

莉薇雅帶我到耶路撒冷的圖書館。我們見到了其他療者和學者，甚至還有一些博學的猶太人，但沒人知道也無法想像是什麼怪病在折磨我。沒人能想得通，我為什麼必須要離家越來越遠。

接下來幾個月，莉薇雅和阿米流斯都陪在我身邊，可是她在我出事前不久就已有了身孕，而時間越來越近了……我知道自己的狀況不利於她的生產，也沒辦法讓她好好餵養嬰兒，她不能再跟我一起旅行……最後的那天，我們一起站在可以遠眺耶路撒冷的山路上。我們三個人都非常傷心，我哀傷地把驢子牽繩交給七歲的阿米流斯，緊緊擁抱他，要他為了母親當個男子漢。

接著，我轉身面向溫柔的莉薇雅。雖然她露出勇敢堅決的笑容，卻依舊顫抖著下唇，努力忍住淚水……

▼吉莉安

我看著傷患的表情因悲傷變得憂鬱，接著嗓音沙啞地說：「我們緊緊擁抱，她的眼淚就流出來了。莉薇雅用濕掉的臉頰貼著我，我們就這樣緊抱彼此不放。我深吸一口氣，試著讓大家保持堅強。最後，我看著親愛的妻子那雙溫柔雙眼……然後點頭示意讓阿米流斯帶驢車離開。我心痛地看著驢車喀噠著，在覆滿塵土的路上回到那座古老城市。」

他安靜地呼吸了片刻，繼續輕聲說：「在他們能夠出發旅行來找我前，小茱莉亞已經五個月大了……一年一年過去，由於我們之間的距離變得更遠，所以能見到彼此的時間越來越少。還有另一個理由也讓我越來越難熬：我看著自己的孩子進入青春年華——阿米流斯滿十二歲，然後是十五歲，而他牽著的妹妹茱莉亞也長大了。莉薇雅柔滑的棕髮間開始出現灰色髮絲。他們三個人的年紀逐漸變大……然而我卻沒有任何變化。這太令人心痛了。每當看著自己倒影，我都會大受打擊。」

雖然傷患的眼皮仍是闔上的，但我看得出他的眼球在轉動，眉頭深鎖到鼻梁上都出現了紋路。

▼威爾

規劃必要的旅行相當困難……以前的地圖很原始也很不可靠，一直要到好久以後，我在一五六八年遇到製圖師傑拉杜斯．麥卡托（Gerardus Mercator）這位法蘭德斯人之後，才有所改善。他是個地球儀製造商，住在德國人的克利夫斯公國……我問他是否能利用平行的經度及緯度，為我繪製出平面地圖。

「這樣你就可以把世界帶在身上了呢。」傑拉杜斯聽完後，若有所思地說。

「是的，」我苦笑著慫恿對方：「就像希臘的泰坦巨神阿特拉斯。」麥卡托的進展很快……在那些年，我會事先把預計的路線告知他，而他會把他決定稱為《地圖集》（*Atlas*）的新內容轉交給我，這樣我就能建立一種座標方格……讓我以交叉的方式在陸地上行進，再也不會經過同一個地方而發生疼痛的情況。

在剛開始被迫長途飄泊的那些年裡，我只能讓莉薇雅和孩子大略知道自己的旅行路線……以及在每三天的期間內想要去何處。

西元六十六年，茱莉亞和阿米流斯捎來消息，說他們母親的健康正在衰退。他們可以到佩特拉城跟我碰面，那是納巴泰的首都，而納巴泰是個在死海與紅海之間、一座砂岩山谷中雕鑿出來的王國……佩特拉則是一座重要貿易城市，介於阿拉伯南部和地中海東岸的商隊路線上。

我在約定的日子抵達佩特拉……接著連忙從拴繫駱駝的區域，穿過擁擠人群、建有列柱的主要大道……我通過城市的正面，那片區域代表了佩特拉城與羅馬及希臘文化的連結。我們約好在寧芙神廟碰面，那座公共飲水池位於小城的東端。

從塵土瀰漫的街道上，我在貝都因人、商人、叫賣小販之間尋找，終於找到了孩子們。我很難過……上次重聚到現在已過了好幾年，茱莉亞和阿米流斯已步入中年後期。他們的樣貌看起來都可以當我的父母了。

接著，我看見我的莉薇雅躺在一輛驢車上。她變得非常衰老。

熱淚盈滿我的眼眶……我這受到詛咒的遭遇太不符合生命的自然規律，一般人根本難以真正理解我心裡有多麼難受。年紀漸長的凡人……要如何想像那種悲痛和憎惡？看著心愛的家人堅定地邁向生命終點，而永遠年輕不變的我，只能徒勞看著一切發生。沒人能了解那種使五臟六腑糾結的巨大悲傷，那種傷心欲絕的哀淒實在太過強烈，簡直撕碎了我的靈魂。

阿米流斯和茱莉亞一見到我便上前擁抱，我們緊緊靠著彼此。接著我走向莉薇雅，她虛弱地對我伸出手，原本年輕光滑的皮膚已變成了發皺的羊皮紙，頭髮也完全白了。她的面容枯槁，五官變得更小……我將她抱進懷裡時，感受到她的單薄、明顯的肩胛骨和脆弱……還有她的年老。她經歷將近七十個夏天，現在已完全走進人生的冬季。

我拖著驢車，載運虛弱的莉薇雅穿過繁忙的市集。空氣中瀰漫著沒藥和乳香的樹脂香味……這些都是納巴泰的熱門產品。這類東西會在宗教儀式中使用，可以當成化妝品和藥物，而我也想到了它們能用於屍體的防腐處理，因此感到既痛苦又沮喪。

我立刻在市集附近的旅館安排了一個房間。夜幕逐漸低垂，我們將莉薇雅安置到床上，我跪在她旁邊，已經五十六歲的阿米流斯則去點燃油燈……莉薇雅為了想見到我最後一面，一直硬撐著。現在我們一家人團聚了，她體內微弱的生命之火便開始不穩定地閃動……她伸出血管突出且布滿老人斑的小手，握住我。

▼吉莉安

傷患的頭在病床枕頭上不停轉動，同時發出悲傷的嘆息聲。男人的眼睛緊閉、眉頭深鎖，神父則在我旁邊傾身靠近。「莉薇雅變得越來越虛弱……而我很難過自己沒能在她最需要我的時候陪伴在側……我辜負了她……沒盡到責任。」

最後那幾個字刺痛了我，只要聽到任何人這麼說，我就會有這反應，會因此回想起自己辜負母親的罪惡感。

「接著，」男人哽咽地繼續說：「她露出悲傷的笑容……那似乎喚起了我們一起經歷過，充滿了愛、歡樂和悲傷的日子……她無比溫柔地用一隻手輕撫我的頭髮……然後輕輕放下……我摯愛的靈魂就這樣離開了。」

受傷的男人停頓了一下，我看到他閉著的左眼眼角聚集了一滴淚水。他繼續說：「我感覺體內有某種東西被撕裂，再也無法復原……彷彿心臟被扯出體外……兒女們試著安慰我，不過他們年老的面孔卻只讓我更加狂亂。我無法忍受自己必須看著他們跟隨莉薇雅而去……我知道自己必須做些什麼。」

▼威爾

在行動之前，我必須先為摯愛的妻子安排適當的葬禮。我們為她做了防腐處理，帶她從佩特拉南面的牆離開，沿著瓦迪法拉薩一路進入陡峭的山谷……我們穿過一片彷彿有生命的砂岩，從正面的經典雕刻中進入羅馬士兵墓（Tomb of the Roman Soldier）。莉薇雅身為我的妻子，有權埋葬在那裡。她皈依了當時越來越狂熱的基督教……在脖子上掛了一個手工刻出的小十字架和小盒子，而她想要留給我……我們放下讓她安息的同時，也滿懷著愛將一個小型銀十字架放在她的左胸口。

我不信任自己難以控制的情緒，所以盡量不多說什麼……然後向茱莉亞和阿米流斯道別。我看著那兩個……比我大了二十幾歲的孩子……離開。我知道自己再也不會見到他們了……這股悲傷使我心情陰鬱到了極點。我一直等到他們消失在晃動的熱浪之中，才轉身加快速度進入舍拉的崎嶇山脈。我盡其所能地找到最高的懸崖，縱身躍向下方參差不齊的岩石中。

▼聖賈克神父

傷患的頭從枕頭一側無力地轉向另一側，而那位記者跟我專心聽他說話。「墜落……好像永無止境……」他迷迷糊糊地說：「強風抽打著憤怒嗥叫的我……」

傷患的身體突然劇烈抽搐，使沉重的病床搖晃了一下，也讓記者跟我嚇了一跳。這次突如其來的驚嚇，讓我一向脆弱的胃部開始抽痛糾結。

「撞擊使我遺忘，」他輕聲說：「平靜……終於得到平靜了。」

我一動也不動看著他沉默地躺了一會兒，然後病患才又開口：「但那並不是完全的黑暗……雖然震驚的感覺都消失了，生命的火光卻仍然存在。我很快就開始感受到劇痛，像是有上千把匕首不斷地揮砍向我。」他在病床上一邊扭動一邊呻吟，彷彿再次遭受那種痛苦。

▼威爾

我殘破的身體……無法動彈，可是還活著。接著吃腐肉的烏鴉和禿鷹出現，用銳利的鳥嘴撕扯我的血肉。我在沙漠度過了兩天兩夜，受到白天灼熱、晚上嚴寒的煎熬，如同跟巨石綁在一起的普羅米修斯一樣……活著，並隨時都能感受到……持續抽痛的折磨。

到了第三天，我已經能夠爬行，躲進一處小洞穴。我舔了石牆上苦澀的鹼性水，卻無法解渴。隔天早晨出現了另一種形式的痛苦，就像有針不斷扎在我的後腦杓，那是逼迫我繼續移動的信號。

我跌跌撞撞地進入阿拉伯沙漠，再次向水星懺悔，希望家神會可憐我，至少透露我是如何冒犯到祂，或是其他的奧林帕斯之神，以及能夠藉由什麼方式贖罪。我拜倒在熱燙的沙子上，在塵土中傾吐自己的靈魂。結果回應的只有……一片沉默。

▼吉莉安

他不再說話了。房間裡很寂靜，只有生命監測設備發出像輕微呼吸聲的聲響。我怕他再度陷入昏迷，於是拿著錄音機靠近。神父在正後方聽著我問：「在阿拉伯沙漠之後發生了什麼，你可以告訴我嗎？」男人又發出呻吟，虛弱無力地拒絕回答，不想要說話。「拜託……繼續吧。」我慫恿說。

他半清醒的面容掠過一絲像感受到酸楚的表情。「我的確繼續了，」他悲憤地咕噥著：「我繼續過下去，然後繼續下去……幾天變成了幾年……數十年……數世紀……以交錯縱橫的方式穿越了波斯、美索不達米亞……拜占庭……康斯坦緹諾波利斯……」他的臉上閃現奇怪的笑容。「……有一次我在那裡見過他。」

「見過誰？」我將錄音機拿近。

「君士坦丁……就在他建立城市的那一年。」

「君士坦丁堡？」我看著神父，然後問：「那是什麼時候？」

神父平靜地回答：「西元三三〇年。」他的目光繼續凝視著那個奇怪的男人。

神祕的傷患低聲說話，拉回了我的注意力。「那一年我也……感覺到一種變化。」

「哪種變化？」我輕聲問。

「我不小心往回走了……往猶地亞的方向。但那陣痛苦並沒有出現阻止……我振作起來繼續前進，症狀並未發作，後來在西元三三三年抵達了耶路撒冷……他的母親就在那裡……」

「海倫娜？」神父問。

男人輕點著頭。「對，君士坦丁……派她去的。」

「為了建立教堂。」神父點點頭。他看見我疑惑的眼神，壓低聲音語氣很差地說：「那座教堂啊，聖墓教堂。就是耶穌被釘十字架的地點。」

傷患吸了一口氣，這時我又看見他臉上出現那種奇怪笑容。「地點錯了……」他說：「其實不是各各他……他們把教堂蓋在……錯誤的地方了。」

我問他怎麼會知道。

「因為……我見過原本的場景。」他喃喃地說。

我看到神父目瞪口呆，他震驚的問話聲近乎像是耳語。「釘刑受難時你在場？」

床上的男人點頭。「過了三百三十三年……我在那趟旅程中發現……顯然自己可以回到……以前去過的地方。」

「那麼你可以待超過三天嗎？」我問。

「不行，只有三天……我去尋找……阿米流斯和茱莉亞的墓……可是年代太久遠……早就不見了……而且我必須繼續移動。」

我看見那個法國人還是目不轉睛盯著，而且臉色再度變得蒼白，就像他那雙幽靈般的眼睛。他靠到最前面去，再問了一次：「你看到了耶穌受難？」

男人這次只點了一下頭，表情隨即變得陰鬱，而且說話也越來越吃力。我不知道這是因為他想保持沉默，或者即將陷入昏迷，也可能是公寓大火中受到的傷勢導致，說不定全部都有影響。他勉強地輕聲說：「……我就是在那天犯了錯，犯下了罪行。」

神父的語氣變得很急切，就像檢察官在逼迫受指控的罪犯那樣，他嘶聲地說：「什麼罪行？你犯了什麼錯？」

可是男人並未回答，或者不肯回答。

他的呼吸變得緩慢，也更有規律了。傷患再度回到神智不清、意識模糊的狀態，儘管我鼓勵他繼續說，他還是失去了意識。

我在他床邊非常緩慢地站起身，心臟此刻撲通地狂跳著。法國神父若無其事走出房間，似乎竭盡所能要表現出一副不感興趣也不屑的樣子，可是我知道那都是偽裝。

我走到走廊上，聯絡史蒂夫請他在報社待晚一點，因為我真的碰上了一件前所未聞又難以想像的事。

接著，我便致電給漢娜·克萊兒。

30

▼漢娜

雖然快要午夜了，但我怎麼可能睡得著。我全身仍穿著外出服和運動鞋，焦躁不安地在家裡來回踱步，看著外頭夜間的燈光映照在東河上。地獄之門混亂的水流，完全就如我的情緒寫照。

我從冰箱拿出最喜歡的療癒食物冷凍千層麵，卻發現之前早已把一份放進微波爐。我頓時感到憤怒又氣餒：阿茲海默症可怕的威脅正逐漸逼近中。我自認頭腦一向很靈光，這輩子從來沒健忘過，也試圖為自己找藉口，是因為找到了威爾才會發生這種狀況。天哪，看看我怎麼會變成這樣，我這麼告訴自己，不過心裡卻十分清楚，並且把第二份千層麵塞回該死的冰箱。無論是不是八十五歲，我都覺得自己像個緊張女學生般地不安，焦躁等待著某個我迷戀的男孩打電話過來。

我的天哪，一切都太令人震驚：看見威爾就在那張床上，經過這麼多年後出現在面前……幾十年了。我不可置信地搖頭，對著瑪士撒拉大聲咕噥著：「也許是我的腦袋糊塗了，不過見到了威爾，確實讓我這顆衰老的心又充滿活力、跳動起來，不是嗎，瑪士撒拉？」

電話突然響了，我嚇得差點魂飛魄散。我盡量控制高漲的情緒，接起電話時，聽見了一個女人的聲音。「克萊兒女士嗎？」

「是的。」

「我是吉莉安．蓋瑟瑞。」

一陣失望襲來。我本來希望是醫院的工作人員打來的。她繼續說：「我今天在醫院見過妳——」

「蓋瑟瑞小姐，」我客氣但堅定地截斷她：「之前已告訴過妳，我不能——」

「他跟我說話了。」

我愣住了，深吸一大口氣。我知道她任職的那份八卦報紙，非常受歡迎，不過卻是垃圾中的垃圾。

我要非常謹慎。「所以他從昏迷中醒來了？」

「不，還不算有意識，可是他說了……」

「什麼？」我盡量保持冷靜。

「一些真的非常神奇的事。」

「是對護理師、醫師，還是——」

「是對我說的。」

我又停頓了一下，仔細思索最好的應對方式。「他到底說了什麼，蓋瑟瑞小姐？」

「他提到自己住在猶地亞，兩千年前。」

我的胃突然出現劇烈的抽動感。我聽得出，那位記者在等著看自己的消息對我造成何種影響。我盡可能維持沉著，裝出稍微高傲的語氣。「那怎麼可能呢？」

「我不知道，克萊兒女士。他說他是羅馬人，受到了某種詛咒……」

我的胃又一沉，就像搭飛機時機身突然失速下降那樣。我試著裝出懷疑的語氣。「詛咒？誰對他下的詛咒？」

「他在說出來之前又昏迷了。」

我的心臟都快跳出胸口了，但還是小心選擇用詞。「這聽起來有點荒謬，不是嗎？」

「是的，沒錯。但是我有他的照片，克萊兒女士。他跟甘地在一九四〇年代時一起照的，還有跟泰迪·羅斯福在一九一二年左右，跟格蘭特將軍則在內戰期間。」

我皺起眉頭，感到愈發焦慮。「哎呀，那會不會只是造假或者——」

「不，我在不同檔案庫裡找到那些照片，而且他在照片上的年紀看起來全都一樣。」

我停頓片刻，思索自己還有什麼選擇。我最關心的就是威爾。

「克萊兒女士？」

我輕輕吸了一口氣。「是，我還在。」

「他也提起了一位妻子和兒子。」

我伸出一隻手，撐在廚房流理台上穩住自己。「他有說他們的名字嗎？」

「莉薇雅，還有阿米流斯。」

對方的答案讓我像經歷自由落體，幾乎無法控制好呼吸，也不確定自己能否保持鎮定語氣。

「聽著，克萊兒女士，」年輕女子繼續說：「我知道妳對我工作的低級小報有什麼看法，我對此也有相同感覺，相信我。」

「但妳還是為他們工作。」

「我正在試著改變這件事。不管這個男人有什麼故事，一定都很令人驚奇，我完全是抱著好意——」

「蓋瑟瑞小姐，我想妳一定知道，通往地獄的路就是用那些『好意』鋪成的。」我說完，電話那端停頓了一下。

「克萊兒女士，我……」她說著，然後就沉默了。

▼吉莉安

我站在醫院走廊四下張望，絞盡腦汁想找到方法讓漢娜．克萊兒相信我。在意識到之前，我說出了那些話：「克萊兒女士，我這輩子從沒說過這種話……」我變得口乾舌燥，語氣十分慎重。「我的母親就是在這間醫院裡過世，我以她的靈魂向妳發誓，會以最大的敬意看待這個故事；只要妳或他不同意，我就不會告訴任何人，當然也絕對不會提供給我工作的那家報社。」

▼漢娜

我仔細聽著，發現年輕記者的語氣有了很大變化，不像是在假裝。她的音量小聲了些，聽得出態度已完全不同，顯得很從容，也充滿了誠懇。

我站在廚房裡，放慢呼吸思考這一切，這時女孩溫和地繼續說：「不管妳決定怎麼做，我都感覺得出妳……跟這個男人之間有種很重要又真誠的……連結。我發現他可能要恢復意識時，就覺得妳一定會希望知道此事。」

我環視著以混搭風格布置的家，以及這一輩子所蒐集來的擺飾，並回顧起自己同樣也走著混搭路線的生活。過去六十年來，我的生命中少了一項關鍵要素，那就是我最親愛的人。最後，我深吸一口氣說：「謝謝妳，吉莉安。我會盡快過去。」

我聽見她放心地鬆了口氣。「太好了。還有克萊兒女士，」她把電話拿近嘴邊，壓低聲音地說：「妳在這裡見過的那位法國神父……」

我的回答很迅速也很堅定：「別相信他。」

▼威爾

在愈發刺痛且騷亂的深沉黑暗中，我再次聽見了那個女人遙遠而無形的聲音，輕輕地說：「你說你必須繼續前進。」

▼吉莉安

我回到了病床邊，想再多聽一些傷患難以置信的故事。「你聽得見我嗎？接下來你去了哪裡？」我輕輕地問。神父在我後方，坐得更加挺直專注。他之前草草記下了一些東西，不過現在是全神貫注地聽著。傷患的嘴唇無聲顫動，而我耐心地繼續哄勸。「對，就是這樣。告訴我，你回到耶路撒冷後去了哪裡？」

「先往北……進入約旦，」他終於開口低聲說：「回到耶路撒冷……似乎為我開啟了一扇門……我早就知道自己犯下什麼罪……可是現在……」

傷患含糊地說了些勉強聽得懂的話，而神父往前傾，聽得相當認真。「現在我才誠心地想要贖罪……投身於最謙卑虔誠的人們之中……穿著一位年輕修士放棄聖職後給我的聖本篤修會長袍……以懺悔者的身分過了幾個世紀，從一座修道院旅行到下一座……協助他們的工作……在修道院的祕密圖書館裡，在收藏的大量知識中尋找。我想要找到答案……結果都是徒然。」

傷患的臉部變得放鬆下來，似乎又要再度失去意識，我趕緊試著鼓舞激勵他。「拜託，繼續說吧。所以你之後做了什麼？」

接下來的話讓他費盡了力氣。「我決定嘗試更積極的方式……尋找聖杯……參與十字軍的戰鬥……在雨水與鮮血中……那些可怕的屠殺……」他的臉部扭曲，牙關緊咬，牽動著下巴的肌肉。「我受到了致命傷，經歷了臨死的痛苦……但還是活著……而他常常出現在附近……」

「是誰？」

「那個時髦的年輕人，」他低聲說：「染血的手臂不停揮動，穿著破舊盔甲的騎士大聲怒吼，蘇丹薩拉丁的軍隊身上，阿拉伯長袍被浸成了深紅色，他們的短彎刀和我們的闊劍上覆蓋著血肉和肌腱，而我就在這樣的情況下看見他……在凶殘的惡夢中……那個外表陰鬱的年輕人站在一段距離外，平靜地看著我。」

傷患繼續說：「雖然下著傾盆大雨，但他似乎全身都是乾的……對戰場上震耳欲聾的噪音也不為所動。他就那樣平靜地站著，周圍都是倒下哀嚎的馬匹所散落的內臟；肚破腸流的戰士橫躺在泥濘及血污中，因臨死的痛苦而顫抖……那個年輕人則是用充滿耐心與會意的眼神看著我。」

我問：「他跟你一樣嗎？命中注定一直活下去？」

「似乎是如此……我在一世紀後再次見到他……那晚在法國西堤島的教堂外……也就是巴黎聖禮拜堂……我偷偷溜進了那裡。我知道珍貴的聖物就收藏在聖禮拜堂裡，而那晚我如往常般沒理會他。」

▼聖賈克神父

我太清楚他說的是什麼非凡的聖物了。他真的看到了嗎？我稍微靠近一點，聽傷患繼續說：「我偷偷進入了地下室，在假裝成修道士時，我得知聖物就藏在下方，而上面那座宏偉的教堂即將竣工。我用了許多盜竊的工具……那些東西我已經很在行了。我打開許多層層覆蓋的棺材和櫃子，終於找到最深處的一個盒子，盒子的外表用了許多純金裝飾。我知道聖物就在裡面，而那整座大教堂就是為了收藏、尊崇和保護聖物才建造的。那是基督教世界中最神聖、最貴重的物品……我強烈希望它能夠解開身上的詛咒。我雙手顫抖著轉開最後一道鎖，打開金盒，拿起了荊棘冠冕（注）。」

記者倒抽了一口氣，不過我把情緒控制得很好，仍然不露痕跡地專注在男人身上。

「一股失望襲來，」傷患無力地微晃著頭，繼續說：「我立刻就知道那是假的，不是原本的。努力又一次成為泡影，我憤怒地連忙逃離教堂，差點就被神父們和路易國王忠實的守衛追上。」

▼威爾

我憤怒地咒罵自己的命運，再次嘗試自殺……真是愚蠢。在極度沮喪的時候，我至少又試圖自殺了三次……然而上吊的繩子總是會斷掉，火焰雖然會燒焦皮膚，卻無法吞噬我。

另一次絕望透頂的時刻，大約是在一四五〇年英格蘭的西薩里郡，我建造了一種對自殺很有效的簡單裝置。沉重的刀片會從垂直軌道落在受害者的脖子上，乾淨俐落地把頭砍斷。但每當我想砍斷自己的頭時，裝置總是不可思議地一直卡住。某種無形的力量讓刀片卡在半空中，令我惱火且非常憤怒。然而我還是必須離開繼續移動，有位當地的領主顯然發現了我放棄的裝置，並將其命名為哈利法克斯斷頭臺，還用來作為一種處決工具，最後變成了法國代表性的死刑器具。

一九三六年，我在斯摩稜斯克車站跳到一輛莫斯科地鐵列車底下，支離破碎的身軀被帶到了中央停屍間。雖然還有呼吸，不過他們認為我應該命不久矣……結果沒有。我躺在停屍間的黑暗中，承受了三天三夜要命的折磨。

所有的自殺舉動都毫無效果，所有的祈禱都得不到回應，唯有永恆的沉默……沉默……

▼吉莉安

他的聲音逐漸變小到聽不見了。

注 耶穌受難時所戴的冠冕，由戲弄基督的羅馬士兵強行戴上，以嘲諷耶穌為「猶太人的君王」。

神父從我背後輕輕地問：「你怎麼知道那不是原本的荊棘冠冕？」

傷患把臉轉向另一邊，又緊咬牙關不願說話。不過法國人嘗試了另一種方法，堅持想要他繼續說下去。「你說過，你明白自己的罪行……」

我看見男人被公寓大火燒紅的臉變得更紅了。他的眉頭皺得更深，眼睛從頭到尾都一直緊閉著。雖然他努力克制不想說，但是必托生發揮了作用。我和緩地勸誘他：「我知道這對你來說很困難，不過你說的到底是什麼罪？你的苦難是如何開始的？」

「我是……是……羅馬總督家中的……護衛隊長。」

「在猶地亞嗎？」神父變得很警覺。「那裡的總督？」

男人的呼吸變得更加急促。我很確定他正掙扎著不想說，可是當神父再次追問，他最後還是回答了：「對……我是總督家的人。」

神父進一步問：「總督的名字是？」

答案像是從傷患的口中被痛苦地挖出來：「本丟……彼拉多（Pontius Pilate）。」

我周圍的空氣彷彿瞬間被抽光，背脊泛起一股惡寒。

神父繼續追問，輕聲地說：「你有見到……基督嗎？」

傷患的臉部突然很奇怪地放鬆了。「我見到了一個男人，」他輕聲說：「他被判了死刑。」

他停頓了許久，眼睛仍然閉著。「他們對他大吼大叫……那些可笑的群眾……耶路撒冷境內所有種族的人，都到街上要享受這場最新的死亡遊行。他們早就習以為常，那並不稀奇。不過總是會有人想看熱鬧。」

「包括那天的你。」我順著話說。

「對……我穿著家族的涼鞋和羅馬長袍……我家緊鄰著總督的莊園，是棟小型灰泥房子，而當時我被喧鬧聲吸引到了門口，望向外面狹窄的街上。那個被判死刑的人逐漸走近，裸露的背部和肩膀皮開肉綻……因鞭打而流著血。某個人把那頂嘲諷用的荊棘王冠殘忍地戴到他頭上，刺穿了他的皮膚，冒出更多細小的血流。孩子們嬉皮笑臉地在他周圍跳舞，取笑他的痛苦與不幸，而在那之前已有太多人這麼做過了……他用滿布擦傷又無力的肩膀，靠著那根沉重的十字架凹口。」

「你有聽到他的名字嗎？」神父緊張地問，一手握住了掛在脖子上的小十字架。

「群眾之中某個人……輕蔑地喊出了他的名字……耶穌・本・喬瑟夫（Jesu ben Josef）。」

神父緊張地吞了口水，接著緩慢慎重地問：「他……看起來是什麼樣子？」

傷患嘆了口氣。「就只是另一個愚蠢的拿撒勒人……正被帶向他的死亡。」

「你可以形容他嗎？」我很想知道。

「只是個猶太人，跟其他許多人一樣。」他說，然後皺起眉頭，更用力閉著眼睛。「黑色長鬈髮，稀薄的黑色鬍鬚……不過他的眼睛顏色比較淺，是淡褐色。」

我聽見神父突然以敬畏的語氣輕聲說：「你看著他的眼睛？」

勉強還有意識的男人稍微點頭。「對……他暫停下來喘息……就在我家的門前。」傷患的呼吸聲停止了。若非加護病房的監測設備顯示著穩定的脈搏，我可能會以為他已經死了。男人終於吸了一小口氣，說：「……而我犯了致命的錯誤。」

我屏息地輕聲說：「告訴我。」

▼威爾

受死刑的男人……因為他們對他身體所施的暴行而精疲力盡……他全身大汗，味道很難聞。他用擦傷的一邊膝蓋跪倒在我的門階上……莉薇雅也過來站在我身後。她看到那個男人是誰後似乎很震驚……彷彿以前見過他。莉薇雅非常慈悲，可是似乎對這個死刑犯特別有同情心，她纖細的雙手緊緊交握胸前。我看見她的胸口正急促地起伏著，她每次要哭的時候都會如此。

她的情緒表現，還有那個被判罪的猶太人讓我十分不順眼……尤其是注意到押解罪人的其中兩位羅馬守衛，是我認識的百夫長。他們皺起眉頭，以批評的神情注視我。

我感到很丟臉，也很生氣那個骯髒又全身是血的犯人停在家門前。我用一隻手示意莉薇雅後退……而另一隻手……

▼吉莉安

傷患的臉開始顫抖，聲音小到快聽不見。我順著他的話繼續說：「對……你的另一隻手怎麼了？」

他的呼吸放緩，顯得很痛苦。當終於開口說話時，聲音聽起來就像快要瀕死一般。「我用另一隻手……打了他。」

我注視著傷患，回想起來。「*Bottadeo*，」我小聲說：「攻擊上帝之人。」這幾個字像卡在我的喉嚨，我看向神父，感覺血管都要結冰了。但神父仍然靜止不動，也跟我一樣注視著病床上的男人。

「我推開他……而且很粗魯，」傷患痛苦地說：「命令他繼續走。」他的聲音變得又小又沙啞。「我憤怒地朝他大喊『走開！走開！』，他重心不穩地掙扎起身……開始拖著腳步慢慢走……還扛著那個沉重的十字架。」

傷患的表情變得緊繃嚴肅。「可是接下來他回頭看向我……我很驚訝，因為他臉上……露出了最和善的笑容……然後他小聲對我說話……用的是阿拉姆語。他凝視著我的雙眼……直到一位百夫長鞭打他，要他繼續往前走。」

「他說了什麼？」我輕聲問。

傷患不安地扭動身體，顯得非常焦慮。神父靠到我旁邊，追問跟我一樣的問題，目光像要在這半清醒之人身上鑽出洞來。「他對你說了什麼？」

男人說話越來越吃力，幾乎快聽不見了，彷彿是從極度抗拒的內心深處一次一字地榨取出來。「他對我說：『我走，但你要留在這裡……你將不死……但行走……直到我來臨。』」

病房裡一片寂靜，只有重症監測設備的運作聲響。我正試著理解那段話是什麼意思，此時神父稍微後退了些，似乎已經非常明白。

「莉薇雅……」傷患終於開口輕聲說：「從我身旁擦身而過，加入了群眾……她跟在犯人後面……而他吃力地走在街道上。我站在家門口……看著那支隊伍，並不知道在那一刻，自己已經轉變……」

「轉變？」我問：「這是什麼意思？你是怎麼——」

「轉變，」他痛苦地輕聲說：「……變成了傳說、傳奇。後來還得到……許多名稱：*le Juif errang*、*das Valkaner Juden*、*el Judio errante*、*der Wandernde Jude*……」

我猛然倒吸一口氣。「是……流浪的猶太人（The Wandering Jew）？」

男人沉默著。我注視他，試圖拼湊這一切，但神父卻冷漠地端詳著他。「但……我不懂，」我困惑地說：「你不是猶太人啊，你是羅馬人……」

「對……很有趣的諷刺吧。」他幾乎昏迷的臉上閃現嘲諷的笑容。「這是對於反猶太主義的永久證明。」他無奈地深吸一口氣。「不過隨便他們要怎麼稱呼，事實都一樣……我就是死不了的人……」

「……直到基督再臨。」神父輕輕點頭。

男人又皺起眉頭，顯然想把話說得更確切一點：「直到上帝再派來其他的……沒錯。」他虛弱而神智不清地點點頭。「我試圖贖罪，把耶穌・本・喬瑟夫當成完美的榜樣……見到壞事絕不袖手旁觀……當西元一〇〇一年到來……我們有好多人都以為他會出現，以為上帝的訊息會以某種方式再度顯現……可是那嚴酷的一年變成了下一年，然後是一年接著一年……又過了一千年……」

神父推測說：「你希望這次的第二個千年可能是真正的回歸？」

我見傷患的鼻翼翕張，語氣變得尖銳，但還是很虛弱。「我真是徹底的笨蛋。信仰根本沒有任何意義。」他吐氣時有雜音，並對某種必然的事實認命。「他可能是對的：我的考驗、我的流浪永遠不會結束。」

「他是誰？」我皺眉。「誰可能是對的？」

「另一個，」他輕聲說：「那個年輕人……」

神父似乎明白。「你認為他是……？」

「蒼蠅之王……惡魔之主……阿斯莫德、撒……你們想稱呼什麼都行。他的名字甚至比我還多……」

男人露出煎熬的表情，頭稍微轉向另一側。「我……真的好疲倦……好累……」

他逐漸失去了意識。我們坐在那裡，無言地注視著他將近一分鐘。

我率先開口，但也想不到該說什麼。「這……真是最……驚人的……」

「妄想。」神父輕笑著說，然後不屑地哼了一聲。「天哪，我從沒聽過這麼胡扯的東西。」他站起來，搖搖頭。「這個人本來可以有偉大的成就，說不定真的有，可能是個作家，有機會寫出最駭人聽聞的小說。」

「你不相信這有可能是真的？」我問。

法國神父暫停下正伸展手臂、活動筋骨的動作，露出得意的笑容，似乎覺得我是個大白痴。「拜託，親愛的。」他嘲笑地說，一副高傲又不可一世的法國人姿態。我好想賞他一巴掌。他看了自己的筆記一眼，似乎不確定該不該留著，還是要直接丟進垃圾筒。最後他聳聳肩，沒好氣地把筆記收起來。「不過我想，這還算是有趣的個案研究吧。」

我很討厭他的態度，開口正想要反駁，說出我相信那個男人的原因，並告訴他我有照片作為證據。但我克制了自己，這可能是出於某種直覺——或是漢娜警告過關於他的事。「是啊。」我只是點點頭。「是啊，你說的大概沒錯吧。」

神父又擺出一副自負優越的神情，就像在對待三歲小孩那樣。接著他走出病房，一派輕鬆地在走廊上漫步離去。

31

▼聖賈克神父

聽見年輕神父班尼迪托對那則消息的驚訝反應，讓我非常滿意，不過這並非意料之外。我在加密手機上，聽見那年輕人裝著濃縮咖啡的杯子發出碰撞聲，同時他喘著氣說：「聖母啊！」班尼迪托尖聲地以義大利語繼續說話時，我知道他也在胸前比劃了十字。「您是說真的嗎，先生?!」

當下時間是凌晨三點，我站在列諾克斯山醫院外的冷冽黑暗中，於潮濕的公園大道人行道上緊張踱步，上方的路燈在地面投照出一圈光暈。胃部興奮地不斷翻攪，雖然我幾乎無法壓抑興奮的情緒，但還是決定保持威嚴又冷靜的專業形象。「是的，絕對是他，」我說：「我找到他了。」

我感覺這位年輕的同事在梵蒂岡的辦公室裡甚至站了起來。他問：「您怎麼能完全確定呢，先生？」

「他知道所有的細節。」我努力隱藏強烈的興奮。「他很清楚只有他才會知道的所有歷史。」

「不過他有沒有可能取得您的研究呢？看到您的筆記？」

我很不高興這位年輕學徒竟然沒有立刻接受我的可靠消息。但我想這是因為自己把他訓練得很徹底，好讓他在我們的任務上發揮最大的效用。這位年輕神父的反應就跟我教導他的一樣，要謹慎評估所有可能的角度與細節，甚至是審查身為上級的我所提出的報告。「這個想法非常好，班尼迪托，」我以慶幸的語氣說：「不過多虧了我們的安全預防措施，他不可能取得我的資料，而且就算如此，他也知道我們最近才發現的詳細內容。」

「那些卷軸嗎，神父？」我聽得出班尼迪托也開始興奮了。「在羅馬北部新地下鐵挖出來的那些？」

「正是。」我暗自陶醉於這個尚未透露的最新消息。

「所以您有機會翻譯內容？」

「當然。其中有些地方跟我想的一樣，例如本丟．彼拉多家庭護衛的紀錄。」

「天主之母啊！」班尼迪托現在呼吸急促，專注聽著我的每一個字。「告訴我，神父！」

「彼拉多的護衛隊長叫維特勒斯．雅努斯．曼丘斯（Vitellus Janus Manchus），他的妻子叫莉薇雅，兒子是阿米流斯。」我吸進一口寒冷的紐約空氣，極為滿足地說：「這個男人提到了他們。他就是曼丘斯！」

「*Mater Dei*（注）。」年輕神父又說了一遍，不過這次是以最虔誠的態度輕聲說：「多麼大的成就啊，保羅神父。經過了數十年、數十個世紀以來，你成功辦到了其他人都無法完成的事。神聖法庭和議會一定會重賞您的，閣下。一定是主教職位，我敢肯定！」

我稍微皺眉，語氣也顯得有點酸：「哎呀，班尼迪托，我想應該會有某個適合的職位吧。」

「您有他的照片嗎？」

「有，我馬上寄電子郵件給你。」

注 指「天主之母」。

「您想要我在這裡怎麼做呢，神父？」

「當然是通知法庭。」我停頓了一下，感受自己職位高升後那種新的重要性，而且也很想好好加以利用。「還有告知他們，我希望教宗能立刻收到最完整的消息。讓他們知道我會要警方拘留他，並且立刻引渡到羅馬，這樣我們就能終於永遠安穩地控制住他了。」

「您要怎麼安排呢？」

我對自己的萬全準備很滿意，露出了笑容。「我已經告訴紐約警方一個很具說服力的故事，而且樞機主教馬洛伊也同意這說法。他們現在是最高戒備狀態，我正要打給馬洛伊，告訴他這個好消息。我要你在通知法庭後就馬上打給我。」

「當然，神父。還有，我要再次對您完成任務一事，致上最真誠的祝賀。願上帝保佑您。」

「祂已經這麼做了，不過還是謝謝你，班尼迪托。」我掛掉電話，接著開始輸入一組特別的私人號碼，這是我堅持要樞機主教馬洛伊提供的。

可是我暫停了片刻，思考著班尼迪托提起應該會有的獎勵。鑑於我盡責且不辭辛勞地做出這麼重大的貢獻，班尼迪托提及的職位顯然已有些不足。

我大聲地說了出來，也承認自己語氣有點輕蔑：「『主教』，你這麼覺得嗎，班尼迪托？主教？」我看了一眼自己在醫院出入口玻璃上的倒影。我站得更直，注視著自己的眼睛，然後說：「當樞機主教如何？」

接著，我又想到自己辛苦了二十三年，為了這項艱難任務，為了我們的主上帝和神聖的母教會無私奉獻，成功捕捉到歷史上著名、難以捉摸又極度危險的獵物，於是又不自覺脫口而出。

「當教宗如何？」

我說出的當下大感震驚，如此不受拘束的野心讓我實在羞愧！我立刻懺悔自己的罪過。希望祢能夠原諒我，我的天父。

當然，除非我在祢眼中證明了自己有此資格，而我得到這樣的地位，是出於祢的神聖旨意。

▼吉莉安

我聽得見史蒂夫在敲打電腦鍵盤的同時，打了個大哈欠。「妳確定嗎，吉莉？」他同時也深吸了一口氣。我想像他坐在昏暗的報社辦公室裡，正努力瞪大雙眼想要撐開眼皮。「我還以為流浪的猶太人只是神話傳說。」

「是沒錯啊，而且肯定是為他命名的。」我一邊點頭，一邊在加護病房區的走廊上踱步講手機。

「正在找。」他邊敲鍵盤邊說：「卡洛斯在這裡值晚班，他跟我說他很樂意幫妳查這件事呢。」

我想像辦公室裡那位待人客氣、橄欖膚色的中年拉丁美洲人坐在他的桌子前，便覺得很不安。「他不是我的菜，好嗎，史蒂夫？你可不可以——」

「你還查到了什麼？」

「讓我猜猜，」史蒂夫插話：「妳還是不肯報導拉丁葛萊美獎。」

雖然不高興，可是他正在幫忙，所以我只好忍下來，避開這個話題。「快一點就是了，史蒂夫。」

「噢，還有會計部那個害羞的道格拉斯也來過，他希望能跟妳吃晚餐之類的。」

「真不錯。」其實我沒注意聽，目光反而飄回了傷患的房間，腦中一直想著他說的那些神奇事蹟。有一段回憶對我影響特別大，是他因為無法在妻子最需要的時候陪伴在側而感到悲痛。光想像那個畫面就讓我深受打擊。

我已想像過無數次那個可怕的晚上，母親在臥房裡的場景。媽媽心臟病發作時是如何喘著氣又瞪大眼睛；她是如何拚命叫喊、向我呼救。而我就在走廊對面自己的臥房裡，距離只有幾步之遙，可是我背對著她全然未聞。

當時平克·佛洛伊德的樂團音樂正在我的耳機裡猛烈轟炸，所以就算媽媽發出任何求救聲，我也絕對聽不見。嗯，那張專輯是《迷牆》。後來我再也無法聽那張專輯了。

「吉莉？」

我倒抽一口氣，被拉回現實中，徒勞無功地想壓抑那段痛苦的回憶。「抱歉，史蒂夫。我在。」

「好，來囉。」我聽見他按著滑鼠捲動螢幕上的資訊。他接著說：「只有一些關於他的舊資料，在非常古老的書籍中，幾齣戲劇也有提到，那已經是好幾百年前了。」他一邊捲動一邊說：「喬叟和塞凡提斯（Cervantes）都提過……馬克·吐溫顯然寫過關於他的東西……威廉·華茲渥斯（William Wordsworth）有一首詩……噢，還有那個啊，」史蒂夫驚訝地咕噥道：「波西·雪萊也寫過幾首關於他的詩。」

我做了筆記，打算要問那個男人。「歷史參考資料呢？」

「有啊。最早到西元十三世紀……不，八世紀！天哪……而且那個人大概有上千個別名：亞哈隨魯（Ahasuerus）、卡塔費勒斯（Cartaphilus）、沃塔迪奥（Vottadio）——」

「等一下，等一下。」我試著跟上他，迅速記下那些名字。「好了，繼續吧！」

▼瑪莉亞

我被吵醒了。可是在他們用硬紙箱替我做的床上，我躺著動也不動。除了在窗戶外面閃的紅燈，到處都還很暗。燈在牆壁上照出可怕的影子，我不喜歡。我向自己保證長大以後要找到工作，一定要買窗簾。

吵醒我的聲音又出現了。卡梅拉有點像是在尖叫，她跟米吉在我隔壁的高級房間。後來我聽見他們好像呼吸很喘又很大聲，然後又變安靜。最後我聽到門嘎嘎地響，看見米奇的影子被紅燈照在牆壁上。他要過來我的床邊了。我一動也不動，假裝睡著了。

我感覺毯子被拉起來了一點，米吉的手指在碰我的腳。我的心跳得很快。

「你他媽在做什麼，米吉？」我聽見卡梅拉用一種奇怪的聲音說。聽起來她好像就站在門口，可是我看不見。卡梅拉說：「你不是才射完嗎？」

米吉的手立刻離開我的腳，從毛毯中抽出來。「只是替她蓋好被子而已，小卡。」

「喔，是嗎？」卡梅拉說，發出聽起來有點下流的笑聲。「我敢說你一定是那樣想。」我聞到卡梅拉在抽菸。「靠，米吉，我知道你喜歡幼齒的，」她說：「可是我能給你的她不行。你這瘦排骨快給我滾回來吧。」我聽見卡梅拉回到高級房間，但米吉還是站在我的床邊。我聽見他在呼吸。最後他牆上的影子回去了。

在那之後就又安靜下來，只有紅燈在閃。我躺著只聽見一片安靜，心裡好希望媽媽也在。我的眼睛裡面又痛了，非常痛。但我還是讓眼睛一直張得很開。

▼吉莉安

那天凌晨三點過後沒多久，我看見電梯門打開，漢娜．克萊兒走了出來。她仍然穿著那套混搭風格的服裝，就跟前一天一樣。那雙水晶藍的眼睛跟我對上，眼角稍微皺起，露出了微笑。她走了過來，而我一站起來，她就緊緊握住我的手。

「吉莉安。」漢娜把另一隻手放到最上面，乾皺的臉上露出無比感激的表情。

我明白她的意思，於是點了點頭。「我就知道妳應該在這裡，克萊兒女士。」

「請叫我漢娜。」她說話時沒放開我的手，接著問：「他還好嗎？」

在走向傷患的房門口時，她還是一直握著我的手。「又完全陷入昏迷了，而且一直無法平靜。」

漢娜跟我的夜間護理師朋友法蘭絲．諾頓點了一下頭，然後看進昏暗的病房，那個男人就躺在一堆監測設備中。「他對妳透露了很多東西呢，吉莉安。」

「是的。那真是太難以置信了，我——」

「那位神父跟妳一起嗎？」

「簡直黏到不行。」

漢娜皺起眉頭，輕咬著下唇。我在思索許多選項時也會那麼做。

「那位神父怎麼會跟這件事有關？」我問。「我懷疑……」

「妳會懷疑是很正常的。可以再多告訴我一些威爾說的內容嗎？」

我眨眨眼睛。「威爾？」

漢娜笑了，這才發現自己已經開始信任我。她點點頭確認：「沒錯。」

「一開始他只是咕噥說了些撒旦的奇怪別名，可是後來……」我話說到一半就停下，因為電梯門又打開了，這次是一位護理師用輪床推著一位病患。神父就站在他們後方。

「啊，」漢娜說：「妳那很黏人的新朋友。」

「所以妳真的認識他？」

「保羅．聖賈克神父，梵蒂岡使節，在三天前聯繫過我。我原本希望他有機會能帶我找到威爾，可是那個傢伙背叛我，而這表示威爾有大麻煩了。」

聖賈克從護理師和病患旁邊經過時，臉上掛著一副自鳴得意的表情。「往這裡。」我對漢娜說，並帶她離開三〇四號房的門口，沿著走廊朝反方向前進。我可不想讓那位神父打擾我們兩人的隱私。

▼聖賈克神父

我看見那兩個女人走遠，知道一定是那愛管閒事的記者打電話給叫克萊兒的女人。可是現在都無所謂了，我的上帝啊，一點也沒關係，我得意地想著。剛剛已經聯絡了馬洛伊的副官，我堅持要叫醒樞機主教以通知這偉大的發現，還有要他通知警方。

個女人無法造成什麼影響。

我讓一切開始運作起來了。我所控制的這座機器非常巨大、有效率，而且極為強大。我很確定那兩

▼吉莉安

加護病房區域的女廁很小，裡頭兩個隔間都是空的。儘管如此，我還是壓低聲音，把漢娜稱呼為威爾的男人所涉之事，盡量濃縮成重點迅速告訴她。她似乎對他大部分的神奇故事都很熟悉，不過偶爾會有像初次聽到新細節時的反應。

漢娜明白我已知情至深，所以深吸了一口氣，把她知道的也都告訴我。她說，她真心相信我會尊重她和威爾意願的誓言，也覺得很感動。我是真的決意要這麼做，也再次做了承諾。她也很感激我在這重要的時刻，把她帶來到威爾身邊。

由於漢娜很清楚這個故事無論如何都會流傳出去，因此在阿茲海默症完全抹去她所知的一切之前，她要我對威爾有最正確和徹底的認識，尤其是他那與生俱來的善良和仁慈。不到一小時內，漢娜很快地告訴我一切，並允許我錄下她跟威爾的所有過去，包括她自己初次遇見聖賈克神父的細節。

我很清楚地看得出，儘管年事已高、頭髮雪白，而且明顯身體纖弱，但她仍然有不可小覷的潛在力量：一位剛毅的美國北方人，歷經過新英格蘭嚴酷的冬天，而且意志堅決、要不惜一切力量保護親愛的男人。

而這讓我們回到了聖賈克參與此事的問題。

漢娜就事論事地說：「教會自從黑暗時代意識到威爾的存在後，便一直想要抓住他。他們拚了命想控制他。」

我以為自己明白。「因為他是活生生的證據，能夠證明耶穌能夠行使神蹟。」

「這個嘛，」漢娜緩緩地說：「那只是他們其中一個理由。」

她的些微遲疑讓我不禁問：「威爾顯然是相信耶穌可以行使奇蹟的吧？我是指，威爾他自己不就是活生生的證據嗎？」

「這個嘛，無論『上帝』是什麼，威爾當然相信他被上帝之手觸碰了，但那位耶穌．本．喬瑟夫顯然只是某種管道。假使關於他顯現奇蹟的報告是真的，那麼他之前在其他案例中可能也是如此。」

「管道？」我試著理解。

「對。但又不一定，因為基督教認為耶穌其實是上帝的化身。嘿，妳知道是誰決定這個觀念並加以推廣的嗎？是耶穌死後四百年，在以弗所議會的一群老人。」漢娜看出了我的驚訝與困惑。她解釋說，根據威爾在十字架釘刑後聽到的目擊者描述，他知道耶穌．本．喬瑟夫確實是個非凡的好人，威爾甚至直接從他妻子莉薇雅那裡得到了證實。莉薇雅在威爾不知情的情況下曾去聽耶穌講道，對他和其言論很著迷。莉薇雅還曾跟他說過話。

「莉薇雅告訴威爾，耶穌的話使人非常信服。」漢娜說：「不過他也是個徹底的人類：風度翩翩，有種親切的幽默感，還有十分吸引人的笑聲。想想很有趣吧？耶穌在笑。但他當然會笑了。」

這讓我露出了笑容。

「在十字架釘刑的幾個月前，莉薇雅暗中成為了他虔誠的追隨者。」漢娜繼續說：「她臨終時，把那個木製小十字架和小盒子交給威爾，而他也一直戴著。」

「莉薇雅曾經見過耶穌的事蹟？」

「除了威爾？之前或許有一次吧。」漢娜接著說：「至少足以讓她相信，他擁有治癒能力，或是能夠改善需要被治癒的人。然而更重要的是，她把他視為一種精神上的革命者，知道他想要改善世界，方式就是推廣人人富有同情的簡單理想，並根據金科玉律去生活。了不起的觀念，對吧？」漢娜輕笑著。「『想得到怎麼樣的對待，就怎麼對待別人。』要是每個人都能做出這種改變，一定很棒。」我苦笑著點頭附和。「莉薇雅看見耶穌真的這麼做，真正實行他講道的內容，就算因此陷入危險也不改其志。」

「可是威爾並不認為耶穌具有神性？」

「威爾確實相信，」漢娜解釋：「像耶穌這類的人可能是管道、使者或載體，透過他們，某種至高的力量、上帝、自然之力能因此被傳達，隨便妳怎麼稱呼都行，而那些人本身其實並不具有神性。」

「但顯然是聖潔的男人？」

「還有女人，當然。所謂聖潔就是指非常好，而且最值得仿效。一定有很多追隨者相信這種人具有神性。以耶穌而言，莉薇雅認為真的有這種可能，儘管猶大告訴莉薇雅，耶穌從未宣稱自己有神性。另外，耶穌當然也從沒寫下過任何作品，他所謂的講述都是由大多數過度熱情的信徒記下，常常是第二手或第三手資料，而且是在他死後好幾十年、甚至好幾個世紀才寫成。」

漢娜說得沒錯，許多成為「福音真理」的著作，甚至不是他們認為的那個人所寫。

「還有許多其他的福音都被查禁了，」漢娜補充說：「有些並非將耶穌描述成半神半人，而是一個活生生、會呼吸的人。就像猶大寫的福音。」

我大吃一驚。「什麼?!猶大嗎?可是他——」

「顯然是最愛耶穌的人，不過被以弗所那些狡猾的老人當成了代罪羔羊。嘿，每個宗教都需要有壞人，對吧?這是個天大的恥辱，因為威爾親自讀過猶大以希臘文寫的原版著作。沒錯，裡面把耶穌描寫得慈愛、誠實、崇高，然而也完完全全跟妳或我一樣，都是凡人。」

「可是當一群狂熱的人聚在一起，尤其是可以得到權力或金錢的時候，傳奇或宗教就會因此發展起來，對吧?就像處女生子。」漢娜搖了搖頭，覺得很好笑。「這沒什麼新奇的，所有神話系統都有神明生下人類後代的故事。而在兩千年前，天神與人類女子有性行為的概念非常普及。」

我記得自己以前在學習神話時，希臘和羅馬的神真的會將人類左擁右抱。

「他們當然是這樣的，吉莉安，」漢娜津津樂道地說：「而早期的基督教狂熱份子，就只是延續了那些古老傳統。非基督教的神話有各種神，所以基督教的神話創造了各種聖徒。」

我也回想起羅馬人那位擁有十幾個乳房的母神黛安娜/阿爾忒彌斯（Artemis），他們對祂的崇拜，後來正式轉移成對聖母瑪利亞的崇敬，諸如此類。

「對，可是聽著，」漢娜明亮的眼睛瞇了起來。「為什麼不讓少數特別的人具有天賦，表現出某種非凡的超自然力量，就像他們安排讓耶穌和其他人行使了奇蹟那樣?」漢娜揚起細薄的白眉，強調自己論點。「神明、自然之力，隨妳怎麼說，那些力量想幹嘛都行，對吧?但威爾活過那麼多個世紀以來，卻看著耶穌·本·喬瑟夫的『奇蹟』遭到信眾誇大、扭曲、宣傳，甚至弄得比之前更加神奇。」

「好像真的發生過一樣。」我插話。

「正是如此。」漢娜揮動拳頭表示強調。「威爾見到組織化的宗教，將耶穌簡單而真誠的信念遺產佔為己有，扭曲成他們要的浮誇樣貌，或者就老實說吧，那通常就是出於徹底的貪婪和對權力的渴望。一七九四年，威爾啟發了他朋友湯瑪斯・潘恩（Thomas Paine），寫下所有教會團體都只不過是有人發明出來，目的就是為了恐嚇與奴役人類，並獨佔權力和利益。」

漢娜諷刺地輕笑著，繼續說：「就像他們接收並曲解古老的非基督教傳統，將其變成基督教的內容：冬至的慶祝被當成了聖誕節。」

我明白她的意思。「慶祝春分則變成了復活節，我了解。所以威爾一直避免跟教會扯上關係，就是因為他不喜歡他們將耶穌那樣簡單的信念拿來造假。」

「對，那是部分原因。」漢娜點頭。「威爾已經盡可能努力了那該死的兩千年，想要達成三件事。」漢娜一根根手指數著。「盡他最大的能力，讓我們生活的這個世界變得更好；以教育和理性取代無知及迷信；還有在這些世紀以來，傳播耶穌本人單純而充滿同情和人道主義的信息。」

我試著拼湊起這一切。「所以威爾最在意的是……」

漢娜挺直身體，說：「基督教根本就不應該成為宗教，它應該是一種倫理：以正確的方式生活。」

漢娜停頓一下，讓我理解這番話。我一邊思考，同時覺得很困惑。「以正確的方式生活，一種倫理……我好像在哪裡看過……」

「妳大概讀過梭羅的作品吧。」漢娜笑得容光煥發。「威爾在瓦爾登湖時向他提起這個概念。例如《小婦人》的作者露薏莎・梅・奧爾科特，還有威爾遇過的其他偉大思想家，也都接納並推廣他的想法。威爾鼓舞了他們，而他看著制度化的宗教，將耶穌變成像海克力斯或忒修斯那樣的半神半人……他從不希望自己的批評或努力被教會壓制，但畢竟教廷很害怕失去權力，當然也怕失去營收來源。」

漢娜暫停了一下，表情變得更為嚴肅。「威爾害怕被梵蒂岡抓到的另一個理由，是他根本不想被他們牽著鼻子走。」她指向門口。「我們那位白眼睛的朋友想必正在跟羅馬緊密聯繫，還要紐約總教區的人全都蓄勢待發、準備出擊，說不定甚至也找了紐約警方呢。」

「沒錯，我見過他跟警方交談。所以我們要怎麼解決這件事？」

「嗯，我正在想呢。」漢娜說，並皺著眉頭望向不遠處，顯然在絞盡腦汁思索各種可能性。

「好吧，但……」關於神性這部分，有一點令我很在意。「威爾神智不清的時候，我聽見他說，他希望《聖經》提到的復活會發生。他早在西元一〇〇一年就這麼希望了，接下來就是今年。」

「威爾真的用了復活這個詞嗎？」漢娜側眼看我，彷彿已經知道答案。

我思考一番後明白了。

「我想沒有，但他不是這個意思嗎？」

「他總跟我說，那是一種全新的開始。」漢娜停頓了一下，露出冷笑。「或者從威爾的角度來看，也許那是一種完美的結局。威爾提到『祂』重回世上時，我從不覺得『祂』所指的，是那天威爾在耶路撒冷打過的耶穌・本・喬瑟夫。我覺得那指的是某種新生……我也不知道該怎麼說，就稱呼那是完美的倫理吧。或許是某種非比尋常的新使者，具有能力去掃除邪惡、淨化世界，也能替威爾帶來個人的救贖。」

我點點頭。「為他的追尋及漫長的生命帶來好結果。」

「是的。」漢娜那雙水晶藍的眼眸對我閃爍，同時說：「威爾這段生命，在許多方面來看都太不可思議了，我想妳一定同意吧。」

我笑了。「我認為那是今年最輕描淡寫的說法了，漢娜。其實呢，應該是千年以來才對。」

「是兩千年，吉莉安，」漢娜強調說：「兩個千年。兩，千，年。」

我們彼此對看的同時，我也思考著這深奧的謎團，也就是那個叫威爾的男人。

32

▼吉莉安

我們離開女廁時，我看見聖賈克坐在等待區，一手在筆電上打字，一邊啜飲著一小盒牛奶。他看了看手錶，然後望向電梯，似乎正在等人。丹普西來值班了，他剛走出三〇四號房，一看到我就料到我想問什麼。「他還在昏迷，吉莉，而且還是平靜不下來，生命徵象還竟然越來越強。」

「真的嗎？」漢娜輕聲說，她假裝驚訝，同時會意地看了我一眼，接著指向附近架上的手術服和口罩，問丹普西：「我可以進去嗎？」

「請吧。」他點點頭，半邊臉露出微笑。

漢娜穿上手術服，在門口停了一下，轉過身來。「吉莉安，」她親切地握住我的手說：「再次謝謝妳。」

「沒問題的，可是漢娜——」我靠上前去。「我們還是得想辦法處理……」我瞥向等待區的聖賈克。

漢娜循著我的視線望去，嘆了口氣。「對，的確。我們得想想辦法。」她露出難以捉摸的笑容，接著就緩緩走進病房到威爾的床邊。漢娜正在靠近的，彷彿不只是一位最親愛的摯友，也像是某個神聖之人。我在門口猶豫了片刻，好奇心依然盤旋心中，可是另一方面又很想給他們隱私。

雖然威爾看起來仍處於昏迷，不過呼吸速度稍微加快，也比之前更加不規律，而且再次焦躁不安地皺起眉頭。漢娜靠了過去，我聽見她輕聲說：「你醒了嗎？」他沒反應，後來她又說：「是我，漢娜。」

這是他第一次猛然張開眼，似乎正尋找她的臉孔並試著聚焦。我真的好想留下來聽兩人對話，但最後還是輕輕關上門給他們一些隱私。

▼威爾

雖然視線還是很模糊，不過再怎麼樣，我都認出那雙令人驚奇不已的藍色眼眸。

「漢娜。」我小聲地說，情緒頓時高漲，驅離了一些身體的劇痛感。眼眶變得濕潤，我眨著眼想看清楚，而漢娜幫我拭去淚水。她的眼睛也在閃閃發亮，流出了眼淚，有幾滴滑進眼眶下方的許多細紋。她用指尖觸碰我的臉頰，我們深情地注視彼此。當我吸進她身上細微而熟悉的 Replique 牌香水氣味，記憶便如潮水般湧來，也映照在她那雙驚人的藍眸中。

我們走在一起，一群鳥在天空飛散開來。那是哪裡呢？杜樂麗花園？沒錯，就在那尊正要帶走情人的強壯半人馬雕像旁。一九三七年的巴黎，春天開的花朵在微風中繞著我們飛轉。

我們在巴黎歌劇院外親暱地鬥嘴，爭論那晚《魔笛》的演出水準。

我聽見了我們在民宿裡、在那座直立式鋼琴上的散拍雙重奏，而那個地方還可以俯瞰位於諾曼第海岸的翁弗勒漁港。

我記得我們沿地中海岸旅行，幸福地躺在床上安穩依偎，感受著彼此的體溫。後來還去了北非的突尼斯，接著去下雪的巴伐利亞阿爾卑斯山。

我們跳下行駛於馬薩科斯卡大街的電車，緊急穿過克拉辛斯基公園和華沙的貧民區，躲避那位窮追不捨的荷蘭神父和他的追捕隊伍。

接著是最後令人心碎的那一夜，我搭上蒸汽火車離開蘇黎世。漢娜發現了我特意留給她的一個小袋子，裡面裝著我的字條，以及瑪麗．雪萊的那一串小珍珠。她趕去攔我，想跟我再緊緊擁抱最後一次。我看見年輕、輕盈、美麗的漢娜流著眼淚，在下雨的月臺上追著我的車廂奔跑，向我伸出手。我在車廂窗戶上看見自己一臉悲傷的面孔。

而現在，她就在我身邊。雖然已到日暮之年，卻不失從前的美，仍然是那個聰明而傷感的女人；仍然散發活力，還有那副純正的波士頓口音。依然令我心動且渴望，仍舊是我的愛，仍舊是漢娜。

她看見我注意到她頸間的小珍珠項鍊。

「當然了，」她溫柔地說：「從蘇黎世那晚後，我就再也沒拿下來過。」

我們兩人苦中帶甜般地流出了淚水。「漢娜……」我虛弱地輕聲說：「我真的非常抱歉當時必須離開妳……」

她那已布滿皺紋的臉頰輕柔貼在我年輕依舊的臉上，小聲說：「噓，親愛的，沒關係，我明白的。雖然不喜歡那樣，可是我明白。」

我打著點滴的左手摸索到她的手，並緊握住。好長一段時間裡，我們就只是這樣握著彼此。

最後她輕聲說：「我知道你讓自己去愛這一切，是多麼困難的事，威爾。」她那雙清澈的藍眸害羞地閃爍著。「即使是像我這樣讓人難以抗拒的人。」

她風趣又異想天開的個性完全沒變，讓我原本流著淚的臉龐笑了出來，她一向都能如此。再次見到她，我激動得快說不出話。「妳不知道……我有多想找到再回去妳身邊的路。」

「嗯，我知道。」她邊說邊撫摸我的頭髮。「我真的知道，威爾，因為我也跟你一樣。我回想我們在一起的日子有上千次了。沒關係的，親愛的。」她深吸了一口氣。「我無法想像你是怎麼承受一切，這些肩上的重擔，還有寂寞；失去那麼多你所愛的人，你親愛的莉薇雅……你的孩子。」

無數個世紀以來，在我透露實情的對象中，除了瑪麗．雪萊，沒人能像漢娜這樣敏銳地感受到我忍受的巨大悲傷。然而，漢娜從不容許我為此變得陰鬱，就算是現在，她似乎也決意要使我重新振作。她用手指輕戳我的肩膀，說：「我不會否認自己有多麼想你。那時我們整夜都在聊天，那些你對老朋友的回憶……噢，像是伏爾泰，老天！」我有氣無力地笑著，而這讓她說得更起勁了。「或是你聽完〈快樂頌〉首演後的感想。你真的看見了貝多芬在指揮，儘管他早就失聰了。」她看著我。「你那悖理的惡魔又出現了，是吧？」

「沒錯。」我露出苦笑，回想起維也納那座點著煤氣燈的克恩頓劇院舞臺，那是在一八二四年五月的某個晚上，大師正在為他聽不見的管弦樂團打拍子。

「每次《合唱》交響曲（注1）演奏時，」漢娜說：「我都會想到你的描述，想到貝多芬是如何一邊看譜一邊指揮。」

「就像他想親自演奏所有的樂器，沒錯。」我想起美好的回憶。「還有唱全部的合唱。」

她傾身更靠近我。「最令我感動的部分，是你告訴我，你在他聽不見的鼓掌聲中揮動手帕，接著所有觀眾也都跟著這麼做，好讓他看見你們有多愛他的作品。」

我點點頭，回想那堪稱里程碑的那一夜，感覺彷如昨日。漢娜說話時，我撫弄著她的左手中指。上面沒有戒指。

「妳一直沒結婚？」

漢娜聞言一陣大笑，是她那種獨特、響亮且感到不可置信的笑聲。「在認識你以後嗎？」她又笑了一次，我才發現自己有多思念這聲音。「曾經在圓桌上跟關妮薇和梅林一起用餐的男人？嗯，讓我想想，還有誰呢？」她可愛地噘起嘴唇。「是有幾個可以選，對吧？」

「太多了。」我在床上動了動身體，查看自己的復元狀況，結果只能露出痛苦的表情。儘管他們有打了麻醉，我還是非常不舒服。

「你說呢？」漢娜反諷地看過來，彷彿看透了我。「你見識過史詩般的奇觀，我的威爾。」我知道自己的表情一定稍微顯現了不悅，也知道她明白原因。「還有史詩般的悲劇，是的，我當然知道。不過那可是那些人啊，老天！你也讓我彷彿一起看到了聖女貞德的審判。」

「那個可憐的孩子，」我憤恨地說：「真希望可以把她從混蛋科雄（注2）的手中救出來。」我不舒服地在床上扭動，身體每個部位都在痛，像是著火般。「有太多像這樣的時刻，我都無法扭轉情勢。」

漢娜露出十分驚訝的表情，堅定地說：「噢拜託，威爾，別自憐了。」她坐直身子，同時打了我一下，就像以前常做的那樣。「這麼想並不值得，而且你說得一點也不對。有很長一段時間，你幾乎都是

注1 即貝多芬第九號交響曲，是其完成的最後一部交響樂曲。

注2 英法百年戰爭時期的法國政治、宗教人物，主導了聖女貞德的異端審判，判處她火刑。

觀察者沒錯，但我認為你後來變成了很認真的行動主義者，是人類進步的重要推手。」她似乎正在思索許多例子。「我的意思是，光提出羅馬人對混凝土的配方，就足以讓你的名聲像水泥一樣鞏固了。」她眨了眨眼，皺起臉。「真不敢相信我會用這種比喻。」接著又繼續說：「或是……你鼓勵托斯卡尼的小牧羊人，像羅馬人那樣作畫？」

「安吉洛托。」想起那男孩開朗、帶酒窩的臉，我的心頓時放鬆許多。

「我記得他母親都暱稱他『喬托』（Giotto），而他根據你所激發的靈感，對建立文藝復興時期的藝術風格有些許的影響。」

我揮手要她別說了，但要在漢娜．克萊兒處於興頭上時勸阻，那就像試著阻止雪崩一樣難。這也是我如此愛她的部分原因。

「或是，」她不理會我並繼續說：「把你那眼鏡鏡片的構想，實現成第一座顯微鏡的那個荷蘭孩子，而這算是推動了整個現代生物學，對吧？」

「好了，漢娜。」我微笑著別開眼神，但表情皺縮了一下。就連最小的動作也會引起渾身劇痛。

「有其他人也會注意到的，或是想到那麼做。」

「確實有人做到了，就是你。」她的目光銳利，決意不讓我脫身。我一直在測試自己疼痛的四肢，還有目前的恢復狀態。我已能移動雙手和腿腳，但卻會痛得要命；每吋肌膚都有擦痛和紅腫感，深層的肌肉組織和神經都受到嚴重損傷，並仍抵抗著大腦的意識。漢娜明白。「真的很不好受吧，親愛的？」

我咕噥著說：「沒什麼是以前沒碰過的。」

「我真的很難過，威爾。」她輕撫我汗濕的額頭。「真希望我還能做點什麼。」

「妳能在這裡就已足夠了。」

「這個嘛，要是你那時沒跳進塞納河，我就不會在這裡了。天哪，講到漣漪效應，你可是創造了很多呢，威爾，你影響了好多人的生命。」她的表情變得柔和，又繼續撥弄我的頭髮。「不過，在你接觸過的所有人之中，我想我是最幸運的。我覺得自己真的能了解你的內心，或者這只是一個衰老的人在自以為是？」她探詢的眼神凝視著我。

對我而言，我們的親密連結仍然跟六十年前一樣深厚。我輕聲說：「不，是真的。」

她十分好奇地靠近我。「為什麼是我，威爾，你覺得呢？」

我以前就常在思考這件事。「妳很——」我在尋找適合的說法。「妳很……亮眼。擁有某種古老成熟的靈魂，漢娜。妳現在仍然如此。」

「哎呀，」她爽朗地說：「看來我們有一個共通點呢。」

我輕笑著。「而且好幾世紀以來，只有妳能讓我這樣笑。」我用手指背部觸碰她的臉。「妳總是讓人無法抗拒，漢娜．克萊兒。現在還是，彷彿時間一點也沒改變。」

「我也是這種感覺。」她靠向我的手並握住，我注意到她薄皮膚上的老人斑。「至少心裡是。唉，雌激素減少後，女孩就會像乾燥花那樣枯萎了。我的外表根本如梅乾一樣皺，皮膚就像皺紋紙，而你卻一直維持這麼該死的——」她停下來並哀傷看著我。

我苦笑著。「這麼『該死的』，是啊。」

她突然熱淚盈眶，用臉頰緊貼住我的臉。「天哪，我很抱歉，威爾。我知道自己來這裡對你不公平，這很自私，可是我克制不了。阿茲海默症正在吞噬我，我必須……」

「噢，漢娜。」我十分驚震，也很悲痛，同時緊握她的手。

「威爾，在記憶被逐漸吞噬前，我必須再見到你。我太愛你了，而且知道你就在某個地方，那種感覺太難受。還有……」她分神了。

我閉上眼睛，感受她的深情。「我也愛妳，女孩。這些年來，我一直都知道妳在哪裡，還有妳做的那些好事情。妳讓我很驕傲，也因此我才會來紐約。如果有新的開始……我想要待在靠近妳的地方。」我突然感到極度痛苦。「如果有的話。」

我們緊緊相擁，一起悲傷地呼吸著，但至少在一起。

▼瑪莉亞

還是晚上。後來我就一直沒睡，我知道自己要做什麼，可是必須要先確認米吉跟卡梅拉睡著了。紅燈停止閃爍不再照進房間，裡面變得更暗了。我覺得這樣很好。我很安靜地起床，然後換衣服，穿上了三件衣服，因為等等會很冷。我穿上他們在醫院給我的毛線褲，然後是褲子和毛衣，接著拿了外套跟叮噹。

我踮起腳尖，很慢地經過他們的高檔房間。我聽見米吉在打呼，聽起來很恐怖。我從他又新又亮的冰箱裡偷拿了一顆蘋果，然後走到前門，很安靜地打開上面的四道鎖。

我出去後輕輕把門關上，下樓走到外面。好冷，風很大。除了幾個路燈，街上整個很暗。我站在門廊上四處張望，完全沒有人。

我必須離開，可是不知道要去哪裡。也許回去找伊芙琳，可是我不知道怎麼去。而且，我擔心伊芙琳可能會直接把我送回米吉那裡。我只知道要趕快遠離米吉家，免得他醒來後發現我溜走了。所以我開始前進。

我想到麥克斯的店，以前會去那裡買我跟媽媽的食物。麥克斯一直對我很好。我不知道怎麼從米吉家走去他的店，但還是決定找看看。風就像冰柱打在我臉上，可是我一定要走。我把叮噹放在外套裡緊抱著，我們就這樣走上街頭。

33

▼聖賈克神父

天快亮時，仍然沒有任何紐約警局的人抵達，於是我再次致電總教區，堅持要親自跟馬洛伊說話，樞機主教這才不情願地起床前來醫院。這老愛爾蘭人竟然還沒照之前的安排通知警方，我得知後勃然大怒。馬洛伊現在還很樂觀地堅持要先親自評估傷患。我提出強烈抗議，結果沒有用。

我非常生氣，確信樞機主教只是想分一杯羹，享受我成功逮住維特勒斯·雅努斯·曼丘斯後，即將帶來的鎂光燈焦點及名聲。

我在列諾克斯山的大廳裡憤怒踱步，等著樞機主教的加長型禮車開上公園大道，在結霜的玻璃門外出現。我試著壓抑住胃部的翻攪，這是很緊張的緣故，因為我十分希望這次獵物能完全無法逃脫，不過有部分也是因興奮期待著梵蒂岡及全世界對此的反應。我像奴隸般奉獻漫長的歲月，憑藉個人之力取得了成功，光是想像大家對此殊榮的反應，就讓我覺得棒極了。

為了迫使自己冷靜下來，我檢查了第一次在總教區見到馬洛伊時給的資料，而很快我也會將這份資料親自呈給教宗。這是我徹底研究所得的文件，希望有一天得以出版，前提是——我停下來合理化自己的意圖——前提是這來自祢的旨意，最神聖的天父。

樞機主教對此一直抱持高度懷疑的態度，就像我一開始接下這個任務，讀到前人經年累月留存的那些驚人報告時一樣。

我告訴馬洛伊，根據知名英國編年史學家溫多弗的羅傑（Roger of Wendover）在其著作《弗洛爾斯史》中描述，有位奇怪的僧侶於一二二八年在亞美尼亞境內造訪了各個修道院。那位僧侶因發燒而胡言亂語，透露出自己真正的名字是維特勒斯・曼丘斯；而儘管聽起來不太可能，他還聲稱自己擔任過本丟・彼拉多家中的護衛。雖然記載並不完整，不過那男人後來可能曾在真道教會受洗，並得到喬瑟夫・威爾漢（Joseph Wilhelm）或威廉・喬瑟夫（Willem Josef）之名。那個男人一邊旅行，同時在神職人員之中虔誠地生活，希望能得到救贖。

我費盡千辛萬苦，在托斯卡尼和義大利南部的文件中發現了一位類似的僧侶，名叫吉廉・勃塔迪奧（Guilliam Bottadeo）。

我還發現一本極其稀有的德國小冊子，時間大約是一六〇二年，標題為*Kurze Beschreibung und Erzählung von einem Juden mit Namen Ahasverus*。內容是簡短描述一位名叫亞哈隨魯的猶太人。德國什列斯威的路德教派主教保盧斯・馮・艾森於一五九八年過世，他記錄自己照顧過一位生病的猶太人，對方自稱曾在耶穌前往十字架釘刑的途中，對其加以辱罵。那本小冊子也許是強烈反猶太情節下的產物，又或者其實是起因，它很快就在歐洲的新教區域被翻譯成其他語言。

不過最令馬洛伊驚奇的，是我發現的一份最驚人文件，內容跟我的獵物有關，而文件就在梵蒂岡的檔案庫裡！那份文件貼錯了標籤，就這樣被忽視了超過一百五十年。

那是唯一存在的一份手寫稿，作品名叫《十字島》。寫下手稿的是美國人赫爾曼・梅爾維爾（Herman Melville），也就是《白鯨記》的作者。

我發現梅爾維爾在一八五三年將《十字島》交給哈潑，那是出版社的一位合夥人，對信仰非常嚴謹，而他讀了此作品後感到極度不安及憂慮。這位合夥人私下把作品拿給波士頓的主教看，也就是約翰·伯納德·菲茲派翠克主教。可想而之，主教對書中的內容感到震驚又反感，立刻將其視為最嚴重的異端邪說。他不只威脅禁止那本書在波士頓銷售，如果哈潑打算出版，主教更要動用教會在國際上的所有力量來對付他。主教甚至拒絕將手稿還給哈潑，雖然聲稱遺失了，但其實是暗中以特急件寄給了羅馬當局。

我讓馬洛伊看了掃描的幾張原稿，欣賞他那張剛強的愛爾蘭人面孔上的表情變化，接著再告訴他其餘內容：梅爾維爾詳細敘述了他在捕鯨船阿庫什尼特號上的經歷，而他的同伴是位神祕的水手，有著沙褐色的頭髮和眼睛，年紀看似三十出頭。梅爾維爾簡稱那男人為「WJ」。

在原稿中，梅爾維爾講述他和這個叫WJ的人在馬克薩斯群島棄船逃離，後來變成一群食人族的囚犯，他的生命似乎也將終結於此。我向樞機主教詳細敘述了梅爾維爾寫了什麼。之前首次將證據呈交給保羅教宗時，我就把內容記起來了：

野人古銅色的面容喚起了我心中最原始的恐懼，顯然他們很快就要把WJ和我當成食物享用。那些詭祕的微笑暗示著我們即將死亡的必然性，看起來就跟鱷魚那自信又極度惡意的笑容沒兩樣。

WJ曾嘗試用一把火藥迷惑他們，結果酋長一邊嘲笑一邊複製了那種「魔法」，而我也知道我們沒希望了，只能等著變成當晚的佳餚。

然而WJ注視我許久，似乎正在仔細考慮另一個明顯且可能的選擇。接著，他直視可怕的酋長，再次說著我聽不懂的玻里尼西亞語。他的語氣既慎重又清晰，酋長和其他部落成員都在注意聽，但我覺得他們態度越來越懷疑。WJ以手勢加強對話，指著自己，接下來又指向我，接下來指著附近的小屋和天空，搭配一隻畫出弧狀的手，就像太陽每日在天空的運行軌跡。

接著他比出三根手指，清楚地數給所有在場的人看。他再往大海做了個動作，意思彷彿是要搭船。最後他向酋長伸出手，似乎是要藉此達成某項慎重的協議。

酋長一臉懷疑地斜眼看著WJ，好像當他是個瘋子，但還是打趣地露出笑容，點頭答應我那位水手同伴的提議，然後握住他的手。WJ緊握著酋長的手，高舉起來讓所有人看見領袖的誓言。

接著WJ轉身過來，開始脫掉上衣遞給我。他很有信心地說：「赫爾曼，雖然我不能保證，可是這也許能讓我們在三天之後安然離開。在這三天期間，只有你能在那間小屋裡照顧我。」

儘管我很疑惑，還是點頭答應了。「照顧你？」

「是的，赫爾曼。相信我吧，別害怕，不要對血恐懼，但你要盡可能止血。」

我聞言目瞪口呆。「血？」我一邊說，臉上失去了血色。「什麼血？」不過在我繼續追問之前，他已轉身背對我，面向咧嘴笑開的酋長，對方正遞給他一把閃閃發亮的匕首。WJ接過匕首，高舉起來給所有在場的人看。說時遲那時快，WJ猛然將刀身插入了身體左側，接著似乎將匕首拉向了身體右側。由於他背對著我，所以我無法看見他做了什麼，但那些原住民當下同時全部往後退，面露極度恐懼及驚訝。

不久，WJ往後緩緩倒向我，推得我跪到了地上。我的姿勢很像米開朗基羅的雕塑作品《聖殤》中的聖母。聖母瑪利亞將被殺死的兒子擁在懷裡，我則是抱住了自己的夥伴。

在那樣的姿勢下，我才看見WJ對自己做出何種驚人的傷害。我曾經讀過，在日本如果有人蒙受恥辱到無法保全面子，那人就不得不執行自殺儀式。自殺的方式是用一把小刀插進腹部，然後用力橫劃讓自己肚破腸流。

WJ就在他身上劃出了如此可怕的傷口！鮮血從他身體中段的裂口傾瀉而出，腹部的粉紅色肌肉就像殺完的魚身般掀開，露出裡面油滑扭轉的腸子。我震驚地倒抽一口氣，心臟在體內狂跳，完全無法思考，所有感官都受到巨大衝擊。為何他要讓自己受到這種致命傷，而不事先告知我？說不定我也會選擇快速的死法，這樣就不必面對地獄的深淵及那些野蠻人的折磨了。

後來WJ無力地轉頭面向我，他滿臉都是汗水，虛弱地說：「進去……小屋吧……孩子……」

我告訴樞機主教，年輕的赫爾曼之後按照約定，跟WJ在原住民小屋裡隔離了三天。在手稿中，梅爾維爾描述他見證了WJ極度痛苦且有如奇蹟的復元過程。在男人神智不清的期間，梅爾維爾也得知了他那種奇異狀況的驚人原因，內容就跟我剛才在醫院病房裡聽到的差不多。接著則是這位流浪漢數世紀以來在全世界的漫長旅程。

我告訴樞機主教，梅爾維爾記述了WJ與許多歷史名人遭遇的事蹟，以及他一直在躲避教會的追捕。WJ明確表達了他的理由：他憎恨我們教會盛大而神聖的儀式，憎恨神職人員的等級制度、傳教士，也憎恨以基督為名義的聖戰；他說那些都是令人憎惡的事。梅爾維爾記下的一連串內容很廣泛也很具體，讀起來真是使我作嘔。

三天後，梅爾維爾從小屋帶著徹底痊癒的夥伴出現，那些原住民便將奇蹟般復活的WJ當成神明崇拜。顯然正因如此，哈潑的出版社才會如此震驚，波士頓的主教才會將其視為可憎的異端邪說。

我在醫院大廳不耐地等待馬洛伊時，因緊張再次引起了討厭的消化不良症狀，但儘管如此，我的上帝啊，我還是要虔誠地向祢坦白，我感到無比驕傲。我喜形於色是因為，很快就能讓樞機主教見到這神奇的男人，然後將其帶到梵蒂岡。接著，就是讓全世界知道。

這當然完全是為了替祢帶來更大的榮耀，我的天父，我閉起眼睛禱告著。讚美都歸於祢。

▼瑪莉亞

每到一個新的街口時，我都希望可以看到麥克斯的店，可是一直沒看到。就算多穿了衣服和褲子，還是非常地冷。雖然太陽正在上升，可是風很冰冷，我的臉都刺痛了。我走進一棟房子的門口，靠在那裡躲避冷風。我很高興離米吉遠一點了，可是不知道自己接下來會發生什麼事。我很擔心。

▼威爾

思念漢娜這麼多年後，再次進入她懷抱時所感受的溫暖與慰藉，帶來了極度的平靜，而某些人可能會形容成像是回家的感覺。她身上熟悉的觸感及香味包覆了我，她的存在就是種療癒。漢娜向來是我的避難所，讓我能感受到寧靜。

即使傷口感到擦痛與抽痛，我還是願意永遠躺在那裡，感受她輕吐在我臉頰上的氣息。每次她用指尖溫柔觸碰時，我都能感受到她無私的真誠。不過就像早晨的紅色天空預示了波濤洶湧的海洋，逐漸意識到現實的我開始驚恐，並感到一陣寒意。漢娜總是能察覺我最細微的情緒變化，她用手肘撐起自己，傷心地看著我。「我知道，」她緩緩說：「我知道。」

她擦了擦鼻水，其中有些是流下的淚水，並接著深吸了一口氣，展現出我時常欽佩的那種樣貌：不只是一般的深呼吸，而是讓心理及生理上完全振作起來。即使已到八十幾歲，漢娜仍然是位堅強又果決的英雄，讓你能毫不遲疑託付生命的女人。

「聽著，」她開口說：「我第一次到這裡是兩天前，當時我在新聞上看到了你的照片。」我的目光瞬間往上望向她。「噢沒錯，親愛的，消息已經傳遍了。你真是個英雄，老天，你救了那個小女孩！儘管因此落到這種下場。你的情況還真糟呢。」

「嗯，我也是這麼推論的。」我說完，在吸氣時露出痛苦表情。肋骨部位一碰就痛，好像被公車輾過一樣。其實我有次真的在土耳其安卡拉被輾過。「我被救出來後過了多久？」

「就我估計的，大概五十五或六十個小時吧，但我猜顯然還不夠久。」

我環視病房，第一次注意到周遭環境。「這是什麼地方？」

「列諾克斯山醫院，七十七街和公園大道交口。」她用特別鄭重的語氣繼續說：「威爾，這裡有個叫吉莉安．蓋瑟瑞的年輕記者，她在為一家低級的小報工作——」

「噢，好極了。」我閉上眼睛不滿地說。

「可是我對她有好感，其實我還滿喜歡她的。她一直都待在這裡——」

「當然，」我咕噥著說：「不就是要為低俗報紙挖些駭人聽聞的故事……」

「聽我說。」漢娜一隻手放在我的手臂上，用堅定、主導的強勢態度認真看著我，這也是我最愛她的其中一項特質。「我會在這裡，就是因為吉莉安。我要醫院在你開始清醒時通知我，不過打電話來的人是吉莉安，她也把他們對你使用必托生的事告訴了我。還有一件你聽了不會高興的事，你把自己的來歷也告訴了她：猶地亞、莉薇雅和詛咒。」

「這下更棒了。」我苦笑著。「我敢說『好奇的人都會想知道(注)』。他們可以把我的報導安插在麥田圈跟大腳怪之間。」

「不，吉莉安不會那麼做，她不會把你的故事交給八卦報。不會未經我的許可就交給任何人。」

「所以妳相信她？」我難以置信地笑著。

「對。」漢娜的語氣很堅決。「如果真的要報導你的事，她希望能夠讓內容保有尊嚴及聲譽。」

我別開目光，嘆了口氣。「噢，反正不要緊了，什麼都不重要了。」

「威爾。」漢娜抓緊我的手臂，試圖安撫我。

可是我的情緒很陰鬱。「就算是比任何人都更了解我的妳，也無法明白我到底有多疲累，我的頭有多痛，因為這無止境的一切而感覺快要炸開。」灰暗的冬季晨光從醫院的窗戶滲進來，我一邊凝視著一邊低聲說：「因為『明天，明天，又是明天，一天一天躡步前進，直至最後一刻。』」

「『而我們的昨天，』」她接著將《馬克白》的句子接完：「『不過是為傻子們照亮通往死亡的路。』」

注 這裡引用美國八卦小報《國家詢問報》（*National Enquirer*）於一九八〇年代打出的口號，原文為「Enquiring minds want to know」。

我突然發怒。「但不是像這樣的傻瓜啊，漢娜。」我陰鬱地看著她。「我最近才看過一位很棒的演員肯尼斯·布萊納說了那句臺詞，在他之前我看了李察·波頓說過，在他之前是奧利維耶，接著是在煤氣燈下的埃德蒙·基恩，最後可以一路追溯到環球劇場舞臺上的理查·伯巴奇。」我閉上眼睛，想起莎翁的另一齣劇。「我就像法斯塔夫與哈爾王子一樣，『聽見了午夜的鐘聲』(注)。我在超過七十三萬個午夜裡聽見了，漢娜。一個個午夜這樣地度過。」

「而你有權比史上任何一個人更痛苦，威爾。」她再次靠近我，輕聲說話：「我知道自己連想像都沒辦法，那種感覺是如何……」她思考著該如何形容。「在你內心裡像海洋般無盡地湧動翻騰。」接著她的語氣變得更溫柔。「可是你曾告訴我，以前你也經歷過那種折磨，而因此在一四九二年當上了平塔號的水手——」

「希望能航行到地球的邊緣，然後永遠消失。」我凝視遠方，一邊嘆息一邊心痛。「沒錯，但又不對。別忘了那個巴哈馬群島呢。那天凌晨兩點聽見羅德里戈·德·特里亞納大喊『有陸地！』的時候，妳無法想像我的心情有多麼低落。」我嘴裡出現一股酸味。「又是全能之神另一個令人驚訝的小傑作，或者是小惡魔搞的——這個該死的世界是圓的。」

「也幸好它一直都是。」漢娜的語氣彷彿在總結這段對話，然後像在安慰小孩般輕拍我的胸口。她看著我的胸前，眉頭微微皺起。「等等，有個東西不見了。」

我不在乎，可是漢娜很在意。她立刻四下張望，打開附近設備推車上的幾個抽屜。她找到一個標籤上寫著無名氏1／1／01的小塑膠袋時，顯然鬆了口氣，而裡面放著我的小盒子和莉薇雅的木製小十字架。她把袋子放進自己的手提包裡。

「無所謂了。」我覺得精疲力盡。

「噢，真是夠了，先生。」她皺眉對我露出威脅的表情，一邊厲聲說：「我知道你累慘了，在情感上也已經相當疲憊。天哪，你怎麼可能不會這樣呢？要是我一定會發瘋的。而現在前方似乎又有永遠走不完的路，所以你的信念當然會動搖。」

「不，漢娜，我的信念消失了。」我的語氣極度疲倦。「現在我真的不在乎自己會發生什麼事了。」

「即使我告訴你，走廊上有個意志堅決的神父，他也聽到了吉莉安聽到的一切，那是不是就像隻蓄勢待發、準備吃掉金絲雀的貓？」

我盯著她的眼睛。令人敬畏的漢娜·克萊兒女士，露出明智且知曉一切的表情，同時揚起一邊眉毛點了點頭。這整段的戲劇效果顯然十足，而且強而有力。

注 此處引用自莎士比亞的喜劇《溫莎的風流婦人》（*The Merry Wives of Windsor*）。

34

▼提托

後來我沒放棄，瞭嗎？我又回去東一二五街，希望威爾的露營車還停在那裡，希望也許他回來了。我還是想讓他看我的照片跟素描，還有最主要的是，我想知道在大都會那副「自畫像」到底是怎麼回事。那個王八蛋一直在干擾我的腦袋，懂我意思嗎？

我在車陣中穿梭，走上人行道，旁邊有一排報紙箱，其中裡面有一疊《國家紀錄報》。哇靠！我一看到頭版上那張臉就急停下來。那個老兄的臉好慘，有一堆血跟燒傷之類的。

我看著同時一邊想，不會吧。我彎腰下去，靠近看著那傢伙的臉，然後看到他脖子上的東西。

「不會吧！」我大聲說出來。「他媽的不會吧！」

▼吉莉安

我一直在等待室踱步，心裡越來越焦慮。聖賈克神父已經離開超過二十分鐘了，這應該會讓人安心一點，可是我的直覺卻不這麼認為。我感覺自己正處於暴風雨前的寧靜。

我往房內瞄了漢娜和威爾兩次，但不想打斷他們的重聚。我現在明白了那位神父的危險性，所以隨著時間分秒過去，神經也愈發緊繃。我決定去上個廁所，如果到時候漢娜還沒出來，我就要提醒她。

▼聖賈克神父

從醫院大廳往外看時，我的警戒終於有了回報。樞機主教的加長型禮車在清晨的車流中正往北駛來。當我看見有輛警車緊跟在後，心情也稍微感到滿意及寬慰。

我走出大廳，進入早晨刺骨的寒風中，在加長型禮車停下來時打開了後門。我看見馬洛伊的鼻子跟他的樞機主教帽一樣紅，而他露出壞脾氣的表情往外看，咕噥著說：「我看到就會相信了，也許吧。」

儘管我缺乏睡眠，又出於個人因素討厭這位樞機主教，但還是裝出一副愉快熱情的樣子。「我保證你不會失望的，主教閣下。」

老愛爾蘭人哼了一聲，在爬下車時放了個屁。「你非常熱心呢，保羅神父。」

「只是很渴望為我們的教會服務，主教閣下。」我得體像是在懇求般低下頭。

「可不是嗎，」馬洛伊挖苦地回答：「而且你始終熱愛保持謙卑呢。」

我頓感怒火中燒，正要對此侮辱提出反駁，結果馬洛伊就心照不宣地輕推我。「哎呀，保羅，你不是也想稍微滿足自己那麼一點的虛榮心嗎？」我聳聳肩膀，彷彿從未有過這個念頭，不過馬洛伊那副自信的笑容，暗示著他其實早就看透我。「好吧，那我告訴你一件事，保羅，」他得意地輕聲說：「關於這點，我也可以幫忙呢。」

在我理解這番話時，樞機主教對著從巡邏車下來的兩位紐約警察比了個手勢，要他們跟上。馬洛伊那位非裔助理史提芬也從禮車下來，跟我們一起走。

我們浩浩蕩蕩進入大廳時，費南德茲醫師走向我們。我提醒過他樞機主教即將抵達一事。

醫師點點頭，跟樞機主教握了手，可是我注意到他並未親吻戒指。費南德茲只說：「樞機主教閣下。」

「費南德茲醫師，」馬洛伊圓滑地說：「非常謝謝你的幫忙。」

「很高興能幫上忙，先生。」醫師用銳利的目光看我。「尤其我們的傷患是這麼『危險的罪犯』。」

我對他點頭確認，說：「是的，梵蒂岡市的警方極度堅持要我們拘留他，並且持續監控，還有立刻引渡他。」

「這個嘛，就要留給法院決定了，不是我。」費南德茲說：「前提是那個人能夠恢復，他的情況還是非常危急。」

▼吉莉安

我一走出加護病房區的女廁，就知道事情不對勁了。在我看不見的一處走廊轉角附近，傳出了叫喊聲，同時一陣燒東西的氣味傳來，緊接著是滅火器噴灑的聲音。

在另一個方向，我看見電梯門滑了開來，聖賈克神父走出來，旁邊還有費南德茲醫師、露出得意笑容的樞機主教謝默斯．馬洛伊、一位年輕的非裔神父，還有兩位紐約警局的制服警察。隨行人員迅速往護理站移動，可是那裡沒有人。

「到底怎麼回事？」費南德茲憤怒地說，同時四處張望想找護理師問話。

丹普西拿著一個冒煙的垃圾筒從遠處轉角出現，另外兩個值班護理師則拿著滅火器跟著他。「沒什麼事，醫師。只是場小火，不知從哪裡燒起來的，我們已經解決了。」

「好吧。」費南德茲皺眉看著這場騷動。「各位往這裡走。」

我擔心地看著費南德茲帶著一行人直接進入威爾的房間，接著，醫師突然大喊：「搞什麼?!」費南德茲立刻探出頭，生氣地對丹普西大聲說：「你把這位傷患帶到哪裡去了？」

丹普西那張麻痺的臉上右半邊露出困惑神情，我看得出他是真的完全被弄糊塗了。然而，此刻我開始警覺起來。「沒有啊，先生。」丹普西邊說，邊走過去在費南德茲身邊往房間裡看。「他——」

「不見了！」費南德茲憤怒地指著空無一人的房間。「身上的管線都拔掉了！」

聖賈克勃然大怒，朝著丹普西吼叫：「你這個黑人蠢蛋！」

丹普西變得很嚴肅。「讓開，神父。他就在裡面。」

「他不可能只用兩條斷腿走掉的！」費南德斯一邊說，一邊往垃圾筒起火的那個轉角走去。他回頭對丹普西吼著：「搜尋這一整層樓！」

聖賈克轉身面向樞機主教馬洛伊，用憤怒尖銳的語氣說話，對上級顯得非常無禮。「你這下知道我為什麼想要安排警察在此看守了吧?!」

我瞄到樞機主教蒼白的臉，猜想他恐怕突然開始相信威爾的事蹟了。我知道那場小火一定出自漢娜之手，這樣她才能趁大家分心時偷偷帶走威爾。這時我已從走廊衝向樓梯間，希望在永遠見不到漢娜和威爾之前能追上他們。

從樓梯往下衝到一樓時，我撞倒了一位老人跟他的助行器。我奔跑通過大廳，從一個老警衛旁邊經過，衝出醫院的前門。

我往南方的公園大道望去，沒有看到他們的身影，不過轉身面向嚴寒的北風時，就在早晨的行人中發現了漢娜那雪白的頭髮，位置幾乎要到七十八街的轉角了。漢娜用輪椅推著威爾，他穿著藍色手術服，肩上披了一件薄薄的病袍。

「等一下！」我大喊並同時奔跑起來。我看見漢娜回頭瞥了一眼，不過她還是繼續移動。

我又大喊一次：「漢娜、威爾！拜託等等！」我從眼角餘光發現一輛計程車接近，上面沒乘客。我幾乎整個人撲到車子前方，計程車猛然停下。「這裡！漢娜！這裡！」我一邊大喊，一邊跳進計程車後座，急忙對著圓臉理平頭的古巴裔司機說：「那裡有那兩個人，推輪椅的白髮女士。快，快！」

我訝異地看見威爾在前方街角想努力移動身體，接著竟真的從輪椅上站了起來。他想要走路，不過從那跛行的姿態，以及全身重量幾乎都靠在漢娜身上的模樣，他顯然還是極度虛弱，而且相當痛苦。

計程車停在他們旁邊。車子還沒停下時我就打開了門，這讓古巴人嚇了一跳、對我大喊：「喂，喂！不行啊！妳瘋了嗎！」

我跳下車跑到漢娜與威爾身邊。「來吧，上車！」我拉開後車門焦急地說。「他們正在追你們！」但我沒想到他們會遲疑。「聽著，」我的語氣很急切：「有兩個神父、樞機主教跟警察就要來了，讓我幫你們吧！」

威爾頹軟地靠在漢娜身上，看起來整個人就要癱垮下去。漢娜以堅定的眼神看著我，然後做出了決定。我幫她把全身疼痛的威爾扶進後座時，看見他雙手和臉上燒傷的癒合程度，彷彿是已過了好幾個星期，而不是只有短短兩天半。接著我坐進前座，推開司機吃剩的加蛋滿福堡和他的西班牙低級小報。「往北走。」我告訴司機，同時轉頭從後視鏡望向在一個半街區外的醫院。我看見聖賈克和一位警察從前門衝出來。「漢娜！快低頭，你們兩個都是！」

漢娜把威爾拉到她的大腿，再把自己白髮蒼蒼的頭靠在他身上。

▼聖賈克神父

在電梯門完全打開前我就擠了出去。我掃視大廳，抓著一位表情茫然的老警衛，大聲問：「你有看到一個白髮老女人，帶著一位非常虛弱的患者經過這裡嗎？」警衛想了很久，寶貴的時間正在一分一秒流逝。「怎麼樣？」我憤怒地逼問：「有嗎?!」

「有啊，」警衛緩慢地說：「不久前好像有位老女士用輪椅推著一個人出去。」

「在哪個方向？」我非常焦躁。「他們往哪裡去了？」

「呃，其實我沒那麼注意……」

「你這個白痴！」我大喊，然後推開警衛衝出去，其中一位警察則跟在我後面。我搜尋人行道，可是沒看見他們。我感覺血管正從抽痛的太陽穴上突起，翻攪的胃裡彷彿有顆滾燙的石頭。

我轉往北方，在人行道上倉促前進，一邊躲開人群一邊試著在無止境的行人中尋找。我一腳踩到街燈柱上、踮高自己，想以更好的視角檢查人行道和街上。然而，眼前只見行人、一輛公車和幾台計程車。我憤怒到極點地大吼：「該死！」

我回到地面，拚命查看這片區域，依舊沒找到他們。我從沒如此狂怒過，一腳猛力踢向一個垃圾筒，再次尖叫著罵出粗話，聲音又大又長，而這想必導致某條微血管在繃緊的喉嚨中爆裂開來，因為我的嘴裡突然出現了鮮血。

▼吉莉安

我猜想前方一定有堵車，因為整個公園大道上的車流都塞住了，速度慢得讓人焦躁不已。古巴人用那種總是讓我起雞皮疙瘩的濃厚西班牙口音問：「你們要去哪裡？」

我搖搖頭，覺得很煩躁。「就先開一陣子，朋友。好嗎？」我回頭看後座的漢娜和威爾，能在白天清楚地看著他，讓我感到十分驚奇。他臉上一側的皮膚在兩天前起了好多水泡，雖然現在仍有些露出皮肉的情況，但恢復程度實在超乎尋常。而且他剛剛竟然用兩天前才斷掉的雙腿站了起來！我的呼吸變得急促短淺，因為想到稍早所聽到的一切，現在又親眼見到驚人的證據，我明白自己肯定見證了某種奇蹟。我看得出他顯然還是很痛，儘管狀況已改善許多。漢娜緊握住威爾的手，非常關心地說：「我知道一定很難受。」

威爾很不舒服，因此語氣和全身都相當緊繃。「嗯……我是可以……休息幾個鐘頭。」

漢娜的目光往上望向司機。「八十四街和東區大道口。」

「等等，漢娜。」我立刻說：「聖賈克知道妳住在哪裡，而且他現在很明顯有樞機主教跟總教區的支援。那個老愛爾蘭人是很厲害的權力掮客，紐約市警局也在幫忙，在我們抵達妳家以前，他們就會讓警察橫掃那裡了。」

「讓我猜猜，」威爾露出嘲諷的表情，往上看著我說：「妳想要帶我到妳的報社。」他臉上的厭惡十分明顯。「然後給妳本世紀最大的獨家新聞。」

「我當然想要講述你的故事，」我坦白說：「不過只能找負責任的報社。而且如果你不想，我就絕對不會這麼做。」我很震驚這些話竟然是出自自己口中，更令人訝異的是，我真的這麼想。威爾似乎跟我一樣意外，我想我的自白聽起來是真的很誠懇。

漢娜對我微笑，然後緊抓威爾的手。「不是告訴過你，我喜歡這個女孩嗎？」

但威爾的表情似乎還是沒決定要相信我。我誠懇地說：「那麼，讓我問你一個問題。」這個想法已在我心裡有段時間了。「如果人們真的知道你的事，這樣對你不是比較好嗎？」

「以前發生過幾次，」他沉著臉怒聲說：「只會引來極端的狂熱份子，或是想證明我是騙子的刺客。」

「吉莉安，」漢娜輕聲說：「妳我絕對無法想像他們到底讓他經歷了什麼折磨。我知道妳同情他，可是——」

「同情？」威爾大笑起來，又回到原先對我的譏諷態度。「漢娜，她可是個天殺的記者啊。」他的聲音聽起來既沮喪又嘶啞。「妳還能期望什麼？」

「那並不表示她就沒有同情心，威爾，也不代表她不具有人的情感或——」

「當然是那樣。」他的語氣充滿怨恨。「記者就是會報導，他們以保持客觀自豪。我相信那種方式安全多了，那樣就不必對任何人事物負責。」

哇塞，他說中我了。他一針見血的評論讓我感到非常刺痛。

計程車司機又問了一次：「所以我要去哪裡？」

威爾聽起來很無奈。「無所謂了。」

「聽著，老兄，」司機說：「我得讓我的派遣員知道，這是規定，你明白嗎？」

「繼續開就是了，好嗎？」我咕噥著說，心裡還因威爾砲轟我一事感到受傷。「我不知道，往北去吧。告訴他們你要去哈林區。」接著我脾氣很差地用西班牙語說：「拜託。」

我發現漢娜和威爾正看著我，他們發現了我語氣中帶有明顯的歧視，古巴人也是。他瞪了我一下，瞇起眼睛，用濃厚的口音說：「妳有什麼問題嗎，小姐？」

我憤怒地別開眼神，望向窗外，沉浸過去的回憶中。對，我確實有個問題。

我看見拉米瑞茲先生那張西班牙中年男性的臉孔，他的臉很圓，像天使一樣胖乎乎的，還留著下垂的小鬍子，穿著整齊燙過又硬挺的白色上衣。我一如往常在那條安靜的人行道上騎著三輪車。他給了我餅乾，後來笑著用手指撥開暴露在我胸口上的那些碎屑。他示意當時六歲的我進入他家，給了我一些甜甜的檸檬水。一年多以後他才會攻擊我母親，她要我避開拉米瑞茲先生的警告也晚了一年。

他的檸檬水讓我想上廁所。我走進他的廁所，坐在馬桶上，然後看見他偷偷從微開的門縫往內看著我。看著我尿尿。

接著他進來了。他要「幫」我擦乾淨，太多次了。我說不要，可是他用另一手滑到我裸露的臀部下方。他把我撈起來，貼著他粗厚扎人的臉和鬍子，用鼻子摩擦我的脖子，同時以指尖往上推進我的身體。當時我哭了，而他咆哮著：「閉嘴！」他躺下來，把我緊抓著放在他身上。他的手指更加深入，然後一次又一次。他開始喘息，另一隻手在我後方做著別的事。他開始呻吟，呼吸越來越急促，接著突然倒抽一口氣。某種溫暖的東西噴在我裸露的背部和臀部上。他把那東西抹在我身上，一直喘著氣，緊緊抱住我來回晃動。我很害怕，一直哭。他凶狠生氣地對我說：「閉嘴！閉嘴！」然後用另一隻已經濕黏的手抓住我的臉。我感到恐懼，但他緊抓住我的下巴，手指捏進我的臉頰，用毛茸茸的鼻孔喘著氣。他露出笑容，但是很可怕；他的眼神像在燃燒，十分危險。他說這是我們特別的祕密，警告我絕對不能告訴任何人，絕對不行。就連我的母親也是，要不然他會找上她。他會撕裂她，然後殺了她。

我相信他。我從來沒告訴媽媽。第一次發生時我太害怕了，而一年後他在攻擊她的那天晚上瞪著我時，我甚至更加驚恐。隨著年紀增長，我的恐懼逐漸減輕，轉變成憎恨。我知道母親得知此事後一定會崩潰，她會立刻負起責任，認為是自己莫大的失敗。這會對她的靈魂劃開一道無法治癒的傷口，她將永遠無法復元。我試著一直掩蓋這件事。

可是拉米瑞茲對待媽媽和我的方式，讓我的恨意加劇、惡化、外洩並無限擴大，就像骯髒有毒的油污染了我對男人的態度——尤其是男人——而且不合理的是，對長得像拉米瑞茲的人也是如此，甚至是女人。那種早期的憎恨已經根深蒂固，導致在我的成人生活中已變成既定模式。這種情緒已深深融進我的骨髓，就是這樣。我無法否認，也根本無法釋懷。

計程車開過一個大坑洞，劇烈的震動讓我回過神。我一時間喘不過氣，試圖找回自己的理智。

「哈林區很大啊，小姐，」古巴人說：「哈林區的哪裡？」

我眨眨眼睛，最後陰鬱地說：「我不知道，就……就往北開吧。」我刻意不去看古巴人那圓圓的褐色眼睛，並轉頭向後看。「聽著，威爾，我知道一定會有很多人可以、也樂意幫忙，他們能讓你的旅行變得輕鬆很多，私人的車輛或者飛機或——」

「可是妳看不出來嗎，吉莉安，」漢娜說：「匿名對他比較好，這樣比較容易躲開瘋子、部落客、狗仔隊，還有教會。」

我仔細思索眼前的選項。「所以你十分確信，你無法跟教會達成協議，讓他們幫助你嗎？」

威爾對漢娜露出一種嘲諷的眼神，然後就疲累地望向窗外。回答的人是漢娜。

「他永遠都不會相信他們的，吉莉安，因為他知道，他們是如何曲解了耶穌·本·喬瑟夫最初要傳達的訊息。而他們很清楚他知道這件事。」

▼威爾

我凝視著車窗外。全身上下都有種難以忍受的劇烈疼痛，如同被火車狠狠碾壓過。我還沒從大面積的燒傷和多處骨折的情況中恢復，身體內外每處一碰就痛，感覺就像最嚴重的流行性感冒和曬傷，再加上被棍棒毒打一頓。超過五百多年以來，我從未如此精疲力盡，在感情和身體上都疲憊不堪。

我無力地望向窗外的人行道，看著計程車經過的人們，看著那些不停移動、混雜的面孔。我看到那些人都在過生活，有各別的喜樂或創傷，有各自的成功或不幸，有各自對未來的希望及恐懼。可是他們每個人都在不知不覺中得到了恩賜，而那是我早已失去的東西：有限的生命，終結，最後的安息，停止受苦並獲得平靜。

我嘆了口氣，知道只有自己必須忍受這超乎想像的痛苦。

但也不是全然孤獨。計程車經過一處交叉路口時，我看見他站在其中一個街角，心照不宣地注視著我，就像一位老友。他油亮的黑髮與眉毛讓他看起來真的很英俊。他穿著那件黑色絨面風衣，裡面則是駱駝色喀什米爾毛衣。

他一隻手隨意地伸向我，比出大拇指，彷彿是要搭便車。

35

▼**瑪莉亞**

我的腳很痛，又累又餓，而且有點害怕。現在米吉應該開始在找我了，所以我一直回頭看。我心跳得很快，覺得剛剛有看到他，但那不是他。

前面的路標寫著「110」。我覺得好像已經走了一百哩，卻還是不知道要往哪裡去。

後來發生某件可怕的事。我有種害怕的感覺。有次我在玩一個小磁鐵，它就算沒碰到金屬物品也會被吸引過來。現在感覺就像那樣，像是有看不見的東西正在拉我，力道非常輕，可是感覺得到拉力，就從對街某處傳來。於是我等著綠燈變亮後開始過街。

有個拿著大購物袋的西班牙老女士朝我走來，她看起來就像我的伊芳外婆，只是腰部比較大。她盯著我，看起來很擔心。她在街上攔住我，碰著我的肩膀，並用西班牙語問：「妳迷路了嗎，小女孩？」

「沒有，女士，我很好。」我說完後繼續走。到了對街後，沒看到什麼特別的東西，可是我就是知道自己走對了方向。我的背後很溫暖，彷彿是太陽，它用很輕很輕的力道推著我，還有別的東西在前方很輕地拉著我，就像是磁鐵。這感覺真的好奇怪，但是並不可怕。一點也不，而且感覺很好。

我在口袋裡摸到從冰箱拿的蘋果，咬了一口，味道很棒。我接著繼續走，感覺很好。

▼聖賈克神父

我和費南德茲醫師、樞機主教及其中一位員警，回到了醫院大廳旁的小警衛室。裡面總共有十台螢幕，黑白畫面顯示著設置在醫院各處的監視器影像。有位技師正坐在桌前，播放大廳監視器的一段影像。剛才在外頭費勁的搜查讓我仍然氣喘吁吁，胃部像是在燃燒，嘴裡還有喉嚨微血管爆開後的血味。我努力壓抑自己的憤怒，因為馬洛伊跟白痴一樣，拒絕依照我的要求讓紐約警方看守傷患的病房，才會導致那男人逃脫。

技師查看錄影的時間軸，尋找我們要的部分。費南德茲開口正要說話，不過我搶先他一步，急忙說：「就在那裡！」我戳著技師的肩膀。「停下來，倒退幾秒鐘。」

技師照做了，接著錄影畫面就以縮時攝影的方式一格一格斷續前進。那是從大廳天花板附近錄下的廣角畫面，螢幕最上方是好幾部電梯。中間一部電梯門打開後，白髮的漢娜・克萊兒探頭窺看，走得非常慢，一邊使勁支撐著一個身穿藍色病服的男人，他的肩膀上還披著一件薄袍子。他看起來非常虛弱，移動時極為費力，幾乎連拖著腳步走都沒辦法，但他確實在步行。

費南德茲靠近檢視螢幕上的畫面，皺起眉頭。「嗯，從這角度很難確認，乍看很像他沒錯。但那位傷患在不到三天前的X光和電腦斷層掃描都顯示，其腿部和骨盆有多處骨折，而且還有許多內傷。」

「儘管如此，醫師，」我用很有見識的語氣說，並將眼神轉向驚訝不已的樞機主教。「證據就在你們的眼前，各位。」

費南德茲搖搖頭，目光回到監視器畫面，看著螢幕上的男人痛苦地跛行穿越大廳，讓漢娜・克萊兒扶著他笨拙地坐到一張空輪椅上。「不會是他……」費南德茲的聲音很小。「這不可能。」

「對普通人而言是如此，但對這個男人不是。」我輕碰螢幕上的畫面。「這男人會在三天內復元，即使受了你所記錄的致命傷也一樣。順帶一提，我需要那些X光片、掃描結果，以及你所有檔案的副本。」

費南德茲皺眉抬頭看我，然後又看著監視器，表情非常困惑。

我們跟著費南德茲回到加護病房區時，我看見馬洛伊也同樣心神不寧，陷入了沉思，顯然還在試著理解這驚人的現象。「保羅神父，之前你說他必須怎麼樣？每隔三天移動至少三千呎？」

「是的。」我肯定地說。「我的前人們有個想法，而我也同意，就是數字三和一段時間有關聯，亦即耶穌被釘上十字架和——」

「耶穌復活。」馬洛伊點頭，若有所思地說：「就在三天後。」

費南德茲聽到我們的談話，暗自驚訝地低語：「全能的神啊。」

「我認為祂也參與了這件事。」我語帶諷刺地說，而且承認自己為此感到很得意。我確實是比世上任何人都更了解這個獨特的案例。

其中一位紐約警局的警員趕上我們，說：「已經發出全面通緝了。」

我們來到護理站一個安裝在牆上的燈箱前，費南德茲取出那位傷患的X光片和電腦斷層掃描，一張張迅速擺到發亮的玻璃上。他注視著每一張掃描，然後做出決定搖了搖頭。「不，這實在太離奇了，不可能用任何理性的方式理解。」

「你必須以不合理的方式思考，醫師，」我說：「我知道從你的科學角度而言是種挑戰。」我在一行人經過等待區時，拿出了筆記型電腦。我打開筆電，耐心地解釋：「醫師，我有關於此人的目擊證詞，最早可以追溯到黑暗時代。」醫師驚訝地眨眼，這時我隨即捲動翻閱電腦裡的文件。「我有許多無可辯駁的證據，例如這個。」我打開其中一個檔案，一邊敲擊鍵盤一邊說：「一九四四年，他參與了刺殺希特勒的華爾奇麗雅（Valkyrie）計畫。」

「什麼？」馬洛伊嚇了一跳，先前我告訴他的事件中並不包含這一項。能夠在這件事上徹底領先他，讓我覺得很愉快。

「是的，」我繼續說：「他和共謀者很不幸被發現了，他們遭到折磨，被掛在肉鉤上等死，或者等到別人以為他們死了。」我點開那個恐怖場景的照片，然後放大。「他在這裡，就掛在他們之中。」

費南德茲認真看著血淋淋的可怕照片，一認出他的患者，臉色立刻變得慘白。

「不過接下來這張，」我點開另一個檔案說：「是一個月後在馬德里拍的。」

醫師接著仔細看，似乎正在考量所有的證據和其他因素。最後他問：「所以你想要抓到他，是因為……」

我得意地笑著，一邊暗自納悶怎麼會有人如此愚蠢。我像是在對小孩說話般地說：「因為這個人是活生生的證據，證明我們的主耶穌基督能夠行使奇蹟。」

費南德茲的目光從螢幕裡的男人臉孔上移開。「你是說，教會從黑暗時代就一直在追捕他了？」

「是的，醫師。」我稍微挺直身子，接著說：「但我的前人從未如此接近成功過。我會抓到他的，我向你保證。」

費南德茲跟我對望，同時打量著。「告訴我，聖賈克神父，他為什麼一直要逃離你們？為什麼他要躲避教會？」

我嗤之以鼻，不打算跟這個拉丁美洲人陷入哲學討論。「他顯然誤入歧途了，或是精神錯亂。」

費南德茲微微地瞇起眼睛。「所以你是要找到他，藉此為教會注入一劑非比尋常的興奮劑？」

即將為全能上帝取得莫大成功，我完全無法掩飾自己的驕傲，然而樞機主教感受到了醫師話中的譴責意味，於是試著打圓場。

「費南德茲醫師，」馬洛伊就像一位老練的政客，用天鵝絨般柔軟的語氣說：「我們把祕密告訴你，是因為相信你跟我們有共同的信念。」

「那恐怕差得多了。」費南德茲坦言。「我們就老實說吧，各位。」他以嚴厲的眼神看著我。「保羅神父，幾個小時前你才告訴我這男人是個凶手。」他將鋼鐵般的目光移向馬洛伊。「樞機主教，而你會『把祕密告訴我』，也只是希望我能忽視對患者應保有的隱私。」

我採用馬洛伊的圓滑方法。「費南德茲醫師，我向你保證，羅馬當局只是想要表揚並保護這個男人。」

「就像羅馬『表揚並保護』了其他許多人那樣，例如聖女貞德？」

我感到自己的血壓又升高了。「費南德茲醫師——」

「謹慎是很正常的，保羅。」馬洛伊打斷我，一隻手輕放到我手臂上，但很明顯是要阻止我繼續說下去。愛爾蘭人充滿血絲的雙眼看似和善，同時卻也露出狡黠光芒。「這真是個難以置信的故事呢，保羅。坦白說，連我自己都很難理解和接受。」接著馬洛伊慢慢轉向費南德茲。「不過就暫時假設一下吧，醫師，」他停頓了片刻，以強調這戲劇般的可能性。「假設這就是真的。」

他讓沉默發揮作用，繼續說：「考慮一下這可能性：這男人確實是你的患者，所以你當然應該帶領團隊，去檢查他那獨特的面相、特別的基因。你的實際研究再加上我們極度機密的龐大資料……嗯，」他用雙手稍微比了個手勢，彷彿在暗示某種難以想像的巨大報酬。「想像一下，你將可能獲得何種空前的醫學發現，更別提還能被全世界公認為他的專屬主治醫師，並得到獨一無二的聲望。」

馬洛伊露出明智且鼓舞的眼神，而費南德茲注視了許久，接著目光移回X光片上，一邊思索自己的選擇，還有馬洛伊說的可能性。最後他深吸一口氣，回頭看著我們兩位神職人員。「我想，這些都得先找到他再說。」

樞機主教滿意地嘆了口氣，向費南德茲點點頭，露出志同道合的微笑，接著又瞥向我，暗中投以滿意的眼神。

▼提托

我搭了萊辛頓大道線的列車到七十七街，那裡就是在報紙上看到的列諾克斯山醫院。到了裡面，我問服務檯威爾在哪裡，然後就上樓去。一出電梯，我就看到附近有兩個條子，反正我總是會避開他們，所以就繼續走，想要找護理師或其他人詢問。

後來我看到一座護理站，那裡有位醫師跟兩個神父，其中一人的後腦上戴著一個小紅帽。我過去找他們，說：「喲……嘿，不好意思。」他們轉過來時，看起來好像很不爽被我打斷，可是我心想操他媽的哩，然後就給他們看《紀錄報》頭版上的威爾照片。「我在找這個老兄，他算是我朋友，懂我意思嗎？你們會不會剛好——」

我說到一半就停住，因為我突然看見其中一個神父的眼睛跟鬼魂一樣白濁。他就是我在大都會見過的人！他們三位老兄都用奇怪的表情盯著我，我開始害怕，彷彿他們知道我的所有前科之類的，而且要因噴漆的事抓捕我。

我往後退了一步。嚇死人了，我本來準備要落跑，可是他們就那樣一直盯著我，好像我很重要之類的。他媽的一直盯著看。最後，我有點小聲地說：「怎麼了……嗎？」

▼吉莉安

計程車仍艱難地往北行進，速度比預期慢上許多，這讓我感到很挫敗。司機一直瞄向我和後座的兩人，想弄清楚到底發生了什麼事。我還在思索要用什麼方式幫助威爾，並證明我確實明白他的處境。

「聽著，我真的懂。」我說：「耶穌．本．喬瑟夫從沒打算建立什麼譁眾取寵的宗教組織，就只是想要人們擁有同情心並加以實踐，不在別人受苦時袖手旁觀或——」

「答對囉。」威爾咕噥著說。他仍然望著車窗外，像看著某個東西或某個人。

我還在試著把自己從他和漢娜那裡聽到的一切拼湊起來。「由於你那天沒有展現同情心，你……推了他……所以你必須一直活著和移動，直到……」

威爾繼續凝視窗外。「妳說得一點也沒錯。」

漢娜貼近他，顯得十分關心。「聽著，威爾，我知道你現在沮喪到了極點，可是世界仍會繼續轉動，而你會度過這一切的。還有，你也可以想像一下，如果被教會關進籠子裡將會是何種感覺。」

他盯著漢娜看了一會兒，最後沮喪地嘆了好長一口氣，態度終於緩和下來，對司機說：「走一二五街去第一大道。」

我的思緒仍在飛騰著。「所以你衝進去救那個小女孩，是因為你無法『袖手旁觀』？」

「相信我，」他咕噥著說：「我原本希望我可以。」

漢娜輕拍他的手。「但你的本性並非如此。」

「而且還做了真多好事呢。」他抱怨道。

漢娜對他發火，是真的生氣了。「噢，夠了，威爾！給我閉嘴！你拯救了那個孩子的生命，還有我的。而且幫助了其他多少人？幾百個？幾千個？幾百萬個？」

他緊咬下唇，漢娜依舊繼續發飆。「沒錯，你確實經歷了地獄，就像你為那位小瑪莉亞做的事，或是一八五一年在密西西比州的那群暴民。」漢娜看了我一眼。「他把奴隸偷帶到地下鐵路（Underground Railroad）（注）逃離，所以他們想要吊死他。可是他死不了，所以暴民們割斷他的繩子，用熱柏油和鍊條固定住他，然後把他丟進湍急的河裡。」

我看見古巴司機從後視鏡看著漢娜，對自己聽到的事既震驚又困惑。

「他也在黑死病期間照顧病患，自己也染上了病。吉莉安，在一八六七年，他在巴伐利亞的一場大風雪中救了一個垂死的男孩，雙腿還因此凍壞了。」

威爾移動身體，顯得很不高興。「漢娜，拜託。」

注 十九世紀美國祕密路線網絡和避難所，用來幫助非裔奴隸逃往自由州和加拿大。

「吉莉安，無論妳聽過多少事蹟，無論我在我們交往期間哄騙他說出多少，我知道他沒說出來的，其實還有太多太多了。他已經盡力行善了好幾個世紀。」

「……一直希望能得到救贖。」我一邊思索並輕聲說。古巴人瞄向我，他的臉色蒼白且神情緊張，不知道自己車上究竟載了什麼人物。我的注意力轉回威爾身上，正試圖理解他的存在有多大的影響。

「真是個白痴，對吧？」威爾咬著牙，同時目光與我對上。「妳的做法比較好，保持客觀，不惹麻煩。」

「威爾，拜託不要——」漢娜開口說話，卻被司機的叫聲打斷。

「哇靠！」司機猛然轉向、避開一輛闖紅燈呼嘯而來的警車，那台車差點就撞上我們，隨即在地面摩擦出尖銳聲響並向左急轉，上了公園大道往北駛去。接著另一輛閃燈鳴笛的警車從後方高速通過，還有一輛救護車跟一部加長型禮車緊跟在後。我瞥見了樞機主教和聖賈克就在禮車的後座。

司機看著他們高速前進。「嘿，他們轉進一二五街了，你們還要——」

「是啊，」威爾沒好氣地說：「管他的。」

「不！」漢娜堅定地說：「往西開。」

「她說得對，」我附和：「往西城開！」古巴人立即向左切過車流，在一二五街上往西開。

精疲力盡又全身疼痛的威爾，這時粗魯地說：「漢娜，這他媽的有什麼意思？」

漢娜緊握住他發紅的手，像位英勇的戰場指揮官，爽朗地對著他說：「我不會讓你放棄的，威爾。門都沒有。」

▼**提托**

我在大到爆的禮車裡，坐在其中一個可以往後看的座位，就在司機的正後方，瞭嗎？前座有個條子轉頭問我：「一路到河邊，對嗎？」

「對，沒錯，」我告訴他：「他的露營車就在那裡，或者至少曾經在那裡。」我他媽真不敢相信自己竟然跟條子合作，可是醫師跟那些神父對我說，威爾真的病得很嚴重，非常危險，所以他們必須趕快找到才能救他。我從前面的車窗看出去，很擔心我的朋友。「希望我們來得及趕到那裡幫他。」

我回頭看神父時，感覺到他們正在使眼色，好像知道些什麼卻沒說出來。可是我分心了，因為就在那時，發生了其他的事。

某個東西讓我望向西城的方向。肚子、胸口有某種奇怪的感覺，他媽的就像要把我拉往那個方向。那個眼睛像鬼魂的法國神父一定注意到了，因為他問我：「怎麼了？有事嗎？」

「我不知道……」這時禮車開過一個大坑洞，而從西城傳來的拉力減弱了點，可是沒有消失。並沒有消失。我望向西城，感受著那股力量。

▼**妮可**

那真是最奇怪的感覺了。我從皇后區搭E線列車，要轉乘往北開向西城的地鐵，這是我每次去哈林區酒吧上班的路線。我帶著新養的狗狗桑妮。那天家裡沒人可以幫忙照顧，所以我只好帶著牠一起出門。兩、三天前我才從動物收容所救了牠。

有些朋友對我說：「妳瘋了啊，女孩。凱西才剛死，妳就已經打算讓自己再心碎一次？」可是那隻小母狗差不多才十二週大，還有好長一段大好生命。而且，我一看見在那籠子裡的黃金米克斯小臉就投降了。那隻小狗就像能帶來陽光，牠就是桑妮。

當時我把牠放在大腿上抱著，一起搭C線列車往上城去。可是列車一離開八十六街站，桑妮就開始坐立不安，然後發出哀鳴聲。一開始我以為牠想尿尿，不過後來連我自己也有了很奇怪的感覺：像是某種預感，卻又不太一樣，感覺就像我必須離開那輛列車。通常我會再多搭五站到一二五街，然而就在地鐵轟隆隆駛近九十六街時，那種感覺愈發強烈。我開始焦慮起來，嘴裡彷彿嚐到了金屬味。我想我可能得了某種怪病之類的，而且桑妮一直汪汪叫，瘋狂地想要離開我的大腿。

列車停進九十六街站時，我的雙腿幾乎像自己有了生命，下意識地抱著桑妮猛然站起身，而牠正用盡全力吠叫著。地鐵的門一打開，我們就走出去了。我在月臺上站了一下，納悶自己到底在搞什麼。桑妮在懷裡拚命扭動，於是我放牠下來，結果那隻小狗立刻往前衝，緊拉著繫繩想往出口樓梯奔去。我感覺到自己也必須前往那個方向。最後，在根本不知道發生什麼的狀況下，我們朝上面的街道前進。

▼吉莉安

計程車在一二五街上疾駛，可是車流在弗雷德里克・道格拉斯大道堵塞住了。我叫司機往南轉上中央公園西街，然後回頭看著威爾。

雖然他情緒快要爆發，可是漢娜強勢地掌控了局面。「你一定得保持信念。」她從手提包拿出一個塑膠袋，裡面裝著莉薇雅的十字架和小盒子。「繼續帶著火炬——」

「再度過兩千年？他媽的永遠這樣下去？」他粗魯地推開袋子，情緒似乎已降到了最低點。威爾就像來到飛行頂點的哈雷彗星，在距離太陽最遙遠的位置，迷失於永恆的黑暗中。「不，漢娜。我辦不到。」

「可是你能有什麼選擇？」漢娜激動地說：「當教會的雜耍猴子嗎？你從來就不想要這樣啊。」

威爾陰沉地皺眉回答，我從沒聽過如此不祥的語氣：「也許……也許還有另一個選擇。」

計程車司機突然熱情地大聲說話，嚇了我一跳。「好啊！這樣才對嘛！」他在車陣中突然轉向開上一〇五街，力道大到把漢娜和威爾都甩到後座左側，我則是死命抓住握把。司機瘋狂魯莽的行徑讓附近車輛緊急閃避，並發出了尖銳的煞車聲。所有駕駛們憤怒地猛按喇叭，而古巴人將油門踩到底、讓時速高達六十哩，在其他車子間高速穿梭。

我屏住呼吸對他大喊：「你在搞什麼，你這愚蠢的——」

「墨西哥佬偷渡客？」古巴人怪異地對我笑。「快點，說出來吧！」他往自己的左側看，暫時沒將臉對著我。「妳就是那樣想的，對不對，吉莉？」

他回頭面向我時，突然有陣刺眼的閃光，感覺就像我不小心直視到太陽。我眨著眼，而接下來的場景讓我心臟幾乎停止，毛骨悚然竄上全身。

我正看著一張截然不同的臉。

古巴人不見了，司機現在是一位英俊得不像話的年輕人，有著黑色眼眸和油亮的黑髮。

我倒抽一口氣。「天哪！」

年輕人對我揶揄地笑著說：「不對，再猜一次。」

他向右急切進一條寬巷中，前方的盡頭是一間舊倉庫，我們正以六十哩的時速直衝過去。我雙手緊壓著前方置物箱，做好撞擊的準備，同時尖叫著：「快停下來！」

但就在最後一刻，大倉庫的門竟以完全不合常理的速度飛快打開。計程車衝了進去，後方大門隨即猛然關上。

36

▼提托

那台大到爆的禮車接近第一大道和一二五街時，我看見一堆警車已經從四面八方過來了。他們的無線電全都發出刺耳噪音，到處都有條子，直升機就在頭頂嗡嗡響。街角看起來像在進行某種大型緝毒行動，至少有四個條子已在檢查威爾的露營車，試著弄開門。神父跟我下車的時候，他們還叫我們等一下。

條子一撬開威爾的門，那個法國神父就直接衝上前推門進去。我看得出威爾不在裡面，而且我很高興。這整件事太不對勁了。這才不像他們告訴我的，是要幫助那個人。我對自己很不爽，真是太蠢了，我到底在想什麼，竟然相信條子？我原本以為可以相信那些神父，不過靠哩，我不應該那麼笨才對。某個該死的神父還曾經調戲過我的小表弟奇可哩。

於是我開始慢慢往後退，試著不引起注意。就在這時，我又有那種感覺了。某種力量把我拉向西城，這次的感覺比在禮車上時更強烈。我轉過身往西看著一二五街。什麼也沒看見，只有條子和出來看熱鬧的人，沒看到什麼特別的東西能解釋那種感覺。可是我他媽的真的感覺到了某種東西。

所以我繼續慢慢後退，往第二大道走去。然後開始小跑步，一離開條子的範圍就拔腿跑了起來。真他媽的太奇怪了，雖然什麼也不知道，可是我的雙腿好像很清楚要去哪裡。我經過第二大道，繼續往西跑。

▼**吉莉安**

我坐在計程車的前座發抖，因差點撞上倉庫大門而餘悸猶存，以及被那個時髦年輕人突然出現車裡的不真實感而嚇傻了。

但接下來發生的事讓我更加害怕。

不管那男人是誰，總之他讓車子在昏暗的倉庫裡滑停下來，然後跳出車外，開心地大喊：「好啊！」

漢娜向前傾，透過擋風玻璃看著那個背對我們、站在附近的年輕人。他愉快地四處張望，查看舊建築的內部。

「就是他，對嗎？」漢娜問威爾，目光仍然停在年輕人身上。

這是我第一次聽見漢娜緊張地說話，語氣帶有真正的恐懼，顯然對方讓具有北方人性格的她也開始擔心起來。漢娜一看見威爾沉默點頭後，又變得更加焦慮了。

「他？」我緊張地問，聲音比平常高了八度，而且還在顫抖。「他是誰？他是怎麼進來車裡的？司機去了哪裡?!」

威爾沒回答，直接打開了計程車後門。漢娜抓住他的手臂。「威爾，你恢復得還不夠！」可是他沒理會她，逕自痛苦地爬出車外。我們聽見他費力時發出的呻吟。

「威爾！可惡。」漢娜匆忙打開她那側的車門要出去。

我的心臟狂跳，目光看向車子的起火開關，卻發現鑰匙不見了。突然間，車子的內部似乎在我周圍逐漸收縮，我壓抑著高漲的恐懼，然後打開車門，深吸一口氣，小心翼翼踏出車外。我看見地板和附近的物品上都覆著一層絲絨般的厚灰塵。那位年輕人穿著柔軟的駝色高領毛衣和黑色絨面風衣，正隨意看著四周，顯得非常自在。

倉庫內部不只很暗，還瀰漫著一月的寒冷。我們頭頂的天花板呈拱形狀，而且相當高，幾隻鴿子在那裡拍著翅膀。一些光束從上方破裂的木板間照進來，切開了陰暗、滿是灰塵又嚴寒的空氣。

威爾呼出的氣體變成了白霧。他只穿了手術服、單薄的病袍和拋棄式紙拖鞋，我知道他一定冷到快凍僵了。他緩慢而虛弱地跛行到計程車左前方的保險桿旁，然後重重靠在上面。他掃視了下倉庫，漢娜跟我也是。這是個非常雜亂的存放場所，有各式各樣的劇場道具和舞臺器材，非常可怕又令人不安，尤其是在這種情況下。

到處都是大盒子和條板箱，另外還有歌劇舞臺使用的大型立體布景，例如一艘大型快速帆船的一部分，那艘船的船帆支離破碎，我記得曾在紐約市歌劇院演出《漂泊的荷蘭人》時見過。我看到兩顆復活節島上巨大、神祕的石像頭部全尺寸複製品；幾座非常顯眼的旋轉木馬；許多呈現奇怪姿勢的人體模型，有些外觀還是不同時期的打扮；一張高到不像話、呈表現主義風格的法官席位。

散布在這當中的是大雜燴般的擺設，風格來自各種你想像得到的時代：裝飾藝術到羅馬風格，超現代到聖經時代；一九三〇年代的非法酒吧到中世紀大教室的華麗懺悔室，典雅的路易十四時代座椅到其他史達林式的簡樸物品。那裡還有一對逼真得驚人的填充獅子，以及褪色的大型廣告招牌布景。寬度和高度各約八呎的大型置物平臺陳列在圍牆前，每座平臺上都堆疊著覆滿灰塵的劇場用具。

我看見威爾努力睜開疲憊不堪的眼睛，並小心注視那位年輕人，對方正在倉庫裡到處閒晃，似乎非常愉快。

「我超愛通俗娛樂業。」英俊的年輕人邊說，邊觸碰了一具打扮成一七〇〇年代擠奶女工的人體模型，模型好像突然充滿了生氣，性感的胸部也開始脹大。我驚訝地看著它，而下一瞬間年輕人經過時，模型又變回無生命的物體。這一切發生得太快速，我確信一定是自己想像出來的。

年輕人一派輕鬆地走在幽暗倉庫內形形色色的物品間，經過時喜愛地觸碰著。他神色自若地回頭看著威爾。「我實在太高興你終於願意談了。」

威爾的語氣聽起來不太確定。「我……從來沒那麼說過。」

「哎呀，你當然有啦。」年輕人以友善的口吻裝出責備模樣。「就在計程車裡啊。」他的聲音聽起來就跟威爾一模一樣：「也許還有另一個選擇。」接著他露出笑容，停止了漫步，自命不凡地看著威爾。

「你自己也知道，是因為你想要，我才會出現在這裡。」

我看著威爾，他的目光稍微向下別開，顯得有些焦慮。我也非常緊張不安，儘管年輕人以關心和友善的語氣繼續說：「可是你突然擔心了，威爾，為什麼？」

威爾的目光回到他身上，顯得很謹慎。「唉，我不知道。」

漢娜站在車子右側看著威爾。我緩慢移動到她後方，呼吸短淺地輕聲問：「那個人是誰？」

擁有波士頓人氣魄的漢娜，語氣跟平常一樣堅定，可是注視著威爾的敵人時，卻流露無比擔心。

「他不是人，吉莉安。」

「聽著，」年輕人繼續對威爾說：「我只是想要幫忙，好嗎？我們已經多久沒有談心了……」他停頓下來，看著自己手上的勞力士金錶，輕敲了下。「哎呀，已經一千年了？哇塞，時間過得還真快呢。」他抬頭看著威爾，似乎真的替威爾感到有些悲傷，同時嘆了口氣。「至少對我們其中一些而言是如此。但對你就不是了，這我很清楚，威爾。實在太不公平了。」他又停頓了下，皺著眉。「可以這麼說吧。」

漢娜往威爾的方向走了一步，用提醒的口吻說：「威爾，別聽——」

「後退，漢娜。」威爾說，接著堅定地看著我。「妳照顧好她。」

年輕人也對我笑，然後說：「但是要盡量做的比妳母親好喔。」我震驚地瞪大雙眼看著他，感到一陣驚恐。

接著年輕人那雙黑眸的焦點緩緩移回威爾身上，而威爾的下顎仍一下咬緊一下又放鬆。我這才意識到，威爾正努力壓抑那些尚未癒合的傷口帶來的痛楚，心理及生理上的都是。

年輕人若無其事走在幾具人體模型間，嗅聞了其中一、兩具，不高興地皺起鼻子。「嗯，讓我想起了一千年前在耶路撒冷的那群臭老百姓。如果那個某某某會來場復出秀，大家當然以為會是在那裡。」他靠著一張雜貨店的櫃檯上，上面有台覆滿灰塵的舊式收銀機。「我還清楚記得，你坐在各各他那座孤寂的山坡上。」他悲傷地搖著頭。「哎呀，我記得午夜來臨時，你臉上那副理想破滅的表情，可是祂並不知道。」英俊的年輕人在舊收銀機上按了個鈕，發出代表裡面沒錢的聲音，叮，沒得談。

「看到你失望真的很令我心碎呢，威爾。」年輕人真誠地搖著頭。「一千年前，我聽見你在同一座山丘上問了跟他一樣的問題……」他往上指向一塊歪掛在頭頂、布滿燈泡的百老匯大型劇場招牌。上面突然閃現出一個又一個字：為……什……麼……祢……要……拋……棄……我？接著華麗浮誇的邊燈開始不停發亮旋轉。

我覺得自己好像掉進了某種怪異的福音式惡夢中。威爾注視著閃閃發光的招牌，表情隨即變得冷酷，接著銳利地看了我一眼。我立即明白他的意思，於是拉動漢娜的手臂，低聲說：「他要我們離開這裡。」

可是漢娜的鞋子就像固定在混凝土裡，她連看也沒看我一眼，並堅決地說：「門都沒有。」

年輕人瞄向上方閃爍的招牌，就這樣看了一會兒。「而現在又過了一千年，朋友，祂還是要拖延你。」

威爾也往上看著招牌。幾顆燈泡閃爍著，發出砰的聲音，接著隨即暗掉。接著整塊招牌開始冒出火花，發出劈啪聲後又逐漸熄滅。倉庫的幽暗再次籠罩我們。

漢娜急切地低聲說：「威爾……」她想引起他的注意，不過年輕人在滿是灰塵的室內緩慢走著，深吸一口氣後又控制了局面。

「聽著，威爾，我不怪你想要放棄。我還不知道你怎麼有辦法堅持這麼久呢，這可是世界紀錄！」他走進一片高大的歌劇場景，看起來像一七九〇年代的某個實驗室。他好奇地拉了拉幾塊未固定的景片，而我瞥見其中一塊背後印著浮士德這幾個字。

年輕人一邊竊笑一邊點頭。「啊，我想我認得這個呢。」接著他又看著威爾，好像剛發現某件事。「等等，我是不是說你創下了世界紀錄？不，不，才不是，你的紀錄比那好太多啦。這可是宇宙紀錄啊，沒人可以超越你。」他真誠地看著威爾。「也沒人能夠讓我這麼尊敬。」

我看得出那番話讓威爾很意外，他皺起眉頭好奇看著年輕人。「讓你尊敬？」

但漢娜仍然保持警戒。「威爾，」她的語氣很堅持：「別聽他的話。」

「當然啦，尊敬。」年輕人不理會漢娜，繼續對威爾說話，十分熱情。「老兄，你可是代表英勇不屈的模範生，是一種反抗權威的精神呢。」他倚靠著《浮士德》劇裡的實驗桌，雙眼緊盯威爾。「而且我告訴你，威爾，只有同類人才能互相理解。」他使了個眼色。「我在公然違抗全知之神這方面，可是有一點經驗的。」

「當然，我記得。」威爾反駁說：「在被消滅這方面也有點經驗。」

我看見年輕人深色皮膚的英俊面孔閃現一道危險陰影，不過他輕聲笑著，站直身體並拍掉手上的灰塵，伶俐地回嘴：「但那其實不算是消滅，對吧？」他手心打開朝上，像是在示意自己沒什麼好隱藏的。我曾見過一位二手車銷售員做出那種手勢。「我的意思是，你看看，我不是好好的在這裡嗎？我看起來有受到折磨嗎？」他露出滑稽幽默的表情，而這時他經過一對打扮成康康舞者的人體模型，它們突然動了起來。

漢娜和我屏住呼吸，看著那兩個性感豔麗的女人高高踢起漂亮的長腿，熱情擺動身上的褶邊裙。隨後，它們又突然失去生命凝固不動，對威爾擺出愉快的塑膠笑容。

要不是那年輕人在移動的計程車上離奇地出現，我可能會以為自己目睹了厲害的幻象，是某個天才魔術師利用電子動畫呈現的傑作。但由於過去四十八小時裡經歷了那一切，我知道自己已深陷怪異且極度危險的神祕事件中，早已不是人類所能理解的範圍；威爾的存在，他那不可置信的復元能力，以及存活了數十個世紀的事實，都意味著有超脫現實的超自然力量在發揮作用。

最可怕的是，直覺告訴我，眼前這個英俊、時髦且散發威脅的年輕人，代表了最極端、令人恐懼且無邊無際的邪惡。

37

▼吉莉安

我看見威爾小心注視著僵住的人體模型，他不像漢娜和我那麼驚訝，但似乎覺得年輕人說的話帶有幾分真實。

英俊的年輕人立刻注意到威爾動搖的神情。「對，」年輕人以勉勵的語氣說，而他是指那些人體模型的歡樂氣息。「那正是美好的生活，沒錯。」他接著說，同時隨意往前走了一步。「而且我告訴你……」他握起雙手，兩根食指一起指向威爾。「你，也可以這樣。」

我看到威爾正在流汗，顯然還很虛弱，因此也比平常更脆弱。漢娜對深愛的男人急切地說：「威爾，你不能相信他。」此刻我想到要採取更直接的方式，等年輕人繼續說話時悄悄拿出了手機。

「聽著，威爾，」他比了個不在乎的手勢，說：「這可完全不像米開朗基羅《最後的審判》裡那些討厭的畫面，或是卡通《遠方》（*The Far Side*）裡的乾草叉、火焰和硫磺。」他連看都沒看，就把手伸向我。我的手機從手中飛了出去，直接進到他手裡。

他若無其事將手機收進口袋，同時開始慢慢靠近威爾。我的心臟跳得更加猛烈。

「還有老實說，」年輕人誠摯地說：「你是不是開始覺得自己選錯馬了？我的意思是，姑且不管勝利或名次，你的馬根本從來就沒出現過啊。」他在一座覆滿灰塵的大型地球儀旁停下腳步，嘆了口氣，彷彿極度誠懇又真心誠意。「同時……」他緩慢轉動地球儀，強調自己的論點：「我明白你的感受，老兄。我真的明白。」他盯著地球儀片刻，然後吸一口氣。「你知道已經多少天了嗎？」

威爾的聲音小到快聽不見。「就快要到極限了。」

年輕人背對我們，指著另一塊電子招牌，上面突然出現發亮的數字並開始滑動，就像時代廣場的新聞跑馬燈。

「七十三萬兩千六百一十九天十一小時又十九分鐘。而且還在繼續，對吧？」他再次看著招牌，驚奇地搖了搖頭。「該死，失去恩寵比你更久的只有——」

▼**威爾**

年輕人凝視著招牌上循環出現的數字時愣住。在那一刻我突然明白，自從兩千年前在耶路撒冷街道上第一次遇到這位年輕人以來，他的態度似乎有了些微改變，漢娜、吉莉安和我好像根本不存在。年輕人變得憂鬱，而且突然陷入沉思，彷彿將我的情況內化，迫使他開始重新思索自己的情況，讓他想起自己同樣不尋常又驚人的歷史。

他的歷史我很清楚，那早在人類歷史存在前就發生了，時間之前的時間。理論物理學家假設我們所知的時間，始於大約一百三十八億年前的宇宙大爆炸，而且沒有之前。

可是為什麼沒有呢？為什麼不能有某種無邊無際、不可計量，屬於多維且形而上的夢世紀（Dreamtime）（注）？在我們的宇宙出現之前，就已有其他完整的宇宙被創造或毀滅。即使是最早期的人類，也能直覺感受到『之前』這種概念，或許那是創造人類的無限力量，所殘留下的精神片段。儘管人類創作出無數傳奇，來解釋他們在集體意識深處所感受到的東西，卻也只能模糊地想像之前的那段時期。

我讀過太多關於神遭遇動亂的描述了：從彌爾頓到荷馬的史詩；根據神祕主義者、以賽亞和以西結所述的傳說；以及更早之前在埃及人傳說中關於創造及神的爭端。那些傳奇故事啟發了後世視覺藝術的許多經典作品，這類作品試圖以繪畫方式，記錄這位時髦年輕人對全知之神驚人的造反舉動，以及他遭受的可怕下場。

我腦中出現文藝復興和浪漫主義時期的巨大畫作，當中描繪了那座有如神話般超凡脫俗的奧林匹斯山神殿，而這年輕人就在那裡擔任天使長，即大家所知的光之使者（Light Bearer）：在希伯來語叫赫萊爾（Heylel），拉丁語則叫路西法。在古代希伯來人稱為*shamay shamayim*的三個天堂中至高處，尚未墮落且身為天使長的他，完美體現了神的標準；身為全宇宙最為美麗的生物，最能反映出造物主的高明超群。他獲得永生的恩典，具有非凡的地位及殊榮，名副其實是至高力量——有些人稱為上帝——的得力助手。赫萊爾很完美，直到內心產生邪惡。

雖然他是眾天使中最傑出的，但這樣對他還不夠。他開始變得傲慢，侵蝕了自己的智慧，在造物主賦予的自由意志下，愈發狂妄自大的他變得盲目，因此決定想要更多。他決意讓自己凌駕他的主。正如關於他的古代傳說所述，在輝煌至高的天外天——也就是非凡、原始自然之力最高的住所——他竟然企

注 屬於澳洲原住民信仰的一種宗教文化世界觀。

圖篡奪最高權威，竟想要將他的寶座設於神眾星之上。

因此他引爆了宛如災難、無法計量的神之怒，導致他和他那些阿諛奉承的爪牙被逐出了 *shamayim*。

我常好奇，宇宙大爆炸會不會只是那次激烈驅逐所附帶產生的結果。

或者兩者根本就是同一件事。

關於那場驅逐的想像不計其數。多少世紀以來，成千上萬的藝術家與詩人，從那個最初的戲劇性事件中得到靈感：路西法和尖叫的追隨者，從天國的榮光中如爆炸般飛出，像燃燒的流星自天堂急速墜落。我想像失寵的天使長呈螺旋狀地落下，在紅色閃電的閃光中勃然大怒，被狂暴的火焰旋風包圍吞沒，痛苦的墜落在其桀驁不馴的臉頰上刻出深深的傷痕。

天使長的同夥在其身邊悲慘地尖叫下墜，在絕望的墜落中瘋狂哭喊，一層又一層的恐懼燃燒著他們和他的靈魂，而在他們體內運作的那股令人敬畏驚懼的至高力量，也徹底發揮可怕效力，將那些原本絕美的形體扭曲成醜惡畸形。

他和他的大軍向下掉落，經歷各式各樣的苦痛，摔進無法估量的深淵，那是一座深不可測的湖，充滿永無休止的夢魘之火，是充滿折磨、殘酷無情又燒灼靈魂的陰間，無法以世俗的言語描述。他的墮落創造了混沌及地獄兩個詞。在試圖描繪那個地方的畫作中，有許多都傳達出難以想像的氣氛，內臟、腐爛之類的恐怖事物令我或任何觀看者皆為之驚懼凍結。

不過我知道，即使透過上千位藝術大師的技巧，藉由凡人所能發揮的最瘋狂想像力，也絲毫無法描述天使長所親身經歷、那種不可思議的恐懼及折磨。冥界、刑火、尖刺、堅固的鎖鍊，這些都只是人類所能理解的概念和奇想。

而微不足道的凡人，又怎以為能夠理解諸神、泰坦巨神、天使長，以及全能無限神力所在的超自然永恆宇宙？人類的心智無法明白邪惡天使長及其追隨者墜入了何種神祕深淵，也無法明白那是怎樣的無底地獄；他們身處於荒蕪中，瀰漫著淒滲憂鬱的氣氛、無止境的痛苦、永不停歇的憎恨；一個充滿可憎之物的地獄空間，沒有一絲光明。那是難以想像的徹底虛無，對神毫無敬畏之意。

我站在那座倉庫裡，聽見年輕人輕聲說話，彷彿在自言自語：「有時候我都快瘋了，這一切實在是……太……不公平了——」他話說到一半就停住，沉默地站了好一段時間。

他稍微轉過來面向我時，我非常驚訝。年輕人的黑眸發出閃光，像是因為淚水而變得光亮。我不敢相信自己看到的畫面，於是看得更仔細些，以為這一定只是自己的想像。但其實不是。

年輕人發現我正在打量他，在沒防備的情況下不自在地輕笑著。我從沒見過他這樣露出弱點。他用力吸鼻子，迅速擦了擦眼睛，發出生硬的笑聲。我確信他一定感到難為情了。

「抱歉。」年輕人試圖帶過，於是指著倉庫說：「這個地方灰塵實在太多了，對吧？」

▼吉莉安

威爾瞄了我和漢娜一眼，而我們看得出，他也對年輕人突如其來的情緒表現感到驚訝困惑。年輕人接著像密語般地更小聲說話，威爾則繼續懷疑地打量他。

「聽著，WJ，我知道自己有說話不夠老實的名聲，不過我對上——」年輕人突然說不出話來，就像一般人被雞骨頭碎片哽住那樣。他因喉嚨突然抽搐而瞪大雙眼，顯然無法以這種神聖字詞發誓。他逐漸恢復後，繼續說：「我發誓，我是想要減輕你的痛苦。」他緩慢走在一座舊損的講道壇和一輛復古摩托車之間。「你真的相信，救世主今年會從氪星（注1）飛來，按照約定回歸嗎？」

「對，」威爾坦白說：「我本來希望這次終於會成真。」

「然後呢，」年輕人友好幽默地問：「世界就會故障嗎？世界末日善惡大決戰？天啟四騎士？」他用指節輕敲著一隻破損的旋轉木馬，同時以最友善的態度慢慢接近威爾。

「不一定要完全那樣，」威爾說：「但至少有某種新的開始。」

「而你也終於可以好好休息，有機會過著平凡的生活、自然老去，平靜地過世。」

威爾仔細考慮著他最盼望的事，回答時幾乎像是在耳語：「……對。」

▼威爾

年輕人靠近我的肩膀時，我很訝異自己竟然感受到溫暖和慰藉。

然而漢娜的語氣變得很憂心：「威爾……」

他沒理會她，仍把注意力完全放在我身上。「相信我，我真的明白。」他看著我的眼睛，彷彿真的跟我志同道合。我也看出他似乎陷入了深深的反思。「而且遠比你以為的更多。可是你看看那該死的鐘。」他指著我們頭頂大招牌上繼續前進的時間。「你已經受苦了，卻還要一直這樣忍耐下去。」

漢娜抬高音量說：「威爾……別聽！」

年輕人傷心地在我耳邊輕聲說：「救世主不會回來的，老兄，現在或以後都不會。我的消息來源非常可靠，對方沒有公開發言的許可，而由於情況敏感，所以當然必須保持匿名。」他露出誘人的笑容，聲音動聽悅耳。「如果你接受那個事實，並且加入我，我就可以讓你不必再流浪。」

我看著他，心裡真的很好奇。「你要怎麼做到？」

「我可以。」他簡短地說，然後揚起黑色的眉毛。「你以為是誰讓你可以在三三三年後再造訪去過的地方？」他裝可愛地皺了下鼻子。「我會選那個數字是因為，我覺得六六六（注2）太明顯了。」

漢娜說話了：「你並不知道是不是他，或者有沒有選擇數字這件事，威爾。」

年輕人還是不理會她，繼續誘騙我。「再說，我也不想讓你等那麼久。我告訴你，朋友，你可以相信我的。」他溫和地哄勸：「怎麼樣啊？」

我覺得自己就快要被說服了，但這時漢娜開始走向我們，用強而有力的語氣說：「威爾！你不能相信他！」

年輕人輕聲對她說：「妳確定嗎？」

注1 美國漫畫中虛構的星球，為「超人」的故鄉。

注2 根據《啟示錄》（*Revelation*），六六六是代表惡魔的數字。

▼吉莉安

我們看見漢娜猛然停下，彷彿撞上一面隱形牆。她的藍眸突然睜大，接著緊抓自己的喉嚨喘不過氣來。威爾立刻跑過去幫她，我則從另一邊抓住她的手臂，焦急地問：「漢娜？妳怎麼了？」

威爾擔心地抱著她。「怎麼回事?!」

漢娜可以呼吸，但是卻沒辦法說話。她面露恐懼，而且臉色開始發紫。

「漢娜！」威爾憤怒地轉頭看著年輕人質問：「你到底做了什麼！」

「只是需要一點安靜。」他露出安撫表情，依舊油嘴滑舌。「她沒事的，只是啞口無言而已。我們在談話時可不想太常被打擾，對吧？」他親切地對威爾比著手勢。「現在，我們來達成協議……好嗎？」

威爾回頭看著無力靠在我身上的漢娜。她的胸口虛弱地起伏，雖然不能說話，但她用水晶般的眼睛看著他，展現出強大的意志力，也向他提出了緊急警告。

▼瑪莉亞

腳真的好痛又好痠，但我知道自己一定要繼續走，可是走路真的太辛苦了。我又走過一條街，那裡有一輛黃色計程車停下來，在前座開車的小姐看著正前方。我打開後門。

那位小姐很驚訝，她回頭看著我，好像是中國人吧。「嘿，」她用有點好笑的英語說：「妳要幹嘛？」

我指著前面。「麻煩妳，我必須去那裡。」

▼蘇琪．田村

我往外面看了看，什麼人都沒看見。「妳媽媽在哪？」我問。

小女孩說：「她死了。」

我不懂，於是又問：「那是誰照顧妳？」

小女孩只是又往前指。「麻煩妳了，我要往那裡去。」她一直指。太可怕了，她就那樣指著。指向西城，還有南方。我會說太可怕是因為，我在她上車之前就有相同的感覺，覺得自己必須去西南方。一模一樣，沒有理由，就只是感覺。強烈的感覺。

我想可能是某種鬼魂作祟，說不定是祖先想要告訴我什麼。不管是什麼，那都在用力拉著我。

小女孩仍然看著我，那對褐色大眼睛。「拜託，」她說：「我真的必須去那裡。」她很肯定。

「嗯，我也要去那個方向。」我對她點頭，打了檔，車子開始前進。速度很快。

▼提托

我全力奔跑通過一二五街到麥爾坎．X大道，然後從樓梯下去地鐵站。我跳過往市中心的票口，似乎很清楚自己要去哪裡，但我他媽的根本就不知道。真是有夠詭異。

我看到三號列車正要離開，連忙在車門關上前跳進去。列車發動後，我站在裡面靠著門，彎下腰用力喘氣。自從十歲時在住宅區被那些該死的騎士追來追去後，我就沒跑得這麼拚命過了。

還在喘氣時，我抬起頭看著地鐵圖，想弄清楚這輛列車到底會載我去哪裡。

我想我永遠都猜不到的。

38

▼吉莉安

我看見漢娜掙扎著要呼吸和說話，但目光仍然緊盯威爾。威爾則是瞪著年輕人，為漢娜的事對他咆哮：「不要這樣！」

「嗯？」年輕人看了威爾一眼，然後望向漢娜，一副不關心的模樣。「噢，好吧。抱歉。」漢娜立刻鬆了口氣，壓在胸口的巨大重量彷彿突然消失，而且能再次出聲。

我扶著她，心裡既恐懼又緊張。「漢娜，妳還好嗎？」

她點點頭，勉強輕聲說：「嗯……沒事。」

接著我看到威爾臉上露出了新的表情，他正仔細看著漢娜。隨即，我發現他身上有了某種微妙改變。之前他似乎差點就要答應年輕人的提議，但漢娜發生的事顯然讓他重新集中精神，點燃了新決心。

我甚至看得出，雖然威爾身上的痛楚還在，但其肢體語言流露的細微跡象顯示，他要採取攻勢了。

▼威爾

做得太過火了，你這個混蛋，我心想，竟然敢找漢娜的麻煩。這也讓我驚覺他可能有弱點，所以決定態度慢慢變得主動。

這時年輕人朝漢娜比了個手勢。「她沒事的。總之，你跟我就——」

「你為什麼對我這麼感興趣？」我打斷他。

「哎呀，小威爾。」他滑稽地皺起臉，彷彿答案很明顯。「因為我有同情心啊。」我沉默地等著，於是他露出友好的笑容繼續說：「你不懂嗎？我們都是局外人，非常像。」

我小心翼翼看著他，想要刺探出更多線索。「可是你一定有很多其他的事要做，更重要許多的事。為什麼要對我大費周章？」

年輕人聳聳肩，一副無關緊要的樣子。「我對多工處理很在行，其實那可是我發明的呢。而且，那些怪罪在我身上的事，大部分都是人類做的。」他觸碰一套盔甲的肩膀部位，金屬手臂隨即舉起一把戰斧。「戰爭、恐怖主義、電腦當機、大屠殺、電話選單，那些繁忙的事多數都由人類處理了，這讓我有很多時間可以專心在真正感興趣的事物上。」他向我點點頭，似乎真的帶有敬意。「例如你。」

年輕人漫步經過一台舊電視，電視螢幕突然亮了起來。畫面很粗糙，是黑白影像的我，正努力在暴風雨中爬上位於阿根廷一處被雨淋濕的山坡。「我見過你嘗試宗教、鍊金術、魔法和藥物，還有尋找聖杯、發揮無私的英勇精神，總之就是想要得到解脫。」他那雙黑眸注視著我，流露出遺憾。「而且我也見過你納悶，為什麼那個所謂的好人，要讓你做這種苦差事。」

漢娜在計程車旁靠著吉莉安，還在平復呼吸，不過她還是粗啞著嗓子大聲說：「這樣威爾就可以當其意志的執行者，教導大家有同情心，你這個畜生。他一直在靠自己的力量鼓勵人道主義，啟蒙——」

我看見吉莉安擔心地一手放到漢娜的手臂上，提醒她：「別這樣，漢娜……」

「他能怎麼樣，吉莉安？讓我再也過不了生日嗎？」漢娜的態度強硬，展現出美國北方人不屈不撓的精神，而且她比吉莉安高了一顆頭，無疑仍然是個難對付的人。「我已經天殺的八十五歲了，才不是被嚇大的。」

我笑了，然後看著她年老卻始終能鼓舞人的雙眼。她堅定的信念給了我更多力量。我好奇這個在劇場道具間緩慢步行的年輕人是否感覺到了。我背向他，也開始以相反方向繞行。我們就像在森林中相遇的兩匹狼，在荒野中的兩隻老虎，兩股相當的勢力在小心試探彼此，衡量各種可能性。但那怎麼可能呢？我很納悶。勢均力敵？一個普通的凡人，能有什麼力量對抗如此強大又永生不死的敵人？

年輕人的語氣依然極為友善，具有耐心又充滿見解。「你的努力很崇高，朋友，可是這讓你得到了什麼？除了每次都要再繼續移動三千呎？」

漢娜說話了：「好，就講幾件事，他傳播了大量知識並促進交流，你不覺得嗎？點燃了文藝復興、理性時代的啟蒙之光，啟發古騰堡，讓蒸汽引擎成功運作，驅動了工業革命——」

「啊。」年輕人舉起食指打斷她的話。「那很棒，是吧？這樣成千上萬的人就可以被沒有腦袋的機器弄成重度殘廢了。雖然奧利佛·崔斯特(注)成功逃出了濟貧院，不過仍有成千上萬的可憐孩子還是要受苦捱餓、死在裡頭。還有這顆行星的大氣層也完全被污染了，這可是NGDGU的完美例子。」

注 經典文學《孤雛淚》（*Oliver Twist*）的主人翁。

吉莉安皺眉說：「什麼？」

「是他最喜歡的一個簡稱，吉莉安。」我向她解釋，但目光沒離開那年輕人。「好心沒好報（No good deed goes unpunished）。」

「但人們的生活整體變得更好，」漢娜反駁：「他幫助的一些人更發揮了巨大的影響力。就像他在一八〇〇年代救了一位差點溺死的印度女孩，沒有那個小女孩，就沒有甘地的祖母，也就沒有甘地。」

「妳說得一點也沒錯。」年輕人點點頭，大方地承認這一點。然後他看著我。「不過你在一八六七年，從巴伐利亞暴風雪中救的那個奧地利男孩呢？如果你沒救他，他就不可能長大並成為祖父，也就不會有可愛的小阿道夫（Adolf）了。」

吉莉安倒抽一口氣，小聲說：「我的天哪，希特勒？是真的嗎，威爾？」

「是啊，」年輕人點頭確認。「NGDGU。」他緩步經過一個身穿國防軍制服的人體模型，模型隨即活了起來，俐落地舉起手臂行納粹禮。「問問妳的好友，為什麼企圖殺掉元首吧。」他看著我。「有點覺得自己該為二次世界大戰和所謂的大屠殺負責，是吧？」接著他的黑眸露出笑意射向吉莉安。「但是呢，妳很清楚罪惡感，以及認為自己要負責的感覺吧，吉莉？」

我看了吉莉安一眼，發現他隨意說出的話出於某種原因，深深刺痛了她。不過年輕人已經轉回頭，看著我說：「而我確實很欣賞你想要解決阿道夫，來彌補自己的錯。可惜你在狼穴（注）的計畫失敗了，也可惜他們把你掛在肉鉤上。」他皺起臉。「唉唷。」

漢娜從沒聽說過這件事，因此很驚訝，但她還是很堅持。「那麼他啟發的所有好人呢？高更、山姆．克萊門斯、培根——」

「愛因斯坦？」年輕人提示說。

「一點也沒錯，愛因斯坦。」漢娜語氣尖銳地說。

「絕對是NGDGU，那是……相對上的說法。」他看著我，戲劇性地假裝痛苦扭曲臉部。「你那個搭上燈塔光束的小暗示，直接導致了廣島市的下場，是吧？」他傷心地搖頭。「十四萬七千六百一十六人在一瞬間被消滅，然後……」他用手指數著。「我們看看喔，還有長崎、車諾比——」

「可是你還沒回答我的問題。」我稍微拉回重點。「為什麼你一定要影響我？」

「因為好人是惡魔的眼中釘。」漢娜語氣尖刻地接話。

「哎呀，拜託。」年輕人裝模作樣輕聲笑，接著又思考了一下。「不過說真的，為什麼不呢？」

「不，」我說，而我們繼續照先前那樣緩慢繞著圈。「不，有別的原因，某種更深層的理由。」我敏銳地打量他。「剛才你的眼淚應該不是在演戲吧？那是真的。」

年輕人用手比了個不值一提的小手勢。「這裡灰塵很多，過敏有時候真的很痛苦，我知道，那是我發明的，所以——」

「對，」我覺得自己一定問到了重點。「你就是痛苦的化身，不是嗎？」他冷靜的目光似乎有了一絲動搖。「而痛苦總是需要同伴。」

「噢，嘿，」年輕人試圖擺脫這話題。「我有很——多同伴的，相信我。聽著，我們快點——」

「但沒有像我這樣身體力行的人。」我露出懷疑表情，強調自己的論點。「『宇宙紀錄』等級的。」

注 Wolf's Lair，希特勒其中一個軍事指揮部的代號。

「當然，就是那樣。不過你就承認吧，威爾，你做那些事，不就是以為那樣也許能『拯救』自己嗎？」他用心照不宣的眼神看著我。「你曾經投入真心過嗎？」

這問題讓我愣了一下，但我暫時先不去想，繼續進逼對方。「不過，我還是做到了；我身體力行了兩千年，比歷史上的任何人都久，所以我對你來說一定是個大獎，也許是你最大的戰利品。前提是你真的能把我帶走。」

「哎，威爾啊，」他有點像在哀叫著說：「我才沒那樣看你呢，還有聽著，我根本不怎麼痛苦。就像我總說的，寧在地獄為王，不在天堂為僕。」

「其實那不是你的臺詞，」我戳破他。「是約翰．彌爾頓的。我曾看著他口述給他女兒黛博拉聽。」年輕人附近一座水晶燭臺中的蠟燭突然熊熊燃燒起來，明顯反映出他的惱怒，更明顯的是，他別開了眼神，無法承受我的目光。我因此受到鼓勵，於是縮小圈子繼續繞行。「你知道嗎，彌爾頓讓我強烈感受到你被逐出天國的事，也就是關於你的《失樂園》。這麼說好了，你一定寂寞死了。」

《浮士德》實驗室布景裡的火把突然閃出火光，接著在年輕人深吸一口氣冷靜下來後又熄滅。「謝謝你啊，佛洛伊德博士，順便一提，他是挺我的。」他不高興地吸了一下鼻子。「WJ，抱歉，你完全錯了。」

「我可不這麼想。」一見勁敵的態度稍微轉變成守勢，我覺得自己有了進展。

「是，你真的錯了。好嗎？」年輕人氣急敗壞地說。「我當然不需要你可憐我。」在我看來，他似乎有點不安，想要捏造些什麼，以尋找新的方式進攻。「而且，如果你想要討論嫉妒，那麼你對妻子所感受到的嫉妒呢？嗯？」

「什麼？」我很困惑。

「拜託，你記得她說……」

「維特勒斯。」附近的一個人體模型轉過來面向我們，我震驚地倒抽一口氣。她是莉薇雅！活生生的！她穿著漂亮的長袍，展現健康迷人的風采。

莉薇雅看著我，柔和地說：「維特勒斯……」經過兩千年後再次聽見她的聲音，我彷彿失去了力氣。她在說話時，淺黃褐色的雙眼因充滿情緒而變得濕潤。「我被那個來自拿撒勒的男人深深吸引了。」

「哇塞，」年輕人小聲插話：「你老婆跟一個猶太激進份子廝混？那在彼拉多的家裡會如何發展呢？你有部分就是因為這樣，才會亂推那個可憐鬼吧？」

見到活生生、呼息著的年輕莉薇雅，讓我一陣天旋地轉，幾乎聽不進他的話。她溫柔地對我笑，然後向年輕人比了個手勢，輕聲說：「你知道他說的是事實。」

漢娜往前走了一步，堅定地說：「威爾，那不是莉薇雅！」

吉莉安抓住她的手臂，警告她：「漢娜，不要！」

莉薇雅繼續用從容、深情的目光注視我，那雙眼睛我再熟悉不過了。年輕人慢慢走到她後方。「在我看來她就是莉薇雅。」他看著我，真誠地說：「你不想多花點時間陪她嗎？」

莉薇雅溫和地鼓勵我：「你可以相信他。」

「不，威爾！你不行！」漢娜想要掙脫吉莉安。「這一切都是幻象！」

年輕人厲聲對她說：「克萊兒女士——」可是他突然停住，想了一下，接著向旁邊的莉薇雅小聲說：「維持那樣。」莉薇雅保持著懇求的姿勢靜止不動。接著，年輕人轉動閃爍的眼睛盯著漢娜，目光散發惡意。「克萊兒女士……」他緩緩吸了一口氣，顯然在思考如何用圓滑的方式表達。最後，他以惡作劇的口吻說：「別讓我生氣，妳不會喜歡我生氣的。」

他的語氣讓我從莉薇雅的事中回過神來。我站到年輕人和漢娜中間，警告他：「想都別想。」

他很有自信地看著我。「你知道嗎，我只要在腦中想一下就行了。」他隨即表現出過度親切的態度。「威爾啊，我聽見你在計程車裡說了，我知道你準備好了，那麼——」

「走開。」

時髦的年輕人眨著眼睛，好奇地看著我。「你說什麼？」

我立刻想到，如果我確實是在虛弱的狀態下，召喚了這個混蛋來到這裡，那麼或許也能輕易打發他走。於是我堅定地又說了一遍：「走開。」

年輕人轉頭往後看，似乎是以為背後有人，接著對我露出疑惑的笑容。「呃，你是在對我說話嗎？」

「是。」

他側著頭，像是要客氣地告訴我某種明智的忠告：「哎……這有點超出了你的能力範圍呢，老兄。」

「我願意冒險。」我繼續注視著年輕人。「你殺不了我。」

他也盯著我的眼睛，用古怪的方式回答：「嘿，你說了算囉。」接著他深吸了一口氣，一副熱情的樣子。「那麼……還有誰可以呢？」

我看見他閃爍的眼睛掃視倉庫，目光停在吉莉安和漢娜身上。

39

查克……

我坐在自家位於晨邊公園那棟褐色建築裡的凸窗上，一邊彈著貝琪一邊感到洩氣。我一直想要拼湊出在腦中流動的旋律。我知道這麼做很值得，但旋律一直在玩捉迷藏，偶爾探出頭一下，然後又躲回去，就像荊棘叢裡的土撥鼠。

後來出於某種無法解釋的理由，我從詹妮上次跟我去布魯塞爾演出時買的蕾絲窗簾向外望。外頭好像發生了什麼，雖然沒看到或聽見……可是我真的感受到了。有東西吸引了我的注意力，就像小牛犢會被身在另一個牧群、完全不見蹤影的母親吸引。

我把貝琪放回硬盒，然後穿上長大衣。詹妮聽到我打開前門，於是從廚房往外看。我知道她打算為了季後賽弄些玉米麵包跟辣醬。她問：「你要去哪，親愛的？」

我的目光越過房間，看著她的綠色眼睛，低聲說：「我不知道，詹妮，就……」我從沒有過如此奇怪的感覺。「就只是出去一下，我腦中有件事……」我皺著眉，不知怎麼形容。我們對看了一陣子，她看起來有點警覺，大概以為我又要去偷喝點威士忌，不過後來她一定看出我的眼神很認真，於是點了點頭。我戴上自己的 Stetson 帽，然後走出家門。

蘿拉……

諷刺的是，我才剛批准ＪＷ那部最新歷史著作的最終編輯版本。我走出出版大樓，百老匯大道的人行道上一如往常充滿老紐約客和遊客。我腳步輕快正要去吃午餐，卻突然開始放慢速度，最後在人潮中停了下來。人們川流不息從身邊經過，而我站在原地，覺得非常困惑。

接著我好奇地四處張望。那到底是什麼感覺？

倫吉……

〈再見，牙買加〉是我每次都會用鋼鼓演奏的一首歌。那些白人看到一個留雷鬼頭髮辮又帶著鼓的拉斯塔法里派信徒時，就特別期待這首歌，所以當時我正在阿姆斯特丹大道上往常的街頭表演地點演奏這首曲子。來自阿拉巴馬的老柴克剛出現，坐下來聆聽。

可是我演奏的速度變得越來越慢，注意力跑到其他地方去了。我看著阿姆斯特丹大道。那是怎麼搞的，我心裡覺得很奇怪，彷彿自己正站在牙買加尼格瑞爾的海灘上，被溫暖的海浪包覆住雙腳，而那股潮水還想帶我走。

後來我完全停止演奏，在那裡站了一段時間，沒有說話。最後，我對老柴克說：「你幫我看著鼓，可以嗎？」

「為什麼？」他問我。

我完全沒有答案，只覺得潮水不斷拉著我，用很強的力量拉著。一定要往北走。快一點，就是現在。

▼**吉莉安**

威爾站在漢娜和我的前方想保護我們，我當然很感激，但是不太確定他能保護到什麼程度。我的呼吸變得短淺，對剛才見到的一切依舊驚恐，更害怕接下來可能發生的事。時髦的年輕人一邊沉思一邊踱步。

「聽著，」他的語氣聽起來很真誠：「我真不想用中世紀的方式對付小姐們……」

他後方拿著戰斧的盔甲緩慢往我們的方向轉動。這一切都很離奇，不過確實發生了。另一具缺少頭部的盔甲也轉了過來，舉起一根很可怕的釘頭錘，這時年輕人平靜地說：「不過基本上我要什麼，就能得到。無論用何種方式。」

威爾立刻反駁：「不是每一次。」

「大部分都是。這些年來你一定也見識過了，而且——」他又變回了戰友的語氣。「我們注定是要在一起的，威爾。我們是同一類，我們兩個……」他露出開玩笑又戲劇性的誇張表情，模仿音樂劇的方式說：「失去了恩——寵。嗚嗚嗚。」又接著小聲說：「我比你更慘一點，這我承認，不過我們兩個都在等待某種永遠不會到來的救贖。」

我看見威爾搖頭，不相信這番話。他說：「你又不知道。」

「我當然知道囉。聽著。你想要知道『上帝』在哪裡嗎？讓我打個比方吧。」

一顆舊網球從我們後方某處飛出來，直接飛進年輕人的手中，讓漢娜跟我都嚇了一跳。他舉起網球讓我們看。「如果你們的整個宇宙的大小就是這顆網球，不只是你們的太陽系喔，而是整個宇宙。」他強調著，還揚起眉毛，確認威爾正注意聽著。「根據這樣的規模，你想知道『上帝』在哪裡嗎？」他伸出手臂，遠指向另一邊。「在香港。」

他停頓片刻，讓威爾領會這個概念，然後說：「哇塞，祂實在有太多其他的玩具可以玩了，其他完整的宇宙，不計其數！你以為祂會看看錶，好奇你過得如何嗎？你以為祂會在永恆中，注意現在是什麼時刻嗎？」雖然他笑了起來，可是我有種奇怪的感覺，彷彿這當中包含了個人的挫敗感。「你以為，上帝會把你的照片貼在祂的冰箱上？把你我的電話設成快速撥號嗎？」他坐在一張一九四〇年代的破損辦公桌上，有些傷感地說：「祂老早就忘了你跟我啊，威爾。」

在讓威爾思考沉澱這番話後，他舉起雙手，張開手心，擺出一副無害友好的模樣。「不過呢……」他聽起來非常誠心，理由也完全符合邏輯。「我支持你，一直都是。讓我減輕你的痛苦吧，老兄，停止你無意義的流浪。只要握住我的手就好。」

威爾一直謹慎地看著他。「你真的以為我會相信謊言之王嗎？」我很訝異那個危險的年輕人竟然沒因此生氣，而是一直板著撲克臉，聽威爾繼續堅決地說：「我不要。」

時髦的年輕人這下似乎真的不知所措了。「為什麼不要……有什麼改變了嗎？我的意思是，你在計程車上說——」他突然停住，打量著威爾堅毅不屈的表情，就像看著西洋棋大師正在思考棋步。年輕人若無其事地看了我和漢娜一眼。「即使這表示你的女友們會燒成灰？」

他接著以客觀不帶感情、像在討論學術般的態度描述，讓我的心猛然一沉。「被火燒死是種極度劇烈的痛苦，皮膚會沸騰起水泡，直到破裂。」他停下來，拍了自己的額頭一下，好像覺得自己很蠢，忘了某件事。「噢，不過你當然知道那是什麼感覺，威爾。你幾天前才又經歷了一次嘛，被燒烤到骨子裡，但還是活著。」他又看了漢娜和我一眼，聳聳肩膀，好像情況不是他能控制的。「但她們就沒辦法了，我很遺憾。」

這時威爾堅定的態度有了一絲動搖的跡象，年輕人也立刻察覺到了。「沒錯……」他用最關心友好的語氣繼續哄勸：「你知道你不想讓女孩們經歷那種可怕的惡夢。」他仍然靠著桌子，再次伸出右手，對威爾稍微眨了下眼以示鼓勵。「來吧。」

威爾小心翼翼看著他。「那麼你會讓她們走？」

「會啊，當然囉。」他看得出威爾還在遲疑，於是用最坦率並使人安心的方式說：「來吧……其實這沒什麼的……只要……握住我的手……」

我看見威爾開始向前傾。漢娜大喊：「不！」她用力甩開我的手，直接衝向敵人。「你想要靈魂嗎，你這王八蛋？拿我的去吧！」

年輕人看了她一眼，鼻翼微微翕張。

漢娜突然被一股無形的強大力量向後擊飛。她經過我身邊往後飛了三十呎遠，猛然撞斷一根粗厚的木頭支柱，導致上方儲物用的閣樓整個倒塌。一堆劇場用的大皮箱和道具重重掉落在她身上。

威爾衝向災難現場，大喊：「漢娜！」

他在殘骸堆中瘋狂翻挖，空氣中瀰漫著灰塵。我跑過去幫忙，並回頭瞄了年輕人一眼，看見他惱怒地低聲說：「可惡。」

威爾在掉落的舊物品中拚命挖掘。我在他身旁心臟狂跳，一邊流著淚一邊努力搬開物品。我顫抖地說：「天哪，威爾，對不起……對不起，我試過要阻止她。」

「我知道。」他全神貫注地要救出漢娜，抬開沉重的皮箱，其中有個已經爆開，散落出伊莉莎白時期的服裝。他撕開那些服裝，終於找到被埋在底下的漢娜。「漢娜？漢娜？」他把她翻過來，焦急地輕聲問。我看見漢娜張著眼睛，可是眼神呆滯。

我聽見某個人嗚咽著說：「天哪……不……不要……拜託……」那是我自己的聲音。威爾捏住漢娜的鼻子，跟她嘴對嘴試圖要人工呼吸。雖然我仍在顫抖，但還是迅速移動到她身旁，開始施行CPR按摩心臟。

在吹進空氣的空檔，威爾持續鼓勵著漢娜：「加油啊，女孩。加油。」然而經過整整一分鐘後，我們看得出她還是沒有反應。漢娜死了。

威爾稍微起身，低頭注視她失去生氣的面孔，而他胸口明顯起伏著。

年輕人悲傷地低聲說：「聽著，我真的，真的很抱歉。」他似乎真的很後悔也很內疚。「她比我以為的脆弱多了，我不是故意要讓她——」

威爾突然跳起來並跑向計程車，打斷了年輕人說話。我看見威爾拿了漢娜的手提包。他衝回她身旁，一邊翻找出裝著他個人物品的塑膠袋，然後撕開袋子。

年輕人跟我一樣困惑，他茫然地問：「你在幹什麼？」

我看著威爾把他那手工雕刻的木製小十字架壓在漢娜胸口的皮膚上。令我震驚的是，漢娜的身體立刻緊繃起來，就像有電流通過。

威爾用另一手打開他一直戴在身上的小盒子。雖然我看不見裡面是什麼，不過他讓那東西緊貼在漢娜的皮膚上。她又顫抖了一下。他急得流下淚水，低聲說：「拜託……」

年輕人小聲地說：「聽著，威爾，她已經走了，好嗎？我真的很抱歉，不過——」

漢娜劇烈震動了第三次，然後倒抽一口氣。

她大聲地吸進一大口氣，就像溺水的人勉強浮出水面時那樣，猛烈地咳著。我看得目瞪口呆。

漢娜·克萊兒復活了。

40

▼吉莉安

雖然那個年輕人很訝異，但是我更吃驚。「威爾！你做了什麼？」我低頭看著威爾放在漢娜胸口的那個粗製木器，聲音小到都快聽不見：「那是什麼？」

威爾把東西伸過來讓我觸碰。

我一碰到就嚇了一跳，因為腦中神奇地閃現出一連串影像，那是一座古老且塵土瀰漫的山坡，颳著暴風雨的天空顯得十分不祥。我明白那是耶穌遭受釘刑的場景。我彷彿透過威爾的雙眼在觀看，看著莉薇雅跪在血淋淋的泥漿中，虔誠地觸碰真十字架（True Cross）的底座，這時耶穌．本．喬瑟夫的屍體正被人小心搬走。莉薇雅用一把小型羅馬刀割下聖木的一部分。

我聽見遠處有人低聲說話，語氣充滿了敬畏：「我的天哪……」這次又是我自己的聲音。

▼提托

我小時候見過老虎一次，在布朗克斯動物園。牠看起來很生氣，在籠子裡面來回走動。那就是我在行駛的地鐵車廂裡做的事。我不知道自己的腦袋怎麼了，不過一定有事情發生。列車發出尖銳的聲音開進九十六街站時，有東西彷彿告訴我：下車啊，老兄！我推開慢吞吞的人們，衝上樓梯，然後在百老匯大道上往北跑。到了一〇二街，我往東穿過一個住宅區，在哥倫布大道又往北跑。但在經過一〇五街時，我停了下來。不管是要跑向什麼鬼地方，總之我覺得好像跑過頭了，自己應該去的地方好像是在後面。

就在這時，有輛計程車緊急煞停在我旁邊。開車的是個很小隻的女中國佬，她跳下車開始到處看，就跟我一樣。她一看到我，我就全身起雞皮疙瘩。那感覺就像我認識她，她也認識我。但我們以前從沒見過面。

她問：「在哪裡？在哪裡?!」

我搖頭，因為我也不確定。後來有個西班牙小女孩從車子後座出來。靠，她看著我的樣子就跟那個女中國佬一樣，就像我們全都認識。接著她指向一〇五街說：「往那裡。」

我們三個跑向街角，而那裡站著一個條子正往一〇五街的西側看；他有點嚇傻了。等我們到他那裡的時候，也往同一個方向看，接著就突然停下來。眼前的事讓我們下巴都快掉了。

▼吉莉安

為了能支撐好漢娜軟弱無力的頭部，威爾把那個古老的盒子放在她胸口，而盒子是打開的。我看見裡面有一小塊粗布，布上有個很小的深紅色斑點。我很勉強才發出聲音問：「那是……血嗎？」

威爾全神貫注在漢娜身上。她的眼睛緩慢移動，試著聚焦看他。「呼吸吧，親愛的，」他說：「慢慢呼吸。」

我手指顫抖，試探性地觸碰盒子，輕聲說：「這是誰的……血？」

漢娜低聲說：「威爾？」雖然他的臉非常靠近，可是她似乎無法看清楚他。

「就在這裡，親愛的。」他輕輕撥開她藍眸上方的一綹白髮。

「有……」她聽起來非常脆弱。「有光，非常亮……白光……」

「噢，」年輕人露出笑容，顯得友好有耐心。「『白光』傳說，對。人們常常想像自己見到了——」

威爾沒理他，輕聲對漢娜說：「別說話。」

「我必須……他們要我……」

威爾變得更加注意了。「誰？」

漢娜搖了搖雪白的頭，動作非常細微。她的呼吸很短淺，一次只能說出幾個字。「影子，那道光……太亮了……」她的目光望向遠方，彷彿想看見薄紗後方的東西。「他們要告訴你……你……幾乎在正確的路上了……讓他們很驕傲……」她深情地直視他。「你也讓我很驕傲呢，威爾。」

威爾低聲說話時，我感受到他非常心痛。「噢，漢娜……」

「是我的錯，」我激動得要哽咽說不出話，觸摸漢娜細窄的肩膀。「我應該抓住妳的，我應該——」

「妳沒辦法的，吉莉安。」漢娜布滿細紋的臉上出現了漂亮的笑紋。「我的時候到了，親愛的……就像……妳母親的時候到了。」我屏住呼吸。「妳也絕對無法救她的。」漢娜一手虛弱地摸索著找到了我的手。「妳是個完美的女兒……露米妮塔知道妳有多麼愛她。」我很震驚。我從來沒把母親的名字告訴漢娜。

漢娜注視著我一陣子，慈祥到了極點。接著她的目光轉向威爾。「重點是愛，你知道的……你可以用人類的愛來愛你親近的人……就像我們，威爾。」她的藍眸目光變得更加銳利。「可是敵人……要愛敵人的話只能……透過聖潔的愛。像是甘地……或耶穌……就有很多。而那種特殊的愛……就是靈魂的本質。」

威爾皺起眉頭，輕聲對她說：「妳在說什麼，漢娜？我應該怎麼做？」

漢娜自信地凝視著他，用她那種就事論事的獨特幽默感說：「我得……先走了……但要保持信仰，我親愛的威爾……你的影響很重要。」

「漢娜，不，」威爾輕聲說：「拜託……」

她和他對望，露出一絲調皮的眼神。「你知道嗎……我一直以為你是……我的威爾……但你當然不是……你甚至不是莉薇雅的威爾……不，」她稍微靠向他，像是要低聲說出某個巨大祕密。她用幾乎聽不到的音量喃喃說：「有一個……更大的計畫……」

接著漢娜．克萊兒露出傷感溫柔的笑容，平靜而滿足地嘆出最後一口氣。

威爾緊閉雙眼。我知道他因為又失去了一個心愛之人，承受著莫大的傷痛。他輕柔地將漢娜拉向自己，緊緊擁抱了許久。

年輕人一直安靜待在旁邊。他難過地吸了一口氣，以拉丁語祈福：「願她安息。」

威爾輕輕放下漢娜，我則用一條絲質圍巾蓋住她靜默的臉。這時我雖然淚流滿面，心裡卻一直想著她最後的話。「更大的計畫？」

年輕人正要再次開口時，我們後方的倉庫大門突然發出吱嘎聲，被緩緩稍微打開，接著一個非常不搭調的三人組往內窺視。其中一位是小瑪莉亞，陪著她的是個邋遢的混血街頭少年，以及一位身材嬌小的亞洲女人。年輕人似乎像在等待他們前來。

「啊，是的……」他說話的方式讓我聯想到餐廳領班在歡迎客人。「請進，人越多越有趣呢。」

威爾在漢娜身旁挺直身體。「不，提托，」他警告那男孩：「別靠近。待在外面，瑪莉亞、田村太太。」

「胡說，」年輕人親切地反駁，同時向他們比著手勢。「請進吧。」

威爾稱呼為提托的少年猶豫地說：「呃，我不太確定這裡的空間裝得下大家喔。」

我看著提托把大門拉得更開。我看見威爾和黑眼睛的年輕人跟我一樣，對眼前的景象大吃一驚。

▼威爾

我慢慢站起來，感到一股困惑且洶湧的情緒。外頭有一大群人，他們全都面對著倉庫大門，其中有許多人是我最近幾天才見過，馬上就認了出來：乞丐、拉斯塔法里教徒、被我帶去聖約翰教堂的老馬戲團員伊莉諾、打算在地鐵列車進站時跳到軌道上的那位商人、帶著一隻金色米克斯小狗的年輕女黑人酒保妮可、希臘學生、歌手查克．威斯頓、出版社的蘿拉．拉科維茲……

蘿拉……

我們這群陌生人在外面喧嘩，大家都很好奇也很困惑為什麼會被吸引來到這裡。接著有個街頭小子打開了倉庫門，而我看見威爾就站在裡面。

查克……

好像完全沒人知道我們為什麼會來這裡，我他媽的也是。接著我看到了那個叫威爾的人。

倫吉……

那個給我五十塊的白人。

妮可……

那個聽我傾吐心事，引導我找到桑妮的好人可樂娜男。雖然很高興見到他，不過這到底怎麼回事？還有那個讓桑妮露出牙齒不斷嗥叫、穿著絨面外套的帥哥是誰？

提托……

我說啊，這實在是怪異到爆了。

▼威爾

其他的人在我看來有點眼熟。他們就像是紐約全部人口的縮影。

他們開始發出不確定的低語聲，呼應著臉上的好奇表情，可是當一發現我在那裡，我就看見了一股強烈、一致，而且非常正面的反應，每個人都突然打從心裡至少明白了這個謎團的一小部分：他們全都跟我有某種關聯。

他們開始大聲打招呼，許多人湧進了空蕩的倉庫。有些人直直走來找我，圍著我開心說話；他們輕拍我的肩膀、跟我握手，彷彿我剛達到了某種他們都曾參與或關注的驚人成就。在其他為數眾多的人當中，蘇琪·田村和拉斯塔法里教徒擁抱了我，他們看著我的眼睛，流露出感激及友愛，也對大家被吸引到這裡一事感到奇妙又不可思議。

我身邊其他人也表現出類似的情緒，而同時有更多的人繼續走進這滿是灰塵的倉庫，他們將門開得更大，結果外面的群眾規模比我以為的大上更多。人們從四面八方加入，讓數量成倍增加。有些人為了看清楚，甚至爬到對街的門廊上，或爬到窗台或停著的車輛上，他們都在笑著揮手。

這時，我才發現他們很多都不是當代的紐約人。當中還有許多其他人，形體和臉孔似乎有部分是透明的。根據直覺，我知道只有自己能感受到他們的存在。

我看見逃離宗教誓言並共結連理的紅髮修女和年輕修士；其中一個我從納粹手中協助逃進瑞士的猶太家庭；在我幫助之下跟小兒子重聚的女黑奴；幾位由我安排而獲得自由的南方奴隸。在他們附近的是紅髮、精力充沛的蘇格蘭人詹姆斯·瓦特，他露齒笑著，舉起有著雀斑的拳頭向我行禮。

我的贊助人李維·史特勞斯在笑，旁邊則是我們的專利夥伴雅各；天文學家克卜勒點頭致意；法蘭西斯．培根爵士用感激會意的眼神跟我對望；在芝加哥那間非法酒吧遇過的法蘭克．威爾森；記者山姆．克萊門斯咧開嘴笑，還朝我擺動他那濃密的眉毛；小安吉洛托在年輕的赫爾曼．梅爾維爾肩膀上，充滿活力地揮著手。無論往哪邊看，我看到在活人之間散布著許多帶著笑意的形影，他們來自我過去那段漫長的歷史，用各自不同的語言大聲鼓勵、為我加油。

我看著年輕人，他稍微翻了個白眼，然後別開目光，露出嘲弄又明顯散發不祥氣息的笑容。

▼聖賈克神父

我確信找到了獵物的巢穴。停在一二五街上的那輛露營車裝滿了書籍和紙條，紙條上的字跡我再熟悉不過。我的胃在翻攪，而這一定是因為興奮。裡面有很多種類的紀念品，還有由ＷＪ和ＪＷ之類的人物所創作的各式書籍。那是個寶庫。

樞機主教馬洛伊越來越感興趣，也確實相信了我所說的一切。突然，外面有個警官大喊：「聖賈克神父！神父！」

我趕到露營車的門邊，低頭看著跑過來的警官，對方氣喘吁吁說：「有人看到他了！」

▼吉莉安

那群人讓我大吃一驚。看來他們完全不認識彼此，但一定都認識威爾，大家都為此而聚集過來。我訝異地看著許多人湧進倉庫，而外面街上甚至有更多人陸續抵達。時髦的年輕人待在一旁看著，人們則圍繞著威爾，傳達感謝和關愛之意。

我攔住幾個人，問他們是怎麼認識威爾的，結果每個人都提到他對他們、他們的親戚或甚至是祖先做過一些好事。可是當問到他們如何知道要在這時候來到這裡，所有人一致的反應都是茫然和驚恐。他們四處張望著昏暗又滿是灰塵的劇場倉庫，紛紛搖頭或聳肩，跟我一樣對這怪異的現象感到困惑。

有個老女人推開我去找威爾，她打扮邋遢、駝背，看起來像個遊民，戴著一頂縫上了啤酒瓶標籤的毛帽。威爾溫柔地對她打招呼：「伊莉諾。」

我看見女人用粗糙的手握住他，瞪著他時閃爍著銳利眼神，她說：「我不清楚到底怎麼回事，小子，但我知道上帝可是不擲骰子的。」

我看見威爾認真注視著女人布滿血絲的眼睛，然後轉身將視線越過被灰塵覆蓋的倉庫地板，地板一端是他和聚集的人們，對面則是那位時髦的年輕人。

年輕人一直平靜地觀察整個令人困惑的場面，顯得饒富興味。雖然他試著表現出不在乎的樣子，可是我明確感覺到他正努力克制焦慮，還有那受到威脅的感受。或許是因為他黑眸中那一閃而過的眼神，不過更可能的原因是，他後方那個像是《馬克白》劇中女巫使用的黑色大鍋，開始冒泡又冒煙。這也讓幾個注意到的群眾既驚訝又不安。

我看見威爾正在打量年輕人，雖然我知道對方一定不願承認，但他似乎有點被這麼一大群擁護者嚇到。另一方面，這些雖然困惑但表現令人嘆為觀止的支持者們，則明顯鼓舞了威爾。威爾眼中散發出新的光芒，帶有截然不同的好奇心。

「怎麼了？」我問：「這一切代表什麼？」可是威爾已在關心他的人群中移動離開。雖然有幾個人想要保護威爾並擋住他，不過他還是緩緩走向那年輕人。

提托感覺到危險的氣息，緊張地大聲說：「喲！威爾！別過去那裡啊，老兄。」但威爾對他們舉起一隻手，示意不用擔心。

人們突然安靜下來，似乎感應到即將發生某種重大的衝突。最後一個抓住威爾衣袖的人是小瑪莉亞，她說：「不要，拜託！」

威爾低頭看著她，慈愛地將手放在瑪莉亞烏黑的頭頂上，露出了微笑。接著他轉身背對她，面向年輕人，對方則是一直謹慎地觀察他。威爾離開瑪莉亞身邊，往年輕人的方向走了一步，問：「『更大的計畫』是什麼？」

黑眸的年輕人稍微嘖了一口氣，若無其事地聳聳肩。「我根本不知道她在說什麼。」

「我想了想，」威爾接著說：「祂沒消滅你一定有某種理由。」

「哎呀，首先呢，」年輕人揚起黑眉。「我也是永生不死的。而且，祂跟大家一樣都很喜好比賽，尤其我偶爾會讓祂贏，我知道那對祂很重要。你想談自尊心嗎？」他用雙手示意，然後往上方看。「你根本就不知道呢。所以我有時會讓祂得到像約伯或德蕾莎修女之類的人，來交換我贏得的其他數十億人。」

威爾目光堅定，又問了一次：「『更大的計畫』是什麼？」

「我真的毫無頭緒，好嗎？」年輕人暴躁地說：「我警告你，維特勒斯，我一直都很有耐心，但現在有點要到臨界點了，所以——」

「跟你有關嗎？」

威爾的敵人聽見問題後，雖然想繼續擺出撲克臉，但我看見他眨眼了。他後方那個《馬克白》大鍋突然有看似熱熔岩的東西滿溢出來。周圍有更多的群眾開始做出害怕的反應。

威爾看了大鍋一眼，然後點點頭。「啊，真的跟你有關。」

年輕人看著威爾，告誡說：「你最好聰明點給我閉嘴。」

▼威爾

我感覺到了什麼？我在心裡這麼想。一股尚未清楚、但很明顯屬於正面的能量深深影響著我，讓我更加堅強。在探尋聖約翰於《啟示錄》所預言的終局未果後，我覺得自己好像就要得到某種截然不同、又出乎意料的啟示。我在腦中反覆思索，試圖理解那是什麼。

「我認為，」我若有所思說，同時又往前走了一步，謹慎看著年輕人。「我認為我的某個特點……其實會讓你害怕。」

「哈！」他反駁著，似乎覺得很荒謬。

「那聽起來有點勉強呢。」我說。

年輕人像在訴說祕密般看著吉莉安和其他人，露出不可置信的假笑。「你們相信這個人？」

我繼續緩慢地向前繞行，同時思考原因。「可是為什麼你會……怕我？」

年輕人的嘴扭曲噘起，好像這確實是個瘋狂的想法。「我不會的，並沒有。就這樣。」

接著他雙手一拍，然後搓揉著，往吉莉安和其他人的方向點了點頭。「你幫助了這群可憐人，做得好，世界變得更美好了，你可以為此感到驕傲。你做的遠遠超過了自己的本分，太棒了。」他用力拍手拍了三次，接著友好的語氣變得更加嚴肅，也更具威嚴性。「不過現在你要停止再到處亂搞了，你要加入我。」

我繼續慢慢地走，覺得自己有點像那位精明的辯護律師克萊倫斯・丹諾（Clarence Darrow），我有次真的見過他質問一位敵意很強的證人。我正試著拼湊起尚未明白的費解真相，就像在法庭上試著解開謎團。「一位天使長……」我把想法大聲說出來：「墮落天使……」

時髦的年輕人點點頭，輕描淡寫地補充：「還有別忘了泰坦、太古神獸、陰間之王、黑暗王子、重要人物。好了朋友，那麼——」

「他們都墮落了……就像你，就像我……」

我突然想到了，一道靈光乍現。太明顯，太簡單了。我用銳利的目光注視年輕人。「那些墮落的……通常都希望能……再回到上面。」

▼吉莉安

我見到那位年輕人閃爍著陰鬱的目光，瞳孔收縮成極小的黑點。我的胃部開始緊繃起來……我是否聽見了轟隆隆的雷聲？幾個人體模型抖動著身體活了起來，其中一個是穿鎖子甲的武士。

周圍的人群開始低聲交頭接耳，變得非常焦慮。他們還不清楚是被什麼奇怪力量吸引來到這裡，而眼前發生的事更讓他們感到不確定和害怕。這是某種戲劇演出嗎？但大多數人都感覺得到絕對不只如此，而且有更多實質的危險在暗中滋長。

不是只有我被突如其來的恐懼嚇傻。小瑪莉亞往後退到我身邊，我雙手放在女孩的肩膀上，但不確定在面對接下來發生的事時，能保護她到什麼程度。

41

▼威爾

我敢肯定擊中了要害，因為年輕人別開了目光。不過我也發現他眼中隱約閃爍著不同的光芒。我不確定那是否代表對方變得侷促不安，或者那是我剛點燃的危險引線所冒出的火星。許多朋友聚集到這裡支持我，而我非常擔心他們的安危，可是他們的存在也加強了我採取攻勢的決心。

我試著以年輕人先前那種友好語氣說話。「所以基本上，我們可能都在追求同一件事。」我謹慎地看著對手。「想辦法回去。」對方仍然避開我的眼神，他看看四周，嘆了口氣，像在等待一場令人厭倦的報告結束。「還有什麼？」我繼續建構自己的理論。「如果我不對你認輸，你是不是害怕自己就得對我投降？」

時髦的年輕人嘲笑得更大聲，同時整棟建築猛烈震動了一下，彷彿有輛大卡車撞了上來。我那些聚集而來的朋友們在建築物搖晃時害怕地大叫，無數粉塵從天花板飄落，幾塊破掉的窗玻璃掉下，在混凝土地面上紛紛砸碎。我聽見後方人群傳來擔心的呼喊聲。一隻狗開始吠叫，那是妮可剛養的小狗，在勇敢挑戰我的勁敵，不過妮可、查克·威斯頓、年輕的希臘人，以及其他許多人都害怕地慢慢向後退，往敞開的大門和外面關心情況的群眾移動。

雖然很感激他們勇敢的支持，但我希望獨自面對這個強大到無法形容的勁敵。不過，我也越來越相信，某種命運或所謂「更大的計畫」確實正在運作，而我也根據本能知道，無論接下來如何演變，都必須扮演好自己的角色。我感到自己的運氣正處於絕佳狀態。我回頭面向敵人，對方仍試圖將我的論點輕描淡寫過去。我輕聲問：「你害怕我能藉由某種方式幫助你回去嗎？」

他頑強的沉默及陰鬱閃爍的眼神，顯示我可能走對了方向，不過這還是很令人困惑。「可是為什麼那會讓你害怕？」我真的不懂。「我是指，重新得到天賜之福一定能夠改善你的情況。」敵人似乎更沉默了。儘管那雙黑眸流露出絕不屈服的固執，我還是繼續進攻。「所以有什麼好怕的？」我試著以對待朋友的語氣說：「聽著，你一直跟著我，要我加入你，這我知道……不過萬一……如果真的萬一……我們把情況反過來呢？如果你加入我這一邊呢？」

年輕人英俊的臉孔以不符合人類的方式開始扭曲，並皺起眉頭散發出威脅。我看見他深陷的眼睛射出不同於前的危險光芒，眼神則變得激烈、陰鬱、狂放。那雙眼睛裡突然充滿了難以理解的惡意。他用拉丁語出聲時，發出隆隆作響的喉音，聲音大到不像是人類。「你想得美，笨蛋。」

我以拉丁語輕聲回答：「為什麼這會讓你害怕？你沒勇氣考慮這件事嗎？是不是你想得到救贖，但卻又更害怕救贖？」

▼吉莉安

無論威爾用拉丁語說了什麼，都造成了驚人的效果。年輕人發出野獸般的怒吼，那根本不像人類的聲音。倉庫立刻像遭到地震波的連續撞擊而猛烈震動。大型的劇場布景像骨牌般倒塌，火把發出燃燒的閃光，人體模型和盔甲晃動著活了起來。

我身邊和後方的人突然尖叫著衝向大門，結果有股無形的力量把門猛地關上，把驚恐的我們困在倉庫裡，大約有上百個人。他們互相推擠、尖叫，試圖爬到別人身上逃出去，但那是不可能的。接著有隻叢林大貓的吼叫聲拉回了群眾的注意力。我們全都被眼前的景象嚇呆了。

瑪莉亞……

我尖叫了！兩隻很大的獅子跟老虎布偶活了起來，還叫得很大聲！

查克……

那些大貓露出尖牙瞪著我們。然後旋轉木馬跳了起來，張開鼻孔噴出火焰！

蘇琪……

整間大倉庫都好恐怖！惡夢成真了！

伊莉諾……

一堆細小的裂縫像蜘蛛網般在那片水泥地板上散開，然後蒸氣噴了出來，非常強烈，就像是火山！把箱子跟東西都炸到了空中！

吉莉安……

透過震耳欲聾、像簾幕噴出的蒸氣，我們看見那個年輕人發生變化，那真是最荒誕離奇的事了。在我們的眼前，他以某種怪異駭人的方式開始變形。

蘿拉……

那太可怕了。他的身體開始搖晃，直到以非人類的速度震動。然後他全身開始反常地鼓起，變得越來越大，蛻掉了衣物，就像蛇脫換死皮，或某種巨大的外星蟲從蛹裡面膨脹擠出來。

提托……

他那嚇死人的身體像打氣一樣變得又大又高！十、十五、二十五呎，而且還在增加！天殺的怪物越來越大隻了！雖然蒸氣在亂轉，不過我看得見他的皮膚變成暗灰色的鱗片，像鼓皮一樣綳緊，如同罩著一副扭曲的巨大機器人骨架。

▼吉莉安

那雙紅色、杏仁狀，像貓一樣具有垂直裂縫般虹膜的雙眼往下瞪，而那張幽暗、模糊、凶猛的臉孔有一半仍是那個時髦的年輕人，另一半則有著深深的疤痕，恐怖到毛骨悚然。他的臉頰枯瘦凹陷，頭部伸長，下巴往下拉長收縮成一個尖端。他那畸形、額頭粗厚的顱骨長出許多帶短刺的醜陋軟骨，刮擦著舊倉庫高處的木椽。他的顱骨撞裂了幾根厚梁，碎片掉落在其腳邊，而我看見他的腳變成了偶蹄！

不管在哪個宇宙，這都是活生生的惡夢。

我們這些微不足道的人類，就站在如恐怖惡魔般的墮落天使面前。

他的聲音有如雷鳴，像從後方的無底洞穴傳來，衝擊波震得我們骨頭嘎嘎作響。那隻可怕的怪物朝著威爾發怒，所說出每一個字都像在攻擊，一次又一次重擊我們的胸口。

「**我永遠不會再向任何人低頭！**」

這段期間，威爾一直英勇地堅持著，在轟隆隆噴出的火山蒸氣中不為所動。巨大又望而生畏的怪獸向下看著他，怒吼著說：「**這是你逃離悲慘命運的最後機會！**」

威爾沒被嚇倒，對著那片漩渦大喊：「然後加入你嗎？我可不這麼想。」

那隻生物的吼叫聲有如上千隻憤怒的野獸，讓老建築震動得更加劇烈。屋頂有大塊碎片掉落，人們發出更大的尖叫聲，四處逃竄躲避落下的木塊。

天使長將長出爪子的手伸向威爾，以居高臨下的語氣說：「**加入我！否則這裡這些人都會被消滅！所有人都會體驗到我的憤怒，被活活剝皮並燃燒！**」

他用另一隻帶爪的手直指小瑪莉亞和我，嘶嘶地說：「**要我示範嗎？**」

威爾語氣強烈又清晰地大聲說：「只要傷害這裡的任何人，就什麼都不用談！」

齜牙咧嘴的惡魔再次用那怪異又強而有力的爪子猛然伸向威爾，說話聲震耳欲聾。

「**那麼你一定要加入我。現在！**」

威爾環顧四周，看著我，看著恐懼的大家。最後，他回頭面對那隻醜惡的怪獸。

不只我一人大聲喊著：「不！」我聽見許多人也這麼叫喊。「不！別這麼做！」

威爾將手伸向那隻巨大凶殘的生物。

又有更多人喊：「不要！天哪！不行，威爾！別那樣！」

威爾的手距離伸出的爪子只有幾吋了。

瑪莉亞叫得最大聲：「不要啊！不——」

但威爾堅定地把手放進了黑暗天使粗糙的大手裡。駭人的生物因勝利而狂喜，他那非人類的笑聲可怕地震響著。

然而，我們完全沒料到下一瞬間的事。

一轉眼，恐怖惡毒的笑聲變成了深刻、抒情的動人曲子，由一陣晶瑩剔透的女聲唱出最高音並持續著。原本如惡夢般淩駕的醜陋怪物，突然盈滿神聖的光輝。那副瘦骨嶙峋的身體發生變化，上千道閃光籠罩上頭，變形成最具代表性的完美軀體，而他身上所有令人恐懼的一切都消散了。空氣中瀰漫芬芳的香味，我們周圍溫暖了起來。生物立刻被無與倫比的金色光芒覆蓋，巨大的面孔美到了極點，就像是天使；他紅潤的臉頰充滿生命和活力，眼睛呈現金色，而且在發光。

▼威爾

光之使者赫萊爾聳立於我面前，仍然緊抓住我的手——他看起來跟墮落之前一樣。那就是高貴的路西法——在被逐出天堂之前的樣子。

▼吉莉安

他是我或任何凡人所見過，或所能想像出最美麗又嘆為觀止的生物。他散發著優雅超凡的完美氣息、光彩奪目，足以在最高的天堂中擁有一席之地。笑容滿面的他顯得欣喜若狂，而那輝煌耀眼的外表發射出光芒，讓倉庫的高牆和天花板都在光輝中蒸散。

這時，有數百萬顆星辰在我們周圍和頭頂緩慢旋轉，驚人的是連我們腳下也有！我們被帶到了高處，傳送到宇宙某處某個隱形平臺上。針尖般的星光從四面八方照向我們，那裡沒有陰影，只有無限的光亮。

我看向周圍其他人，想確認是否只有自己看見這麼驚奇的景象？不。所有人全都向上凝視，跟我一樣出神，屏住呼吸，著迷於這如此威嚴的生物，還有周圍浩瀚無比的宇宙，以及這個像奇蹟般處於萬物及無限時空的頂點。

▼威爾

我一邊緊握住他的大手，一邊環視四周。這就是傳說至高天堂的其中一角嗎？也就是*shamay shamayim*？赫萊爾曾在這個不可思議的至高處象徵著純潔？

心靈純潔的人有福了，我記得莉薇雅這麼說，因為他們必看見上帝。赫萊爾曾經享有那份殊榮：他曾親眼看著無限恩典的容貌。

▼吉莉安

空氣現在變得芳香，有種撫慰人心又神聖的安全保護。一開始由一位歌聲晶瑩剔透的女高音，持續完美唱出最高音，接著加入了另一個人聲，然後又有十幾個，再來是成千上萬，直到照亮我們的數百萬顆星辰似乎都開始歌唱。我感覺那些光點不只是星星，而是整個星系，甚至是跟我們一樣的其他完整宇宙所發出的信標。

面對這巨大的無垠存在，我們目瞪口呆地站著。威爾緊握住赫萊爾的手，那位巨大的天使長則隨著星球的音樂優雅搖擺，明亮的天使眼睛裡充滿喜悅的淚水……

看那天堂
鑲嵌著多少豐厚的純金：
就算最微小的天體
在運行時也有如天使在歌唱，
始終呼應著擁有年輕眼神的小天使。
此種和諧就在永生的靈魂中……

然而就算是莎士比亞，或者《聖經》的文字也絲毫無法描述現在的景象。即使用所有已知、未知或想像不到的語言，透過龐大如瀑布般的文字，也完全不足以表達那刻的體驗。

那實在太古老、太原始、太美麗。是一種只能感受的無限力量，只能從內心體會，使人湧現強烈的情緒。那是最偉大的啟示。

接著，在我們上方那片星辰穹頂高出許多的某處，傳來一道持續增強的光束，是顆處於全盛時期的超新星。光束直接聚焦於赫萊爾，而他也感受到了，於是側頭面向光線眨著眼。那極端的明亮對人類來說太過眩目，連掃視一下都不行。強大不朽的天使長勉強在耀眼光芒中痛苦地瞇起雙眼，似乎瞥見了我們看不到的某個東西，隨即驚恐地倒抽一口氣。他吸入巨量空氣時，在下方驚訝畏縮的我們周圍產生了強勁的暴風。我們附近和下方的星辰開始轉動得更加快速。我抓住小瑪莉亞想保護她。

那美得驚人的生物突然向下看，視線離開刺眼光線，試圖將金色的手從威爾手中抽走，可是卻沒有辦法。威爾抓得很緊。耀眼的天使長開始扭動，更加使勁想要掙脫，但威爾堅持不放，甚至還將另一手覆上去抓得更緊。

天使長發光的眼睛中閃爍著淚水，一滴淚珠溢出，沿著發亮的臉頰流下。他激烈地拉扯，結果讓威爾的雙腳從看不見的平面上浮了起來。威爾穿的醫院紙拖鞋掉了，而且他被舉得更高，整個人赤腳懸掛空中。

威爾被舉得越來越高，瑪莉亞、提托、其他上百個人和我都害怕地看傻了。天使長掙扎著想要逃離堅持不放手的威爾。不過在我看來，那非比尋常的生物似乎陷入自相矛盾，一方面想掙脫威爾，同時又受到天賜之福，被恢復成原本最華麗、典型的模樣。

威爾懸浮在半空中，被那完美生物的大手來回甩動，同時周圍的星辰旋轉得更快。我看見威爾凝視天使長流露痛苦的明亮雙眼，然後對他說話，不斷重複相同內容。我想聽清楚威爾在說什麼，不過那又是拉丁語。接著他不停地大喊一句話，聽起來跟之前不同，而這對美到極點的天使長產生了驚人影響。

巨大生物的頭猛然向後仰，背部彎成拱形。接著，他就像甩鞭般甩動手腕，掙脫了威爾，急忙縮回那完美的手，彷彿剛才碰到了炙人的太陽表面。威爾往下摔了十二呎，而在那短暫的片刻，星星全部消失了。耀眼的光芒和至高天堂的溫暖被吸進黑暗中，陰森的倉庫再次包圍我們。天使長美麗的外表開始剝落，往內部坍塌成原本可怕的模樣，我們再次回到了惡夢中。

金黃色的光輝枯萎了，只剩下紅色的鱗片。怪異、覆滿黏液、像是龍的巨大翅膀從他皮包骨的肩膀上展開。他那張可怕的面孔再次變得削瘦憔悴，而且更加嚇人；上面布滿不斷起伏的膿包，像有無數恐怖的生物在那翻攪著的皮膚底下蠕動。

鋒利的牙齒變成發霉般的顏色，張開的嘴巴才呼出一口氣，周圍的芳香氣味立刻就被腐敗的惡臭污染，就像紐約所有的下水道同時打開，瀰漫在倉庫每個陰暗角落。空氣有種噁心的褐黃色調，如火山噴發的蒸氣中更突然湧出上百萬隻骯髒的蒼蠅。

醜陋的生物緊抓著自己的手腕，他剛才就是用那隻畸形的手碰到了威爾，而現在他發出尖叫聲，好像威爾造成了他無法忍受的痛苦。

接著魔王完全直立起高大身軀，巨大體形填滿了倉庫內挑高的空間，還撞破了屋頂一部分。沉重的木材和玻璃碎片大量掉落，紛紛在驚恐的人們周圍摔碎，人們一邊尖叫一邊壓低身子躲避。醜陋的怪物向下瞪視威爾時，我看見他充滿惡意的眼裡閃著狂暴怒火。

巨大的生物最後一次向天堂的穹頂奮力挑釁，尖叫聲銳利到讓剩下的窗戶全都爆裂粉碎，倉庫也震動到快整個倒塌。接著，怪物突然被一道驚人的地獄之火包圍，火柱變成了大漩渦，猶如一道發出尖銳刺耳聲的渦流。接著，這巨大怪物被吸進了混凝土地板——然後消失了。

四周突然變得寂靜無聲。

人們因恐懼而慌亂爬行或蹲伏著，都跟我一樣吃驚，而且害怕得要命。沒人敢移動甚至呼吸。

最後，威爾緩慢並痛苦地跪撐起身子。他費勁喘著氣，使出剩下的力氣從摔落處站起來。他往怪物消失的地方移動，而我看得出他有點跛，不知是摔下來導致，或者之前的傷勢還沒完全恢復。一道明亮的陽光從屋頂破洞射進來，穿透灰塵瀰漫的空氣、照在他身上。這時，我才發現有個男人躺在倉庫中央的地板上，就在威爾附近。

是那個古巴司機。他倒在那裡，衣服冒著煙。威爾搖搖晃晃地蹲在他身旁，一隻手放到司機的肩膀上，而對方正緩慢地往上看。古巴司機一臉茫然，眨著眼睛，極為困惑地咕噥著說：「搞什麼？」

第一個過去幫忙的是位年輕黑人女子。她的小狗舔著司機的手。

威爾再站起來時，小瑪莉亞跑向他，抱住他的腿。我跟著趕過去，這時小瑪莉亞抬起頭看著他，問：「他逃走了，是嗎？」

「我猜是吧，瑪莉亞。」威爾說，然後用左手輕碰她的臉頰。「暫時是這樣。」

我小心舉起他的右手，剛才他就是用這隻手握住了惡魔。「你還好嗎？剛剛到底發生什麼事？你是怎麼活下來的?!」我輕輕打開他的手，查看他有沒有受傷，結果發現他手裡有東西。

是那個小盒子。盒子打開著，露出一小片血跡。

我心驚了一下，敬畏地抬起頭，看著這個非凡男人的眼睛。他也正看著小盒子，似乎跟我一樣驚訝，但也證明了他的直覺正確。他非常謙卑地輕聲說：「太神奇了……一個好人的一點血就能如此。」

漢娜在一九三七年時一定也是這種感覺：一種洶湧的情緒，讓人深深喜愛上這位傳奇英雄，以及他英勇卓絕、令人信服的本性。我知道，只要他有一絲邀約之意，我願跟隨他到任何地方，樂意在這輩子剩下的時光裡當他的同伴。威爾似乎看出了我的想法，對於我滿溢的情緒露出溫和及理解的表情，讓我感到自己非比尋常。他認真注視著我好一段時間，那是我永遠都會珍惜的回憶。

然後他又望向怪物消失的地方。我看見威爾面露困惑，似乎正想釐清和了解剛才發生的一切有什麼意義。

▼威爾

我低頭看著手中的小盒子，以及裡面珍貴的內容物。原來那不只能夠提供保護，遠遠不只如此。那還可以……我尋找合適的詞，最後決定是催化。

就在我努力弄清楚那個祕密原始、幾乎觸手可及的真相時，有個人用希臘語喊我：「你還好嗎？」

▼吉莉安

威爾轉過去，發現是那位希臘學生誠摯而關心地看著他。威爾心不在焉點了點頭，然後掃視過其他人的臉，他們陸續緩慢起身，表情目瞪口呆。

經歷剛才那一場混合了駭人惡夢、壯觀奇蹟又不合常理的超自然事件後，所有人都滿是狼狽，而且仍震驚不已。大家都明白，剛才目睹的那場鬥爭有多麼不可思議和強烈。我們每個人的生命從此再也不同了。他們沉默而尊敬地看著威爾，許多人還流露出崇拜之意，好像他真的是半人半神。

▼威爾

真是個奇蹟，我回頭看著他們時這麼想。他們全都被吸引到這裡來，真是個驚人的奇蹟。接著我暗自發笑。或許也沒那麼驚人。

我看著每個人，注視他們的眼睛，向提托、田村太太、查克．威斯頓、蘿拉．拉科維茲和老伊莉諾打招呼，而伊莉諾笑得很開心，用力對我比出大拇指說：「幹得好啊，小伙子！教訓他了！」

我有這麼多朋友。他們的誠摯讓我感動到了極點，只能勉強簡單地說：「謝謝，各位。」

他們突然大笑歡呼、如釋重負一般，感覺太意外也太喧鬧了，這讓我很驚訝。他們蜂擁地包圍上來，讓我沉浸在他們的善意和關愛中。高大的倉庫門被完全拉開了，外面的人也湧進來加入大家，詢問剛才發生了什麼事。我聽見許多人用不同語言大聲祝福我。我不停轉身，想要感謝並觸碰到每一位面帶笑容的支持者。

外頭某個人的手提音響開始播放貝多芬的〈快樂頌〉，是交響搖滾版本。那段壯麗的旋律也幫我恢復了活力。

在這當中，我再次跟凝視著我的吉莉安對上眼，看得出她因自己能夠幫上我而感到驕傲和滿足。

我點頭道謝，說：「我想妳可以說我的故事了。」說完環視四周，以輕描淡寫的幽默語氣說：「畢竟我被大家揪出來了。」

吉莉安關愛的眼神並未改變，而我明白，這也代表我們之間已有種更私人的情感連結。

我在音樂和歡騰的氣氛中跟她對望時，聽見了遠處有警笛聲正在接近。警覺的提托立刻到我身旁，一手放在我的手臂上說：「是那些神父帶一狗票條子來了，你最好趕快走。」

我點頭準備轉身離開，但提托像對待黑人弟兄般緊抓住我的手，看著我的眼睛。他把我拉近，跟我面對面。他的表情顯得相當驚奇，充滿敬意，而且有種與先前不同的嚴肅和成熟。「你真的知道，對吧？」然後極為肯定地說：「就是你。」

他堅定地注視我好一段時間，接著轉過身比了個手勢，而我的那群朋友隨即挪開空間，彷彿他是製造出紅海逃生路線的摩西。查克．威斯頓遞出他的靴子和長大衣。「嘿，夥伴。可不能讓你穿成那樣又打赤腳到處跑呢。」我點頭致謝並收下東西時，查克說：「如果你要搭便車，我的車就在附近。」我點點頭，而查克咧嘴笑開。「那我們快閃人吧。」

我深吸一口氣準備離開時，聽見有個人小聲說：「帶我走。」

我轉過身，看見小瑪莉亞一手緊抓著她的破爛兔子玩偶，另一手抓住我的衣袖。「拜託，」她說：「我不想跟我叔叔一起住，他會碰我。」

吉莉安的反應像被高壓電流擊中。

瑪莉亞的聲音很輕柔，帶著懇求的語氣。「拜託。」她淚汪汪的褐眸看著我，眼神散發出單純直接的情感。「我沒有其他家人了。」

我看著小女孩，心裡從未如此掙扎，同時也感覺到提托正焦急地拉著我另一隻手臂，警笛聲已經非常靠近了。

這時有個女人將雙手放在瑪莉亞的肩膀上，就像要保護她。是吉莉安。她疼愛地看著小女孩，說：

「妳當然有啊，親愛的。」

吉莉安抬頭看我，向我確認她所做的選擇，以及她即將要承擔的責任。她是全心全意的。

▼聖賈克神父

樞機主教的加長型禮車在一〇五街上往西高速行駛，不停猛烈轉向穿梭於緩慢的車流中，並緊跟前方鳴響警笛、閃爍警示燈開道的警車。接近哥倫布大道轉角時，我看見其他紐約市警局的藍色巡邏車在街上會合，那裡擠滿了人，好像在慶祝什麼。

禮車還沒完全停下，我就已開門下車奔跑起來。群眾的焦點顯然是一棟舊建築，於是我大喊著讓警察幫我穿過那些麻煩的傢伙。那群低等的群眾並不配合，事實上，他們每個人似乎很高興能讓不斷推擠的警察和我舉步維艱。我費了極大的力氣，也對這群喧鬧開心的人群怒火中燒。我嚐到突然湧上喉嚨的膽汁，但還是決心要親自抓住獵物，一勞永逸。

圍成封鎖線的警方終於協助我猛力推開阻礙、進入倉庫。我看見那位記者握著公寓那個小孩的手，站在喧鬧的中心。在推擠通過許多似乎故意不小心擋路的人後，我終於來到了記者身邊。站在她旁邊的，是那個混街頭的雜種提托。我抓住他，對著他大喊：「他在哪裡?!」

那個小王八蛋只是看著我，裝得很無辜。「誰在哪裡啊，老兄？」

▼**吉莉安**

聖賈克氣到用力搖晃提托，一邊嘶吼著：「別騙我，你這小王八蛋。他在哪裡?!」神父又猛搖他一次，不過提托發火了，還用驚人的力量推開聖賈克的手，而警察也隨即將神父壓制住。

「不是我，你們這些笨蛋！」他用法語對他們罵粗話。接著，他勃然大怒，氣到快中風的樣子並大吼：「檢查所有出口！任何人沒我允許都不能離開！就算得拆掉這棟建築也一樣！」

這時，聖賈克神父突然緊抓自己的胃部，轉身背向我們、開始劇烈嘔吐。

我緊握瑪莉亞的小手，接著警方試圖開始引導人群，不過大家跟著氣勢磅礴的貝多芬《合唱》交響曲一起合唱時，聲音完全蓋過了他們。

瑪莉亞抬頭看我。我們兩人的內心都圓滿了。

42

▼聖賈克神父

噁心感就像毒氣從體內湧現。起初，我把當時嘔吐的原因，歸咎於對他厚顏無恥地逃離一事感到極度憤怒。不過我發現，胃裡時常有沉悶的感覺，消化不良的頻率也一直增加。我的上帝啊，我開始覺得，是我為了祢及我們的目標勤奮不懈，而導致自己胃潰瘍。那一晚馬桶裡出現血時，我很確定自己的假設沒錯。

等一有空閒（畢竟我為了祢的神聖事務一直不斷工作著），我就去看了醫師，檢查結果診斷為無法動手術的胃癌。

病況確認後的那一晚，我大聲禱告：「我的天父啊，祢很清楚，我不只努力過著無可挑剔的節制生活，在世期間更全心全力服務教會。雖然追捕維特勒斯．曼丘斯的任務尚未取得成果，但至高的神啊，我向祢發誓，我一定會為了教會全力以赴，並使那個人屈服，以最適當的方式服事祢。

「能將這樣一個活生生的奇蹟展現給民眾，會是多麼不可思議的成就！無數的人將會加入祢，成為真正的信徒！我確信我能夠為祢達成這美好的目標，萬主之主啊，只要我有幸得到兩個簡單的禮物：額外的時間，以及更重要的職位。

「我確信升職是必要的。要是我的職位高於樞機主教馬洛伊，並具有絕對且無庸置疑的權威，我們的獵物就不會逃掉了。就算有像我這樣熱情奉獻的人，渴望提升教會的聲譽，如果少了握有權力的職位，再怎麼渴望也只是徒然。

「至聖之主啊，不久於世的我，祈求祢能重新考量我的命運，誠摯懇求祢回顧我為了祢而努力達成的一切，也懇求祢給予我握有權力的公開職位，好讓我能更迅速調度教會的資源為祢效勞。天父啊，我發誓到時一定會竭盡所能讓我的使命——我們的使命——得到滿意的結果，並為祢帶來更大的榮耀。

「當然，我也相當珍惜能盡快進入祢懷抱的機會，因為沒有任何事比來到神的跟前更加光榮。我真正期盼能死去並見到祢。這副粗俗的軀體即將死亡，確實是莫大的福氣。

「因此我並不害怕自身的消亡或默然逝去，就像從不存在一樣。雖然我絕對不會質疑神的智慧，但我真心相信，只要能在這世上稍微待久一點，完成我數十年以來的追求，控制住這誤入歧途的危險人物，我就可以更有效地服事祢。

「醫師們說我的情況很嚴重，病症已來到末期，應該很快就會死去。不過我知道非常多例子，都是關於祢如何大發慈悲、用神聖之手奇蹟般介入，拯救了瀕死之人。因此，我向祢祈求再給幾年的時間，並非史無前例，也不是沒有希望的。

「為此，我以最謙卑的態度懇求祢，重新考慮我的祈禱，我親愛的全能上帝，人世、天堂、宇宙、無限世界的永恆造物主與統治者。阿門。再一次，我親愛的至高主，阿門。」

▼吉莉安

在倉庫裡其他人的幫忙下，瑪莉亞跟我做的第一件事，是確保親愛而勇敢的漢娜受到悉心照料。處理完後，我迅速蒐集了在場許多人的姓名和聯絡資訊。而透過《時人》雜誌，以及線上分類廣告的個人專區中精心張貼的內容，我也很快就找出剩下的人。

他們的證明信、我本人的經歷，再加上保羅・聖賈克神父的投稿（這點稍後會再詳細說明），幫助我寫了關於威爾的書，並在十六年前出版。當然，那個版本並不包含威爾的第一人稱敘述，而在這一版中則重新納入。我是在很久之後，才獲得這份寶貴的資料，其過程你們接下來就會讀到了。

就我所知，事件發生後，威爾的露營車隨即被帶到警方的一處拖吊場，而車裡的東西在當晚就離奇地消失了。起初，我以為一定是總教區沒收了威爾的物品，不過後來得知了更令人滿意的結果。

在倉庫發生那起震撼事件的兩週後，我收到了聖賈克神父的信，內容如下：

親愛的蓋瑟瑞小姐：

既然祕密已然揭露，我相信身為熟練、有幹勁的記者，妳必定會將我們發現的驚人故事公諸於世。這個男人我已追捕非常久的時間，為了讓妳能以最好、最**正確**的方式完整講述這件事，我個人做了一個重要的決定。

我要將自己的私人日誌交給妳，內容就存在隨附於此信的CD資料片中。有些手寫的部分已掃描收錄其中。裡面有我全部的個人日誌，除非託付給妳，否則不可能有機會讓世人看到，而是會保留在梵蒂岡的祕密檔案庫中，跟先前在這場奇異追逐中產生的許多資料一樣。

這本日誌是以我的母語法文所寫，其中包含我的沉思、祈禱，以及私下對上帝的懺悔。不過裡面也詳細記錄了我的任務，以及努力不懈追尋幻影般獵物的過程。

我在垂死之際反思，覺得這樣可以提供一些粗淺的參考價值，或許妳在描述這場獨特的傳奇故事時會想要納入。我決定將此日誌託付給妳，這樣世人才不會完全忽略我不容質疑的付出，而這一切都是為了我神聖的教會、教宗，以及最重要的主上帝。

本來希望能在交到妳手上之前編輯內容的，可是我的時間突然變得極為有限。具有無限智慧的天父，顯然決定要立刻將我無價值的靈魂召喚到祂跟前。在妳讀到這些時，我很可能已經離開並進入祂的榮光了。

我非常清楚自己寫作的缺點。這份日誌的篇幅不足，缺乏學問，沒有哲學深度，也完全不像聖法蘭西斯的沉思或聖奧古斯丁的懺悔，有如此崇高的價值。我只是名普通的神父，而努力的依據是自身良心的要求，以及決心成為忠僕、實現全能上帝旨意的誓言。

然而，我還是希望自己對這驚奇故事獨到的私人見解，能對妳有所幫助，並讓現在及往後將會閱讀妳著作的大眾產生一點興趣。

保羅・聖賈克神父　敬上

於曼哈頓聖文森醫院

附注：如果妳碰巧要在文本中使用插圖，我也附了一小張自己的照片，而且不反對妳收錄在出版的作品中。

43

▼吉莉安

在前述事件發生近十六年後，我請了幾天假，暫時離開《紐約時報》指派的最新工作，就為了趕去帕羅奧圖參加一場非常特別的畢業典禮。

佛斯特圓形劇場座落於一處繁茂樹林的空地，形狀就像一顆顛倒過來的淚珠。和緩傾斜的觀眾區，如漏斗般往下聚集到陽光普照的南端，在那裡有一座小舞臺。我覺得自己好像身處一座在原始森林深處與世隔絕的峽谷，而不是史丹佛大學的校園中心。

這裡正舉行著戶外畢業典禮。兩百位學生穿戴著黑色方帽和長袍，坐在舞臺前方的白色摺疊椅上；家長和親友也坐著相同椅子，成輻射狀一排排散布於後方長滿青草的山坡，人數則是多達畢業生的五倍。十幾位穿著長袍的教授坐在舞臺上。學院院長奧特薇雅．戴亞．詹森是個健壯的女人，她正在講臺上主持儀式，以丹麥口音唸著畢業生的名字並頒發畢業證書。

「潔西卡．辛．李。」她說完，同時將證書交給一位年輕的華裔美國女生，她的家人就在我前面幾排，而他們站了起來，斯文地鼓掌並替她拍照。

畢業生陸續上臺，掌聲此起彼落，這時有個人坐到我旁邊的空椅子上。即使沒看到對方，我的心跳還是猛然加速，呼吸也變得急促。我太緊張了，不敢直接轉頭看他。

詹森院長接著說：「山謬．理查．巴爾康。」山謬的父母和朋友開心地喧鬧，熱情地為他歡呼拍手。

雖然我的目光仍然望向舞臺，但其實並未看進眼裡。儘管嘴巴突然變得像撒哈拉沙漠一樣乾，我還是勉強輕聲說：「我想……希望也許你可以過來。」然後就轉頭看向威爾。他若有所思地笑著。

他點點頭。「我會看妳的部落格，現在似乎是回來的正確時機。」

我盯著他溫和的眼睛看了很久，接著發出輕笑聲，說了一句客套話，而這用在他身上最是貼切。「哇，你一點也沒變呢。」

他苦笑著。「至於妳，吉莉安，妳看起來比以前好多了。容光煥發。」

他靠向我。我握住他的手，真誠地親吻他的臉頰，就這樣停留了許久。他注意到我的婚戒，說：「我很高興看到這樣。」

我聳聳肩，有點不好意思地坦承：「雖然花了點時間，不過最後還是順應潮流囉。」然後深吸一口氣，有些謹慎地問：「你呢？你過得如何？」

我發現威爾回答時語氣還滿愉快的：「還過得去。」他確實不太一樣了，但是改變得很細微。我趁他目光越過聚集的人群時，更仔細打量了他一下。他拿著一件天藍色的風衣，身上穿著Levi's丹寧褲和一件硬挺的白襯衫，而我瞥見衣服底下有莉薇雅的十字架和小盒子。我試著就他給我的感覺猜測，那或許是一種之前沒有的平靜感？

他轉頭回來再看著我時，我仍然盯著他，就像多年前我們第一次相遇時那樣著迷。最後我搖搖頭，用力張大眼睛。「抱歉。因為能再見到你實在是太神奇了，威爾。」

「妳也是啊，吉莉安。」他誠摯地說，接著從外套拿出一本稀有的初版書，那是我在十六年前寫下關於他的第一本書。

「天哪！」我感到有些羞怯。「我真的希望你不會生氣。雖然有好多人一起在那倉庫裡目睹了一切，而且即使你授權我講述這個故事，我還是會不斷確認內容。不過最後，我認為出版的好處會大於壞處。」

「結果也確實如此，它成了全球暢銷書呢。妳賺了很多錢，還全部都捐給無國界醫師、國際特赦組織，還有一堆其他的公益團體。」

「我盡量選擇你會認同的單位。」

「妳成功了。」他把書和一支鋼筆遞給我。「是否能麻煩妳？」

我眨著眼睛，就像遇到超級偶像而小鹿亂撞的女學生，甚至還變得有點結巴。「當……當然了，我很……榮幸。」可是一翻開書的時候，我竟然很清楚自己應該要寫什麼，毫不遲疑地寫下：

給威爾，

一位正直可靠的人。

獻上我的讚美和恆久的愛。

吉莉安

他看到內容時，臉上又出現那種若有所思的笑容。當時一位畢業生獲得了特別熱烈的掌聲，不過我仍然注視著威爾，然後稍微瞇起眼睛。「你知道嗎，我發現那些組織中，有幾個每年都會獲得一筆奇怪的匿名捐款呢。」

他正在翻動書頁。「我很高興聽到這件事，外面有很多好人。」

「嗯哼，但這位捐款人總是會捐給每個組織三十三萬三千元整，而且每次都來自不同的國家。」威爾沒上鉤，於是我繼續說：「調查得更深入後，猜猜我發現了什麼？有些歷史比較悠久的組織，甚至已經接受那些捐款超過一個世紀了。」

威爾只是繼續翻動書頁。「我也喜歡妳後來的書，吉莉安。妳跟妳朋友史蒂夫揭露了很重要的事，讓人們重新思考。」

「哎呀，是你有辦法讓人重新認清目標。」我按著他的手。「我希望，你能因為自己身為這麼強大的善良力量而感到安慰。」

他聳聳肩。「每個人都能對這世界產生連鎖效應。在六〇年代，我的朋友愛德華．羅倫茲甚至還為此命名呢。」

「混沌理論、蝴蝶效應，是啊。」這點我很清楚。「改變一件小事，最後一切都可能會變化。可是你，威爾……沒有任何人可以像你一樣，並且看見你努力的成果。」我的聲音變小了些。「有時候我真的認為，你的生命比較像是一種偉大的天賦，而非詛咒。」

「真的嗎？」他抬起頭看我。「那想不想交換？」我們目光相接時，威爾存在許久的事實又讓我感到史詩般的廣闊感，不過也感受到隨之而來的寂寞和孤獨。

最後我說：「最有趣的是，每個人都會幻想擁有永恆的生命。」

他的表情變得溫和而睿智。「妳許願要小心呢，吉莉。」

另一位畢業生獲得了零星的掌聲，這時我深吸一口氣。「其實我有東西要給你，威爾。」我小心地從手提包裡拿出一個小布袋。「我一直帶在身邊，希望會遇到像今天這種情況。」

他打開袋子，看見了瑪麗．雪萊的那串小珍珠古董，先前他給了漢娜，而漢娜直到在世的最後一天都戴著。他用指尖輕輕觸碰珍珠，彷彿是在觸摸漢娜。接著他深吸一口氣，眼神往上與我四目相接，流露出感激，然後又在一陣情緒湧現時望向別處。我轉而看向舞臺，給他一點空間。

過了一會兒，我聽見他輕聲說：「謝謝妳，吉莉安。這對我……意義重大。」

我只是點點頭，看著畢業典禮進行，禮貌地等了一段時間。「道格就在那裡某個地方，他想要拍到好照片。」我回頭看著威爾，同時回顧我們一起經歷的過去。「你知道嗎，我一直想知道，當時你抓住他的大手掛在半空中時，我聽見你用拉丁語對他說了些話，那是什麼？」

威爾仍然看著舞臺。雖然他似乎清楚記得那一刻，但卻回答：「不管是什麼，我猜我都說得不夠好，或者不夠用心。」他沉默地回想了一陣子，接著說：「我記不太清楚了。」

我覺得並非如此，但也明白無論內容為何，那都是威爾和他那可怕勁敵之間的事。我目不轉睛注視著他半晌，回想那場驚天動地的衝突，以及威爾在面對如此強大的超自然力量時所展現的無比勇氣。我的聲音變得更小了：「我想讓你知道，那天如果你需要，我或那裡每個人都會願意放下一切跟你走。」

他友好地對我微笑。「我會說妳現在完全走對了方向，吉莉安。」我們聽見另一位畢業生獲得了禮貌的掌聲。

我繼續認真看著他的表情，他的眼睛。

「你好像有點不一樣了，威爾。是更能夠接受你的處境，還是……？」

「算是重新找到了目標吧。」他見我好奇地皺起眉。「自從倉庫那件事後，我那位年輕的老朋友似乎認為，我會威脅到他的生活方式。」

「呃，對呀。」這種輕描淡寫的說法讓我差點嗆到。「我會說你對他有輕微的影響。」

威爾點點頭，若有所思地說：「那變成了一種非常有趣的拉扯，他出現的次數已經越來越零星，而且不太一樣了。」

「自從他短暫經歷了自己曾經有過的樣貌嗎？」我又回憶起那位高大、純潔的天使長，想起他神聖、莊嚴、非凡、燦爛的樣子，每次回想都會讓我一陣天旋地轉。「那真是最……」我的嘴唇無聲地動著，試圖描述見到的場景，但我早就發現人類的語言根本無法形容。

威爾明白我的感受。「是啊，在他嚐到那一點甜頭，並知道自己有可能變回那樣以後。」

「藉由你的幫助嗎？」

「或許吧。」他露出微笑，然後自責地說：「要是我夠用心就好了。總之，自從他收到那樣的提醒後，好像就真的有點害怕我……但同時又會被我吸引。」

「所謂的飛蛾撲火，對他來說則是永恆的火焰。」我張大眼睛，然後搖搖頭，揚起眉毛並緊張不安地笑了一下。「天哪，這真是太……奇怪了。大白天的坐在一張摺疊椅上，在這個普通的世界裡，談論這種……事情……」

「『天地之間有許多事是想像不到的，赫瑞修（Horatio）……』(注)」他輕聲說。

我再次將眼光移向威爾，他露出沉思的表情看著進行中畢業典禮。在這個英勇、有魅力、非凡的男人面前，我突然感到一股強烈的情緒，就跟十六年前在倉庫那次一樣。我試著理解他那如神話般艱鉅且看似不可能的任務，也知道威爾的敵手擁有強大無比的力量。我勉強問著：「你要怎麼打敗他？」

威爾聳聳肩。「一天接著一天努力？」

「你在新千禧年的新挑戰嗎？」不過就在他回答之前，我突然瞪大並眨著眼睛，臉色也變得蒼白。我腦中閃現過一種可能，那實在令人震驚到不可置信，甚至顛覆了一切。「我的天哪，威爾！」

他看著突然驚叫的我。我對剛才產生的新想法感到沉重的壓力，最後以非常緩慢的速度，上氣不接下氣地輕聲說：「威爾……你有沒有想過……其實你不必一直等待發生某種——」

「啊！」威爾發現了某件事，然後坐得更挺。「我們的女孩來了。」

我因被打斷而覺得沮喪。我好想讓他聽聽自己那驚人的新想法，也想知道他對此有什麼反應，可是院長正在宣布：「接下來是獲得醫學預科最高榮譽的畢業生……瑪莉亞．凱瑟琳．安卡拉達……最優等成績……」

威爾和我都站起來為瑪莉亞熱烈鼓掌，小女孩已變成一個外表漂亮、身材健美的年輕女子了。她走上舞臺領取文憑，烏髮亮麗的長髮反射著陽光，那雙自信、閃爍、慧黠的眼睛也是。

我驕傲地看著瑪莉亞向院長禮貌點頭，然後把文憑和那隻破舊的叮噹兔子玩偶高舉過頭，直接對著人群中的我熱情大喊：「這是獻給妳的，媽！」

突然湧出的淚水讓我幾乎看不見瑪莉亞，但我用口音純正的西班牙語對我的女兒大喊：「真有妳

注 此處引用自莎士比亞悲劇《哈姆雷特》中的臺詞。

的，女兒！妳最讚！」

熱情拍手後，我轉身要跟威爾分享這個快樂的時刻，結果他不見了。

我覺得有道洶湧的情緒在心裡產生了真空，接著是巨大的悲傷。威爾的離開留下一個深刻的空洞，以及一片空虛。我那令人震驚的問題還沒問完，也還沒得到回答。我站著不動，開始慢慢感受剛才跟威爾相處的短暫時刻，露出既快樂又感傷的笑容，淚水也模糊了視線。

我擦掉眼淚，回頭看著眼神明亮的瑪莉亞，她正和道格一起站在舞臺下，兩人都對著人群中的我興奮揮手。瑪莉亞和可愛、忠實、深情的道格是我的生命之光。我一直認為，他們兩人都是威爾送的禮物。

畢業典禮結束大約兩週後，我很意外又收到威爾送來的另一個驚奇禮物：一個氣泡信封袋，裡面裝著一個小隨身碟和一張信紙。

親愛的吉莉安，

謝謝妳為我寫下那段感人的簽名語。多年前妳的書首次出版時我就拜讀過了，而我非常佩服妳的學識、謙遜、誠實和正直。這甚至促使了我開始記下自己的回憶，描述我們在邁入第二個千禧年時一起度過的那段艱困時期。

我把檔案交給妳全權處理。說不定這將引起一些額外的關注，但至少，也或許可以幫助妳創作並賣出新版的書，收益則能捐給妳所選擇值得贊助的組織。

吉莉安，再次感謝妳照顧漢娜和瑪莉亞，當然還有我。我對妳的感激永恆不變。

就我而言，這句話確實有很大的意義。

敬重並關愛妳的……

威爾

威爾寄給我的檔案裡，包含了所有以他第一人稱敘述的回憶，而我整合到了這個內容大幅增加的最終新版本裡。

他的敘述和這本新書，將以下列文字作為結尾……

▼威爾

在史丹佛大學見過吉莉安和瑪莉亞的幾天後，我被露營車上的鬧鐘收音機叫醒。電台正在播放廣告：「……包含所有必要的維他命，讓你享用健康早餐，每天都有充滿活力的開始！」

我停車的地方有些限制，所以得快點離開。早晨節目主持人愉悅的語氣似乎就是為了幫助我。「在灣區這裡的天氣超──讚，而且本週末在莫斯康展覽中心的表演一定也是如此。雖然已經銷售一空，不過我們有兩張搶手的門票，可以讓你親眼看到鄉村傳奇詹妮．渥爾和她先生查克．威斯頓。打電話到第三線，你就可以拿到票。」主持人說話時，我聽見背景開始出現一段熟悉的吉他樂句。「為了替你們打氣，現在要播放一首很棒的經典金曲，也就是十六年前讓查克職業生涯重返高峰的熱門歌曲《旅人》。」

我露出微笑，想像查克撥彈著貝琪，演奏出輕快的藍調樂曲，加上他深沉低音的草根味嗓音。

他說我該回到奧斯汀……
遠離我所有的沉迷……
他說：「搭上貨運列車穿過曠野，
騎上你的馬拉緊韁繩，
塵土飛揚回到童年的家，
一路騎向聖安東尼。」
我不知他來自何方，
也不知他去向何處，
但是那位旅人告訴我，
我會東山再起，
只要我記得……A-la-mo。

我一邊因為查克的歌詞而微笑，一邊走下露營車，呼吸索薩利托早晨的空氣，接下來就得再開車到一定的距離外了。

我沿著布里奇威大道往南走，在一處報攤停下腳步，因為有張熟悉的面孔引起了我的注意。他充滿笑意的眼神從《藝術世界》雜誌封面望過來，標題則是「藝術改變社區」。提托站在他最新的畫作前，那幅畫很大，而且非常有趣。雖然他現在已經三十幾歲了，但那目中無人的笑容還是一模一樣。

我翻閱雜誌，笑著回想起上次見到他的場景：在警方拖吊場的那個晚上。他和一些混街頭的朋友幫助我進入庫房，就像他們之前也曾為了塗畫車廂，在夜深人靜時溜進布朗克斯區的地鐵調車場。我們一起拿走了我舊露營車上所有的重要物品。

報攤老闆是個中年人，皮膚黑亮，灰色平頭，他看見我感興趣，於是點了點頭。「很酷的孩子吧？他用很多賣畫的錢幫助自己社區的人，多幾個像他這樣的人一定不錯。」

「當然。」我附和，同時給他十元美金，接著他準備找錢。「不用找了。」

「你確定嗎？」他很驚訝地抬起頭，然後感激地露出笑容。「謝了，老兄。我很需要。」

我轉進灣街，然後走上洪堡大道往濱水區去，穿過史賓尼克車道，抵達一片三角形的草地，那是臨海的一座小型公園。

我站在那裡，享受著帶有鹽味的空氣，欣賞海灣閃爍水面另一邊的舊金山壯觀美景。我對那座城市有美好的記憶，就像有漢娜在的巴黎。關於我心愛漢娜的甜美記憶很常飄然出現，如我們在巴黎一起度過的那個春天般宜人芳香。我好想念她，她那北方人的活力和勇氣每天都會讓我思考，並提醒著我。之所以會有精神煥發的全新感受，都是因為她在臨終前對我說的話，使我精力充沛並堅定不移。

諷刺的是，我之所以恢復活力，有部分也是因為那邪惡的敵人。他說儘管我花了好幾個世紀的時間認真努力，但我並未投入真心，而這無意間點醒了我。我發現他是對的：沒錯，我很勤奮做好每一項工作，並把所有努力的成果都記下來；雖然做了事，不過我真的完全投入了嗎？這是個很具啟發性的問題，再加上漢娜最後提到更大的計畫，我的重心就因此完全改變了。

而這也暗示著另一種新選擇。

我反覆思索這件事，一邊掃視著舊金山明亮的天際線，那裡似乎是個充滿希望的地方，有如觸手可及的翡翠城（Emerald City）（注）。如果我的情況跟之前一樣沒變，那麼基於上次去那裡是在一八八〇年，見到了親愛的老雅各．戴維斯及李維．史特勞斯兩位贊助人；所以我必須再等大約一百九十五年，才能再次走上那些丘陵街道。

但要是情況不一樣了呢？

要是情況因發生在我身上的神奇影響，而突然有了劇烈變化？這個驚人的全新概念有可能會立刻改變一切的走向，而我猜吉莉安在史丹佛大學無意間發現、想要問我的也是這件事。那確實是靈光乍現的時刻：我在倉庫裡碰巧發現這個足以改變局勢的震撼想法，而且不知不覺還差點達成了。

我看到自己一邊對敵人說話，一邊用聖物碰觸他所造成的效果，發現原來自己一直帶著那把小鑰匙長達二十個世紀，而要是能適當運用，說不定就此可以打開門、打破第七印。這也讓我感到自己有希望去解放自己和敵人，甚至讓所有人從他以邪惡天性對人類培養的陰暗與苦難中解放出來。意識到這一切後，我終於明白了自己真正的挑戰是什麼。

有些困惑，但很高興自己只花了兩千年就想清楚這一切。

我發現自己的情況從來就不是詛咒，而是最重要的崇高使命。我不只被安排要浪跡天涯、盡力幫助人們，同時等待並希望獲得個人救贖。我已經領悟到，如果真的有基督再臨，聖約翰幻想的預言實現，或者有新的開始，那也不會以人類創造的千禧年這類時間框架為依據。

我發現提托說的就是你也許沒錯：在西元三十三年命中注定的那一天，火炬就已經傳下去了；或許我真的能夠觸發所謂新的開始。

因此我的使命就是主動尋找我的敵人，無論可能會到什麼黑暗可怕的地方，都要堅持不懈追捕他。我必須以漢娜所謂的聖潔之愛，來對抗他的強大力量；消除籠罩著他的巨大邪惡，將他拉回光明之中。帶他回家。

希望也能帶著我們其他人跟他一起。

我深吸了很長一口氣。每當仔細思考這件事，都會覺得成功的機會低到太嚇人。然而在那倉庫的第一次嘗試卻證明了，這並非不可能。

我往對岸那座閃耀的城市不捨地看了最後一眼，然後露出笑容，轉身走上洪堡大道。我感覺背後有一陣鼓舞人心並振奮精神的微風從海上吹來。往上坡的人行道現在人潮越來越多了。我看到商人、零工、母親、父親、孩子和其他人，他們全都跟我一樣，是地球上的旅客。

我注意到他們之中有個人緩慢拖著腳步，他全身蓬亂不整潔、眼眶凹陷，衣物破舊不搭調，一頭沒洗過的邋遢頭髮。人們都歪著身子避開他。

注 小說《綠野仙蹤》中的虛構地點，為奥茲國（Oz）的首都。

我在他接近時放慢速度。他憔悴疲累地垂著頭，偷偷往上看我，露出不好意思的眼神，低聲說：

「抱歉，先生。你有多餘的零錢嗎？」

「當然。拿去吧，朋友。」我用勉勵的語氣說，並將一張摺著的五十元鈔票塞進他骯髒的手裡。他看都沒看就把錢收進口袋，低聲咕噥著道謝，然後就走開了。不過後來他含糊說了些話，讓我愣了一下。那聽起來像某種古老語言。拉丁語？阿拉姆語？

我好奇地轉身喊他：「不好意思，你剛才說什麼？」

他繼續走，同時稍微回頭，這次說的是英語。

「……甘地、耶穌和漢娜向你問好。」

接著他就離開了。

也許是我充滿情緒的心境激發了想像力，又或許只是早晨陽光的角度照耀著潮濕空氣所致，不過我只能說，那個人看起來散發著非常微弱的光芒。

他走在許多人之間，他們全都忙著思考和掛念自己的事，全然不知他們當中發生了什麼奇特的事。

然而，我注意到他經過的時候，光芒的痕跡散落到了每個人身上。

全書完

誌謝

對於協助本書成真的每一個人，我深懷感激：

Brenda Griffin 擔任我的助手很久，個性熱情積極，許多年前就開始參與我的創作，並且不斷激勵我向前進。

我在 Gandolfo Helin & Fountain Literary Management 的團隊，尤其是 Italia Gandolfo 鼓勵我完全依照自己的想像寫下這本小說，而 Renee Fountain 則幫助我更專注於此目標。

編輯 Tegan Tigani 會藉由幽默、魅力以及絕妙的手法，提出既清晰又聰明的構想讓我改進。

編審 Scott Calamar 和校對 Janice Lee 鉅細靡遺檢查了內容，並提供很棒的建議。

亞馬遜 47North 出版社的資深編輯 Jason Kirk，從一開始就有非常正面的反應，後來也一直支持這本小說，並專業地引導本書通過出版流程。

Rex Bonomelli 精心構想的封面完美喚起了這個故事的本質。

而值得我最感激的人——她是我所有作品的基礎，超過四十年來與我分享她的仁慈、道德價值及靈感，徹底改變了我的生活——我的另一半，我的天使，我的妻子 Susie（編注：Susan 的小名）。

特別收錄／作者訪談

▼為什麼會想要寫一個不死之人的故事？

從小我就聽聞有人說過《傳奇之人》主角這位神祕人物的事蹟。後來，大約在十年前，我讀了《傻子旅行記》（*Innocents Abroad*），是由馬克·吐溫記述自己於十九世紀晚期遊歷歐洲和古老的聖地。他在書中特別提及了那個人，以及圍繞著那個人所發展出的傳奇。這讓我開始更深入挖掘。我發現許多真正的人物都遇見過那個人，也有所謂的目擊者說詞。其中包括波西·雪萊，他在一八一六年見過他，還為此寫了兩首詩。另外從十二世紀到十七世紀也都有相關的描述……這激發了我的想像。起初我打算把這拍成電影，不過很快就發現自己面對的是個史詩故事，內容相當豐富，具有深度與可能性，拍成電影一定太短了。所以我決定寫成一部小說。

Amazon的47North部門是最先讀到這本書的單位之一，他們立刻就決定要出版。當時我很訝異他們把這本書形容成「《阿甘正傳》碰上《達文西密碼》」——因為我的小說並不是像《阿甘正傳》那樣的喜劇。

可是後來我明白了他們的意思：《阿甘正傳》跟《傳奇之人》確實有極為相似的地方：兩位主角都

影響了真正的歷史人物——但阿甘的時間侷限在二十世紀中期，地點也大多在美國境內，而我的英雄威爾遊走全世界，發揮影響力長達二十個世紀。

▼主角威爾跟非常多知名歷史人物交流相處，您是否有為此特地去找相關資料？

我一直以來就很熱愛歷史，所以這讓我覺得非常有趣，能夠思考我的主角威爾在世界各地艱辛跋涉時，會遇見哪些真實的歷史人物。波西．雪萊（以及他十九歲的妻子瑪麗）是很棒的出發點。我想像那一晚威爾在日內瓦湖跟他們在一起，而拜倫勳爵提議大家各講一個關於死亡或恐怖的故事。瑪麗講述了她正在寫的小說《科學怪人》。他們慫恿威爾說一個故事，而威爾假裝虛構，說出了自己驚人的過去。拜倫認為這是個了不起的幻想故事，但雪萊夫婦知道這是事實——還因為同情威爾的處境而擁抱他。威爾幫助瑪麗克服她小說中的一項障礙，波西後來則是寫詩敘述了威爾的傳奇。

同樣地，一八六〇年在內華達州的維吉尼亞城，威爾啟發了山姆．克萊門斯（後來變成馬克．吐溫），而他告訴對方的一些故事後來成了馬克．吐溫早期的經典作品。不過威爾對世界的影響在好幾個世紀以前就開始了。西元一二〇〇年，威爾向一位有藝術天賦的托斯卡尼牧羊男孩描述他一千年前在龐貝看過的立體繪畫，這位男孩就是後來的喬托，創造了文藝復興的藝術。威爾在西元三〇〇年偽裝成一位聖本篤會修士，發明耕地用的犁，徹底改革了農業，也創造了第一本裝訂手稿，那是一本手抄本，是現代書籍的先驅。

後來他幫助詹姆斯．瓦特設計了蒸汽引擎，創造出工業革命（以及卡布奇諾）；他向古騰堡建議利用能夠移動的活字印刷；他給了甘地靈感、成功發起抗議；他也激發了愛因斯坦的相對論——因此產生既重要又可怕的結果。

在倫敦塔的牢房中，威爾花了三天讓過著舒適宮廷生活的法蘭西斯・培根爵士找回初衷，開創了理性時代及科學調查方法。威爾讓美國奠基者湯瑪斯・潘恩與亨利・梭羅的思想更為清晰；他影響了第一具複式顯微鏡的誕生，推動了微生物學；他也向英國的康頓伯爵介紹了蒙古人防止性病的方法。

威爾跟赫爾曼・梅爾維爾曾在同一艘捕鯨船上當過水手，還從食人族手中救了梅爾維爾一命。梅爾維爾寫了一本關於威爾的書。如果在Google上搜尋《十字島》（*The Isle of The Cross*）——你就會知道那份原稿神祕地消失了。在我的小說中，你會發現出版社以某種惡毒的理由撒了謊，裡面也會寫到那部作品的下場，以及它目前在什麼地方。

以上只是幾個例子，這表示我非常享受將我的英雄威爾安插到世界的歷史當中——同時也描寫了他極為正直、具有溫暖仁慈的心，並且一心一意努力做對的事。最令人滿足的是，有成千上萬名讀者告訴我，他們也很享受這本書。

▼書裡描述了紐約和美國的流行文化和地景，裡面提到的事物都是源自您的自身經驗嗎？

我愛紐約市。大學一畢業我就搬到那裡，一九六四至一九六六年那兩年期間，都住在曼哈頓的東八十四街五百二〇號。再往東一點，就是東端大道的街角以及格雷西廣場。在《傳奇之人》裡，我就是把漢娜・克萊兒的公寓安排在那個街角，從那裡可以俯瞰卡爾舒茨公園和地獄門——亦即哈林河跟東河的匯集處，而且不斷跟潮水衝撞，水勢洶湧。以前我每天下午都會帶著我一歲大的兒子大衛到那座公園散步。每個地方我都很熟悉。不過Google Earth在我寫作時幫了很大的忙，讓我可以再次注意公園的細節。

這項驚人的工具能夠喚起我的回憶，從頭到尾都有極大的幫助。我很高興能夠以視覺的方式追蹤威爾的路徑，從一一六街地鐵站到上西區，穿過哥倫比亞大學校園，再沿著阿姆斯特丹大道一直到聖約翰神明座堂——這些全都是我一九六〇年高中畢旅時，從家鄉華盛頓特區到紐約第一次造訪的地方。

後來我在紐約當電視製作人兼導演，過了忙碌的兩年，期間深入認識了紐約的形形色色，從砲台公園到哈林區，從東河到哈德遜河。一九八一年，我也自編自導了一齣音樂自傳式的CBS電視電影，內容就是關於我的高中畢旅，而我們也到了現場拍攝。因此，描述紐新航港局或位於七十七街與公園大道交界的列諾克斯山醫院（威爾昏迷時就待在這裡），對我而言非常駕輕就熟。我的女兒茱莉就是在列諾克斯山醫院出生。而茱莉後來畢業於紐約大學，在她讀大學期間，每次我去看她都會一起探索城裡。

我也把故事場景設定在曼哈頓，原因是這座城市充滿了無與倫比的精神和能量，還有各式各樣的人。此外，小說中最關鍵的一場事件發生於除夕，就在時代廣場的中心。我想世界上大部分的人都見過數百萬人在那個夜晚湧入時代廣場，這會幫助他們想像我所描述的一切。

書中年輕塗鴉藝術家提托參觀大都會博物館的場景，完全取自於我多次造訪那裡的經驗。提托從第五大道爬上長長的階梯，被驚人的拱頂大廳嚇傻，那正是我第一次參觀時的感受——後來每一次也都是如此。容納丹鐸神廟的薩克勒展廳也是一絕，而拿破崙士兵和其他人刻在神廟牆上的「塗鴉」完全就是我所描述的樣子。

Google Earth也幫助我了解還沒親眼見過的紐約場景，例如提托在布朗克斯的住宅區。

對我來說，任何書籍或電影中只要出現紐約市，那就會成為我寫作計畫裡的角色。我很希望我的小說讀者也會有這種感覺。

▼故事提到的許多歷史事件中，您覺得最難下筆或最有感觸（或者一定要寫進小說裡）的是哪一段？

我是獨子，由中產階級的白人父母養大，他們極度反猶太，也是很強烈的種族主義者。每天晚上吃晚餐時，我都會聽見他們隨意說出關於族群與種族歧視的話。不知出於什麼原因——但我非常高興是這樣——我從來就不相信那些話。我沒步上父母的後塵，而在擔任作家、製作人與導演的職業生涯中，我也試著做跟他們完全相反的事：我一直努力以各種方式打破不寬容與偏見。

在這本小說中，我決定直接面對歧視。我的女主角吉莉安．蓋瑟瑞是位記者，她聰明伶俐、精力充沛、專心致心，擁有抱負及機智，但也出乎意料地脆弱。原因是她被我們很早就意識到的兩個問題糾纏：她對母親之死一直有些揮之不去的罪惡感，另外一個煩惱是她對特定種族／族群的人有種低調但根深蒂固的厭惡。

吉莉安在故事中的旅程跟我們的主角威爾平行：他在追尋自己存在的理由，想要了解自己在生命中的角色到底是什麼。吉莉安在她生活中追尋的也正是如此。

威爾必須面對外在的超自然惡魔。

吉莉安最後則必須面對內在的惡魔。

當關鍵時刻到來，他們必須立刻依據本能做出正確選擇，才能戰勝那些惡魔。

我在寫作時的挑戰，就是要誠實無畏地呈現吉莉安的過去與現在，這樣讀者才能站在吉莉安的處境，而當她突然明白真相，讀者也才會立刻知道她應該做出何種正確的選擇。

▼《傳奇之人》在二〇一七年時出版上市，當時恐怕任何人都難以想像二〇二〇年會爆發全球性的傳染疫情，而書中威爾的意念與精神，似乎正是如今我們每個人所需要的；目前臺灣疫情依舊嚴峻，而美國已經歷過疫情高峰，情勢逐漸掌控下來，您是否能對臺灣讀者說些鼓勵的話？（P.S. 很感謝美國捐贈疫苗給臺灣）

《傳奇之人》在二〇一七年發行時，世界上大多數人都不知道，在我們有生之年可能會出現像一九一八年西班牙流感的流行病，造成災難般的影響。新冠肺炎對我們這個陷入困境的世界帶來毀滅性的影響，而我們許多人都經歷過失去朋友與家人的痛苦。更令人心碎的是，許多國家的領導者都很無能或充滿政治動機——最明顯的是我所在的美國——相關的警示和專業的科學意見都被無情地忽視與壓制。這種令人厭惡的無能，導致三十至四十萬的美國同胞不必要且痛苦地死去。

幸好我們的國家領導者已經替換，美國現在也正帶領世界開始恢復，包括將十億劑救命疫苗送到全球的低度開發國家。我相信我們大家不久都能夠歡欣鼓舞，因為更燦爛明智的未來即將到來，而我也有信心，適應力強的臺灣人也能共享那樣的未來。

有趣的是，大約在冠狀病毒出現的十年前，我對病毒的問題就非常好奇了。當時我聯絡了美國疾病管制暨預防中心（ＣＤＣ）的科學家，花了幾個星期時間親自調查他們在喬治亞州亞特蘭大城ＣＤＣ

總部所做的研究。

最後我據此創作了另一本小說，由Amazon於二〇一八年發行，書名叫《*The Darwin Variant*》。主題是關於一種非常特別的病毒，許多人竟然渴望被其感染。喜歡《傳奇之人》這本小說的讀者應該也會覺得《*The Darwin Variant*》很有趣。以下是情節描述：

有顆彗星的碎片將一種未知病毒帶來地球，它會加速進化，將適者生存的情況發揮到極致。受感染的植物會長得更強大——可是也會阻礙未受感染的植物生長；農場動物變得有攻擊性而且致命。受感染的人類會有更強的心智能力——他們的大腦突然能以天才或接近天才的水準思考，但同時也有一種難以克制想要支配的欲望。他們會冷酷地拋棄同情心，以及阻擋滿足他們統治渴望的一切事物。而且，受到感染的人全都聯合起來——為了要獲得更大的權力。

一位逃亡的CDC博士和一位離家出走的少女，是否能夠建立起反抗力量，阻止這場威脅全世界的病毒陰謀？

《*The Darwin Variant*》的目標是主流讀者。這是一本高概念、懸疑、描寫未來、充滿動作的驚悚小說，除了描寫即將發生的全球大災難，也探究了一般人在面對突然崛起的專制極權時會有什麼反應。

故事講述的方式是透過第一人稱的目擊報告，當中交織了個人日記、錄音譯文、監視攝影機、行車記錄器與穿戴式攝影機、駕駛艙與飛行資料記錄器，再加上機密的聯邦調查局／國安局／中情局通訊內容，這一切都在探討我們所知的人類是否能夠生存下去——如果可以，那麼該如何定義理想的進化人類呢？

中英名詞對照表

A

Aare River 阿勒河

Acushnet 阿庫什尼特號

Adolf Hitler 阿道夫・希特勒

Aegean 愛琴海

Age of Reason 理性時代

Ahasuerus 亞哈隨魯

Ahmedabad 阿默達巴德

Akashi 明石

Alexandria 亞歷山卓

Alpes-de-Haute-Provence 上普羅旺斯阿爾卑斯省

Alsace 阿爾薩斯

Altenburg Castle 阿爾騰堡

Amelius 阿米流斯

Amina 阿米娜

Amnesty International 國際特赦組織

Amsterdam Avenue 阿姆斯特丹大道

Anatolian 安納托利亞

Angelotto 安吉洛托

Ankara 安卡拉

Annihilator 殲滅者

anti-Semitism 反猶太主義

Apocalypse 世界末日

Arabian Desert 阿拉伯沙漠

Arabian Sea 阿拉伯海

Aramaic 阿拉姆語

Aristotle 亞里斯多德

Arles 亞爾

Armenia 亞美尼亞

Art World 《藝術世界》

Artemis 阿爾忒彌斯

Asmodeus 阿斯莫德

Aswan Dam 亞斯文水壩

Atlas 阿特拉斯、《地圖集》

Auld Lang Syne 〈舊日時光〉

Austin 奧斯汀

B

Ba'al 巴力

Bamberg 班堡

Battery Park　砲台公園

Baudelaire　波特萊爾

Bavaria　巴伐利亞州

Bavarian Alps　巴伐利亞阿爾卑斯山

Bay　灣街

Bay Area　灣區

Becky Thatcher　貝琪・柴契爾

Bedouin　貝都因人

Benedictine　聖本篤修會（修士）

Benedicto　班尼迪托

Benny Goodman　班尼・古德曼

Bern　伯恩

Bernie　伯尼

Black Sea　黑海

Blue NYPD　《紐約重案組》

Boleslaw Filipiak　波斯列・菲力帕克

Bologna　波隆那

Boston Globe　《波士頓環球報》

Bowery　包厘街

Bram Stoker　布拉姆・斯托克

Bridge over Troubled Water　〈惡水上的大橋〉

Bridgeway　布里奇威大道

Brittany　布列塔尼

Broadway Line　百老匯線

Bronx　布朗克斯區

Bronx Zoo　布朗克斯動物園

Brooklyn　布魯克林

Brussels　布魯塞爾

Buenos Aires　布宜諾斯艾利斯

Bud　百威啤酒

Bukhara　布哈拉

Bull Moose Party　公鹿黨（進步黨）

Buzzards Bay　巴澤茲灣

Byzantium　拜占庭

C

Café Wengen　溫根咖啡廳

Calaveras County　卡拉維拉斯郡

Calgary　卡加利

Calvary　髑髏地

Canterbury　坎特伯里

Captain Cook　庫克船長

Captain Falkenburg　福肯伯格船長

Capuchin　嘉布遣會

Carl Schurz Park　卡爾舒茨公園

Carlos　卡洛斯

Carmelite Order　加爾默羅會
Carmella　卡梅拉
Cartaphilus　卡塔費勒斯
Casey　凱西
Casionplatz Square　卡西諾廣場
Castle Rock　城堡岩（色號）
Catherine's Peak　凱瑟琳峰
Cauchon　科雄
CCNY　紐約市立學院
Central Overland Express　中央陸路快遞
Central Park　中央公園
Central Park North　中央公園北街
Central Park South　中央公園南街
Central Park West　中央公園西街
Cervantes　塞凡提斯
Charles II　查理二世
Chartres　沙特爾（大教堂）
Chase　大通銀行
Chaucer　喬叟
Chernobyl　車諾比
chiaroscuro　明暗對照法（藝術）
Chico　奇可
Chico　奇科
Choral　《合唱》交響曲
Chris Ahern　克里斯・埃亨
Chuck Weston　查克・威斯頓
Church of the Holy Sepulchre　聖墓教堂
civil engineer　土木工程師
Clara Clairmont　克萊拉・克雷蒙
Clarence Darrow　克萊倫斯・丹諾
Colle di Romagnano　羅馬尼亞諾山口
Colt　柯爾特
Colt Navy　柯爾特海軍型
Columbia University　哥倫比亞大學
Columbus　哥倫布
Columbus Circle　哥倫布圓環
Comstock Lode　康斯塔克礦脈
Conchita　康琪塔
Confessions　《懺悔錄》
Constantine　君士坦丁
Constantinople　君士坦丁堡
Corona　可樂娜啤酒
Courvoisier　拿破崙干邑
Cuttyhunk Island　卡蒂杭克島

Cuttyhunk Light　卡蒂杭克燈塔

Cyprus　塞普勒斯

D

Damocles　達摩克利斯

Dandi　丹迪鎮

Danube　多瑙河

Dark Ages　黑暗時代

Dead Sea　死海

Deborah　黛博拉

Dempsey　丹普西

Devon　德文郡

DHL　國際快遞

dhoti　兜迪

Dial　《日規》

Dick Clark　迪克・克拉克

Django Reinhardt　金格・萊恩哈特

Doctors Without Borders　無國界醫生

Dogulas/Doug　道格拉斯／道格

Dominican Sister　道明會修女

Dorothy Parker　桃樂絲・帕克

Dreamtime　夢世紀

Duchy of Cleves　克利夫斯公國

E

Earl of Condom　康頓伯爵

East End　東區大道

East River　東河

Easter Island　復活節島

Eddystone Lighthouse　埃迪斯通燈塔

Edinburgh　愛丁堡

Edmund Kean　埃德蒙・基恩

Edward Lorenz　愛德華・羅倫茲

Eleanor Edgerton　伊莉諾・埃哲頓

Eleanor of Aquitaine　阿基坦的埃莉諾

Elian　艾利恩

Elijah　以利亞

Emerald City　翡翠城

Endor　恩多星

English Channel　英吉利海峽

Ephesus　以弗所

Esh Shara　舍拉

Evelyn Hall　伊芙琳・霍爾

Ezekiel　以西結

F

Fair Haven 費爾黑文（街區）
Falstaff 法斯塔夫
Fatu Hiva 法圖伊瓦島
Faust 浮士德
FedEx 聯邦快遞
Ferrara 費拉拉
Fire Island 火島
Fishkill 菲什基爾（監獄）
Five Points 五點區
Flores Historiarum 《弗洛爾斯史》
Frances Norton 法蘭絲・諾頓
Francis Bacon 法蘭西斯・培根
Frank Wilson 法蘭克・威爾森
Frederick Douglas 弗雷德里克・道格拉斯
Fresh Salmon 鮮鮭魚（色號）
Freud 佛洛伊德
Frost Amphitheater 佛斯特圓形劇場

G

Gabriele Fallopio 加布里瓦・法羅皮奧
Galápagos 加拉巴哥群島
Galileo Galilei 伽利略
Gandhi 甘地
Gauguin 高更
Gene Krupa 吉恩・克魯帕
George Byron 喬治・拜倫
George Frideric Handel 韓德爾
George Purvis 喬治・普維斯
George Washington Bridge 喬治・華盛頓大橋
Geraldine Hecht 潔若汀・赫特
Gerardus Mercator 傑拉杜斯・麥卡托
German Hospital 德國醫院
Germantown 德國城
Gertie 葛蒂
Giordano Bruno 喬爾丹諾・布魯諾
Giotto 喬托
Giovanni 喬瓦尼
Gladiator 《神鬼戰士》
Glasgow 格拉斯哥
Glenn Miller 葛倫・米勒
Globe 環球劇場
Glory 〈榮耀〉
Gnosticism 諾斯底教派
Goethe 歌德

Golden Rule　金科玉律

Golgotha　各各他山

Gotham　高譚

Gotham Sons Publishing　高譚人出版社

Gracie Mansion　瑰西園

Grady　葛瑞迪

Grape Frost　葡萄霜（色號）

Grover Cleveland　格羅弗・克里夫蘭

Guilliam　吉廉

Guilliam Bottadeo　吉廉・勃塔迪奧

Guinevere　關妮薇

Gujarati　古吉拉特語

H

Haile Selassie　海爾・塞拉西

Halifax Gibbet　哈利法克斯斷頭臺

Hallelujah Chorus　〈哈利路亞大合唱〉

Halley's Comet　哈雷彗星

Hanna Claire　漢娜・克萊兒

Hans　漢斯

Harlem　哈林區

Harper　哈潑出版社

Harpo　哈珀

Helena　海倫娜

Hell Gate　地獄門

Henry Hudson　亨利・哈德遜

Heracles　海克力斯

Herbert　赫伯特

Herculaneum　赫庫蘭尼姆城

Herman Melville　赫爾曼・梅爾維爾

Hero the Younger　小希羅

Hershey　好時（公司）

Heylel　赫萊爾

Hiroshima　廣島市

Homer　荷馬

Honfleur　翁弗勒

House of Lords　上議院

Hudson　哈德遜河

Humboldt　洪堡大道

I

I Love Lucy　《我愛露西》

Île de la Cité　西堤島

Imp of the Perverse　悖理的惡魔

Isaiah　以賽亞

Ivy League　常春藤聯盟

J

J. W. Aldritch J・W・奧德里奇

J. W. Marshall J・W・馬歇爾

J. W. Stewart J・W・史都華

Jackson Browne 傑克森・布朗

Jacob Davis 雅各・戴維斯

Jah 猶

Jamaica Farewell 〈再見，牙買加〉

James Watt 詹姆斯・瓦特

Janie Wall 詹妮・渥爾

Jessica Shin Lee 潔西卡・辛・李

Jesu ben Josef 耶穌・本・喬瑟夫

Jillian Guthrie 吉莉安・蓋瑟瑞

Jimmy Guthrie 吉米・蓋瑟瑞

Job 約伯

Johannes Gutenberg 約翰尼斯・古騰堡

Johannes Kepler 約翰尼斯・克卜勒

John Bernard Fitzpatrick 約翰・伯納德・菲茲派翠克

John Milton 約翰・彌爾頓

John Paul 約翰・保羅

John Polidori 約翰・波里道利

John Smeaton 約翰・斯密頓

Jose 荷西

Joseph Wilhelm 喬瑟夫・威爾漢

Juan 胡安

Judea 猶地亞

Judas Iscariot 依斯加略的猶大

Julia 茱莉亞

K

Karlova Street 卡爾洛瓦街

Kärntnertortheater 克恩頓劇院

Katharine Hepburn 凱瑟琳・赫本

Kearny Street 乾尼街

Keith Richards 基思・理查茲

Kenneth Branagh 肯尼斯・布萊納

Khanbaliq 汗八里

Kiko 姬可

Kilmer Park 基爾默公園

King James 詹姆士國王

King Louis 國王路易

Kingston 金斯敦

Konstantinoupolis 康斯坦緹諾波利斯

Krasinski Park　克拉辛斯基公園

Krypton　氪星

L

Lake Geneva　日內瓦湖

Last Judgment　《最後的審判》

Lateesha　拉緹莎

Latvia　拉脫維亞

Laura Rakowitz　蘿拉・拉科維茲

Lenox Hill　列諾克斯山醫院

Levi Strauss　李維・史特勞斯

Levi Strauss & Company　利惠公司

Lexington　萊辛頓大道線

Light Bearer　光之使者

Lilmer Park　基爾默公園

Lincoln Center　林肯中心

Lion of Judah　猶大之獅

Livia　莉薇雅

Liza Minnelli　麗莎・明妮莉

Long Island Sound　長島海灣

long pig　長豬

Los Angeles Times　《洛杉磯時報》

Louisa May Alcott　露薏莎・梅・奧爾科特

Louvre　羅浮宮

Low Countries　低地國

Lower Manhattan　曼哈頓下城

Lucie　露西

Lucifer　路西法

Luigi Galvani　路易吉・伽伐尼

Lumenita　露米妮塔

Lutheran　路德教派（的）

M

Macbeth　《馬克白》

Madison　麥迪遜（大道）

Maffeo Polo　馬費・波羅

Malcolm X　麥爾坎・X大道

Manet　馬奈

Manhattoes　曼哈托人

Marco　馬可

Margaret　瑪格麗特

Margaret Fuller　瑪格麗特・富勒

Maria Katharine Encalada　瑪莉亞・凱瑟琳・安卡拉達

Mark Hellinger　馬克・赫林格

Mark Twain　馬克・吐溫

Market Street　市場街

Marquesas　馬克薩斯（群島）

Marshall 馬歇爾

Marszalkowska
馬薩科斯卡大街

Martin 馬丁

Martin Luther King Jr. 馬丁・路德・金恩

Mary Wollstonecraft Godwin 瑪麗・沃史東卡芙特・戈德溫

Matthew Brady 馬修・布雷迪

Max 麥克斯

Mendaña 曼達那

Mercer Street 梅瑟街

Merlene Schain 默琳・沙恩

Merlin 梅林

Mesopotamia 美索不達米亞

Messiah 《彌賽亞》

Methuselah 瑪土撒拉

Metropolitan Museum of Art 大都會博物館

Miggy Batista 米吉・巴帝斯塔

Miguel Fernandez 米蓋爾，費南德茲

Minos Volonikis 米諾斯・弗拉奈基斯

Mississippi River 密西西比河

Moby-Dick 《白鯨記》

Moët 酩悅香檳

Mont Saint-Michel 聖米歇爾山

Monte Cassino 卡西諾山

Montgomery Clift 蒙哥馬利・克里夫特

Moonlight Serenade 〈月光小夜曲〉

Morningside Park 晨邊公園

Moscone Center
莫斯康展覽中心

Moses 摩西

Mother Teresa 德蕾莎修女

Mount Carmel 加爾默羅山

Mount Saint Helens 聖海倫火山

Mount Vesuvius 維蘇威火山

My Fair Lady 《窈窕淑女》

Mykonos 米克諾斯

N

Nabataea 納巴泰

Nantucket 南塔克特

Nashville 納許維爾

National Geography 《國家地理雜誌》

National Register
《國家紀錄報》

Navajo 納瓦荷人

Nazarene 拿撒勒人

O

P

Peloponnese 伯羅奔尼撒人

Pentagon Papers 五角大廈文件

Pentothal 必托生

Percy Shelley 波西・雪萊

Petra 佩特拉城

Pietà 《聖殤》

Pink Floyd 平克・佛洛伊德

Pinta 平塔號

Pitkin 皮特金（大道）

Pittsburgh 匹茲堡

Plakias 普拉基亞斯

Plaza 廣場飯店

Plymouth 普利茅斯

Pompeii 龐貝

Pont Saint-Louis 聖路易橋

Pontius Pilate 本丟・彼拉多

Port Authority Bus Terminal 紐新航港局客運總站

Portal of the Last Judgment 最後審判之門

Pozzuoli 波佐利

Prague 布拉格

Prince Hal 哈爾王子

Prince Street 王子街

Prometheus 普羅米修斯

Ptolemy 托勒密

Pulitzer 普立茲獎

Q

Queens 皇后區

R

Rainbow 彩虹藝廊

Ralph Waldo Emerson 拉爾夫・華爾多・愛默生

Ramirez 拉米瑞茲

Rapture 被提

Rastafarian 拉斯塔法里教徒

Ratzinger 拉辛格

Ray 雷

Ray's Famous Pizza 雷馳名披薩

Rebecca 蕾貝卡

Red Garter Saloon 紅襪帶酒館

Red Sea 紅海

Rembrandt 林布蘭

Renji 倫吉

Reno 雷諾市

Revelation 《啟示錄》

Richard Burbage 理查・伯巴奇

Richard Burton 李察・波頓

Ripley's Believe It or Not Museum 信不信由你博物館

River Nile 尼羅河

River Seine 塞納河

River Yeşilırmak　耶希勒馬克河
Riverside Park　河濱公園
Robert Burns　羅伯特・伯恩斯
Rodrigo de Triana　羅德里戈・德・特里亞納
Roger of Wendover　溫多弗的羅傑

S

Sackler Wing　薩克勒展廳
Sacramento　沙加緬度
Sacred Tribunal　神聖法庭
Saint Anthony　聖安東尼
Saint Augustine　聖奧古斯丁
Saint Basil　聖巴西略
Saint Elmo's fire　聖艾爾摩之火
Saint Etienne　聖埃蒂安
Saint Francis　聖法蘭西斯
Saint Joan　聖女貞德
Saint John　聖約翰
Saint Maria　聖瑪麗亞號
Saint Peter's Basilica　聖彼得大教堂
Saint Sebastian　聖賽巴斯汀
Sainte-Chapelle de Paris　巴黎聖禮拜堂
Saks　薩克斯（百貨）
Saladin　薩拉丁
Sam Clemens　山姆・克萊門斯
Samuel Richard Balcomb　山謬・理查・巴爾康
San Antone　聖安東尼
Sanchez　桑契斯
Sandra Mader　珊卓・麥德
Santa Maria　聖瑪麗亞號
Satchel Paige　薩奇・佩吉
Satyajit　薩亞吉
Sausalito　索薩利托
Schiller　席勒
Schleswig　什列斯威
Seamus Malloy　謝默斯・馬洛伊
Seneca　塞內卡
Sesame Street　《芝麻街》
Sikh　錫克教徒
Simon Wheeler　賽門・惠勒
Skals　斯凱爾斯
Smithsonian　史密森尼（博物館）
Smolenskaya　斯摩稜斯克
Social Security　社會安全局
SoHo　蘇活區
South Bronx　南布朗克斯
Spanish Harlem　西班牙哈林區

Spear Street　斯皮爾街
Spinnaker Drive　史賓尼克車道
St. Joe　聖約瑟夫
St. Vincent's Hopital　聖文森醫院
Standford University　史丹佛大學
Star Wars　《星際大戰》
State Street　州街
Stephen　史提芬
Steve Snyder　史蒂夫・施耐德
Stoics　斯多噶學派
Stonewashed Denim　石洗丹寧（色號）
Strasbourg　史特拉斯堡
Suki Tamura　蘇琪・田村
Sunny　桑妮

T

Tahoe　太浩
Teddy Roosevelt　泰迪・羅斯福
Temple of Dendur　丹鐸神廟
Territorial Enterprise　《地方企業報》
The David Sheldrick Wildlife Trust　大衛・謝德里克野生動物信託基金會
The Far Side　《遠方》
The Flemish School　法蘭德斯畫派
The Flying Dutchman　《漂泊的荷蘭人》
The Great Renewal　《偉大復興》
The Isle of the Cross　《十字島》
The Magic Flute　《魔笛》
The Vampyre　《吸血鬼》
The Wall　《迷牆》
The Wandering Jew　浪流的猶太人
Theo　西奧
Theseus　忒修斯
Thomas Paine　湯瑪斯・潘恩
Thompson submachine gun　湯普森衝鋒槍
Thoreau　梭羅
Tidepool　潮池（色號）
Tito Brown　提托・布朗
Tiffany　蒂芬妮
Tinkerbell　叮噹
Tomb of the Roman Soldier　羅馬士兵墓
Tortugas　托圖加斯

Triborough　三區大橋

Tricia　崔西亞

True Cross　真十字架

Truth Faith　真道教會

Tudor Park　都鐸公園

Tuileries Garden　杜樂麗花園

Tunis　突尼斯

Turrell　特瑞爾

Tuscany　托斯卡尼

Tycho Brahe　第谷・布拉赫

U

Ulysses S. Grant　尤利西斯・S・格蘭特

UN High Commissioner for Refugees　聯合國難民事務高級專員

Underground Railroad　地下鐵路

UNHCR　聯合國難民署

University of Glasgow　格拉斯哥大學

Upper East Side　上東區

Upper Manhattan　曼哈頓上城

Upper West Side　上西區

V

Valkyrie　華爾奇麗雅

Van Dyke　凡戴克

Van Gogh　梵谷

Vanity Fair　《浮華世界》

Vatican　梵蒂岡

Verdun　凡爾登

Vermeer　維梅爾

Vilhelm　維爾漢

Villa Diodati　迪奧達蒂別墅

Virgin Mother Mary　聖母瑪利亞

Virginia City　維吉尼亞城

Vitellus Janus Manchus　維特勒斯・雅努斯・曼丘斯

Voltaire　伏爾泰

Vottadio　沃塔迪奧

W

W. J. Bloom　W・J・布魯姆

W. J. Sloan　W・J・史龍

W. J. Wyler　W・J・惠勒

Wadi Farasa　瓦迪法拉薩

Wagner　華格納

Waikiki　威基基海灘

Walden Pond　瓦爾登湖

Walter Smith　華特・史密斯

Walton 華頓大道

Warsaw 華沙

Washington Post 《華盛頓郵報》

Washington Square News 《華盛頓廣場新聞》

Weisstannen 魏斯坦嫩

Wengen 溫根

West End Avenue 西區大道

West Side 西城

West Surrey 西薩里郡

Western Samoa 西薩摩亞

Western Union 西聯匯款

White 白

Whitestone Bridge 白石大橋

Wilhelm Januck 威爾漢・傑奈克

Will 威爾

Willem James Logan 威廉・詹姆斯・羅根

Willem Josef 威廉・喬瑟夫

William Wordsworth 威廉・華茲渥斯

Wilseyville 威爾塞維亞

Winchester 溫徹斯特

Winston Churchill 溫斯頓・邱吉爾

Wolf's Lair 狼穴

Woody Guthrie 伍迪・蓋瑟瑞

Woven Tapestry 編織掛毯（色號）

Wyndham Hotel 溫德姆飯店

Y

Yellow House 黃屋

Yucatan 猶加敦

Yvonne 伊芳

Z

Zacharias Janssen 札卡利亞斯・詹森

Zack 柴克

Zagreb 薩格勒布

Zgharta 茲加爾塔

Zurich 蘇黎士

BEST嚴選 132

傳奇之人

原著書名／The Man of Legends
作　　者／肯尼斯・強森（Kenneth Johnson）
譯　　者／彭臨桂
企畫選書人／劉瑄
責任編輯／劉瑄
版權行政暨數位業務專員／陳玉鈴
資深版權專員／許儀盈
行銷企畫／陳姿億
行銷業務經理／李振東
總　編　輯／王雪莉
發　行　人／何飛鵬
法律顧問／元禾法律事務所　王子文律師
出版／奇幻基地出版
城邦文化事業股份有限公司
台北市 104 民生東路二段 141 號 8 樓
電話：(02)25007008　傳眞：(02)25027676
網址：www.ffoundation.com.tw
e-mail：ffoundation@cite.com.tw
發行／英屬蓋曼群島商家庭傳媒股份有限公司城邦分公司
台北市 104 民生東路二段 141 號 11 樓
書虫客服服務專線：(02)25007718・(02)25007719
24 小時傳眞服務：(02)25170999・(02)25001991
服務時間：週一至週五 09:30-12:00・13:30-17:00
郵撥帳號：19863813　戶名：書虫股份有限公司
讀者服務信箱 e-mail：service@readingclub.com.tw
歡迎光臨城邦讀書花園　網址：www.cite.com.tw
香港發行所／城邦（香港）出版集團有限公司
香港灣仔駱克道 193 號東超商業中心 1 樓
電話：(852) 2508-6231　傳眞：(852) 2578-9337
e-mail：hkcite@biznetvigator.com
馬新發行所／城邦（馬新）出版集團
【Cite(M)Sdn. Bhd】
41, Jalan Radin Anum, Bandar Baru Sri Petaling,
57000 Kuala Lumpur, Malaysia.
Tel: (603) 90578822 Fax:(603) 90576622
email:cite@cite.com.my

封面設計／朱陳毅
排　　版／極翔企業有限公司
印　　刷／高典印刷有限公司
■ 2021 年（民 110）8 月 3 日初版

售價／ 499 元

國家圖書館出版品預行編目資料

傳奇之人 / 肯尼斯・強森（Kenneth Johnson）作；彭臨桂譯. -- 初版. -- 臺北市：奇幻基地, 城邦文化出版：家庭傳媒城邦分公司發行, 民110.08
面：　公分. -（Best嚴選；132）
譯自：The Man of Legends
ISBN 978-986-06686-5-0（平裝）

874.57　　110009833

ISBN　978-986-06686-5-0

Printed in Taiwan.

書號：1HB132　　書名：傳奇之人

奇幻基地 20 週年 · 幻魂不滅，淬鍊傳奇

集點好禮瘋狂送，開書即有獎！購書禮金、6 個月免費新書大放送！

活動期間，購買奇幻基地作品，剪下回函卡右下角點數，
集滿兩點以上，寄回本公司即可兌換獎品&參加抽獎！
參加辦法與集點兌換說明：
活動時間：2021 年 3 月起至 2021 年 12 月 1 日（以郵戳為憑）
抽獎日：2021 年 5 月 31 日、2021 年 12 月 31 日，共抽兩次
奇幻基地 2021 年 3 月至 2021 年 12 月出版之新書，每本書回函卡右下角都有一點活動點數，剪下新書點數集滿兩點，黏貼並寄回活動回函，即可參加抽獎！單張回函集滿五點，還可以另外免費兌換「奇幻龍」書檔乙個！

【集點處】（點數與回函卡皆影印無效）

1	2	3	4	5
6	7	8	9	10

活動獎項說明：

★ **「基地締造者獎 · 給未來的讀者」抽獎禮**：中獎後 6 個月每月提供免費當月新書一本。（共 6 個名額，兩次抽獎日各抽 3 名）

★ **「無垠書城 · 戰隊嚴選」抽獎禮**：中獎後獲得戰隊嚴選覆面書一本，隨書附贈編輯手寫信一份。（共 10 個名額，兩次抽獎日各抽 5 名）

★ **「燦軍之魂 · 資深山迷獎」抽獎禮**：布蘭登 · 山德森「無垠祕典限量精裝布紋燙金筆記本」。
抽獎資格：集滿兩點，並挑戰「山迷究極問答」活動，全對者即有抽獎資格（共 10 個名額，兩次抽獎日各抽 5 名），若有公開或抄襲答案者視同放棄抽獎資格，活動詳情請見奇幻基地 FB 及 IG 公告！

特別說明：

1. 請以正楷書寫回函卡資料，若字跡潦草無法辨識，視同棄權。
2. 活動贈品限寄台澎金馬。

個人資料：

姓名：____________________ 性別：□男 □女

地址：________________________________ Email：____________________

想對奇幻基地說的話或是建議：____

____

請剪下右側點數，貼於集點處，集滿兩點即可參加抽獎

1p
2021